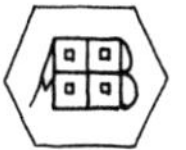

Jakob Senn

Hans Grünauer

Roman

Mit einem Nachwort von Matthias Peter

Limmat Verlag
Zürich

Im Internet
Informationen zu Autorinnen und Autoren
Materialien zu Büchern
Hinweise auf Veranstaltungen
Schreiben Sie uns Ihre Meinung zu diesem Buch
www.limmatverlag.ch

Umschlagbild von Gottfried Keller: Landschaft mit Gewitterstimmung, 1842/43 (Zentralbibliothek Zürich, Nachlass Gottfried Keller)

Typographie und Umschlaggestaltung von Trix Krebs

ISBN 3 85791 507 2

1

Mein Vater war das jüngste von dreizehn Kindern, darum wurde er nicht bloß von seinen Geschwistern, sondern auch von der ganzen Nachbarschaft zeitlebens der «Kleine» genannt, obgleich er körperlich größer war als alle seine Geschwister. Ein achtzehn Jahre älterer Bruder wohnte im Nebenhause, welches seit unvordenklichen Zeiten das eigentliche Stammhaus unserer Familie gewesen war. Früher, bei Lebzeiten der Großeltern, war das Haus meines Vaters an eine Familie vermietet gewesen, von welcher man allgemein wußte, daß sie mehr verstehe als Brot zu essen. Dieselbe bestand aus Vater, Mutter und vier Töchtern, letztere von wunderbarer Schönheit, von denen jedoch, ungeachtet ihrer körperlichen Vorzüge, nur die jüngste zur Heirat gelangte, da die übrigen gleich der Mutter «Hexen» waren und durch diese Berühmtheit der männlichen Bevölkerung allzugroßen Respekt einflößten.

Der älteste Bruder meines Vaters, der, gleich mir, Hans hieß, war ein leidenschaftlicher Liebhaber vom Frakturschreiben und füllte mit dieser Schrift eine unglaubliche Menge von teilweise dicken Heften aus; Nachtmahlbüchlein und kleine Katechismen schrieb er zu vielen Hunderten, alle aufs sauberste, jede Seite mit einer großen farbigen Initiale verziert. Das hatte er ohne eigentlichen Schulbesuch erlernt, und da seine tägliche Beschäftigung in landwirtschaftlichen Arbeiten bestand und er bloß achtundzwanzig Jahre alt wurde, so scheint es geradezu unbegreiflich, wie es ihm möglich war, so viel Papier mit Frakturschrift zu bedecken.

Hans schrieb denn auch die Nachtmahlbüchlein für die schönen Hexlein, und er konnte dem Zauber eines derselben nicht widerstehen und verliebte sich in es, es hieß Margritli. Die Eltern Hansens waren aber besonders hart gegen diese Liebschaft und verboten dem Liebhaber bei Seel und Seligkeit das Betreten der Hexenwohnung, sowie überhaupt allen Verkehr mit der Hexenfamilie. Mein Vater war damals sechs oder sieben Jahre alt und wurde von Hans als geheimer Liebeskurier verwendet, wofür ihm Margritli manch schneeweißes Stücklein Brot bescherte mit einem so süßen Stoffe darauf, daß der Empfänger lebenslang glaubte, selbes sei keine natürliche, sondern eine zauberhafte Süßigkeit gewesen. Aber Hans kriegte den Lohn für seinen Ungehorsam, er bekam die Schwindsucht und starb daran, die Feder in der Hand, mitten in einem Nachtmahlbüchlein und mitten im Worte zu schreiben aufhörend. In Hansens Sterbestunde war mein Vater bei Margritli, er hatte ihr das letzte Brieflein gebracht, sie wußte, daß es das letzte war, und durfte doch nicht zu Hans, durfte nicht selber ihm die lieben, treuen Augen zudrücken. Ihr verzweifeltes Gebaren machte auf meinen Vater einen unauslöschlichen Eindruck. Sie preßte ihn auf ihren Schoß, drückte sein Köpflein an ihren Busen, wickelte die langen braunen Zöpfe ihres Hauptes um die Hand und raufte, als wollte sie diesen Schmuck für immer herunter reißen. Als der Junge darauf seiner Mutter erzählte, wie Margritli getan, da sagte sie: «Die hat wohl Ursache dazu! Der Hans ist ihr jetzt entkommen und einen andern wird sie wohl nicht wieder bekommen.» Der Grund, warum die Hexen nach Männern höchst begierig waren, war nach ihr der, daß sie nur dann dereinst selig sterben konnten, wenn sie im Ehestand Mutter geworden waren und wenn möglich ihren letzten Atemzug in des Mannes Mund aushauchen konnten.

Diese Hexenfamilie wohnte einundvierzig Jahre lang in besagtem Hause, wobei sie ein großes Stück Ackerfeld benutzte und jährlich achtzig Mannslasten aus den Waldungen bezog, alles für den Jahreszins von dreizehn Gulden. Mein Großvater hatte wohl auch nach und nach gefunden, diese Jahresrente sei etwas zu niedrig angesetzt, aber nie hatte er es gewagt, den zauberfähigen Mietsleuten gegenüber aufzuschlagen oder aufzukünden. Endlich war das Hexenelternpaar gestorben und es waren nur noch die drei älteren Töchter beisammen. Mit diesen glaubte es ein junger, starker Nachbar aufnehmen zu dürfen, nachdem ihm meines Vaters Bruder die Wohnung für ein Jahr zinsfrei zugesagt, falls er es wage, das Weibergeschmeiß hinauszutreiben. Der Nachbar säuberte richtig das Haus, aber die älteste Hexenjungfrau, welche er gewaltsam hinausstieß, sagte ihm lächelnd vor der Türe: «Kaspar, es kann dir im weiten Haus noch zu eng werden!» Und Tatsache ist, daß dieser Kaspar einige Jahre später an Engbrüstigkeit starb.

Noch vor diesen Vorgängen waren meine Großeltern gestorben und des Vaters sämtliche noch lebende Schwestern in den Ehestand getreten. Die Brüder schritten zur Teilung der Liegenschaften. Die Grundstücke lagen zerstreut nach vielen Seiten; statt nun aber dieselben als ganze Stücke dem einen oder andern zuzuweisen, wurde jedes, auch das kleinste Stück in zwei Teile geteilt. Dabei ging man folgendermaßen zu Werke: In das zu teilende Stück wurden durch einen herbeigezogenen Vertrauensmann Merkzeichen gesteckt, der eine Teil mit Eins, der andere mit Zwei bezeichnet. Dann nahm jeder der Brüder zwei Steinchen in die Hände und wies auf die Frage des Vertrauensmannes, welchen Teil er vorziehe, ein oder zwei Steinchen vor. Fiel die Wahl beider auf den gleichen Teil, so mussten die Zeichen («Ziele») so lange verändert werden, bis die Wahl entschieden hatte. Das nannte man «runen». Nun hatte sich mein Vater von Anfang geäußert, er wünsche für seinen Teil das Stammhaus, weil er nicht in das von den Hexen bewohnt gewesene einziehen möchte. Das merkte sich der ältere Bruder und wußte es so zu richten, daß je die schönere Hälfte der Grundstücke der verhaßten Wohnung zugeteilt wurde, vor welcher er selber geringeres Grauen empfand. Als nun die Teilung in dieser Weise bereits sehr günstig arrangiert war, verlor der Vater plötzlich die Vorliebe für das Stammhaus und wählte die verrufene Hexenwohnung samt den dazu gehörenden Grundstücken. Solcherweise hatte sich der ältere Bruder, der den Jüngeren übervorteilen gewollt, selbst betrogen und blieb darob zeitlebens verstimmt.

In seinem vierundzwanzigsten Jahre heiratete mein Vater ein Mädchen aus dem Schulkreise Nideltobel. Dieser Ehe entsprossen innerhalb zehn Jahren fünf Kinder, von welchen ich das mittlere war. Das jüngste starb bald nach der Geburt, das älteste, ein Mädchen, Betheli, starb in seinem dreizehnten Jahre an Blutarmut. Einen Tag vor seinem Tode flocht es meine ersten langgewachsenen Haare in Zöpfe, welche alsdann von der Mutter abgeschnitten und zum Andenken an die Verstorbene aufbewahrt wurden, sodaß sie noch heute in meinem Schreibtische liegen. Meine beiden andern Geschwister waren Brüder, von welchen der ältere Kaspar, der jüngere Jakob genannt wurde.

Der um vier Jahre ältere Kaspar besuchte die tägliche Schule, wovon ich oft hörte, äußerst begierig, zu erfahren, was die Schule für ein Ding sei. Ich durfte denn auch einmal nach langem Bitten mit Kaspar hingehen. Das Schulhaus stand drüben in Frühblumen und der Weg dahin führte über die Tosa, deren Ufer nur durch zwei auf einer Seite flach behauene Tannenbäume verbunden waren, deren dünne Enden in der Mitte des Flußbettes zusammenreichten und dort lose auf einem erhöhten Steine lagen, während durch die Wurzelenden je ein Pfahl in den Wuhrboden getrieben war. Wenn dann die Tosa stark anschwoll, so wurden die beiden Bäume vom Steine weggespült und blieben längs den Wuhrseiten hängen, bis das Wasser sich soweit gesetzt hatte, daß sie wieder auf den Stein gehoben werden konnten. Über diesen Steg führte der Weg in die Schule. Dieselbe fand ich schon beim ersten Besuche so sehr nach meinem Geschmacke, daß ich, als Kaspar folgenden Tages meine Begleitung verbat, so lange bei der Mutter anhielt, bis sie mir erlaubte allein hinzugehen, mir die gestrichelte Zipfelkappe aufsetzte und auch auf dringendes Verlangen einen «Lobwasser» herunterreichte, damit ich, ein Buch unterm Arme, einem Schüler ähnlich sehe. So zog ich meines Weges und gelangte auf den Steg, gaffte in das fließende Wasser, meinte, der Steg fließe mit, trat ihm nach und patsch spritzte es auf, ich schwamm in tiefster Strömung. Ein unfern dem andern Ufer stehender Schlossergeselle bemerkte mein Unglück und holte mich schon Bewußtlosen heraus. «Lobwasser» und Zipfelkappe waren dahin, keineswegs aber die Lust am Schulbesuch, so daß ich noch dreimal, bevor derselbe für mich obligatorisch wurde, bei gleicher Veranlassung in die Tosa stürzte.

In diese Zeit fällt das Sterben eines meiner Altersgenossen, das mir seiner besondern Umstände wegen unvergeßlich geblieben ist. Er war das einzige Kind eines jenseits der Tosa wohnenden bemittelten Bauers. Diesem Hause durfte ich eines Sonntagnachmittags in Begleitung meiner Eltern einen Besuch machen. Dasselbe befand sich etwas außerhalb der dorfähnlichen Häusergruppe Frühblumens auf freiem Wiesenplan und die Bewohner derselben pflegten von jeher mit der Nachbarschaft wenig Gemeinschaft zu haben. An diese Eigenschaft wurde auch der jüngste Sproße von frühe an gewöhnt trotz dessen ausgesprochenem Widerwillen, da er bedeutsame Anlagen für Geselligkeit verriet. Körperlich weit entwickelter als ich, war er doch von äußerst zarter Gesundheit, mußte vor Kälte und Nässe wohl bewahrt bleiben und bei großer seelischer Reizbarkeit ebenso vor gemütlichen Anfechtungen. Schon deshalb ließ man ihn nie ohne Aufsicht bei andern Kindern und suchte ihm das Leben innerhalb der vier Pfähle des väterlichen Hauses vor allem beliebt zu machen.

So kam denn gerade diesem Jüngsten seines Stammes unser Besuch sehr erwünscht. Nach einigen spürsamen Umgängen ward von uns Kameradschaft geschlossen und wir tummelten uns auf Weg und Wasen nach Herzenslust. Der Knabe trug den damals in Grünau noch seltenen Namen Jean, aus welchem «Schangli» gemacht wurde. Wie sehr beneidete ich den Besitzer darum! Wie läppisch und abgebraucht hörte sich dagegen Hans mit dem Diminutiv «li»; ich konnt' es nicht satt werden, Schangli zu rufen, so sehr es mich verdroß, jedesmal «Hansli» widerhallen zu hören. Schangli zeigte mir alle Herrlichkeiten in Haus und Stall und ringsherum, und zu allem, worüber ich mein Wohlgefallen äußerte, sagte er: «Das ist mein, der Vater, oder die Mutter hat's gesagt.» Er führte mich hinaus unter die Bäume, wo rotwangige Joggenbergeräpfel und honigsüße Schafmattbirnen im Grase lagen; er führte mich aber ganz besonders zum langen ungestutzten Haselhag, wo ganze Höcke bräunlich gereifter Nüsse zum Pflücken einluden. Welche Lust, wenn die Nüsse schon beim Berühren aus der grünen Hülse fielen! Welch Behagen, in die Tasche zu langen, wo der Vorrat gar merklich wuchs! Wir pflückten, bis das Abendrot erlosch, bis in die Nacht hinein. Endlich mußten wir aufhören, da der Sterne Schein zu geringen Ersatz bot für das verschwundene Tageslicht. Wir krabbelten von den Stauden hinunter, setzten uns aber trotz den tiefen Schatten der Nacht noch zum Zählen der Nüsse ins Gras. Allein es ging nicht und wir sahen immer aufwärts, ob denn niemand die Lichter des Himmels ein wenig heller machen wolle. Auf einmal entdeckten wir beide zugleich einen seltsam hellen Stern, der die andern Sterne mächtig überglänzte. Eine Weile sahen wir entzückt hin, dann sagte Schangli:

«Sieh, Hansli, dort ist mein Stern!»

«Er ist aber auch mein Stern», erwiderte ich, ärgerlich und eifersüchtig, daß mein Kamerad sich sogar die Sterne am Himmel zueignen wollte.

«Nein, nein, er ist allein mein Stern, die Mutter hat's gesagt!» antwortete Schangli in zornigem Eifer. Seine anmaßliche Beharrlichkeit machte auch mich wärmer und ich erneute meine Ansprüche in kecken Ausdrücken.

Schangli wurde immer hitziger und böser, er drohte mir, es seiner Mutter zu vermelden, falls ich ihm das alleinige Eigentumsrecht auf den Stern fürder streitig machen wolle. Das verursachte mir geringe Furcht; konnte ich ja erwidern, daß auch ich eine Mutter habe, der ich die Anmaßung Schanglis klagen durfte. So war von Nachgeben beiderseits keine Rede und nicht lange ging's, so lagen wir einander in den Haaren. Schangli zog trotz seiner längern Postur das Kürzere, ich drückte ihn mit einer Erbitterung zu Boden, die ihm das Leben hätte kosten können. Er schrie aber noch rechtzeitig und bat mich inständig, ihn frei zu lassen. Ich forderte dagegen Zurücknahme seiner übertriebenen Ansprüche, welcher Forderung er zögernd und unter heißen Tränen nachkam. Allein kaum hatte ich ihn losgelassen, als er seine Ansprüche erneuerte, doch jetzt nicht fordernd, sondern bittend.

«Hör', Hansli, der Stern ist wahrlich mein, frag' nur meine Mutter.»

Ich schüttelte den Kopf: «Deine Mutter weiß es nicht.»

«Doch, sie weiß alles; hör' Hansli, laß' mir doch den Stern, ich brauche ihn, ich kann ihn nicht weggeben. Gelt, Hansli, Du läßest mir ihn?»

Die Bitte Schanglis war so rührend, daß ich trotz der hohen Schätzung meines Anteils an dem prächtigen Stern die Verzichtleistung auf denselben aussprach. Schangli merkte, wie nahe es mir ging, und trat mir zu etwelcher Entschädigung seinen ganzen Vorrat von Nüssen ab, der freilich während des Ringens im Grase größtenteils verstreut worden war.

Als wir zurückkamen, hatten die Mütter uns schon eine Weile

mit Schmerzen gesucht. Schanglis Mutter insbesondere jammerte, daß ihr Büblein so lange draußen im Nachttau geblieben, was ihn ja krank machen könnte.

Mehrere Tage später, während welchen es viel geregnet hatte, nahm mich die Mutter abends nach ihrer Gewohnheit in den Stall, damit ich, während sie die Kühe molk, meine Gebetlein hersage. Ich saß dabei auf der Schwelle der Stalltüre, das Gesicht ins Freie gewendet. Die Sterne schimmerten wieder hell und ich suchte unwillkürlich Schanglis Stern. Ich glaubte, ihn gefunden zu haben, als plötzlich eine Schuppe von der fixierten Stelle fiel, worauf mir seltsamerweise auch der Stern entschwunden war. Das überraschte mich so sehr, daß ich mich selber im Gebete unterbrach, mit dem Ausrufe: «Nein, o Mutter, Schanglis Stern ist herunter gefallen!» Die Mutter lächelte und ermahnte mich, beim Beten ruhig zu sein, ich dürfe nicht an etwas anderes denken. Ich aber brachte es nicht aus dem Sinn und behelligte sie noch mit mannigfachen Fragen und Anreden. Schanglis Stern erglänzte von neuem in den Träumen der Nacht, aber auch der Fall wiederholte sich. Am Morgen kam die Mutter an mein Bettlein und weckte mich mit der Trauerkunde: «Hansli denk', der Schangli ist gestorben! Gestern Abend ist er verschieden. Bet' für den Schangli, daß er ein Engelein werde.» Ich betete inbrünstig für den verstorbenen Freund. Am nächsten Abend sah ich durch Tränen wieder nach dem Firmamente und, o Wonne, ich sah den Stern schöner und heller glänzen, als je. Und unaussprechlich freute ich mich für den Schangli, von dem die Mutter tröstend sagte, daß er jetzt auf seinem Stern daheim sei.

2

Mein Sehnen, die Schule täglich besuchen zu dürfen, wurde erst im siebenten Jahre erfüllt. Vorher aber lernte ich unter mütterlicher Anleitung so fertig lesen, daß der Schulmeister mir das sogenannte Namenbüchlein, welches ich vorschriftgemäß mitbringen mußte, lachend wegnahm und mir dagegen ein Lesebüchlein anwies. Ich wurde von meinen Mitschülern, die unter Schweiß und Tränen von einem Ziel zum andern rückten, als ein Wunder angestaunt und beneidet, und meine Beihülfe, die ich oft aus Langeweile, oft aus Mitleid anbot, wurde niemals verschmäht.

Das Schulhaus war ein loses Brettergebäude, durch dessen Wandfugen der Wind jeweilen scharf pfiff. Im Hausgange stand man wie in unserer Küche, auf Gottes bloßer Erde. Die Schultische bestanden aus rohgezimmerten Brettern, in welche für die Füße auf die allereinfachste Weise Löcher gebohrt waren. Die Schüler saßen ohne Klassenordnung, meist Geschwister bei Geschwister oder Nachbarskind bei Nachbarskind. Der Schulmeister war ein munterer Greis, der als Jüngling das Schneiderhandwerk erlernt, sich aber in der Folge nicht als Freund von Nadel und Bügeleisen bewährt hatte, dagegen seiner netten Handschrift und guten Singstimme wegen zum Schulmeisteramte befördert worden war, falls es nämlich eine Beförderung genannt werden konnte, mit sechzig Gulden jährlichen Einkommens Schulmeister geworden zu sein. Die Schneiderei betrieb er jedoch später nebst der Schulmeisterei wieder, weil er eine zahlreiche Familie zu ernähren hatte. So pflegte er auch während der Unterrichtsstunden stets eine Näharbeit bei der Hand zu haben, sintemal das Schulzimmer zugleich als Wohn- und Arbeitszimmer für seine Familie diente. Die Schulmeisterin, so weit es ihr die häuslichen Geschäfte gestatteten, spann Seide, ja, ich höre noch jetzt den wehmütigen summenden Ton ihrer Spindel, der die halben Tage hindurch ertönte. Im Keller, unmittelbar unter dem einfachen bretternen Fußboden, war der jüngste von des Schulmeisters Söhnen, doch immerhin schon ein Dreißiger, mit Weben beschäftigt, dessen Ladschläge die allgemeine Rührigkeit vermehren halfen. Felix, so hieß der Sohn, kam manchmal zur Erholung in die Schulstube herauf, die Schirmkappe im Genick und ein erdenes Tabakpfeifchen im Munde, eine recht possierliche Figur, besonders weil der Felix uns allemal freundlich anzulächeln pflegte, was namentlich mich oft hellauf lachen machte.

Ich war von Stund' an des Schulmeisters Liebling, dem er sein bestes Wissen zuwendete, was freilich sehr wenig sagen will. Ich erinnere mich an nichts, das ich ausschließlich durch ihn gelernt, als die Elementarbegriffe der Schreibkunst. Als ich bereits ganze Worte formieren konnte, fing ich an, meine Schrift mit derjenigen Kaspars zu vergleichen und fand an dem arabeskenartigen Geringel und Geschlingel derselben so großes Wohlgefallen, daß ich sie mir ohne weiteres zum Vorbild nahm. Der Schulmeister bemerkte den fremden Einfluß und sagte unter starkem Kopfschütteln: «Hör', Hansli, das Geringel und Geschlingel taugt nichts, je gräder und einfacher, desto besser; laß Dirs gesagt sein.» Ich ließ mirs wirklich gesagt sein und fand diese Regel im Laufe der Jahre auch noch auf anderes, als auf die Schreibekunst, anwendbar.

Die Frau Schulmeisterin war meine Mutter Gotte. Sie litt an starkem Gliederzittern, wobei besonders das Haupt mitgenommen wurde und deshalb stets in negativer Bewegung begriffen war. Eines Tages schickte ihr meine Mutter durch mich ein Körbchen schöner

Baumfrüchte als kleine Herbstgabe. Als dann die Schulmeisterin unsere Bescherung unter heftigem Kopfschütteln ansah, wähnte ich, sie wolle die Gabe aus übelzeitiger Bescheidenheit ablehnen, und protestierte mit einigen Worten gegen die Zurücknahme, bis mich die Alte lachend unterbrach: «Torenbub, wer sagt denn nein!»

Da ich mit dem siebenten Jahre das Lesen völlig, das Verstehen ziemlich los hatte, so fiel ich von unersättlicher Leselust getrieben über alles Gedruckte her, das mir zugänglich war. Indessen war im elterlichen Hause nichts vorhanden als ein Wandkalender und einige Andachtsbücher, aber all dieses las ich bis auf wenige mir durchaus unverständliche Blätter und hatte daher einen solchen Vorrat von geistlichen Sprüchen im Gedächtnis, daß die Mutter über meine frühe Frömmigkeit Freudentränen vergoß und ich bei Verwandten und Bekannten hoch angeschrieben stand.

Mittlerweile hatte das Weben im Keller unter der Schulstube aufgehört und Felix kam längere Zeit nicht mehr zum Vorschein. Es geschahen überhaupt Dinge, welche auf das Zukünftige gespannt machten. Wir bekamen nämlich Schulbänke, wie sie andern Ortes längst schon eingeführt waren, und jedes Kind mußte sich eine Schiefertafel anschaffen. Bisher waren alle Schreibeübungen auf Papier ausgeführt worden, wozu freilich wöchentlich bloß eine Stunde verwendet und darauf gehalten wurde, daß ein Bogen je für einen Monat ausreichte. Nun sollten die Schreibstunden vermehrt werden, und zu diesem Zwecke schien es aus ökonomischen Gründen nötig, sich der Schiefertafel zu bedienen. Dem alten Schulmeister kamen diese Neuerungen sehr ungelegen und er brachte seine alte Lehrmethode auf den neuen Bänken trutzig noch einige Zeit in Anwendung. Der Judäsche Katechismus mit einem Anhang von Lesestücken, betitelt: «Lehrmeister» und eine Sammlung von Gebeten, Gellertschen Liedern und Psalmen waren ziemlich die einzigen Lehrmittel für vorgerücktere Schüler, beide zu wörtlichem Auswendiglernen bestimmt. Der Katechismus, der kleine wie der große, wurden in stetem Kreislauf durchgenommen, obgleich der erstere, wie vorangedruckt stand, nur für die «Allereinfältigsten», die den großen nicht zu fassen vermöchten, bestimmt war. Dadurch wurde mir der Religionsunterricht früh genug vergällt und ich harrte sehnlich den kommenden Veränderungen entgegen.

Etwa ein halbes Jahr nach dem Verschwinden des Felix erschien derselbe plötzlich wieder und zwar nun als unser Schulmeister. Er hatte einen Kursus in dem neugegründeten Lehrerseminar durchgemacht und führte jetzt an der Hand neuer Lehrmittel auch eine ganz neue Lehrmethode und Schulordnung ein. Wir wurden klassenweise gesetzt, nach einem eigens ausgearbeiteten Lehrplane unterrichtet und durften den Schulmeister nicht mehr «duzen», sondern wurden angewiesen, denselben mit «Ihr» anzureden.

Ich war seines Vaters Günstling gewesen, ich war auch der seinige und verdankte diese Auszeichnung wohl zumeist meinem unermüdlichen Lerneifer. Ich wurde zu oberst gesetzt und behauptete meinen Platz mit unbestrittenen Ehren. In allen Fächern blieb ich meinen Klassengenossen voraus und fand nur im Rechnen einen zwei Jahre ältern Rivalen, der mir's zuvor tat. Meine Hauptstärke bestand in der Satzbildung, welche Felix nach einer kleinen trefflichen Sprachlehre energisch betrieb, so wenig er selber im Stande war, einen ordentlichen Satz zu produzieren. Er drang sehr darauf, daß jedes Kind in den Besitz der neuen Lehrmittel gelange, aber bei mir war's umsonst, weil der Vater die Anschaffung neuer Bücher für überflüssig erklärte, so lange die alten nicht aufgebraucht seien. Als ich ihm nach meinem schwachen Vermögen die Nützlichkeit und Notwendigkeit der neuen Büchlein nachzuweisen suchte, widersetzte er sich der Anschaffung erst recht hartnäckig und meinte ironisch, ich werde ohnehin gescheit genug.

War ich ein leidenschaftlicher Bücherleser, so war ich auch selbstverständlich der mündlichen Erzählung bestens gewogen. Wir hatten einen langjährigen Hausfreund, Peters Jakob genannt, der als Knabe in der Stadt gedient, als Mann sich dem Botenberuf gewidmet hatte und deshalb allwöchentlich weit ins Land zog. Dieser Peters Jakob hatte ein außerordentlich treues Gedächtnis und so pflegte er jedesmal alle seine kleinen Erlebnisse tagebuchartig zu erzählen, was manchmal vom frühen Abend bis nach Mitternacht währte. Er hatte die Schlacht bei Zürich gesehen und war bei mancher Hinrichtung zugegen gewesen, er hatte geliebt und gelitten, war alt geworden und hatte unterdessen eine Menge Familienkreise entstehen und vergehen gesehen. Und über alles wußte er so anziehend zu berichten, daß er mir nächst den Eltern der liebste Mensch auf Erden war. Eine Episode aus dessen Erzählungen ist mir noch heute gegenwärtig, die wohl verdient, aufgezeichnet zu werden.

Er übernachtete einst auf einem seiner Botengänge in der Landschaft Toggenburg in einem Bauernhause. Die Herbergsleute bestanden aus einem Ehepaar mittlern Alters, vier Kindern und einem verschrumpften Großmütterchen, Gertrud. Der Gewährsmann wurde auf einer mit Kissen belegten Bank in der Stube gebettet. Um Mitternacht erwachte er aus tiefem Schlafe bei dem Rufe: «Gertrud! Gertrud! steh' auf! Bitte, steh' ein wenig auf!» Er richtete sich auf und guckte durchs Fenster; da stand im letzten Viertelschein des Mondes ein alter Mann vor dem Hause, der nach dem Gadenfenster sah und dorthin sein Rufen richtete. Endlich ging das Gadenfenster auf und Gertrud antwortete mit zitternder Stimme: «Wer ruft mir?» – «Ich, wirst mich wohl kennen», antwortete der Alte, «laß mich doch ein wenig hinein.» – «Jesus Maria!» erwiderte Gertrud und fiel schier in Ohnmacht, «bist Du es, Sep-Anton? Was fällt Dir jetzt noch ein? Denk', wie alt wir sind. Die Zeit ist wäger vorbei, Sep-Anton!» – «Alt – vorbei –», wiederholte der Alte für sich, er konnte es nicht verstehen. «Gertrud», sagte er, «was ist denn das? Ich bin achtundzwanzig, Du fünfundzwanzig Jahre alt – was ist denn das?» – «O, lieber Sep-Anton, Du weißt also nicht, daß Du fast fünfzig Jahre lang verwirrt gewesen bist? Sieh', nächste Mariä Verkündung sind es gerade fünfzig Jahre, seit Du mit dem Franz-Xaver meinetwegen Händel gekriegt hast und er Dir einen Streich auf den Kopf gegeben hat, wovon Dir die Sinnen verwirrt worden sind. Ich bin Dir noch Jahre lang treu geblieben, aber weil es mit Dir nicht bessern wollte, so heiratete ich den Meinrad, der nun auch schon lange tot ist. Ach Sep-Anton, was hab' ich um Dich gebrieg-get, aber jetzt ist's zu spät und ich folge meinem Meinrad, will's Gott, bald nach. Mich friert, ich muß ins Bett. Gut Nacht, Sep-Anton.» – Und der Sep-Anton schluchzte leise: «Gut' Nacht, Gertrud, ich komme nicht mehr.» – Am Morgen erzählte Gertrud das seltsame Begebnis unter Vergießung vieler Tränen, und als sie noch im Erzählen begriffen war, kam die Nachricht, der verwirrte Sep-Anton im Steinhaus sei heute grad vor Tagesanbruch gestorben.

Peters Jakob besuchte in ganz Frühblumen einzig unser Haus. Mein Vater war der Pate seines jüngsten Kindes und es bestand im weitern eine gewisse sympathetische Wechselwirkung zwischen den beiden Freunden, daß sie ihre gegenseitige Nähe spürten, auch wenn sie sich weder sahen noch hörten. Die Grundstücke beider stießen an die Tosa und lagen sich gerade gegenüber und jeder unterhielt sein Wuhr so sorgfältig, daß es dicht wie eine grüne Mauer dastand und kaum eine Lücke blieb, durch welche man an oder durch das jenseitige Wuhr sehen konnte. Wenn nun der Vater und der Peters Jakob jeder hinter seinem mauerdichten Wuhr stand, so sträußten wohl beide die Ohren, schnüffelten, und dann rief der Vater etwa: «Guten Tag! Bist Du es, Jakob?» Und Peters Jakob erwiderte: «Je so, ist mir doch gewesen, Du seiest drüben; guten Tag,

Heinrich!» Und dann keilte jeder sich durch sein Wuhr und gelangte ans Bett der Tosa. Jetzt versuchten sie allbereits ein ordentliches Gespräch zu beginnen, aber möglicherweise lärmte die Tosa zu sehr. Dann zogen sie die Schuhe aus, wickelten die Hosen erklecklich auf und so durchwatete jeder die Strömung die an seinem Wuhr vorbeifloß, und trafen sie in der Mitte des Flußbettes auf einer wasserleeren Stelle zusammen. Daselbst standen sie, je nach der Wichtigkeit ihrer Mitteilungen oder der Stärke ihres Konversationstriebes, oft sehr lange barfuß auf dem kugeligen Gestein, sachte von Weile zu Weile den einen oder andern Fuß lüpfend. Am Schluße einer solchen Konferenz war es denn einmal gewesen, als sie eben von einander gingen, daß Peters Jakob sich nochmals umwendete und dem Vater zurief: «Ja hör' Heinrich, ich hätte es schier vergessen, meine Frau hat mir eben gestern noch einmal so ein Kind geboren, wollst Du mir etwa am Sonntag dafür zu Gevatter stehen?» «Ei, freilich, warum das nicht?» antwortete der Vater, und jeder watete nun gleichmütig wieder zu seinen Schuhen zurück.

Wenn die Tosa hoch anschwoll, so floß sie schlammig, wie Lehm und das Anschwellen geschah oft urplötzlich. Wir Kinder erkoren das Tosabett, wenn es trocken war, gerne zu unserem Spielplatz, waren aber mehr als einmal in Gefahr zu ertrinken, wie Pharao samt seinen Scharen im Roten Meer. Solches war der Fall, wenn es im Frühling tief hinten im Gebirge, am Ursprung der Tosa, stark in den Schnee regnete, während weiter vornen im Tal heitere Witterung war. Dann brachte der Fluß Holzstücke von allen Größen und Formen, selbst ganze Bäume mit Wurzeln und Wipfeln und die Grundeigentümer standen dem Fluße entlang mit Stangen, an welchen eiserne Haken und Spieße befestigt waren, und suchten vermittelst derselben von dem Treibholz möglichst viel herauszufischen, wobei mein Vater und Peters Jakob nicht die untätigsten waren. Allein mein Vater war der Kräftigere und Geschicktere und fischte gerne gerade die Stücke heraus, welche Peters Jakob in übel angebrachtem Eifer bloß angestochen und dadurch auf die andere Seite getrieben hatte. Alsdann konnte letzterer wohl ein wenig mauserig werden und war im Stande, einen ganzen Abend darauf bei uns zu sitzen, ohne irgend etwas zu erzählen. Dagegen schlief er entweder oder reinigte, sönderte und büschelte Sauborsten, womit er einigen Handel trieb; der Vater aber drechselte Holzspindeln für Handspinner, oder schnitzte sonst etwas in Holz oder hantierte als Reparateur einer Schwarzwälderuhr. Geredet wurde aber der Mauserigkeit Peter Jakobs wegen kein Wort. Doch nächsten Tages schon witterten sie sich wieder hinter dem Wuhr und der Friede war hergestellt.

Eine andere Persönlichkeit, die zwar in Grünau vielleicht die verachtetste war, hatte für mich bei meiner Vorliebe für Außergewöhnliches eine beinahe so große Anziehungskraft, wie Peters Jakob. Dieselbe hieß Egli, wurde aber seiner kurzgebliebenen Statur wegen gewöhnlich Kleinegli genannt. Er war Baumwollweber und mochte damals gegen fünfzig Jahre zählen. Sein wirrer, unstäter Blick, ähnlich demjenigen eines stillen Wahnsinnigen, die in unordentlichen Locken ins Gesicht fallenden schwarzen Haare, der struppige Bart, den er monatlich einmal so gut beseitigte, als sich's mit einer Weberschere tun ließ, seine originelle an keine Nationalität erinnernde knapp anliegende Kleidung, meist aus schwarzem Baumwollsamt bestehend, die er sich selber verfertigte und mit den sonderbarsten Garnituren verschnörkelte, über dem Knöchel seines linken Fußes ein starker eiserner Ring befestigt, an demselben eine ebensolche Kette und an derselben ein mit Eisen beschlagener Holzblock von der Größe eines Mannskopfes, hatten zusammen etwas so Abschreckendes, daß es unbegreiflich scheinen mag, wie ich mich zu diesem Auswurf der menschlichen Gesellschaft hingezogen fühlen konnte. Auch sein Aufenthaltsort in dem düstern

Webkeller eines auf Schußweite von unserem Hause entfernten einsamen Hofes, wo durch das in einer Grube angebrachte Fensterlein kein Zoll breit Himmel sichtbar war und wohin nie ein Sonnenstrahl dringen konnte, war einem Tierkäfig ähnlicher, als der Wohnstätte eines menschlichen Wesens. Und dennoch saß ich manche, manche Stunde in dieser mit Moos, Schwämmen und giftigen Kräutern bewachsenen Grube, da dann Kleinegli sein blindes Fensterlein öffnete, aus wirrem Blick ein blitzflüchtiges Lächeln entsendete, seinen Kopf in die Öffnung zwängte und mir wunderseltsame Märchen zu erzählen anfing, oder eine Mandoline hervorzog und rührende, selige Weisen spielte. Nun dürfte es schon begreiflicher sein, warum ich zu Kleinegli in die Grube hinunterstieg.

Kleinegli war, wie er mir nach und nach stückweise erzählte, armer Eltern Kind, aus dem Schulkreise Großmoos. In eine Schule war er nie gekommen, dagegen mit zwölf Jahren in eine Nagelschmiede, um das Handwerk zu erlernen. Es ging ihm aber für diesen Beruf nicht nur jede Neigung ab, sondern er war auch zu schwächlich und kriegte schon nach wenigen Monaten Blutspeien. Vergeblich beklagte er sich darüber, weder die Eltern noch der Meister kehrten sich in anderer Weise daran, als daß sie ihn entweder ausschalten oder durchprügelten. Da nahm er in der Verzweiflung Reißaus und strich weit fort über Berg und Tal, gelangte in eine deutsche Stadt und hoffte, irgendeinen seinen Kräften gemäßen Dienst zu finden. Aber der Unerfahrene täuschte sich sehr, er wurde, da er keine Ausweisschriften besaß, von der Polizei aufgegriffen und über die Grenze geführt. Er sollte in seine Heimatsgemeinde transportiert werden, wußte jedoch zu entwischen und floh in die Wildnis, wo er zu einer Bande Heimatloser stieß und sich derselben anschloß. Jahrelang trieb er sich dann an der deutschen und französischen Grenze herum, wobei er als Hausierer, Kesselflicker und vorzugsweise als Musikant ein jämmerliches Leben führte. Für die Musik meinte er mehr als gewöhnliche Anlagen zu besitzen, da er innert vierzehn Tagen das Fagott, mit gleicher Leichtigkeit später mehrere andere Instrumente «mordsgut» spielen gelernt und eine große Geschicklichkeit im Reparieren schadhafter Instrumente besaß. Doch alle Kunst und Geschicklichkeit schützte ihn nicht immer vor der bittern Notwendigkeit, sich zur Fristung seines Lebens langer Finger zu bedienen. Über solchem Tun wurde er ergriffen und für ein paar Jahre an den Schatten gesetzt. In diesem Gewahrsam erlernte er die Weberei. Freigelassen und jetzt wirklich nach Grünau transportiert, wurde er daselbst so hündisch behandelt – wie er zähneknirschend sich ausdrückte – daß er schon am nächsten Tage wieder das Weite suchte. Bald gelangte er an die tirolische Grenze und stieß daselbst nicht bloß zu Heimatlosen, sondern zu einer echten Zigeunerhorde. Diese nahm ihn aus Mitleid, aber mißtrauisch auf. Er aber leistete mehr als sein Äußeres versprach und gelangte bald zu einem gewissen Ansehen bei diesen Leuten.

Ein Mädchen, dessen Name Lotose mir der lieblichen Schilderung wegen, die Kleinegli von ihr machte, unvergeßlich geblieben, wurde seine Geliebte, sie lehrte ihn mehrere Saiteninstrumente, auch die Mandoline spielen und mit Lotose allein durchzog er manches Dorf, manche Stadt, auf Märkten, in Wirtschaften usw. spielend. Aber auch dieses herrliche Leben, dessen Schilderung ihn allemal in eine wehmütig entzückte Stimmung versetzte, endete schon nach drei Jahren und zwar mit der Trennung von Lotose und abermaligem Transport über die Grenze. Doch da er sich jetzt klüglich zu den Heimatlosen bekannte, so unterblieb der Schub nach Grünau noch für längere Zeit, bis eine Wiedererkennungsszene zwischen ihm und einem Landjäger stattfand. Da war's mit seiner Freiheit für immer vorbei und er wurde in die Heimat transportiert und daselbst durch den sogenannten «Schlegel», den er, wie oben erzählt, an dem linken Fuße trug, an fernern Ausflügen verhindert. Seine Mandoline hatte er in den sonntäglichen Mußestunden selber verfertigt und sie war sein Trost im Webkeller, wohin die Armenpflege ihn unter Aufsicht eines ehrenfesten Bauern versorgt hatte. Auf der Mandoline spielte er die Weisen, die ihn Lotose gelehrt, dazu zu singen aber war ihm nicht erlaubt, weil der Bauer es für unschicklich hielt, daß ein Almosengenössiger singe. Auch das Musizieren war ihm nur an den Sonntagen gestattet und tat er mir's an einem Werktag zu Gefallen, so war das ein Wagnis, das ihm sogar Prügel eintragen konnte. Weil ich aber das einzige Kind war, das sich nicht schämte oder scheute, an seinem Kellerfensterlein zu sitzen, so überwand er die Furcht und ließ mich nie unerhört von dannen gehen.

Weniger heimelig fühlte ich mich bei der Frau eines Barbiers, der jenseits des Hügels hinter unserem Hause nahe bei der Tosa wohnte. Diese Frau suchte uns Kinder oft mit Butterbrot, auch wohl bloß mit geräuchertem Speck zu sich in die Stube zu locken, nicht etwa um Böses mit uns zu treiben, sondern nur, um Jemand zu haben, der ihr ungeheuerliches Erzählungstalent oder ihren unvergleichlichen Gesang bewunderte. Sie befand sich fortwährend auf der Grenze zwischen gesundem Verstande und Verrücktheit und was sie tat und sagte, war auch größtenteils so beschaffen, daß man nicht wußte, ob Wahnwitz oder Schalkheit aus ihr spreche. Doch erzählte sie häufig so befremdliche Dinge, daß sogar wir Kinder ihr Überschnapptsein merkten. Indessen waren es glücklicherweise keine verderblichen Geschichten, sondern meistens solche, über die wir einfach staunten oder lachen konnten. Wenn sie aber mitten im Erzählen stockte, das Spulrad von sich stieß, die Hände unter beiden Knien zusammenknüpfte, uns stier anblickte und mit hohler Stimme sagte: «Jetzt hat's mich – jetzt – Kinder, beim teuren Eid, jetzt muß ich sterben!» dann begehrten wir nicht Zeugen ihres Todes zu sein und eilten Hals über Kopf zum Hause hinaus. Die Frau hieß Kathry.

Eines schönen Mondscheinabends trieben wir Kinder uns noch im Tosabett herum an einer Stelle, wo ein gegen vierhundert Fuß hoher Fels das linke Ufer bildet. Derselbe trägt mehrere sogenannte Nasen, klippenartige Vorsprünge, meist mit Gebüsch oder Waldholz bewachsen, dessen bemooste Wurzeln in schwindelnder Höhe und Unzugänglichkeit in die freien Lüfte hinausragen. Die grotesken Figuren, welche das Geschlinge derselben bildete, erregten manchen kindischen Wunsch, einzelne Gebilde herunterholen zu können, aber wir waren überzeugt, daß solches nicht menschenmöglich sei. Jetzt fiel das Mondlicht gerade darauf und das Geschlinge warf gar sonderbare Schatten auf den gelbweißen Fels. Nun kam etwas sich Bewegendes zum Vorschein, wir dachten, es sei ein Wild, die Höhe war zu fern, um etwas deutlich unterscheiden zu können. Langsam war's aus dem schmalen Gehölz hervorgekommen und bewegte sich, ein weißliches Gebild, im Zickzack über das Wurzelgeflecht herunter, wo es sich auf der äußersten Kante festsetzte. Nun erklang plötzlich in reinstem Wohllaut die Weise des Liedes: «Ach, es naht die bange Stunde ...»

Staunen und Schrecken schoß uns gleichmäßig durch die Glieder – es war Kathrys Stimme, die in schwelgender Volltönigkeit der Klüfte Echo wachrief und dadurch das Geisterhafte der Erscheinung mächtig erhöhte. Wir hörten zu, bis sie einige Strophen gesungen, dann wurden wir einig, ihren Mann von der Begebenheit zu benachrichtigen. Derselbe war etwas dem Trunke ergeben und wir waren sicher, ihn in einer gewissen Schenke zu treffen. Richtig war er gerade noch so nüchtern, um für ein ordentliches Erschrecken disponiert zu sein. Rasch tat sich eine Zahl von Männern zusammen, an deren Spitze der Barbierer, mit Heuseilen wohl beladen, am Waldrande des Gubels hinaufkletterte. Kathry sang noch, ohne ihren Platz verändert zu haben. Der Barbierer gelangte hierauf vermittelst der Seile glücklich in ihre Nähe und brachte die teure Hälfte wohlbehalten auf sichern Boden. Dieser Einfall war ebensowohl abenteuerlicher als verrückter Natur, ja sie foppte uns nachher damit und höhnte uns, als die wir nicht den Mut hätten, es ihr gleichzutun.

Eines Tages, als Kathry uns eben eine schauerliche Geschichte von einem Geisterschloß erzählt hatte, verabredeten wir einen Besuch der «Susannenhöhle», welche in unferner Gebirgsschlucht von einem Felsgrat herabschaut. Der Bergvorsprung, welchem der Fels als Grundmauer dient, heißt Burgbühl und die Sage läßt ein schönes Burgfräulein darin gefangen sitzen, das durch Treubruch sich den ewigen Zorn des Burgherrn zugezogen. Da es unsern Vorfahren oft erschienen und namentlich mein Großvater als Knabe, beim Pflücken von Maiblümchen, so glücklich gewesen war, es zu sehen, so hegten wir den begreiflichen Wunsch, es möchte auch uns einmal erscheinen. Nun denke man sich unsern freudigen Schrecken, als wir diesmal wirklich nicht umsonst hinaufschauten, sondern das Fräulein droben stehen und uns einen Gruß zuwinken sahen. Wir standen steif wie eine Pfahlreihe im Bach, das Wasser strudelte an unsere nackten Beine und leichte Kiesel trieben, ein kitzliges Gefühl erregend, über die Füße, während die Nachmittagssonne durch einen Bergeinschnitt sengende Strahlen auf unsere unbedeckten Häupter abschoß. Das Fräulein trug ein dunkles Gewand, auch das Haupt war von oben bis auf die Augenbrauen mit einem schwarzen Zeuge bedeckt, das Gesicht schien blaß, was nicht befremden konnte an einem Wesen, das ganze Menschenalter hindurch in einer Höhle zubrachte. Wir mochten etwa fünf Minuten sprachlos dagestanden haben, als die Erscheinung in die Höhle verschwand, woher nun aber im gleichen Augenblicke eine so schmelzend wehmütige Weise ertönte, daß uns vor Wonne und Seligkeit fast der Atem verging. Die Weise verlor sich bald in einzelne leise nachtönende Klänge und wir zogen glücklicher als Könige nach Hause, das Geschehene und Gehörte zu berichten. Aber bald nachher verriet Kathry unter vergnügtem Lachen, dass sie es über sich genommen, unsere Sehnsucht nach der Erscheinung des Burgfräuleins zu befriedigen.

3

Bei meinen Altersgenossen war ich schon von der Schule her sehr gut angeschrieben, besaß aber auch sonst so viel geselliges Talent, daß meine Gegenwart oder Abwesenheit bei Spielen keineswegs unbeachtet blieb. Eigentliche tägliche Kameradschaft hatte ich bis in mein zehntes Jahr nur mit einem Mädchen, Susanna, aus der nächsten Nachbarschaft, das acht Tage älter war als ich. Was hab' ich nicht Susannas wegen gelitten! Das Mädchen war ein sehr hübsches Püppchen, alert im Umgange und eine Erzschmeichlerin, wenn sie es darauf absah, daß man ihr eine Gefälligkeit erweisen sollte. Hundert und hundert Male drückte sie meine Wangen mit ihren schmalen Händchen und sagte in einem Tone, dem ein Herz von Nagelfluh nicht hätte widerstehen können: «Du bist doch ein guter Hansli, lug, grad verschlucken möcht' ich Dich! Du Lieber! Nun, gelt, Du tust mir den Gefallen?» Die Dienste, welche sie von mir verlangte, bestanden mehrenteils darin, daß ich ihr die Schulaufgaben lösen sollte, welche samt und sonders sie gräßlich anwiderten. Ich hatte nie was dagegen, wenn sie bei mir blieb, bis die Sache getan war; wenn sie aber ihre Erholung unterdessen anderswo suchen zu dürfen glaubte und ich sie etwa in ihrem kurzen Röcklein mit dem zierlichen Windhaspel am besonnten Wiesenrand hinunterfliegen sah, während ich hinter den halbblinden, runden, in Blei gefaßten Scheiben für sie schwitzen sollte, dann geriet ich leicht so in Ungeduld, daß ich mich der Aufgabe eiligst entledigte, um auch meinen Windhaspel in Bewegung zu setzen.

Wenn sie dann mit der Lösung in die Schule kam, die Fehler der Eile zu Tage traten und des Schulmeisters Rüge etwa gar in körperliche Züchtigung umschlug, womit gegen Fehlende nicht sparsam verfahren wurde, dann hätte ich Blut weinen mögen, mußt' ich mich selbst ja als den Schuldigen anklagen. Doch gehörten Bestrafungen durch meine Schuld zu den seltenen, häufiger wurde Susanna wegen ihrer in der Schule selbst bewiesenen Flüchtigkeit bestraft, und ich darf sagen, daß ich jede Strafe peinlich mitempfand und jedesmal klagte, sie nicht statt der Strafbaren allein erleiden zu können. In der Schule saß sie mir ihrer schlechten Note wegen zu fern, als daß ich ihr durch Ohrenbläserei hätte Beistand leisten können, nur beim Rechnen gelang es mir oft, durch eine einfache Fingersprache zu dienen. Da ich wohl wußte, daß es ihr an Naturgaben nicht fehlte, um das zu ermöglichen, was in unserer Schule durch unsern Felix gefordert wurde, so ermahnte ich sie oft zu größerem Fleiße. Dafür schalt sie mich einen «Langweiligen», und das ihr zu sein, war mir so schrecklich, daß mir darob viele der besten Ermahnungen im Schlunde stecken blieben. Ja, eines Tages erzählte sie mir als eine von der Großmutter gehörte Neuigkeit, daß durch Adams und Evas Sündenfall alles Böse in die Welt gekommen sei; sie ereiferte sich dann nachträglich nicht wenig über das «Lumpenpack», dem man es natürlich auch zu verdanken habe, daß eine Schule existiere!

In den Spielen mit andern Kindern hielten wir unverbrüchlich zusammen. Einmal geriet ich mit einigen arroganten Neulingen in Streit und schwur dann, vorläufig durchaus nicht weiter mitzuspielen. Susanna trat mir bei und wir kamen überein, in die Heidelbeeren zu gehen. Kaum aber hatten wir zu Hause unsere Körbchen geholt und waren einige Klafter weit weg, als der ganze Kreis sich löste und in Auflösung begriffen uns nachzog, selbst die Störenfriede nicht ausgenommen, nur mit dem Unterschiede, daß diese scheu und demütig auf bedeutende Distanz zuhinterst blieben. Der Weg an den Bestimmungsort war ziemlich lang und führte an schroffen Abgründen vorbei durch einen dunkeln Wald. Und schon auf halbem Wege sahen wir, wie grauschwarzes Gewölk sich in immer dichtern Massen bedrohlich zusammenballte, und hörten, wie schon vereinzelte schwere Tropfen fielen. Ein Gefühl des Erbangens beschlich mich, wie ich es vordem noch nie gekannt hatte, und Susanna schmiegte sich in gleicher Ängstlichkeit an mich. Lautlos bewegte sich die ganze Schar vorwärts, der Wind aber toste heftig durch das Geklüfte, und einzelne Waldpartien erhielten jene weißliche Färbung, wie sie die Kehrseite der Blätter zeigt. Indessen des Windes Tosen stärker, das Geräusch der fallenden Tropfen hörbarer wurde, sagte Susanna mit plötzlichem Einfall: «Hör, Hansli, die Mutter hat schon gesagt, das Zanken sei Sünd' und erzürne Gott; denk nun, ob er nicht über uns böse sei, daß solches Wetter kommt?» Die Sache erschien mir wahrscheinlich genug. «Wir wollen beten», sagte ich. – «Meinst, das helfe?» erwiderte Susanna, schon halb mißstimmt, weil es sie an die Schule gemahnte. «Allweg hilft das!» entgegnete ich, «wir wollen nur sofort anfangen, es müssen aber alle mitbeten. Hört!» rief ich, indem ich mich umwendete und ein wenig auf die Seite trat, «faltet die Hände, wir müssen beten oder das Wetter bringt uns um». Alle gehorchten aufs Wort. Ich trat wieder an die Spitze und betete ein langes Lied aus dem Gesangbuch laut vor. Wir waren in feierlichster Stimmung, ja selbst die Stimmen der übrigens recht harthölzernen Störefriede hoben sich gar vernehmlich heraus, und welchem ein tüchtiger kühler Tropfen auf dem Kopfe zerplatzte, dessen Stimme wurde einen Augenblick lauter, flehentlicher. Aber alle trugen sich mit der gewissen Zuversicht, daß es helfen werde. Wir waren jetzt mitten in den Wald und mit dem Liede zu Ende gekommen und hatten eine Strecke weit weder Wolken noch Himmel gesehen, nur des Sturmes Wehen hatte fort und fort um unsere Ohren gebraust. Wie freudiggroß war drum unsere Überraschung, als mit einemmale der tiefblaue Himmel durch die Bäume schimmerte und bald die mit Farrenkraut und Heidelbeerstauden bewachsenen Abhänge im vollsten Sonnenglanze vor uns lagen. Ja, da nahm Susanna meine Backen auch wieder zwischen die schmalen Hände und sagte so schmeichelnd, so schmeichelnd, wie nur sie es konnte: «Du bist doch ein guter Hansli!» Und da sie wußte, daß ich nicht der flinkeste Pflücker war, so half sie mir und warf je ihr drittes Händchen voll in mein Körbchen und doch war das ihrige noch vor dem meinigen gefüllt.

Um mein achtes Jahr erschien das erste von den Büchlein Zellbergers, welches in der Mundart geschriebene Szenen aus dem Volksleben enthielt. Man riß sich um den Kalender, der einige Proben daraus mitteilte, und wer es verstand, diese in dramatischer Form gehaltenen Schilderungen des unmittelbarsten, wirklichsten Lebens verständlich vorzutragen, der hatte an fröhlichen Zuhörern keinen Mangel. In Grünau wurden sie besonders gut aufgenommen, weil, wie man wähnte, in einem der Stücke eine Grünausche Persönlichkeit mitspielte, mithin auch der Dialekt rein der Grünausche war. Peters Jakob brachte die erste Nachricht von dieser Novität zu uns und schalt den Verfasser scherzweise einen «Leckersbub», der die Leute «mordsdings» auszuschänzeln wisse. Meines Vaters Neugierde hielt sich jedoch soweit in gemessenen Grenzen, daß er, zufällig bereits im Besitze eines neuen Kalenders, sich nicht so hoch verstieg, der lustigen Stücklein wegen noch für einen zweiten Kalender einen Batzen auszuwerfen, geschweige denn, das ganze Büchlein zu kaufen. Ich hielt daher bei Peters Jakob an, daß er es über sich nehmen wolle, mir das außerordentliche Vergnügen zu verschaffen, und er brachte mir wirklich das Büchlein irgend woher geliehen. Freudig, bevor ich zu lesen anfing, setzte ich Susanna davon in Kenntnis, und da ich ihr weis machen konnte, daß diese Leserei mit der obligatorischen in der Schule nicht die geringste Ähnlichkeit habe, so verstand sie sich dazu, meiner Vorlesung beizuwohnen. Wie sehr aber täuschte ich mich über den Erfolg! Ich hatte das Idiom noch nie geschrieben gesehen und verstand durchaus nicht, es zu lesen. Die Stube war von Leuten ganz gefüllt, welche alle auf das Wunder mehr oder weniger gespannt waren, und ich schämte mich auf den Grund der Seele, auch nicht eine einzige Zeile fertig lesen zu können. Was da gerutscht, gegähnt, geräuspert wurde, ist nicht auszusprechen, und endlich sagte der Vater, um die armen Seelen aus ihrer Pein zu erlösen: «Hansli, steck auf, selb ist jetzt das langweiligste Zeug, das ich schon gehört habe.» Jedermann stimmte bei, Susanna aber, die an meiner grünen Seite saß, war bei ihrem guten Gewissen sanft und selig eingeschlafen. Ich hatte sie noch nie schlafend gesehen, und sie erschien mir jetzt so fremdschön, daß ich über dem Genuß ihres Anblicks der erlittenen Beschämung völlig vergaß und es nicht im Geringsten übel nahm, als ein blasser Webergeselle mir das Büchlein aus den Händen nahm. Doch nun, was geschah? Während ich mich unverwandt an Susannas großen geschlossenen Wimpern und dem leicht geöffneten Rosenmunde weidete, begann der Webergeselle zu lesen und das hieß wohl mit neuen Zungen geredet, denn nun klang alles so real und natürlich, so fein der Wirklichkeit abgelauscht und dabei so komisch und spaßhaft, daß die ganze Gesellschaft zu «pfuttern» und zu lachen begann. Ich traute meinen Ohren nicht, der blasse Webergeselle erschien mir wie ein Geisterbeschwörer. Selbst Susanna erwachte und lachte mit. Nachher machte ich wiederholte Versuche, es dem Webergesellen gleichzutun, erreichte aber immer sehr unbefriedigende Resultate und verlor mittlerweile allen Geschmack an Zellberger.

Unendlich erhabener erschienen mir die Christoph Schmidschen Geschichten von Rittern, Räubern, biderben Förstern und ehrlichen Untertanen, aus denen auch Susanna sich willig erzählen ließ. Doch, da sie einmal zugegen gewesen, als unsere Väter die Wahrheit der Geschichte des «Heinrich von Eichenfels» in Frage stellten und im allgemeinen meinten, derartige Geschichten seien nur von Studenten ersonnen, die noch nichts besseres zu leisten im Stande wären, so ward mir Susanna mit ihren Zweifeln in der Folge sehr lästig und ich schluckte ihrem Gesichtchen zu lieb manchen bitteren Ärger still hinunter. Als sie jedoch dieselben Zweifel gegen meine liebste Geschichte, gegen «die Beatushöhle», aufwarf, da geriet ich so in Eifer, daß ich ihr mit strengem Wort es freistellte, entweder ihre Äußerung zurückzunehmen oder unsere Stube zu verlassen. Sie zog letzteres vor, wußte aber ihrem Lärvchen einen Ausdruck zu verleihen, der mir das Behagen an meiner Superiorität meisterlich versalzte.

Es dürfte nun bald scheinen, als hätt' es mir an literarischen Ergötzungen ganz und gar nicht gefehlt und wäre mir allezeit ein Bibliotheklein auserlesener Sachen zur Verfügung gestanden. Dem war aber leider nicht so; ich besaß nur zwei kleine Büchlein eigen, alles übrige mußte ich geliehen zu bekommen suchen und was ich dabei für Not hatte, das weiß nur ich und der liebe Gott. Die Leute waren sehr ungefällig gegen den kleinen Knirps und es kostete manchmal Tränen, bis man mir den Reutlinger Artikel für ein paar Tage überließ. Dasselbe war z. B. der Fall, als ich die Spur zur «Beatushöhle», welche ein Schneiderjunge besaß, gefunden hatte. Es war an einem Wintersonntagnachmittag, als ich den glücklichen Besitzer aufsuchte, der, als ich kam, eben selber in dem teuern Büchlein las. Ich brachte mein Anliegen vor, allein der flegeljährige Junge sah mich spöttisch an und meinte, was ich denn nur davon verstehen könnte, der ich noch nicht größer sei als ein Elggermannli (ein unter diesem Namen bekanntes Backwerk in menschlicher Gestalt)! Ich bat, es auf die Probe ankommen zu lassen, worauf der Junge einging; nachdem ich aber meine Sache befriedigend abgemacht, bemerkte er, er selbst sei noch nicht ganz mit dem Lesen zu Ende, falls ich indessen darauf warten möge, so habe er nichts dagegen, doch dürfe ich nicht in der Stube verweilen, weil er es liebe, beim Lesen allein zu sein.

Ich war völlig zufrieden, es nur so weit gebracht zu haben, und verließ die Stube, um in einem angebauten Holzschuppen zu warten, bis der Schneiderjunge durch verabredetes Klopfen mir das Zeichen zum Wiedereintritt gebe. Es war sehr kalt und ich trug ein sehr dünnes Gewändlein. O was fror mich's zwei Stunden lang und das Klopfen wollte noch immer nicht erfolgen! Der Schuppen lag gegen eine steile Hügelseite, dem Sonnenlicht kaum im höchsten Sommer zugänglich; jetzt schimmerte der bläuliche, staubig gefrorene Schnee durch die weitoffenen Bretterfugen der Wand und auch auf den Querbalken derselben lag bei jeder Fuge ein Häufchen hereingewehten Schnees, und im Schuppen stand eine Anzahl Holzblöcke, an welchen der Schnee seit dem Transport noch klebte. Ich bekam den sogenannten Kuhlnagel an Fingern und Zehen dermaßen, daß ich vor Schmerz die Zähne aufeinanderbiß und eine grausame Kälte durch meinen Körper rieselte. Aber ich hielt aus, es hätte mich gewiß eher mein Leben gekostet, als daß ich auf die verheißene «Beatushöhle» verzichtet hätte. Es war Nacht und immer kälter geworden, als das Klopfen endlich erfolgte und ich steif wie ein gefrorenes Hemd zur Türe hereinstakelte. Da wollte der Junge erst noch Umstände machen und es bedenklich finden, mir das köstliche Büchlein anzuvertrauen, von dem vielleicht in der ganzen Schweiz kein zweites Exemplar zu finden wäre. Doch überwog schließlich sein Menschlichkeitsgefühl und ich erhielt das Büchlein. Selig wackelte ich nach Hause in die warme Stube und bat die Mutter, ein Licht anzuzünden und den Tisch herunterzulassen, der mit Zapfen in

Leisten an die Wand befestigt war und nach dem Essen allemal aufwärts an die Wand gelegt und mittelst eines Riegels festgemacht wurde. Die Mutter, selbst begierig, das berühmte Büchlein zu sehen, entsprach meinem Verlangen sogleich, ich aber fühlte erst jetzt in der Wärme die volle Stärke des Kuhlnagels und las der Mutter heulend die erste Seite vor.

Es wolle indessen auch niemand wähnen, ich hätte meine freie Zeit, das heißt, die Stunden außer der Schule, lediglich auf Spiele und Liebhabereien irgendwelcher Art verwenden gedurft; diese glückliche Zeit war für mich vorbei, bevor sie eigentlich dagewesen war. Mit dem siebenten Jahre kam ich in die Schule; daß ich aber mit dem achten schon für die Weberei der Mutter Garn spulen mußte, ist mir in frischester Erinnerung geblieben, dieweil mir die Spulerei entsetzlich zuwider war. Der eigentümliche säuerliche Geruch des nassen Einschlages wie des trockenen gesteiften Zettels fährt mir bei jedem Gedanken daran in die Nase. Für jeden Tag war mir eine bestimmte Partie des Garnes zugeteilt, welche unbedingt gespult werden mußte; diese Partie nannte man «Rast», ein Wort, das mir so oft den Atem stocken machte. Alles Widerstreben half nichts, man nahm mir meine Büchlein weg und sparte im äußersten Fall auch körperliche Züchtigung nicht. Meine Mutter war eine seelengute Frau und der Vater besaß auch eine ziemlich weitgehende passive Güte, was beide von roher Behandlung ihrer Kinder zurückhielt; allein hinsichtlich der den letztern zugedachten Arbeitspflicht konnten sie sehr hart sein, da ihnen eben die zu körperlicher und geistiger Entwicklung so nötige Freiheit ein Ding war, von dem sie in ihrer eigenen Jugendzeit nichts erfahren hatten. Wenn es denn doch unter hundert Malen einmal vorkam, daß mir der Rast ganz oder teilweise geschenkt wurde, so machte der Fall Epoche in meinem kleinen Leben, wie der Meilenstein in öden Weiten, der zugleich als Ruhebank hergerichtet ist.

Eines solchen Falles erinnere ich mich von dem Tage einer außerordentlichen Landesgemeinde, welcher auch mein Vater beiwohnte, doch keineswegs von politischen Motiven, sondern lediglich von Neugierde getrieben. Er las keine Zeitung und bekümmerte sich um die Welthändel rein nichts. Es hatte sich aber das Gerücht verbreitet, man werde die in der Nähe des Landsgemeindeplatzes befindliche mechanische Webefabrik, welche den Erwerb der Handwerker zu Grunde zu richten drohe, in Brand stecken, und dieses große Feuerlein nun wollte mein Vater auch gerne sehen. Da dieser Tag halb als allgemeiner Festtag galt, so ward mir ein sehr mäßiger Rast aufgegeben, mit dem ich leicht schon vormittags hätte fertig werden mögen, wäre nicht mein Fleiß durch festliche Einflüsse beeinträchtigt worden; nun aber verblieb der größere Teil noch für den Nachmittag. Plötzlich, als mir schon bange zu werden anfing, ich dürfte den Rast gar nicht fertig bringen, kam die Nachricht von dem wirklich stattgehabten Brande und von der zahlreichen Gefangennahme verdächtiger Individuen. Diese Nachricht wurde durch direkt von der Landsgemeinde Zurückkehrende gebracht, und diese sagten zugleich, daß sie nicht wenig Bekannte unter den Verhafteten auf Wagen gebunden gesehen, und unter diesen Bekannten befand sich namentlich auch Susannas Vater. Nun entstand großes Wehklagen unter den Weibern und Kindern und die Mutter sagte, ich dürfte jetzt zu spulen aufhören und mit ihr auf den Grat gehen, von wo man fernhin auf die Straße hinaussah, zu sehen, ob die Mannen endlich kommen und ob der Vater auch dabei sei. Wie sehr versüßte mit der geschenkte Rast die bittere Nachricht! Meine Tränen flossen fast nur anstandshalber und waren ziemlich reine Freudentränen. Da ich des Vaters passive Art kannte, so hatte ich eine gewisse Ahnung, er habe sich an dem Verbrechen in keiner Weise beteiligt, und es könne ihm also nichts Böses geschehen. Und meine Ahnung betrog mich nicht, denn ums

Zunachten kam der Vater mit drei andern Nachbarn über den Steg, wir kannten ihn von weitem an seinen Kniehosen, welche in der Nachbarschaft nur noch er, Peters Jakob und Susannas Vater trugen. Wir Kinder eilten den Willkommenen entgegen, ich freudig, Susanna aber in Tränen zerfließend. Denn da ihr Vater nicht mit dem meinigen zurückkam, wie er mit fortgegangen, so mußte das Gerücht Grund haben. Und ja, mein Vater selber hatte ihn nebst einigen andern auf einen Wagen rückwärts an die Leiter gebunden gesehen. Das wollte mir um Susannas willen das Herz zerreißen, ihre kleine zartgebaute Mutter fiel in Ohnmacht. Der Vater erzählte nun, daß mehrere Wagen voll Verdächtiger nach der Stadt geführt worden seien, von welchen die größere Zahl bloß wegen zu lauten Freudenbezeugungen über die angenehme Wärme, welche der Brand an dem kalten Novembermorgen verbreitete, abgefaßt worden seien. Dabei habe man es hauptsächlich auf die Kniehosen abgesehen, weil der großmaulige, auf der Tat ertappte Hauptstifter solche Hosen getragen. Deshalb habe auch ihn, den guten, ganz gewiß unschuldigen Vater, mehr als ein Polizeispion mit lüsternem Blick gemessen und von mehr als einer Seite habe er die Diener und Speichellecker der Gerechtigkeit sich zurufen gehört: «Auf die Kniehosen, da trifft man die Rechten!» Mein Vater betrachtete es als einen Beweis der göttlichen Vorsehung, daß er ungeachtet dieses verpönten Kleidungsstückes frei zurückkehren gekonnt, ließ dann jedoch, um Gott seine Vorsehung etwas zu erleichtern, sofort lange gewöhnliche Hosen anmessen. Von der Landsgemeinde, der er wunderswegen doch auch ein Weilchen beigewohnt, wußte er nichts zu berichten, und wenn später des vielgenannten Tages gedacht wurde, so meinte er: «Ja, ja, das ist halt eine Weltsbrunst gewesen!» Susannas Vater kam am dritten Tage wieder heim, und auch er, der sich verschwor, nur seiner malefizischen Kniehosen wegen attrappiert worden zu sein, legte dieselben für immer ab.

Wo ich mich immer wohlbefand, das war in der Schule, und ich war auch so glücklich, nie durch Verwendung für ökonomische oder andere Zwecke am Schulbesuch verhindert worden zu sein, wie solches in andern Haushaltungen oft der Fall war. Der Vater war als ein rechtschaffener, gesetzmäßiger Mann bekannt und er wollte nicht derjenige sein, der den alten Namen der Familie Grünauer irgendwodurch in Mißkredit brächte. Hatte er kein Streben nach Auszeichnung, so hatte er doch eine gewisse Furcht vor einer solchen und es war sein bewußtes Bemühen, stets zur Sahne und nicht zur Hefe der Bevölkerung Frühblumens zu gehören. Daß mein älterer Bruder die schönste Handschrift führte, daß ich unter Lob und Preis von zweiundvierzig Hoffnungsvollen zu oberst saß und daß mein jüngerer Bruder auch allbereits seine Mücken tanzen ließ, das alles konnte dem Vater recht wohl behagen, und er pflegte etwa, den Ursprung so beträchtlicher Grütze andeutend, schmunzelnd zu sagen: «Der Ungeschickteste in meinen Schuljahren hat auch nicht Heinrich Grünauer geheißen.» Diese Eitelkeit trug also wesentlich dazu bei, daß der Vater sich unserer Schwachheit erbarmte und auf den Bettel verzichtete, den er allenfalls mitunter durch anderweitige Verwendung unserer Kräftlein hätte profitieren können. Daß er sich aber hätte beifallen lassen, ein mehreres zu tun, könnt' ich nicht sagen. Als sich z. B. der Schulmeister erbot, Privatstunden zu geben, in welchen vornehmlich Rechnen und schriftliche Arbeiten einläßlicher gelehrt würden, und, falls sich nur ein halb Dutzend dabei beteiligen würde, das Honorar für den jedesmaligen Unterricht von zwei bis drei Stunden auf nur einen Schilling oder sechs Centimes per Kopf festsetzen wollte, so war mein Vater keineswegs resolviert, diesen Schilling auszuwerfen, sondern wir mußten, wenn wir an diesem Unterrichte teilnehmen wollten, suchen, besagten Schilling extra selber zu verdienen, was mir etwa durch forciertes Spulen, Kräuter- und Schneckensammeln und dergleichen möglich wurde. So wohnte ich diesem Unterrichte, den mein guter Felix an den Sonntagabenden erteilte, regelmässig bei, verdankte jedoch demselben blutwenig, lernte nicht nur nichts neues, sondern auch nichts eigentlich gründlicher. In den schriftlichen Übungen tat ich es dem Schulmeister zuvor und im Rechnen war er so unsicher, daß er manch gegebenes Beispiel wieder zurücknehmen mußte, weil er die Lösung so wenig finden konnte, als seine Schüler.

So kam die Zeit nur zu bald, daß ich meiner Schule entwachsen war. Ich hatte in vier Jahren zwei Klassen überholt und brachte die zweite Hälfte des fünften Schuljahres ziemlich nutzlos hin; der Schulmeister wußte mich nicht mehr angemessen zu beschäftigen und meine Gegenwart begann ihm lästig zu werden. Er verwendete mich meist für Gehilfendienste und ließ mir daneben freie Wahl unter den Selbstbeschäftigungen. Solcherweise versteckte er seine wissenschaftliche Blöße hinter seine mir von jeher bewiesene Gewogenheit.

Mit Beendigung des fünften Schuljahres war ich elf Jahre alt geworden und hätte laut Gesetz die Primarschule noch ein Jahr besuchen sollen. Allein die Prüfung bewies, was der Schulmeister dem Herrn Pfarrer bereits vorhergesagt hatte, daß für mich bei dem allgemeinen Unterricht nichts mehr zu holen sei, und ich wurde entlassen. Dieses Scheiden tat mir weh, ich sah mich nicht in Freiheit gesetzt, sondern ausgestoßen; wie beneidete ich Susanna, die sicher war, noch ein ganzes Jahr sitzen zu können; ihr gegenüber kam ich mir vor, wie einer, der seinen Leckerbissen zu rasch verschlungen, während der andere ihn weislich abgeteilt, um sich länger daran gütlich tun zu können. Aber auch aus einem andern Grunde, und aus diesem ganz besonders, tat es mir weh, die Schule mit dem Rücken ansehen zu müssen. Ich fühlte nämlich, wie elend und nichtig meine Kenntnisse waren; wimmelte es doch von Fragezeichen in meinem Kopfe, auf welche ich ums Leben gern die Antworten vernommen hätte, und wer sollte sie mir geben, wenn der Schulmeister nicht der Mann war dazu? So sehr die Erfahrung mich vom Gegenteil hätte überzeugen sollen, so trug ich doch zum Schulmeister die Zuversicht in mir, daß er, falls der Unterricht es nur mit sich brächte, auf alle, alle Fragen richtigen Bescheid zu geben wüßte. Und wie lieb war mir der redliche Felix als Mensch! Das Herz jauchzte mir, wenn ich nur einen Zipfel sah von seiner Plattmütze mit dem tief ins Gesicht fallenden Schirm, wenn ich ihn an seinem stelzigen Gang von weitem erkannte oder seine gemütlich heisere Stimme hörte, besonders sein Lachen, das nicht im mindesten geziert war und leicht hervorgelockt wurde. Gemütlicheres konnte es ja gewiss nicht geben, als wenn der Schulmeister mit seinen Schülern bei dem Lesen der Episode aus Pestalozzis Lienhard und Gertrud, wo Maurers Heireli am Hag sitzt und sein Brot zwischen der Ziege und dem armen Betheli teilt, dann plötzlich mit dem Rufe aufspringt: «Da ist nicht gut Wetter!» weil er sich unachtsamerweise in die Ameisen gesetzt hatte – wenn, sage ich, der Schulmeister mit seinen Schülern aus vollem Halse lachte, wie solches unter Felix auch nach wiederholtem Lesen besagter Episode der Fall war.

Nun es war nicht zu ändern, ich mußte der Schule Lebewohl sagen. Wohl weiß ich noch, mit welcher Betrübnis ich meine Tafel und übrigen Habseligkeiten zum letztenmal vom Gestell unter der Schulbank hervorzog und wie wehmütig ich von den grauen Wänden Abschied nahm, die mich künftighin nur noch als Repetierschüler wöchentlich einen Tag lang umfangen sollten. Selbst meinen Eltern war mit meiner Entlassung kein großer Dienst geleistet, weil ich für Arbeiten von einigem Krafterfordernis noch zu schwach war. Deshalb schickte man mich, als der neue Schulkurs begann, nochmals in die Schule, mit der Anweisung, der Schulmeister möge mit mir anfangen, was ihm gut scheine. Aber derselbe nahm mich kalt auf, er wußte in der Tat nicht, was er mit mir anfangen sollte, und ich selber kam mir dann auch so überzählig vor, daß ich gar nicht erschrak, als der Schulmeister nach ein paar Tagen sagte: «Hans sag' Deinem Vater, es tue mir leid, Dich nicht länger kommen lassen zu dürfen, es störe meinen andern Unterricht und er solle nur zufrieden sein mit dem, was Du in der Schule erlernt hast; es bringt unter hundert Schülern kein zweiter so viel mit sich heraus. Und lug, Hans, Du hast ein Köpflein, das kenne ich. Aber habe nur Geduld: unsere Gemeinde bekommt vielleicht schon nächstes Jahr eine Sekundarschule, in dieselbe muß Dich dann Dein Vater schicken, das will ich schon richten.»

Mit diesem Berichte kam ich nach Hause; der Vater lächelte gleichgültig dazu und sagte kein Wort.

4

Ich wurde jetzt ans Spulrad gewiesen und erhielt meinen täglichen regelmässigen Rast, so daß wenig Gefahr blieb, mutwillig zu werden. Es waren mir Tage tiefster Betrübnis und ich las zur Erholung nichts mehr so gern, als die Sterbeseufzer und Sterbelieder in unseren Andachtsbüchern. In einem derselben fand sich die Abbildung eines Friedhofes mit einem offenen Sarg, in welchem ein junges Mädchen lag, weiß und still, die rechte Hand ruhsam auf die linke gelegt, die Augen wie zum süßesten Schlummer geschlossen; Schaufel und Sargdeckel lagen daneben und viel gebleichtes Gebein umher; um verwitterte Kreuze blühten Rosen und Vergißmeinnicht, Hügel an Hügel reihte sich zierlich bis an das offene Grab und jenseits des Grabes war noch frischer Boden zu neuen Gräbern und ich hätte gerne mein eigenes Grab dicht bei dem offenen Graben gesehen, es schien mir so lockend, neben der weißen Leiche vom Spulen ausruhen zu können.

Es war keine leere Gefühlständelei, das Wohlgefallen an dem Bilde erwuchs zur Hoffnung, daß es vielleicht möglich sei, den Tod herbeizusehnen; die Mutter erschrak nicht wenig, als sie eines Abends in der Dämmerung vom Felde kommend mich mit einem langen Hemde angetan auf der Bank liegend fand, Hand auf Hand gelegt, akkurat wie bei der Leiche im Sarg, und tief schlafend. Die Ähnlichkeit war ihr beim ersten Anblick aufgefallen. Als sie mich geweckt hatte, fragte sie mich weich, was mich auf diesen Einfall gebracht habe? Ich gestand ihr ohne Hehl, daß ich gerne sterben möchte, um vom Spulen erlöst zu werden. Darüber schoß ihr das Wasser in die Augen und sie sagte: «Ich glaub' es Dir, Hans, das hast Du von mir, siehst mir nicht umsonst so ähnlich. Lug, als ich ein Kind war von Deinem Alter, da mußt' ich auch schon Seide spinnen; das war aber keine so leichte Beschäftigung, wie das Spulen, ich brachte lange kein rechtes Garn heraus und wurde deshalb täglich gekeift. Da wünschte ich auch zu sterben und freute mich, als ich schwer krank wurde, und wollte keine Arznei nehmen, damit ich ja nicht mehr aufkomme. Aber nachher bin ich doch wieder froh gewesen, daß ich nicht hatte sterben müssen. Sag, was tätest Du denn lieber, als spulen?» – «In die Schule gehen!» erwiderte ich schluchzend, «ach, wenn ich nur wieder in die Schule gehen könnte!» – «Ja, das möchten ich und der Vater Dir wohl gönnen, aber der Schulmeister will ja nichts mehr von Dir wissen. Sag aber, weil Du so ungern spulst, möchtest Du vielleicht weben lernen?» – «Ja», sagte ich, froh, nur irgendein Mittel zu finden, das mich vom Spulen erlösen könnte.

Die Mutter versprach, gleich morgen damit anzufangen, und sie hielt Wort, ich durfte an den Webstuhl sitzen. Aber nun zeigte sich erst, welch eine kleine Person ich war. Meine Füße reichten noch nicht auf die Tretschienen hinunter und letztere mußten daher um so viel höher heraufgezogen werden, auf das Sitzbrett mußte ein zweites Brett gelegt werden, damit ich auch Höherliegendes erreichen möge. Begriffen war meinerseits die Hexenkunst nun bald, dieses Lob gab mir die Mutter und es tat mir wohl, konnt' ich doch daraus den Trost schöpfen, nicht für lebenslänglich zur Spulerei verdammt zu sein. Ich ließ mich denn auch mit einem so unsinnigen Eifer an, daß ich mein Hemd meist bachnaß schwitzte und die Mutter mich bat, sachter zu Werke zu gehen. Ich hielt die Mahnung für mütterliche Artigkeit und wurde um so eifriger, ihr Ursache zur Wiederholung derselben zu geben. Doch nun zeigte sich's, daß mein schnell verfertigtes Fabrikat ihr Bedenken erregte; war sie anfangs durch die Schönheit meines Tuches in Verwunderung gesetzt worden, so rückte sie jetzt mit Tadel um Tadel heraus, und wenn ich mich tröstete, daß sie mein Tuch in dieser oder jener Hinsicht doch nicht übel gefunden habe, so kam sie unfehlbar das nächste Mal auch auf diesen Punkt zu sprechen, bis ich endlich begriff, daß an meinem Tuche eigentlich gar nichts Gutes sei.

Das war schon ein kleiner Anfang zu neuem Mißbehagen, dessen, wie mir schwante, noch ein gut Teil auf mich warten mochte. In den paar ersten Wochen dieser neuen Berufsperiode war mir mehrenteils nur in den Stunden zu weben vergönnt, in welchen die Mutter anderweitig beschäftigt war; wenn aber sie wob, mußte ich wieder zum Spulrad sitzen. Diese Abwechslung ließ ich mir in Ermangelung von etwas besserm gern gefallen; das Spulen war im Verhältnis zum Weben wirklich ein Kinderspiel, da letzteres den kleinen Körper teils strahlenförmig auseinanderrenkte, teils über die Brust wie mit einem Knebel preßte. Mir bangte daher, das Weben dürfte in die Länge noch viel weniger nach meinem Geschmacke sein, als das Spulen und blangerte bald gar nicht mehr auf die Gelegenheit, mich in dieser Kunst zu vervollkommnen. Mein älterer Bruder, Kaspar, war schon vor ein paar Jahren in dieselbe eingeweiht worden und er hatte oft im Bett zu mir geklagt, was es für eine Schinderei sei mit dem Weben und er wünschte sehr, daß der Unmensch, welcher das Weben erfunden habe, noch im Jenseits weben müßte. Er war daher sehr froh, daß der Vater so viele Grundstücke besaß, um mit Beschäftigung im Freien die schönere Jahreszeit hinbringen zu können und höchstens im Winter an den Webstuhl gebannt zu sein. Damals hatte ich seinen Jammer nicht verstanden und er hatte tauben Ohren gepredigt, ich war wohl sogar darüber eingeschlafen und er hatte mich dann gestupft und unwirsch gefragt: «Magst denn nicht ein wenig hören?» Und wenn ich fortschlief auch sich aufs Ohr gelegt und geseufzt: «Da sieht man, wie ruhig einer schlafen kann, der noch nichts vom Weben weiß!»

Diese brüderlichen Herzensergüsse tauchten jetzt in meinem Gedächtnisse auf und ein so klares Verständnis begegnete denselben, daß ich davor wie vor einer Unglücksprophetie zurückschauerte. Doch tröstete ich mich leidlich mit der Voraussetzung, man werde meine Versuche als Spielerei betrachten und sich nicht beifallen lassen, mich zum eigentlichen Weber ausbilden zu wollen. Doch als ich eines Mittags aus der Repetierschule zurückkam, hörte ich ein starkes Gepolter in der Stube. Es ward mir etwas unheimlich, mein Ahnungsvermögen verhieß mir nichts Gutes. Und siehe, als ich in die Stube trat, da standen dem mütterlichen Webstuhl gegenüber bereits drei andere Stuhlbäume zwischen Boden und Diele gezwängt und den vierten sägte der Vater eben zurecht. Jetzt wußte ich, wie viel Uhr es geschlagen hatte, und ich hätte über dieses Ereignis wohl vierzigtägige Trauer anlegen mögen. Der Webstuhl war für mich bestimmt, und es stand mir frei, dazu ein saures oder süßes Gesicht zu machen. Der Vater bemerkte ironisch, er wisse wohl, daß ich noch keine Stricke zerreißen werde, aber weil ich schon geschworen habe, daß ich nicht mein Leben lang spulen werde, so habe er mir zum Worthalten behilflich sein wollen.

So war ich denn traurig genug eingeschifft auf der Woge des Lebens, da es wirklich des Vaters ausgesprochene Absicht war, mich berufsmäßig an den Webstuhl zu binden. Er richtete mir denselben aufs beste ein und die Mutter half im Schweiße ihres Angesichts mit, bis alles leidlich im Gange war. Ich begann mit ihr zu wetteifern und sie rühmte heuchlerisch, ich tue es ihr merkwürdig zuvor. Dazwischen erzählte sie mir manches Geschichtlein, wovon sie meist den Anfang oder das Ende oder ein Bindeglied verloren hatte, in welchem Fall es mir Vergnügen machte, die defekten Stellen sehr sinnreich zu ergänzen. Dasselbe war mit manchem traditionellen Volksliede der Fall, das sie mir so lange vorsagte, bis ich es innehatte. Daß keines der mitgeteilten Stücklein von erotischen Elementen ganz frei war, lag im Geiste der Volkspoesie. Indessen barg diese volkstümliche Erotik für die kindliche Unschuld kaum einige Gefahr, da dem Reinen alles rein war, die Liebessituationen einfach auf elterliche oder geschwisterliche Freundlichkeiten bezogen wurden und kein Erklären die gefährliche Wirklichkeit entschleierte. Meine Mutter erzählte mit Vorliebe Beispiele von Strafgerichten Gottes wegen allerhand Gottlosigkeiten der Menschen. Eine der lieblichsten dieser mütterlichen Erzählungen mag hier folgen:

«Ein Jüngling saß singend in einem Nachen auf einem breiten reißenden Strome und ruderte aus allen Kräften, um schnell an das jenseitige Ufer zu gelangen, wo seine Geliebte, das schönste Mädchen des Stromtales, wohnte. Als er in die Mitte des Stromes kam, drang der Hülferuf eines Verunglückten an sein Ohr. Er blickte flüchtig hin und sah ein altes Weib mit den Wellen kämpfen, die es hinunterschlingen wollten ins nasse Grab. Er aber kehrte sich nicht daran und eilte, hinüberzukommen. Die Stimme klang immer flehentlicher, aber schwächer und leiser. Die Arme schwamm am Nachen des Jünglings vorüber, hinab, ihr Rufen verstummte. Doch plötzlich, wenige Klafter von dem Fahrzeug entfernt, tauchte sie leicht wie ein Nebelgebilde aus den Wellen empor, und es war keine häßliche Alte, sondern die schönste aller Jungfrauen, noch unendlich schöner als seine Geliebte, die schon harrend und winkend am Ufer stand. Die Jungfrau im Strome aber rief zürnend: «Fahr' immer zu! Fahr' zu in Ewigkeit!» Und sie schwamm spielend wie ein Schwan stromabwärts. Den Jüngling aber ergriff unnennbare Sehnsucht nach der Unvergleichlichen, die seine Sinne bezauberte. Er vergaß der harrenden Geliebten und fuhr hinab der Unbekannten nach, die in immer gleicher Entfernung vor seinen Augen dahinschwamm, nicht achtend auf sein liebeflehend Rufen und nur von Zeit zu Zeit ihm vorwurfsvoll ihr leuchtend schönes Antlitz zukehrend. Der Jüngling fuhr Tage, Wochen und Jahre stromabwärts, aber das Ziel seiner Sehnsucht vermochte er nie zu erreichen. Und so fährt er noch immer zu, bis in die Ewigkeit hinein.»

Besonders schreckliche Exempel entnahm die Mutter, wie ich später entdeckte, einem alten Andachtsbuche, betitelt: «Übung der Gottseligkeit» von Bischof Bayle, einem Buche, das den Geist krassester Strenggläubigkeit atmete, von Engeln und Teufeln wie von Freunden und Bekannten sprach und namentlich Unglücksfälle immer als direkte Zeichen des göttlichen Zornes betrachtete. Die Qualen der Verdammten in der Hölle schilderte es mit schauderhafter Einläßlichkeit und diese Schilderungen bewirkten, daß die Mutter die Wörter «Tod» und «Ewigkeit» nur mit scheuem Flüstern aussprach und selbst dem Worte «lahm» stets beifügte: «Gott behüte uns davor!» Der Gedanke ans Sterben verursachte ihr wahre Höllenangst, da sie sich für eine so sündige Kreatur hielt, daß sie ohne die größte göttliche Barmherzigkeit eine Beute des leibhaftigen Satans werden müsse. Sie kam nur zu oft auf dieses Kapitel zu sprechen und ich sah dann den Angstschweiß in großen Tropfen ihr auf Stirne und Schläfe stehen. Religiösen Büchern bewies sie insgeheim so große Achtung, daß, wenn ihr z. B. eines aus Versehen auf den Boden fiel, sie daselbe, nachdem sie es aufgehoben, äußerlich auf beiden Deckeln küßte und auch uns Kinder dazu anhielt, in gleichen Fällen ein Gleiches zu tun.

Ein Sommer war mir so ganz erträglich hingegangen, schmächtiger und bleicher war ich geworden, kränklich aber fühlte ich mich in keiner Beziehung. Die Schulzeit lag schon hinter mir wie eine ferne Vergangenheit, und der Schmerz, sie entschwunden zu sehen, war versiegt. Die Repetierschule mußte mir gleichgültig sein, da ich nur Bekanntes wiederholen sollte und der Schulmeister mir die angenehmste Stunde, die Schreibstunde, durch geistloses Diktieren verdarb. Da die Repetierschüler zum Teil aus bösen Buben bestanden, die dem guten Felix manchen vorsätzlichen Verdruß bereiteten, so war er fast immer in gereizter Stimmung und es kam mitunter zu heftigen Auftritten. Ich fühlte dann ein inniges Bedauern, den Felix in fruchtlosem Eifern sich verzehren zu sehen. Einmal diktierte er in solcher Stimmung einen geschichtlichen Abschnitt, der von Fremdwörtern wimmelte, und so abgerissen, daß sich kein Sinn herausdifteln ließ; das tat er, um recht viele Schreibfehler rot anstreichen und den Übermütigen zeigen zu können, wie wenig weit es mit ihrer Wissenschaft her sei. Mich langweilte das Zeug und als ich ein paar Zeilen geschrieben, zog ich ein paar dicke Striche durch dieselben und wagte es, einen eigenen Aufsatz zu erschaffen. Ich wählte die Briefform und schrieb an einen Freund über die schöne Vergangenheit, da wir zusammen die Schule besuchten, glücklich, überglücklich, jeden Tag etwas Neues lernen zu können. «Auch jetzt», schrieb ich wörtlich, «sitze ich in der Schule, aber es ist da so viel anders geworden, es ist keine Lernbegierde mehr da, und viele, die gar nichts verstehen, meinen, sie seien gescheiter als der Schulmeister.» Da Felix meine Schrift von vornherein für fehlerfrei hielt, so pflegte er sie in der Regel nicht anzuschauen und in dieser Voraussetzung hatte ich meiner Phantasie freien Lauf gelassen. Diesmal hatte ich mich verrechnet, er griff eifernd nach allem, was vorlag, und er stutzte, auf meinem Bogen etwas anderes, als sein Diktat zu finden. Er las mit steigendem Interesse und blickte abwechselnd wohlgewogen zu mir herüber, und als er mit dem Lesen zu Ende war, fuhr er sich mit dem Nastuch über die Augen und sagte gerührt: «Hans, Du bist und bleibst doch meine einzige Freude, in Dir hab' ich mich nicht betrogen. Euch aber, ihr miserabeln Bärenhäuter, euch will ich jetzt zeigen, was Einer zuwegebringt, der an euern ungeleckten Witzen nicht teilnimmt.» Nach dieser Vorrede beging er die Taktlosigkeit, meinen Brief laut vorzulesen, dessen erhabener Stil und glänzende Metaphern zwar von allen mehr oder weniger instinktiv gespürt wurden, dessen Inhalt mir aber begreiflich keine Freundschaften eintrug.

War es mit der Freude an der Schule Frühblumens für immer vorbei, so klammerte ich mich um so fester an die Tröster, die es mir in frühesten Tagen waren, an die Bücher. Es fand diesen Sommer in einer Schweizer Stadt eine Bücherverlosung statt, das Los kostete einen Gulden und der obgenannte Schneiderjunge vermochte in den Besitz eines solchen zu gelangen. Da der Plan besagte, daß jedes Los gewinne und daß einzelne Gewinne sich auf mehrere hundert Bände beliefen, so lag nahe, daß ich gegen eine solche Gelegenheit, glücklich zu werden, nicht gleichgültig sein konnte. Ich steckte mein Verlangen hinter die Mutter und die Mutter steckte es hinter den Vater und der Vater sagte, er wolle dann sehen; und als es hohe Zeit zum Sehen war, lehnte er es mit kältester Indifferenz ab. Diese Kälte tat mir sehr weh, ich war ja doch, wie ich die Mutter ihm einmal zu Gemüte führen hörte, ein so fleißiger Weber, daß er mir diesfalls wohl hätte willfahren dürfen. Er führte aber für sich den allerdings sehr triftigen Grund an, ein reichlicher Büchergewinn dürfte meinen Weberfleiß nicht vermehren und ich sei nicht zum Bücherlesen, sondern zum Weben da.

Die Herbstzeit unterbrach die Weberei für einige Wochen. Die Mutter mußte Kartoffeln ausgraben helfen, ich war bald Hüterbub für unsere paar Kühe, bald hatte ich Reisigbüschel aus einem entlegenen Bergwald nach Hause zu schleppen. Die Sprossen stachen unbarmherzig durch das dünne Gewändlein in den Rücken, und die durch keine Schuhe geschützten Füße litten auch nicht wenig auf des Weges spitzigem Steingeröll. In solchen Leidensstunden meditierte ich inbrünstig über die Passionsgeschichte Jesu Christi, und ich kann wohl sagen, daß der Trost, den ich daraus schöpfte, oft das einzige war, was mich unter der beinahe erdrückenden Last der Reisigbüschel und der Trübsal des Lebens aufrecht erhielt; da mochten die Sprossen noch so arg stechen, ich dachte, die Nägel durch des Heilands Hände haben ohne Zweifel unvergleichlich größere Schmerzen verursacht; die Füße mochten am Abend noch so geschunden aussehen, ich dachte, gehen die Löcher auch weit hinein, so gehen sie doch nicht durch, wie die Nägel durch des Heilands Füße. Und dann kratzte ich getrost Sand und Gras aus den Löchern heraus und verschlief Schmerz und Kummer auf meinem harten Laubsack und war am Morgen wieder so froh, wie ein anderes Menschenkind. Wenn ich dann auf die Wiese zog mit unsern folgsamen Kühen, die ihre struppigen Häupter im Vorbeigehen an den knorrigen Obstbäumen rieben, wodurch leicht einige der reifsten Früchte zu Falle gebracht wurden, die frische, nur ein wenig nach dem Rauche der Feldfeuer riechende Luft mir ins Gesicht blies, die Tautropfen in aller Farbenpracht auf dem grünen Teppich erglänzten, die Hüterbuben sangen, die Glocken klangen, die Axtschläge aus den Waldplätzen ertönten, die Tosa kräftiger zwischen den Wuhren hinabtoste, dann sang auch ich mit meiner guten Stimme aus voller, freudiger Seele:

Gott ist mein Lied,
Er ist der Gott der Stärke,
Hehr ist sein Nam' und groß sind seine Werke
Und alle Himmel sein Gebiet.
Der kleinste Halm
Ist seiner Weisheit Spiegel;
Du Luft und Meer, ihr Auen, Täler, Hügel,

Ihr seid sein Loblied und sein Psalm.
Er tränkt das Land,
Führt uns auf grüne Weiden,
Und Nacht und Tag, und Korn und Wein und Freuden
Empfangen wir aus seiner Hand.
Kein Sperling fällt,
Herr, ohne Deinen Willen,
Sollt' ich mein Herz nicht mit dem Troste stillen,
Daß Deine Hand mein Leben hält!

5

Unerwartet schnell starb die Mutter, und der Vater sah sich in die tiefste Trauer versetzt. Ihre Ehe war eine friedliche gewesen und der Vater, allen Veränderungen und Neuerungen ohnehin abgeneigt, hatte wohl nicht von ferne daran gedacht, daß der Tod ihm einen solchen Streich spielen könne. Er überließ sich lange Wochen einem untröstlichen Hinbrüten, unfähig, uns Kindern, die wir anfänglich selber so sehr des Trostes bedurften, solchen zu gewähren. Doch am jungen Holz vernarben die Wunden leichter und so hatte auch ich die Traurigkeit bald überwunden. Nicht nur hatte mir der Vater alle, mehr als zwanzig Jahre hindurch aufbewahrten Kalender zur freien Benutzung ausgehändigt, sondern auch jedermann in der Umgegend, der irgend etwas an unterhaltender Lektüre besaß, diente mir jetzt bereitwilligst. So vergaß ich die wirkliche Welt mit ihrem Gram und Glücke, der Webstuhl ruhte tagelang und ich ließ mir träumen, daß es ewig so gemächlich gehen dürfte.

Der Sommer kam, und mit ihm lebte auch der Vater wieder munterer auf. Doch sollte, wie die Sage ging, etwas anderes, als allein der Zeiten Wechsel von so wohltuender Wirkung auf ihn sein. Susanna zog mich wiederholt damit auf, daß ich nun bald eine zweite Mutter bekommen werde, und was für eine, des werd' ich mich verwundern; jedenfalls werd' ich dann wieder etwas mehr zu weben und etwas weniger zu lesen bekommen. Ich nahm diese Zeitung ohne Grämen auf, mein jugendlicher Leichtsinn half mir über die mögliche Ungunst herannahender Zustände hinaus und ich freute mich für den Vater, dessen bisheriges trübseliges Wesen mir oft tief zu Herzen gegangen war.

Eines Sonntagabends, als ich aus der Kinderlehre nach Hause kam, und weil ich den Schlüssel zur Türe nicht an gewohnter Stelle liegen fand, den Eingang durchs Fenster suchte, sah ich den Vater mit einer Weibsperson drinnen in der Stube sitzen; es war mir klar, daß es die Erwählte sei. Es war die älteste Tochter von Peters Jakob, eine Jungfrau von sechsunddreißig Jahren, die gewandteste Weberin in der ganzen Umgegend, von steifer Ehrbarkeit und guter Gesundheit. Ich erschrak und mein Schrecken war nicht gering, denn soweit ich die Jungfrau aus eigener Beobachtung wie vom Hörensagen kannte, hatte sie mich nie im geringsten angemutet. Sie war eine erklärte Verächterin aller Literatur, wobei höchstens das Kirchengesangbuch und ein paar Gebetbücher nicht inbegriffen sein mochten, auch der mündlichen Erzählung so wenig geneigt, daß ihr Vater gerade ihretwegen, wie er oft bemerkte, zu Hause nie etwas von seinen Erlebnissen erzählte. Von ihrer unermüdlichen und «ausgiebigen Weberei» war im Orte nur ein Ruhm zu hören, nämlich, daß sie von niemand übertroffen werde. Alles das, zusammengehalten mit ihrer äußern Gestalt, hoch und hager, mit groben männlichen Gesichtszügen, erschien mir überaus langweilig und abstoßend. Ich zog mich daher eiligst zurück. Einen Monat später wurde Hochzeit gehalten und wir hatten wieder eine Mutter.

Die ersten Tage der neuen Zustände verliefen recht vergnügt und friedlich; die neue Mutter hatte uns mit kleinen Geschenken bedacht, gab recht gute Worte und kochte merklich besser, als wir's bisher gewohnt waren. Mit der Aufstellung ihres eigenen Webstuhles pressierte sie zu meiner Beruhigung nicht sehr, sondern bestand darauf, daß sie dem Vater ein wenig bei seinen ländlichen Arbeiten behülflich sein wolle. Solches mußte sie aber erst erlernen und weil der Vater dabei mit jener kleinbäuerlichen Ordnungsliebe zu Werke ging, der es selten jemand nach Wunsch zu treffen vermag, so veranlaßte ihn ihre fleißige Unerfahrenheit zu so viel Bemerkungen, daß die Stimmung der Flitterwochen keine ganz ungetrübte bleiben konnte.

Ich blieb nach wie vor beim Webstuhl; daß ich mir aber nach wie vor meine Zeit mit Lesen versüßen wollte, das führte zum ersten offenen Friedensbruch. Der Mutter fiel auf, wie bedenklich langsam ich vorwärts kam, sie fing also an, wenn sie hereinkam, an meiner Garn- und Tuchwelle zu tasten, fragte, ob das Garn so schlecht sei, daß ich nicht mehr ausrichte, und warf mir dabei ernste Blicke zu. Dann steckte sie es hinter den Vater, daß er mir ans Gewissen rede, und er tat es, doch ohne viel auszurichten. Ich versprach Besserung und hielt mein Versprechen so lange, als jemand beobachtend in unmittelbarer Nähe verweilte; sobald ich mich aber allein wußte, konnte ich der Versuchung zum Lesen nicht widerstehen. Jetzt fing ich an, zu bemerken, wie meiner Bücher tagtäglich weniger wurden, bis in kurzer Zeit sich nicht ein einziges mehr vorfand und ich mich allein an den dünnen Wandkalender halten mußte, den ich denn auch durch und durch studierte.

Bei Beginn des Winters setzte sich die Mutter auch zum Webstuhl und da sie mir gerade gegenüber saß, so war meiner Leserei radikal abgeholfen. Auch für Rede und Gesang blieb nur wenig Freiheit, da die Mutter von alledem keine Freundin war und meinte, wenn man an der Arbeit sei, so habe man keine Zeit an etwas anderes zu denken. Sie machte aber auch die helle Zeit hindurch ein so mauserig Gesicht, daß einem alle Fröhlichkeit verging und nach der Hand eine Mahnung zum Stillesein überflüssig wurde. Ihr schweigseliger Einfluß legte sich dann auch auf die ganze Haushaltung, wie ein Reif aufs Gefilde. Peters Jakob kam äußerst selten mehr zu uns.

Endlich wurde es wieder Frühling. An einem Sonntagmorgen ging ich dem Wuhr entlang bei der Tosa; die Weiden knospeten erst und das Wuhr war bei aller Dichtigkeit doch noch sehr durchsichtig. Jüngere Kinder schnitten sich aus der saftigen Rinde, die sich röhrenförmig von den Weidenstäben ziehen ließ, Flöten, Pfeifen und Waldhörner und die monotonen Klänge fern und nah weckten wehmütigsüße Erinnerungen in mir. Träumerisch verloren blickte ich in die Welt hinaus, ich wußte nicht was ich suchte, noch was mir fehlte. Ach, mir fehlte ja alles! Mattgrüne Wiesen, brauner Wald, blauer Himmel – wie ruhig lag's um mich und über mir! Ich mußte wohl ein wenig ergriffen und aufgerichtet werden. Ich schlüpfte durchs Wuhr in die Tosa zu einer Stelle, wo das Wasser einen spiegelglatten Teich bildete, in welchem der Himmel sich widerspiegelte. Aber nicht nur des Himmels Bild, auch das meinige lag in der Tiefe und vor demselben erschrak ich und stieß einen schweren Seufzer aus. Wie bleich und fast zu nichte war ich den Winter über geworden, wie blöd und schläfrig nickte mein Ebenbild mir zu! Dieser Anblick wollte mir bald unerträglich werden, da hörte ich meinen Namen rufen. Es konnte auch Sinnentäuschung sein; war's aber nicht. In einem Fahrweg, der vom Felde in die Tosa führte, stand ein Mann, der mir winkte; es war der Schulmeister Felix. Ich lief so schnell als ich konnte auf ihn zu und achtete es nicht, daß ich einige eiskalte Strömungen durchwaten mußte. Felix sagte, er hätte zwar mit dem, was er zu sagen habe, auch bis zum Repetierschultag warten können, doch sei ihm solches, sobald er mich gesehen habe, nicht möglich gewesen. Es sei nämlich nun bestimmt und gewiß, daß noch dieses Jahr in Wiesental eine Sekundarschule eröffnet werde. Aus Wiesental und Tannenrain habe sich bereits eine ordentliche Zahl von Schülern gemeldet, auch Großmoos lasse auf ein paar rechnen, nur bei Frühblumen und Nideltobel sei noch nichts Gewißes; aber er wolle dafür sorgen, daß wenigstens einer, der Hans Grünauer, das Häuflein verstärke, und er glaube, der könne wohl für zwei gerechnet werden.

Ich war von dieser Nachricht wonnereich überrascht, öffnete den Mund einige Male lautlos wie eine Kaulquappe auf dem Trockenen und verharrte schließlich in stummem Entzücken. «Aber wie Du aussiehst! Was fehlt denn Dir? Bist Du auch gesund?» fragte der Schulmeister, indem er meine eingefallenen Wangen betastete. «Ach!» seufzte ich und eine herbe Rührung überkam mich, «nichts als weben, gar nichts anderes mehr!» Meine Stimme erstickte in Tränen. «Ja, das ist es und der Öldampf und das Spätaufbleiben», sagte Felix ebenfalls gerührt. «Aber zähl' darauf, das ist jetzt vorbei, das wollte ich Dir sagen. Ich werde Deinen Vater heute noch oder sobald ich ihn sehe zu mir hereinrufen und es ihm andingen, daß er Dich unfehlbar in die Sekundarschule schicken solle.» Ich dankte Felix durch einen innigen Blick und bat ihn noch ausdrücklich, solches dem Vater ja recht sehr anzuempfehlen, weil er es sonst leicht wieder vergessen könnte.

Felix hielt Wort und er richtete so viel aus, daß der Vater sich wenigstens zum Pfarrer bemühte, bei demselben über das große Vorhaben Rat zu holen. Der Geistliche hörte mit gnädigem Lächeln zu und erwiderte schnell und besonnen: «Grünauer, des Schulmeisters Rat ist ein einfältiger. Ich will damit nicht bestreiten, daß Euer Bube nicht recht artige Fähigkeiten besitze, aber Außergewöhnliches ist nichts dabei, und so wäre es für einen wenig bemittelten Mann, wie Ihr seid, zu gewagt, den Jungen einem Berufe zu widmen, welcher lange Jahre der Ausbildung und bedeutende Geldopfer erfordern würde, ohne eigentliche Wahrscheinlichkeit, daß das Wagnis zu Eurer Freude und des Jungen Glück ausschlüge. Laßt ihn lieber ein Handwerk lernen, etwa just die Bäckerei. An inländischen Bäckergehülfen ist immer noch Mangel, sodaß die

Hälfte derselben aus Schwaben besteht. Überlegt's und tut was Ihr wollt, nur versteigt euch nicht in das geschulte Wesen. Das ist mein Rat. Lebt wohl Grünauer.»

Diesen Bericht brachte der Vater ohne Randglossen zurück; die Mutter fand den Rat vernünftig und allweg gescheiter als den des Schulmeisters. Auch ich erschrak nicht davor, lag doch die Möglichkeit darin, vom Weben loszukommen. Anderer Ansicht war der Schulmeister, der einige Tage nach Eröffnung der neuen Schule in unser Haus kam. Er bemerkte aufgebracht, das stehe dem Pfarrer, der ein städtischer Aristokrat sei, ganz gut und harmoniere mit der Tatsache, daß er bei der Einweihung des Institutes, das gegen seinen Willen ins Leben gerufen worden, seine beschmutztesten Kleider getragen und extra vom sauersten Wein getrunken habe. Felix bestürmte den Vater von neuem, wenigstens ein Jahr lang den Versuch zu machen, da werde sich's zeigen, was der Pfarrer für ein Menschenkenner und Prophete sei. Allein der Vater fand es bequemer, dem Pfarrer zu glauben, und die Mutter sagte entschieden, aus dem werde nichts, daß ich ein ganzes Jahr lang im Sonntagsgewändlein herumlaufen dürfe; vielmehr sei es jetzt an der Zeit, daß ich endlich etwas verdiene. Der Vater nickte Beifall und die Sekundarschule war überwunden.

Da in Grünau keine Bäckerei existierte, die Lehrlinge aufnahm, und der Vater es nicht der Mühe wert hielt, sich anderswo nach einer solchen umzusehen, so blieb der Webstuhl mein Teil; ohnehin wäre ich auch für den Bäckerberuf noch viel zu klein und schwach gewesen. Ich ergab mich in mein Schicksal, hielt jedoch in romantischen Träumen an der Hoffnung fest, dereinst von Berufes wegen durch Bibliotheksäle schlendern und auf dem einsamen Zimmer über erhabenen Problemen brüten zu können. Ein Sporn zu größerem Fleiße beim Webstuhl konnte in solchen Vorgängen nicht liegen, gegenteils wurde ich immer lässiger und gleichgültiger. Ich kam denn auch so eigentlich nicht mehr aus Strafverhängnissen heraus, die sich besonders auf die Samstagabende zusammenzogen, welche Zeitpunkte als Hauptlieferungstermine angesetzt waren, während ich selten etwas liefern konnte und sicherlich kein einzig Mal etwas rechtzeitig lieferte. Drohungen und Strafen fruchteten wenig, ebensowenig die Zusprüche Susannas, welche mir vorrechnete, was sie in einem Jahre bereits erübrigt habe. Trotzig erwiderte ich ihr, daß sie es ja wissen müsse, wie ich gar nicht darnach trachte, beim Weben vorwärts zu kommen, und daß gewiß die Zeit nicht ausbleiben werde, in welcher ich ohne Weben in einem Tage so viel verdiene, wie sie jetzt in einer ganzen Woche. Das imponierte ihr jedoch wenig, sie blickte mich spöttisch an und bemerkte, es dürfte auch noch so ein Kleinegli aus mir werden.

Bei solcher Unverbesserlichkeit geschah es auf Anregung der Mutter, daß mir auferlegt wurde, ein wöchentliches Kostgeld zu bezahlen; was ich darüber hinaus erwürbe, sollte mir gehören, in dem Sinne jedoch, daß ich daraus auch die Anschaffung der Kleider bestreiten sollte. Das war des größten Elendes Anfang. Ich erwarb selten so viel, als nur das Kostgeld betrug, und da man es mir reif werden lassen wollte, so kam ich in Kleidern so zurück, daß ich mich bald kaum mehr sehen lassen durfte. Man zeigte mit den Fingern auf mich und sagte mir ungeniert ins Gesicht, welch ein Erztaugenichts ich sei.

Um an den Sonntagen nicht allzuoft das Gespötte der Leute zu werden, fing ich an, mich auf dem Wege zur Kinderlehre zu verschlüpfen, was am sichersten im Revier des Rabenfels geschehen konnte, wo ich mich ins dichte Gestrüpp verlor; solches ließ sich um so leichter tun, als ich jetzt alle und jede Kameradschaft verloren hatte. Für solche Vorhaben nahm ich dann nebst dem Katechismus ein unterhaltendes Büchlein mit und las unter überhangenden Felsen hinter mit Efeu bedeckten Baumstrünken die Geschichte der Rosa von Tannenburg und von dem guten Fridolin und dem bösen Dietrich. Einmal war ich an der Mitnahme eines solchen Gegenstandes verhindert worden und trieb mich deshalb gelangweilt in der Wildnis herum. Ich kam höher und höher und gelangte unversehens in die Nähe eines abgelegenen Weilers. Hier erinnerte ich mich, daß Margritli, meines früh verstorbenen Onkels Geliebte, noch lebe und seit Jahr und Tagen bei einer Schwestertochter daselbst wohne. Ich hatte die längst verblühte Schönheit noch nicht oft gesehen und jetzt mutete es mich eigentümlich an, dieselbe zu besuchen; meine elende Kleidung konnte ihr nicht auffallen.

Margritli saß allein in der niedern dumpfigen Stube, ein alt verfallen Geschöpf mit schneeweißen Haaren, auf den Wangen das letzte verschwindende Rot der verblühten Rose, die freundlichen braunen Augen durch eine schwere Brille armiert. Die kleine Alte hatte die Bibel vor sich und sah bei meinem Eintritt forschend auf. Ich setzte mich nach einem halblauten Gruß auf eine gleich bei der Türe angebrachte Bank und legte den mit Chorälen versehenen, dickleibigen Katechismus neben mich. «Wer bist Du?» fragte Margritli mit sanfter, etwas leidender Stimme – «Grünauers, des Kleinen, Hans», erwiderte ich. – «Ei, komm doch ein wenig her zu mir!» – Ich gehorchte, ich mußte mich hinter den Tisch neben Margritli setzen. Sie legte mir die Hand aufs Haupt, drehte mein Gesicht ihr zu und sagte: «So, Du bist von Grünauers her? Nun, es ist wahr, Du siehst der Familie ähnlich genug. Ach Gott, wie vergeht die Zeit! Wie heißest Du?» – «Hans», entgegnete ich traurig. – «Ach, so!» seufzte Margritli und zog mich näher an sich, «so, Du heißest Hans? Sag', schreibst Du auch gern?» – «O ja, wenn ich dürfte!» antwortete ich bekümmert. – «So, Du darfst nicht? Was mußt Du denn tun?» – «Weben!» wimmerte ich und legte mein Haupt über die untergelegten Hände auf den Tisch. Margritli seufzte mitleidig mit mir: «Ist denn das so etwas Trauriges? Denk', der Mensch muß arbeiten und im Schweiße seines Angesichtes sein Brot essen, das ist ihm bestimmt auf Erden. Aber was möchtest Du denn eigentlich tun?» – «Nur mit Büchern zu tun haben», wehklagte ich, und meine Tränen rannen reichlicher. Und darauf erzählte ich ihr von meinem heißen Verlangen, von meinen kalten Leuten, meinem sehr traurigen Dasein. Ich erzählte ihr aus der überschäumenden Fülle meines Herzens. «Sei nur still, Hans», sagte Margritli mit weicher Stimme, «Du kommst schon noch dazu, Du bekommst schon noch Bücher nach Deines Herzens Lust, ja, so wahr ein Gott lebt und ich hoffe, bald selig zu werden. Der über uns ist, hat Dir einen Genium gegeben, wie er auch schon Deinen Vorfahren getan. Das ist nicht umsonst, und wenn Du nur stille hoffst, so wirst Du es noch mit Freuden erfahren.»

Während Margritli so tröstend noch manches Wort sagte, langte sie nach meinem Katechismus, öffnete das silberne Schlößchen und sah, daß vornen auf dem weißen Blatte etwas mit roter und blauer Tinte geschrieben stand. «Ist mir, ich sollte diese Schrift kennen; was steht denn da?» fragte sie und hielt mir das Buch hin. Ich las:

Der christenliche Unterricht,
Der lehret uns die heil'ge Pflicht,
Daß man verehre Gott, den Herrn,
Und tue seinen Willen gern.
Dieses Buch habe ich meiner herzgeliebten Margaretha zu einem Neujahrsgeschenk verehret.
Datum den 20. Christmonat 1798
Hans Grünauer.

Ein Strahl wehmütiger Freude zuckte durch Margritlis verwitterte Züge, sie nahm das Buch und küßte die Dedikation mit jugendlicher Inbrunst: «Das war also mir bestimmt, ja, ja, das ist recht seine

Hand! Er starb eben zwei Tage vor Weihnachten und konnte mir die Freude nicht mehr bereiten. Ach, wenn er länger gelebt hätte, aus ihm wär' auch etwas geworden! Der hatte einen Genium! Aber die Unruhe verzehrte ihn, doch auch die Treue bereitete ihm viel Ungemach. Nicht umsonst schrieb er mir an seinem Sterbetage: «Margritli, o Margritli, wenn Du wüßtest, was ich leide! Mein Herz ist wie ein Feuerpfuhl, aber heißer noch ist die Liebe, mit der ich Dich ewig lieben werde.» Sie zog das alte gelbe Brieflein aus einem auf der innern Seite des hintern Deckels der Bibel angebrachten Schubfache und ließ es mich lesen. Die Todesnot des Schreibers sprach aus jedem Zug. Margritli erzählte mir dann lange von ihrem Hans, sie erinnerte sich noch an die kleinsten Einzelheiten seiner Persönlichkeit, besonders auch seiner Gesichtszüge, welche sie in den meinigen aufs täuschendste wiederfand; es schien sie an Seelenwanderung zu gemahnen. Das bestärkte sie in dem aufrichtigen Glauben, daß meinem «Genium» noch eine bessere Zukunft bevorstehe, und diese Glaubenszuversicht war denn auch von wunderbar beruhigender Nachwirkung auf mich selber. Margritli entließ mich mit einem Segensspruch und bat mich wiederholt, sie doch noch öfter zu besuchen. Ich versprach es, kam aber nicht mehr dazu, da sie bald nachher starb.

6

Mein blasses, sehr schmächtiges Aussehen, zu welchem ich nach und nach durch beständige Stubenhockerei und tödliche Langweile gelangte, vermochte endlich, den Vater um meinen Zustand besorgt zu machen. Er fragte mich ein paarmal beiläufig, woher es komme, daß ich so ein Buttermilchgesicht mache? Meine Antwort lautete unbestimmt, da ich von keinen örtlichen Leiden, mit Ausnahme nicht seltenen Kopfwehs, wohl aber von allgemeinem Unwohlsein sprechen konnte. Es war ihm nicht recht dabei, obgleich er vor mir keine Besorgnis blicken lassen wollte. Daher brachte er eines Tages etwas in einer kleinen Düte nach Hause; das sei gut gegen Würmer, deren ich ohne Zweifel eine schöne Portion im Leibe habe. Das interessierte mich wenig, denn Gesundheit war mir bei meiner großen Trübsal Nebensache. Aber der Vater hatte noch etwas anderes heimgebracht, nämlich ein Buch, betitelt: «Sitten und Meinungen der Wilden in Amerika». Er hatte es bei dem Apotheker, wo es zu Düten bestimmt gewesen, für einen Schilling gekauft. Es enthielt mehrere Kupfer, war aber nur der zweite Band eines größeren Werkes. Es läßt sich denken, mit welchem Heißhunger ich darüber herfiel und wie sonderbar lieb mir der Vater an diesem Tage war. Er hatte aus instinktivem Erbarmen diesen Schilling ausgeworfen und kümmerte sich einmal nichts darum, was die Mutter zu dieser Dummheit sagen möge. Überdies erzählte er mir von des Apothekers Bücherei, welche auf einmal wegzuziehen des Müllers sechs Pferde noch zu schwach wären. Er erzählte mir auch vom Apotheker selbst, dessen Vergangenheit mehr dunkle als lichte Stellen zeigte. Nicht nur redete man ihm nach, daß er in seinem Berufe Prellerei und Betrug mit Vorliebe kultiviere, sondern man sagte auch, er verstehe sich gleich den Juden aufs Beschneiden von Gold- und Silbermünzen, und daß er nebst seinem Bruder wegen Falschmünzerei bereits einmal zwei Jährchen gesessen hatte, war bekannt. Zu alledem passierte er als ein Meister in der Hexerei, welch edle Kunst er auch keineswegs ausschließlich zum Wohle seiner Nebenmenschen in Anwendung bringen mochte. Davon redete mein Vater mit geziemender Scheu und meinte doch, wenn er sich etwas von Haggers Kenntnissen erwerben könnte, so wollte er einige bewährte Sympathiestücklein allem andern vorziehen. Mich reizte in erster Linie nichts als die Bücherei und es tat mir wohl, in der Gemeinde einen solchen Schatz zu wissen, wenngleich selbiger für den Anfang noch so unzugänglich schien, wie derjenige in der afrikanischen Höhle Xaxa. Von nun an ging ich auch ein wenig lieber zur Kirche, denn des Apothekers Haus stand nahe dabei und ich sog die Luft dieser geweihten Nähe ein, wie der Diamant das Licht, daß mir durch die ganze Woche das Atmen ein wenig leichter war. Ich war auch einmal im Begriff hineinzugehen, aber ich erwog meine Armut und kleine Person und trat blöde an der Schwelle wieder zurück.

Die nächste Zeit ließ sich im Ganzen nicht schlimmer an, ja sie leistete sogar den Beweis, daß auch dem Vater nicht all und jedes literarische Interesse abzusprechen sei. Ein Verwandter hatte ihm als größte Seltenheit das «Evangelium Nikodemi» in die Hände gespielt. Da verstieg sich der Vater zu dem heroischen Entschlusse, den Jakob für längere Zeit von der Spulerei zu dispensieren, um durch dessen niedliche Hand das rare Opus von A bis Z kopieren zu lassen. Mit höchsteigener Beflissenheit heftete er aus gut bezahltem Papier eine Broschüre in Oktav zusammen, ließ für einen

Schilling Tinte kaufen und begünstigte den drei Fuß hohen Kopisten mit energischem Vortritt. Solches verlief sich, da die Schule deswegen nicht versäumt werden durfte, durch mehrere Wochen, aber es wurde zu Ende geführt und der Vater legte alsdann das kostbare Manuskript zu andern wohlverwahrten Schriften. Gleicherweise wurde Jakob um diese Zeit dazu angehalten, die Hausmittel einer Somnambüle abzuschreiben und der tapfere Kalligraph übernahm es, diese Abschrift in Fraktur zu machen, wie weiland Onkel Hans die Nachtmahlbüchlein.

Ein anderes Ereignis bestimmte den Vater endlich noch, eine Zeitung zu halten, und da er dieselbe nicht zu lesen verstand, so wurde ich zum Vorleser bestimmt. Das Blatt war ein konservatives und schimpfte weidlich auf seine radikalen Gegner. Die brennende Tagesfrage selbst war religiös-politischer Natur und wurde so ernst verstanden, als handle es sich von Seiten der Regierung um Niederreißung der Kirchen und Abschaffung, wenn nicht jeder, so doch der christlichen Religion. Diese Religionsgefahr machte dem Vater großen Kummer und er gestand seufzend, wenn es Gott gefiele, uns Kinder noch zur Zeit bestehenden Christentums abzurufen, so tät' es seinem Vaterherzen zwar weh, aber er könnte doch der göttlichen Fürsorge nur Dank sagen. Ja, er ging von seiner frühern neutralen oder passiven Weise so weit ab, daß er wiederholt zu den Nachbarn bemerkte, das beste wäre, wenn man den Anstifter solchen Unheils erwischen und heimlich auf die Seite schaffen könnte. Gefahr und Kampf nahm täglich zu, offizielle und andere Erlasse, oft umfangreiche Broschüren, traten sich schier auf die Fersen und ich hatte meine herzinnige Freude, so viel Neues zu bekommen. Da das Fremdwörterlesen niemand in Frühblumen so los hatte, wie ich, so glich unsere von Nachbarn oft gefüllte Stube manchmal einem kleinen Hörsaal, und des Professors an Schnitzern reiche Fertigkeit erntete vielstimmigen Beifall.

An einem Donnerstagabend zu Anfang des Herbstes, auf welchen wieder eine Lesestunde angesagt war, kamen plötzlich schlimme Berichte. Es hieß, die Regierung habe sich nach Sukkurs in andern Kantonen umgesehen, um das Häuflein der Gläubigen zu überrumpeln, und es seien bereits etliche tausend der anti-christlichen Helfershelfer im Anzug. Alles lief zusammen, unerhörtes Wehklagen von Weibern und Kindern entstand. Eine Botschaft des Komitees der Gläubigen forderte zum Landsturm gegen die Regierung auf, und von dem im gleichen Tale liegenden Kirchdorfe Wildungen hörte man schon die dumpfen Klänge der Sturmglocken. Nun holte der Vater in Gottes Namen die einzige, gutgeölte Flinte aus dem Gaden, Bruder Kaspar wählte sich einen Bengel aus Eichenholz und beschlug das eine Ende desselben mit langen Nägeln, daß eine Art Morgenstern daraus wurde. Mit diesen Waffen auf den Schultern nahmen sie schluchzend Abschied und traten in die dunkle Nacht hinaus, wo sie zum allgemeinen Sturmhaufen stießen. Bei der Menge wuchs der Mut, der Mut des Glaubens wie des Fanatismus. Was sich an erwachsenen Mannspersonen auf der Straße und in den nächstliegenden Häusern fand, wurde unnachsichtlich genötigt mitzukommen, indem man allen Zurückbleibenden den Tod drohte. Nur einige der Feigsten vermochten dem Verhängnis dadurch zu entgehen, daß sie das Zurückbleiben etlicher bewährten Christen zu Rat und Schutz der verlassenen Weiber und Kinder als notwendig darzustellen wußten. Den folgenden Morgen war Frühblumen wie ausgestorben, alle Feldarbeiten ruhten, nur einzelne Kinder schlichen wie verjagte Wespen unter den Bäumen dem gefallenen Obste nach. Gegen Mittag liefen die Weiber lauschend zusammen, ob noch keine Berichte eingegangen seien. Bald brachte ein Bote von Wildungen die Nachricht, es habe zwischen den Landstürmern und den Regierungstruppen einen Kampf abgesetzt, in welchem es eine bedeutende Zahl Verwundeter und Toter gegeben.

Welch Lamento nun entstand, läßt sich denken. Endlich, noch vor Sonnenuntergang kamen zwei der Ausgezogenen zurück, es waren der Schulmeister Felix und sein nächster Nachbar. Diese sagten, es habe gefehlt, die gottlose Regierung habe mit Kanonen unter die Frommen schießen lassen, wodurch dieselben furchtbar dezimiert worden seien. Sie selber hätten sich, sobald sie eingesehen, daß es gefehlt, davon gemacht, um ihr Blut nicht nutzlos zu verspritzen. Ein altes Großmütterchen, das lange Jahre in der Stadt gedient, fragte, in welchem Stadtteile sich der Kampf entsponnen habe. Da wußten die Helden keinen Bescheid und mußten gestehen, daß sie vorsichtig, nur vom Berge in die Stadt geschaut. Um zehn Uhr nachts kamen die meisten zurück, auch mein Vater und der Bruder, die Taschen mit Weißbrötchen voll gestopft, deren ein frommer Bäcker in Wildungen zu Hunderten gratis an die heimkehrenden Glaubenshelden ausgeteilt. Sie kehrten als Sieger zurück, da die Regierung plötzlich es für gut gefunden, abzudanken. Mein Vater war mitten im Auflauf gewesen und hatte seinen Schuß, den er schon zu Hause geladen, auf einen Dragoner abgefeuert, einen zweiten zu laden, hatte er bei der Schnelligkeit, mit welcher der Kampf vorüberging, nicht Zeit gehabt; aber er freute sich übermässig, daß es ihm mit dem einzigen Schusse möglich gewesen, dem Antichrist eines aufs Fell zu brennen. Nebenbei ärgerte er sich, daß selbst an Ort und Stelle gerade die Frömmsten nicht vorwärts gewollt, deren er sogar einige nach dem Kampfe unter abseits gestandenen Lastwagen hervorkriechen gesehen.

So ging diese gefahrvolle, für mich so angenehme Zeit, nachdem sie viele Monate hindurch alle Gemüter in steter Aufregung erhalten, glücklich vorüber und der Vater schaffte nun die Zeitung wieder ab, auch erschienen bald keine Flugschriften mehr und ich wurde nicht mehr vom Webstuhl weg zum Vorlesen gerufen. Eine schreckliche langweilige Friedenszeit. Der alte gewaltige Widerwille gegen die Weberei regte sich mit verdoppelter Stärke und die Sehnsucht nach Büchern nahm all mein Sinnen gefangen. In dieser Not überwand ich endlich die Scheu, den Apotheker Hagger zu besuchen und ihn um gütiges Darleihen von seinem Überflusse anzugehen. Ich fand dann auch trotz meiner kleinen Person leidlich Erhörung und erhielt eine alte defekte Naturhistorie mit unbeholfenen Figuren und gelehrten weitschweifigen Anmerkungen. Damit war doch ein vielverheißender Anfang gemacht.

Hagger war eine sehr originelle Persönlichkeit. Als ich ihn kennen lernte, zählte er schon einige und sechzig Jahre; er war von hohem Wuchse, dürr und dünn; vom gebeugten Scheitel fielen die schneeweißen Haare lang und dicht herab, die er im Sommer und im Winter, zu Hause und im Freien unbedeckt trug; aus dem länglichen Gesicht sprang eine etwas rötlich angelaufene, ziemlich starke Nase hervor, unter buschigen Wimpern glänzten stetsbewegt kleine braune Augen, die er, flüchtige Momente ausgenommen, stets auf den Boden oder auf andere tote Gegenstände gerichtet hielt; er trug Kniehosen und Schnallenschuhe, einen Rock sah ich nie auf seinem Leibe und nur bei der strengsten Kälte ein gestricktes Wams, sonst ging er stets in bloßen Hemdärmeln und weit offener Weste, ohne Halsbinde. Seine Stimme näselte stark, er sprach langsam mit dem Ausdruck der Überlegenheit und Autorität; er sprach gerne, wenn man ihm ruhig zuhörte; Widerspruch ertrug er nicht leicht und pflegte dann entweder zu verstummen oder heftig zu werden. Er war verheiratet, lebte aber von seiner Frau getrennt mit einer Tochter zusammen, während seine Frau seinem jüngern Bruder die Haushaltung führte. Wie er in Grünau nicht seinesgleichen hatte, so stand er auch in gesellschaftlicher Hinsicht isoliert da; er besuchte weder Gemeinde- noch andere Versammlungen und lud niemand zu sich ein; Bücher und geheime Künste genügten ihm. So traf ich ihn an den Sonntagabenden, wenn ich aus der Kinderlehre kam, regelmäßig allein in der Stube hinter einem Buche sitzen und dieses Buch war in den meisten Fällen ein lateinisch-griechisches Testament, das er beständig auf dem Tische liegen hatte. Anfänglich zeigte er sich sehr einsilbig, bemerkte auch etwa ungehalten, ob ich denn glaube, er habe allezeit Bücher, die für mich paßten? Ich sei zu solchen Sachen wohl noch zu jung und müsse vorher mehr als das Waserbüchlein lesen gelernt haben. Als es mir jedoch geglückt war, ihm eine bessere Meinung von meiner Lesefertigkeit beizubringen, da wurde er merklich umgänglicher. Er erzählte oder machte mir allerlei Mitteilungen, meist aus dem Gebiete der Naturwissenschaften und Medizin, aber mit Vorliebe hielt er sich an Kuriosa von der Schattenseite der Naturerscheinungen. Was konnte auch geeigneter sein, meine jugendliche Neugierde zu fesseln und die ohnehin tätige Phantasie in die lebhafteste Aufregung zu versetzen.

Hagger sah, daß er es mit einem gläubigen, äußerst lernbegierigen Jünger zu tun hatte, und kehrte sein letztes Wissen und Wähnen heraus. Da ich nichts als ein beschränktes natürliches Verständnis beibrachte und mir viele seiner Äußerungen kauderwälsch blieben, was meine Antworten klärlich und kläglich verrieten, so kam er nach einiger Zeit mit dem Rate, ich möchte Lateinisch zu lernen anfangen; die lateinische Sprache sei der Hauptschlüssel zum Eingang in die geheimen Wissenschaften, auch als Wissenschaft an und für sich sei sie ein höchst schätzbares Besitztum, das die Mühe des Erlernens hundertfältig lohne. Mitten in seiner Freude an der klassischen Wissenschaft fing er an langsam und feierlich sein tägliches Gebet zu sprechen: «Pater noster qui es in coelis, sancteficetur nomen tuum usw.» Diese Sprache hatte in meinen Ohren einen wunderbaren Wohlklang, daß ich augenblicklich den Entschluß faßte, Haggers Rat zu folgen, und von ihm eine alte Grammatik für etliche Schillinge kaufte. Allein der Entschluß war eben leichter gefaßt als ausgeführt. Ich fing in meinen knapp beschnittenen Mußestunden zu deklinieren und Vokabeln zu memorieren an, aber trotz allem Fleiße machte ich sehr bescheidene Fortschritte; zumal das Memorieren war eine rechte Frohnarbeit für mich und es fing mir an zu grauen bei dem Gedanken, eine ganze Sprache so vom dürren Blatt erlernen zu müssen. Überdies, da mir der Gebrauch einer Grammatik etwas Ungewohntes war, fehlte mir selbst die Einsicht in die Nützlichkeit einer solchen steifen, regelrechten Lehrweise und ich gab dem Gedanken Raum, es dürfte sich wohl auch ein etwas ansprechenderer Modus finden lassen, in das Verständnis einer toten Sprache einzudringen. Ich redete zu Hagger davon und er gestand, daß auch er für die grammatikalische Lehrweise keine Vorliebe habe, obschon es ausgemacht sei, daß sich nur mittelst derselben eine richtige Kenntnis irgendeiner Schriftsprache erlangen lasse. Er lieh mir dann zum Zwecke von Leseübungen eine lateinische Bibel, von welcher ich geraume Zeit hindurch starken Gebrauch machte. Das Evangelium Mathäi ward mir in der Tat ziemlich geläufig, ich konnte es längere Stellen weit leidlich ins Deutsche übersetzen. Aber es war viel Selbsttäuschung dabei, ich kannte eben die betreffenden Stellen vom Deutschlesen her so gut, daß ich gleich aus einzelnen lateinischen Worten den Inhalt erriet. Suchte ich aber an andern Stellen das wirkliche Verständnis des lateinischen Textes, so haperte es bedenklich und da fühlte ich wieder, wie es kaum möglich sein dürfte, eine tote Sprache ohne grammatischen Sukkurs zu erlernen. Auch diese gewonnene Einsicht verheimlichte ich nicht vor Hagger; er erwiderte ironisch, es nehme ihn wunder, zu welchen weitern Einsichten ich noch gelangen werde.

7

Mit der Weberei ging es derweil so erbärmlich, als möglich. Ich lebte in Haggers Büchern, sie lagen immer in unmittelbarer Nähe des Webstuhls; ich wendete mancherlei Künste auf, während der Arbeit lesen zu können, aber es ging nicht, und das Ende vom Liede war in den meisten Fällen, daß ich das Weben dem Lesen opferte. Die Mutter schimpfte weidlich Tag für Tag, stellte mir trotz unserer protestantischen Konfession die längsten und strengsten Fastenzeiten in Aussicht und auch hinsichtlich der Kleidung wurde mit fast waldbruderlicher Einfachheit gedroht. Der Vater mischte sich wenig darein und lehnte es stillschweigend ab, wenn die Mutter ihm zu schärfern Maßregeln riet. Da war die arme arbeitsame Mutter gewiß zu bedauern, die nichts als endlosen Ärger vor sich sah; sie wurde mir denn auch bitter abgeneigt und ihr Sinnen und Trachten ging dahin, meiner Gegenwart los zu werden. Sie hatte einen Verwandten in dem zwei Stunden von Grünau entfernten Klosterflecken Bergwinkeln, der seines Berufes ein Schlosser war und daselbst das Geschäft ordentlich ins Große trieb. Mit diesem Vetter unterhandelte die Mutter insgeheim, daß er mich als Lehrjungen annehmen möchte. Derselbe kannte meine persönliche Wenigkeit noch nicht und verlangte, bevor er eine entscheidende Antwort gäbe, mich zu sehen.

Infolge dieses Verlangens wurde ich dann eines Tages veranlaßt, einen Ausflug nach Bergwinkeln zu machen. Ich sollte allein gehen, man ließ sich jedoch erbitten, mir noch den Bruder Jakob als Begleiter mitzugeben. Der Weg führte über einen hohen Berg, auf welchem Gentianen und Alpenrosen in schönster Fülle blühten. Es war ein herrlicher Sommertag, dessen Herrlichkeit vornehmlich in solcher Höhe zu Aug' und Herz sprechen mußte. Da lagen die Fernen im durchsichtigsten Duft sommerlicher Bläue, durchschimmert von den Silberfäden klarer Flüsse und den Spiegelflächen ruhiger Seen. Auf den nahen Weiden tummelten sich lustige Rinder, weideten bedächtliche Kühe, klangen in vielfältigen Akkorden die hellen Glocken und die mißtönigen Schellen, jauchzte der Melker den Reigen und sang die alte Kräutersammlerin:

Mein erst Gefühl sei Preis und Dank usw.

und sangen auch wir arme Schlucker:

Wie schön ist's im Freien,
Bei grünenden Maien! usw.

Ja, mit weit offenen Schnäbeln sangen wir's und fühlten an den vollern Schlägen unserer gedrückten Herzen, wie tief der Jammer aller Fabrikindustrie heute unter und hinter uns lag. In unsäglichem Behagen setzten wir uns nach kurzen Strecken in den Schatten des Grünhages, hochragender Eichen und Buchen, überhängender Felswälle. All unser Gespräch war Jauchzen, all unser Plaudern Gesang. Daß bei solcher Stimmung der Gedanke an die Ursache unseres Ausfluges nicht wuchern konnte, versteht sich. Einesmals kamen wir an eine Stelle, wo ich Halt gebot. Wir befanden uns bei einem kleinen Gemäuer, der mir bereits von einem frühern Ausfluge her bekannten Nische, welche das lebensgroße Bild der heiligen Ida enthielt, an der Stelle erbaut, wo die Heilige, der Sage nach, dreißig Jahre lang einsam gelebt hatte, nachdem sie von ihrem eifersüchtigen Gatten von der Toggenburg über einen hohen Felsen hinuntergestürzt worden war. Am Fuße des Gemäuers, wo über uns die schöne Heilige mit reichem Gewande angetan saß, erzählte ich Jakob die hochromantische Geschichte von der edlen Dulderin, die, in ihrer Jugend in Üppigkeit und Bequemlichkeit erzogen, später in einer selbsterbauten Hütte bei Himbeeren und Holzäpfeln ein zufriedenes Leben führen konnte.

Es war hoher Mittag geworden, als wir in Bergwinkeln ankamen. Vetters Mittagessen war schon vorbei, daher eilte die Frau Bas so schnell sie konnte, uns noch aparte etwas zur Stillung unseres Appetites zu bereiten. Vetter Schlosser wurde aus der Schmiede gerufen, es erschien in ihm ein Riese von Person, der mit offenbarer Geringschätzung auf seine kleinen Vettern herniedersah. Er setzte sich pressiert ein wenig zu uns hin und fragte ohne weiteres, ob ich Lust habe zum Schlosserhandwerk. Ich sagte: «Pah ja, jedenfalls mehr als zum Weben.» Aber nicht so besonders, daß ich es allen andern Berufsarten vorzöge? fragte er weiter. «Pah, nein», erwiderte ich, «ich wollte allweg lieber ein Apotheker oder Gelehrter werden.» «So», bemerkte er kurz, «Du bist jedenfalls nicht geeignet für die Schlosserei, dazu bist Du zu schwach an Leib und Seele, da kann man auch die Probezeit ersparen. Sieh', ich habe viel zu tun, sag' zu Hause, ich lasse den Vater und die Mutter freundlich grüßen und mit Dir wisse ich nichts anzufangen.» – «Je so», antwortete ich nur unmerklich betroffen, «ja, ich will's ordentlich ausrichten.» Eben, als der Vetter gehen wollte, kam die Bas mit dem Essen herein. Sie hörte, daß es mit meiner Einstellung nichts sei, und da sie nicht wußte, wie gleichgültig ich das Mißlingen der Angelegenheit hinnahm, hatte sie ein ziemliches Bedauern mit mir und sagte zu ihrem Manne: «Aber eine Freude mußt Du den Buben doch machen; sie sind vielleicht noch nie im Kloster gewesen, schick den Franz herein, er kann eine Stunde mit ihnen herumspazieren.»

Es geschah so. Franz war ein aufgeweckter und wie es schien überall gut gelittener Junge. Es wurde uns unter seiner Anführung gestattet, die Klosterräume nach allen Richtungen zu durchkreuzen. Die Geschichte der heiligen Ida, in Bildern dargestellt, prangte hier von vielen Wänden und Decken; und die Toggenburg, in der alten Manier der Vogelperspektive gemalt und in so engem Rahmen, daß die nördlichen Türme nur noch zur Hälfte Platz gefunden, ragte stolz von dem durch einige Tännchen bewaldeten Felsen. Ich betrachtete alles mit dem Interesse, das sich an eine naturgetreue Darstellung knüpft. Auf meine Anregung vermochte Franz dann sogar, den Bibliothekar zur Öffnung der großartigen Bücherei zu bewegen. Dieser Mann, Pater Benedikt, war eine ausnehmend freundliche Persönlichkeit; sobald er merkte, daß es bei mir mehr als gewöhnliche Neugierde, daß es ausschließlich Liebe zu Büchern war, die mich in sein Bereich getrieben, gab er sich alle erdenkliche Mühe, dem unscheinbaren, unwissenden Knaben einen allgemeinen Begriff von den wertvollsten Gegenständen und vornehmsten Sehenswürdigkeiten der Bibliothek beizubringen. Welch hohen Genuß mir diese Gefälligkeit gewährte, ist nicht auszusprechen. Dem Pater entging meine Freude ebenfalls nicht, und da er es ja einzig und allein darauf abgesehen hatte, so rieb er sich darob recht vergnügt die Hände. Nun fragte er auch beiläufig, weshalb wir heute nach Bergwinkeln gekommen seien, und ich berichtete gerade und ehrlich über die Veranlassung. Er lachte herzlich, ließ jedoch kein Wort darüber fallen. Seine Freundlichkeit machte mich so kühn, daß ich schließlich die bittende Frage an ihn richtete, ob ich nicht das eine oder andere von den zahllosen Büchern geliehen bekommen könnte. Er besann sich lächelnd ein wenig, begab sich auf die mittlere Galerie und kam mit einem in Schweinsleder gebundenen Quartbande herunter. Das Buch war schweizergeschichtlichen Inhaltes und enthielt viele Kupfer. Dieses Buch wolle er mir auf sein Risiko anvertrauen, sagte er, wogegen ich ihm versprechen mußte, zu demselben alle Sorge zu tragen und es innert zwei Monaten wieder zurückzugeben.

Wir blieben länger als eine Stunde im Kloster. Den Quartband unterm Arme schritt ich seelenvergnügt zum Hofe hinaus. Der Tag neigte sich, als wir zu dem hohen Berge kamen, allein so müde wir waren und so wenig ich auf einen freundlichen Empfang bei Hause rechnen konnte, so klommen wir doch den steilen, dunkeln Hohlweg durch den Wald recht wohlgemut hinan, indem wir die erhaltenen Eindrücke durch stetiges Geplauder lebendig erhielten. Als wir die schmale Ebene der Bergkuppe erreicht hatten, war der Mond aufgegangen und schien hell auf den baumlosen Plan, wie eine Sonne zweiten Ranges. Die Luft war mild und kaum ein leises Gesäusel fühlbar, und es war, als klängen die Herdeglocken zwar durchdringender, doch leiser und harmonischer als am Tage, gleichsam, um die Schlummerstille der Talschaften ringsum nicht zu stören. Ich setzte mich an einer Stelle, wo die kleine Ebene schroff abfallend eine Kante bildete, ins leicht betaute Gras, stützte die Knie unter das aufgeschlagene Buch und fing an die Abbildungen zu betrachten. Jakob setzte sich zu mir und wir vertieften uns noch eine gute Stunde lang in diese bildlichen Mannigfaltigkeiten, bevor wir uns ernstlich zur Heimkehr anschickten.

Die Eltern bedachten uns unserer späten Zurückkunft wegen mit harten Vorwürfen. Besonders auf mich fiel ein voller Hagel von Scheltworten, die den Lippen der Mutter entströmten, sobald sie erfuhr, daß ihr Projekt zu Wasser geworden. Von jetzt an tat sie mir förmlich zu leide, was sie dem Vater gegenüber nur wagen durfte, und zog den Anlaß mich abzukanzeln oft eigentlich an den Haaren herbei. So einmal an einem Sonntagabend, als ich in einem Buche lesend bei Tische saß. Es waren mehrere Frauen aus der Nachbarschaft zugegen, während die Mutter in gewohnter Geschäftigkeit wie eine Bremse hin- und herschoß. Plötzlich fing sie an mich aufs grimmigste auszuschelten. Die plaudernden Frauen stutzten, und da ich ob so öffentlicher Beschämung bitterlich zu weinen anfing, legte sich eine der Frauen herzhaft ins Mittel und nannte die Mutter ein unverständig Mensch, das nicht wisse noch bedenke, wie ungleich die Menschen geartet seien und daß niemand sich anders machen könne, als Gott ihn selber erschaffen. Während sie sprach, trat sie zu mir an den Tisch, ergriff meine Rechte und bemerkte weiter in ihrer Schutzrede: «Ist es nicht, als sehe man es dieser Hand an, daß sie bestimmt sei, etwas anderes zu verrichten, als was jedem Torenbuben möglich ist? Warum haltet Ihr ihn von der Sekundarschule zurück? Probiert's und schickt ihn dahin, und tut er auch da nicht gut, dann erst nennt ihn einen Taugenichts.» Die Mutter aber belferte fort und fort und meinte, ich sei «zur Arbeit» geboren, und nicht, um den Herrn zu spielen, und es würde sie jeder Rappen reuen, den sie an mich wenden müßte, damit ich später mit aufrechtem Rücken umhergehen könnte. Und sie wolle doch sehen, ob sie es mit mir nicht noch durchzusetzen vermöge.

Und die gute Mutter in ihrer eifrigen Vorsorge, mich «gehörig» zu beschäftigen, machte eine zeitweilige Arbeit ausfindig, welche mir den Begriff, was arbeiten heiße, einmal recht nahe bringen sollte. Es war beschlossen, ein Stück Weideboden in Ackerfeld zu verwandeln und dieser Metamorphose sollten auch meine Kräfte gewidmet werden. Ich erhielt eine schwere Hacke mit dickem, rauhem Stiel als Werkzeug, damit wurde ich angewiesen, den Rasen vom Boden zu schälen. Der wilde Rasen war sehr zähe, mit Erlen- und Waldrosenstöcken gespickt, und erforderte den Aufwand aller Kräfte meines winzigen Körpers, um nur etwas auszurichten. Kaspar war mit dabei und hatte nicht geringe Not, mich aufrecht und tätig zu erhalten. Die Finger krümmten sich jämmerlich um den Stiel und die Haut klebte daran. Wie lang war ein solcher Tag! Ich konnte emporschauen, so oft ich wollte, die Sonne strahlte immer von gleicher Höhe und es standen mir manche solcher ewiglangen Tage bevor. Als endlich aller Rasen abgeschält war und ich die Verkrümmung meiner schön grad gewesenen Finger nur in dem Gedanken leichter verschmerzen konnte, eine solche Sträflingsarbeit werde so bald nicht wiederkehren, folgte eine weitere dazugehörige, gegen welche das Schälen noch als Erholung gelten konnte. Das geschälte Stück lag an einer steilen Halde und konnte deshalb nur von unten nach oben behackt werden; damit nun oben nicht eine häßliche, unfruchtbare Furche entstehe, war es nötig, unten eine solche auszugraben und die ausgegrabene Erde an das obere Ende des Stückes zu tragen. Zu diesem Zwecke benutzte man Jauchetansen, schrecklichen Angedenkens. Als ich die erste Bürde auf den Rücken nahm, meinte ich nicht sowohl vor Jammer als wirklichem irdischem Drucke in den Boden versinken zu müssen, und mit dieser unerträglichen Last sollte ich die Halde hinaufklimmen, nicht bloß einmal, sondern mindestens einen Tag lang im heißen Monat August. Es war gewiß ein grauenvoller Tag, die Anstrengung ging unmenschlich weit über meine eigentlichen Arbeitskräfte.

Bis in den Spätherbst wurde ich zu den meisten ortsüblichen Landarbeiten verwendet. Als es wieder Winter geworden und alle Weber zu ihren Stühlen zurückkehrten, hatte auch ich mich mit dieser gleichmäßigen und nie übermäßig strengen Arbeit mehr als je ausgesöhnt. Ich ward leidlich fleißig und die Mutter verhielt sich nun auch verträglicher, ja, sie konnte mich ganze Tage lang ungekeift lassen!

8

Mittlerweile erreichte ich das Alter, in welchem ich konfirmiert werden sollte. Es war ein von mir längst ersehnter Zeitpunkt, um von dem Besuch der mich im Innersten anwidernden Kinderlehre befreit zu werden. Der Unterricht begann einige Wochen vor Neujahr und endigte mit Ostern. So hatte ich wöchentlich einen halben Tag im Pfarrhause zuzubringen, wo sich etwa dreißig Jünglinge zu gleichem Zwecke einfanden. Auf dem ersten Gange traf ich mit einem solchen zusammen, der bisher in ausgeprägter Hoffärtigkeit über mich weggeschaut hatte, nun aber mich ersuchte, ich möchte es mir gefallen lassen, während der ganzen Unterrichtszeit an seiner Seite zu sitzen, um ihm bei seiner geringen Belesenheit von meinem Überflusse beizusteuern. Ich verstand mich gleichgültig dazu und kam deshalb zufällig hinter den großen Kachelofen zu sitzen, der wohl einen Viertel des Zimmers ausfüllen mochte. Der Pfarrer saß vor demselben tief in einem Lehnstuhl und wurde meiner nur beim Herein- oder Hinausgehen ansichtig, nahm aber auch dann kaum Notiz von mir.

Weil ich nun von Konfirmierten meist mit großer Befriedigung von ihrer Konfirmationszeit sprechen gehört hatte, so sah ich mich endlich mit zweifachem Vergnügen bei demselben zugelassen. Meine Erwartungen wurden aber schon in der ersten Stunde übel getäuscht. Nicht nur klangen des Pfarrers einleitende Worte so trivial und schläfrig als möglich, sondern sie widerten mich auch darum sehr an, weil darin bemerkt wurde, der in der Kinderlehre empfangene Unterricht sei die Grundlage, auf welcher der Konfirmationsunterricht fort- und zum Schlusse geführt werden solle. Wir wurden dann sogar noch dazu angehalten, einen neuen Katechismus anzuschaffen. Die Grundzüge der Sünden- und Versöhnungslehre wurden mit klassischer Ruhe erteilt und aufgenommen. Zu Hause bei meinen Büchern und bei unsern häuslichen Andachten war ich fromm, ohne von irgend welchen Skrupeln des Unglaubens beunruhigt zu werden; dem Pfarrer gegenüber wandelten mich recht freigeistliche, gottlose Gedanken an; ich traute so wenig den sinnlosen Qualen seiner Hölle wie den langweiligen Seligkeiten seines Himmels; ich wünschte, daß aller Religionsunterricht von Staatswegen eingestellt werden möchte, und sehnte mich in die vorchristliche Patriarchenzeit zurück, in welcher offenbar aller religiöse Unterricht ein häuslicher, väter- oder mütterlicher gewesen, und wo kein Pfarrer mit seiner gemütlosen Schriftgelehrsamkeit den kindlichen Gottesglauben in das Corset seiner katechetischen Abschnitte zwängen durfte. Ich hoffte, die alttestamentlichen Gebräuche, die Wanderung des Volkes Israel und die Reisen Jesu wie seiner Apostel würden den Pfarrer veranlassen, einiges Außerbiblische aus der orientalischen Geschichte und Landeskunde mitzuteilen, aber auch diese Hoffnung erwies sich, wie so manche andere, als eine vergebliche, denn über das unerläßlichste hinaus wurde nicht gegangen. Während der ganzen Unterrichtszeit ließ sich der Pfarrer nur ein paar Mal beifallen, eine Frage an mich zu richten, welche Seltenheit wohl vornämlich daher rührte, daß er von meinem Dasein hinterm Ofen kaum eine Ahnung haben mochte, teilweise aber gewiß auch daher, weil mein sichtbarer Nachbar mit gar erfreulicher Fertigkeit dienen konnte, indem ich jederzeit gutmütig den Ohrenbläser machte.

Endlich überschritten wir die Schwelle des Pfarrhauses zum letzten Mal als Unmündige. Wir wußten von Hause aus, daß es sozusagen herkömmlich sei, an diesem wichtigen Tage Tränen zu vergießen, und machten uns darauf gefaßt, daß auch wir diesem Schicksal nicht entgehen würden. Alle bis auf einen brachten mehr oder weniger ernste Gesichter mit und dieser eine war ich, der es unmöglich bedauern konnte, daß für ihn fortan kein Gebot mehr bestehen sollte, dem Pfarrer zuzuhören. Doch ich kannte weder mich noch den Pfarrer hinlänglich, wenn ich dem Gedanken Raum gab, ich dürfte meine Standhaftigkeit auch in der tränenreichsten Stunde bewahren. Schienen denn nicht selbst auf des Pfarrers mächtigem Antlitz die weichen üppigen Falten in feierlichere Lagen geordnet worden zu sein und erinnerte er uns nicht mit bewegter Stimme in den ersten Worten, daß wir heute zum letzten Mal auf seiner blauen Stube beisammen säßen! Manche Träne perlte schon jetzt, ja auch hinterm Ofen in den trotzig gewesenen Augen des kleinen Freigeistes begann es zu tauen und mein reichlich angeblasener Nachbar fing an so heftig zu schluchzen, als wollte er auch dieses für mich übernehmen, wie er den Winter lang statt meiner geantwortet hatte. Doch es kam an jeden, des Pfarrers Stimme wurde immer bewegter, das Geschnupfe allgemeiner. Und jetzt war der Augenblick gekommen, in welchem uns der Pfarrer in unzweifelhaft aufrichtiger Rührung zu Gemüte führte, wie er uns nun getreulich unterwiesen im Worte des Heils, wie er uns den Weg des Herrn gezeigt und unterscheiden gelehrt das Gute von dem Bösen; heute lege er uns vor den Segen und den Fluch, und es sei nicht seine Schuld, so wir uns dem Bösen zuwenden würden. Und dann forderte er uns zum Gelübde auf, stets dem Guten nachjagen zu wollen. Und darauf erhob er sich vom Sitze und schritt den Bänken entlang und nahm uns allen der Reihe nach das Handgelübde ab. Ich hinter dem Ofen war der letzte, und bei dem hellen Geschluchze saß ich wahrhaftig wie ein armer Sünder, an den die Reihe der Hinrichtung zuletzt kommt. Und als die warme schwammige

Hand des Seelsorgers meine kühle magere Rechte ergriff, als er zum erstenmal in unmittelbarer Nähe ein Wort an mich richtete – und welch ein Wort! – da verwandelten sich meine Augen in Springquellen und das Ja wollte nicht aus dem gepreßten Herzen heraus. Schließlich hastete ich, da mich der Pfarrer nicht losließ, wie Hans zu Vreneli die Worte: «Jo fryli willi, jo!» Gott Lob, daß es überstanden war. Der Pfarrer setzte sich wieder, sprach einen kurzen kräftigen Segensspruch, derweile männiglich an den Augen trocknete und in der Tasche krüschelte. Daselbst lag nämlich eine kleine Geldgabe, welche dem Pfarrer beim nunmehr erfolgenden Hinausgehen in die Hand gedrückt wurde, was sichtlich auch auf denselben eine beruhigende Wirkung ausübte.

Am Palmsonntag erfolgte die öffentliche Konfirmation. Wir mußten in der Kirche nochmals beisammensitzen und eine Art Prüfung bestehen. Zu diesem Zwecke wurden etwa Fünfe als die Fähigsten zu Antworten aufgerufen. Niemand in Frühblumen zweifelte, am wenigsten mein guter Schulmeister Felix, daß ich unter den Auserwählten sein werde, aber jedermann irrte sich, ich wurde ruhig sitzen gelassen. Dagegen wurde mir die innerliche Genugtuung zu Teil, daß der Angeblasene als der erste aufgerufen wurde; so hatte ich doch vor allen das Rechte gewußt. Diese Beschämung hatte ich bald verschmerzt, dennoch wirkte sie dazu mit, daß mir auch dieser verhallende Nachklang der Kinderlehre keine freundliche Erinnerung zurückließ.

Als ich einige Wochen vorher das bei Juden gekaufte Tuch für mein Konfirmationskleid zum Schneiden getragen, hatte ich mir auf Befehl des Vaters ein recht weites Maß nehmen lassen, damit das Kleid mir noch in fernen Zeiten weit genug sei. Ich hatte gerne gehorcht, gewissermaßen in der Hoffnung, durch solche Vergrößerung etwas an äußerlichem Ansehen zu gewinnen. Das Kleid wurde mir denn auch wirklich zum Ertrinken weit gemacht, Hosen und Rockärmel waren so lang, daß ich genötigt war, solche beim Tragen handbreit zurückzuschlagen. Der schwarzseidene zylinderförmige Hut ruhte ziemlich nur auf den Ohren und wackelte beim Gehen deutlich vor und rückwärts; einzig der Schuster hatte nicht für meine Zukunft gesorgt und mit vollendeter Ungeschicklichkeit meine Stiefel so eng gemacht, daß ich im Gehen vor Wehtun hätte zischen mögen. Das war mein Aufzug am grünen Donnerstag, an welchem wir Konfirmanden zum ersten Mal bei der heiligen Kommunion zugelassen wurden. Es winterte stark, auch in meiner Seele. Die Feier hatte nichts Erhebendes für mich. Und als der Pfarrer uns ermahnte, doch ja in den nächsten paar Jahren nicht nur dem Vormittagsgottesdienste, sondern namentlich auch der Kinderlehre nachmittags noch fleißig beizuwohnen, da sprach es in meinem Innersten «nein» und es hat nicht wieder «ja» gesprochen.

Vom Konfirmationstage an zählte ich zu den Erwachsenen. Der Kameradschaft älterer Burschen wurde ich am Ostermontag zum ersten Mal gewürdigt. Es handelte sich an diesem Tage der Sitte gemäß um das Einsammeln von gemalten oder in gefärbtem Wasser gesottenen Eiern bei den artigen Mädchen des Ortes. Die Ernte fiel ganz befriedigend aus, doch war es mir bald zuwider, als ich um jedes Eies willen mich mit den rotwangigen, unbedeutenden aber sprödetuenden Mädchen handgreiflich einlassen sollte, worauf es die meisten abgesehen hatten. Ich war froh, als die Runde gemacht war, ging dann aber gleichwohl noch aus eigenem Antrieb zu Susanna, die erst auf Pfingsten konfirmiert werden sollte und deshalb noch nicht zu den Mädchen gehörte, welche die Burschen besuchen durften. Ich fand gar freundlichen Empfang und erhielt, ohne daß ich Hand anlegen durfte, mehrere Eier mit Bäumchen darauf und sinnreichen Sprüchlein, die ich mit platonischerem Vergnügen las, als es in der Absicht des Dichters oder der Geberin gelegen haben mochte. Susanna sagte, ich sei nun ein recht artiger Kerl, aber etwas zu winzig sei meine Postur noch, und ich solle doch sehen, daß ich mich noch ein wenig strecke. Sie glaube, wenn ich mehr webe und weniger lese, so lasse ich mich viel eher auseinander, sintemal eine Vergleichung zwischen ihr und mir zeige, wie gut ihr das Weben und wie ohne Zweifel schlecht mir das Lesen bis dato bekommen sei. Sie hoffe indes, der Verstand werde sich jetzt bei mir auch einfinden und ich werde einsehen, daß man mit Büchern keine Suppe weder salzen noch schmalzen könne. Ich gab ihr Recht, weil ich mich geschämt haben würde, ihr meinen unbekehrten Zustand zu bekennen, und freute mich des fortwährenden Interesses, das sie an meiner Besserung nahm. Ja, Susanna war halt wirklich ein prächtiges Mädchen, wie es meine vielerregte Phantasie nicht vollkommener wünschen konnte; es begann mir Sorge zu machen, wenn ich vor mir niedersah und mit den Blicken so bald auf den Füßen anlangte; konnte ich doch selber nicht glauben, daß je ein Mädchen wie Susanna an einem solchen Knirps ernstliches Wohlgefallen finden könnte. Daß jedenfalls meine Gelehrsamkeit nicht zur Empfehlung gereichen konnte, sah ich zur Stunde klar und mit aufrichtiger Selbstverachtung ein.

In der darauffolgenden Nacht traf ich, wie ebenfalls bräuchlich, wieder mit meinen Kameraden zusammen, um irgendeinem Mädchen der Gegend einen Besuch bei Licht zu machen oder, wie der übliche Ausdruck sagt, «z'Licht zu gehen». Der Älteste und Angesehenste der Gesellschaft führte uns weithin in ein tiefes Tal, wo ein großer Bauernhof lag, dessen Eigentümer zwei nicht eben schöne, aber gesunde und arbeitsame Töchter hatte, nach denen auch ihrer zu hoffenden Aussteuer wegen manchen selbst der wählerischen Burschen gelüstete. Es verlautete schon von einer Menge Körben, die sie ausgeteilt, aber unser Anführer sagte, wir seien vor dieser Bescherung sicher, da es ihn angehe und er schon für Einlaß sorgen wolle.

Es war gegen zehn Uhr, als wir hinkamen, kein Licht mehr sichtbar auf den Höfen ringsumher, und das war, wie man's wünschte. Unser Gewährsmann postierte sich auf den säuberlich geschichteten Holzstoß vor den Fenstern und begann einer der Töchter zu rufen: «Regula, steh' ein wenig auf!» während wir andere uns nebenhin verborgen hielten. Er rief und bettelte lange in allen möglichen Tonarten, aber keine Seele regte sich hör- oder sichtbar im Hause. Fluchend stieg er von dem Holzstoß herunter und beteuerte, den Töchtern wolle er es einmal am hellen Tage sagen, was das für ein Anstand sei, ihn, ihn selber, nicht einzulassen. Wir alle bedauerten sein Mißgeschick, auch in unserem eigenen Interesse, es wurde ausgemacht, daß der Versuch noch durch einen andern zu bewerkstelligen sei; da jedoch keiner den Schimpf erfahren wollte, ebenfalls unerreichten Zweckes heruntersteigen zu müssen, so fiel die Wahl auf mich, an dem am wenigsten zu verderben sei.

Ich machte mir nichts daraus, nahm meinen erhabenen Posten ein und begann, nachdem ich die Einleitung in Prosa getroffen, eine feurige poetische Epistel aus einer erotischen Liedersammlung, welche ich vor langer Zeit memoriert hatte, zu deklamieren; ich tat es in ausdrucksvollster Betonung, weil mir das Stück so wohl gefiel, daß ich mir gerne dachte, ich möchte es an Susanna gerichtet haben. Und siehe, noch ehe ich über die Hälfte hinausgekommen war, öffnete sich ein Fenster und ein Mädchenkopf erschien; ich deklamierte zu Ende und sagte dann von der Herrlichkeit des Gegenstandes berauscht: «Nun, Susanna, so komm' und mach' mir auf!» Das Mädchen lachte und berichtigte: «Regula heiß ich; aber wer bist denn Du?» – «Grünauers, des Kleinen, Hans aus Frühblumen», erwiderte ich kleinlaut. «So geh' nur zur Haustüre, ich komme sogleich hinunter.» Ich verfügte mich an die bezeichnete

Stelle, meine zerstreuten Kameraden von dem Erfolg in Kenntnis setzend. Sie taten sich bei mir zusammen, wir hörten das Mädchen innen die Treppe herunter kommen, indessen es halblaut einen Auf- und Niedergangssegen betete.

Jetzt ging die Türe auf und das Mädchen trat hervor. «Je», sagte es, «ich dachte, Du habest bloß einen Kameraden bei Dir, sonst hätt' ich nicht aufgetan; auch schelten mich die Eltern, wenn ich einen solchen Haufen hereinlasse.» Es half nichts, alle drückten nach, einer machte Licht, wir ordneten uns um den Tisch und die zwei Ältesten nahmen Regula sehr anmaßlich in Anspruch. Sie aber sagte: «Das ist nichts, dort dem Hansli hab' ich aufgetan, bei dem will ich sitzen oder ich bleibe gar nicht bei Euch.» Sie fügten sich, beneideten mich aber weit über den Wert des Vorzuges, aus dem ich mir in der Tat fast nichts machte.

Regula war ein Mädchen von zwei- bis dreiundzwanzig Jahren, mit voll entwickelten Körperformen, die mit meiner werdenden Größe gewaltig kontrastierten; der Arm, den sie spassig um meinen Nacken schlang, reichte bis in die Mitte meiner Brust herab und es ward mir in diesem Arm so warm, so warm – ich könnte nicht sagen, wie warm! Ich lechzte aber wirklich nach Kühlung, ich meinte zu vergehen wie ein Bällchen Butter an der Sonne.

Nun fingen meine Kameraden an zu gähnen, erzählten von Orten, wo es kurzweiliger gewesen, und verlauteten von Fortgehen. Zugleich indessen fiel einem ein, daß ja noch ein Mädchen im Hause sei. Regula wurde bestürmt, ihre jüngere Schwester herbeizurufen, und da sie anders keinen Frieden voraussah, gehorchte sie der Aufforderung.

Wie wohl war mir jetzt wieder! Ich stieß einen der Fensterläden, die sämtliche geschlossen waren, auf und lehnte mich in die frische Märzluft hinaus, sehnsuchtsvoll zu dem dunkeln Tannengebirg emporblickend, das weit und hoch in den sterneprangenden Nachthimmel hineinstrebte. Wie klein und beschränkt und niedrig, wie nichtig erschien ich mir jetzt, der ich trotz meiner ursprünglichen Besonderheit heute leichthin in die Fußstapfen derer getreten war, die nichts geworden und nichts werden. Ich dachte an die lateinische Bibel und an den Sebastian Münster, an Geßners Tier-, Vogel- und Fischbuch und an Brunschwigs und Bocks uralte Kräuterbücher, und ich dachte alle diese Bücher wären nicht geschrieben worden, hätten sich die Autoren gleich mir dazu gebrauchen lassen, die Mädchen nachts aus dem Bette zu leiern und die der Muse heiligsten Stunden in den Armen solcher ephemeren Gottheiten zu vertrödeln.

Während ich so sann und träumte, waren meine Kameraden einig geworden, einen «geschwungenen Nidel» kommen zu lassen, und sobald Regula mit ihrer Schwester hereinkam, wurde ihr der Beschluß mitgeteilt nebst dem Ersuchen, ein erklecklich Maß Nidel im Milchkeller abzurahmen. Es geschah, der Kräftigste von uns wurde zum Schwingen bestimmt, wogegen wir Übrigen gehalten waren, ihn kostenfrei ausgehen zu lassen. Regula langte silberne Löffel aus dem Buffet, und Elsbeth, ihre Schwester, eine schüchterne, schweigsame Gestalt, holte nach Anweisung Regulas Hafergrütze und gestoßenen weißen Zucker, welche Ingredienzien teils in den Nidel geschwungen, teils nachdem das Schwingen beendigt, obenhin gestreut wurden. Endlich stand das Gericht auf dem Tisch in einem blank verzinnten kupfernen Kessel, flockig wie ein Wolkengebirg aufgetürmt, eiskalt, aber vom appetitlichsten Aussehen aller frugalen Gerichte. Und jetzt brachte Regula noch eine gläserne blumig geschliffene Flasche mit Schraubendeckel und gefüllt mit selbstfabriziertem realem Kirschenbranntwein. Von dieser kristallhellen Flüssigkeit schenkte sie uns in kleine böhmische Kelchgläser ein. Nun wurde an dem Nidelberg rüstig abgegraben und miniert, stehend, die Mädchen mußten selbstverständlich beim

Werke mithelfen und so kam es zu mancherlei amüsanten Bemerkungen. Regula trumpfte weidlich ab, Elsbeth aber in steter Verlegenheit hielt ihre Blicke meist auf mich gerichtet, da sie wohl sah, daß meine Lichtgängerei noch grüner war als die ihrige, sintemal ich von den «gäng und gäben» Anspielungen und Zweideutigkeiten nicht eine beantwortete.

Unversehens, während jedermann fröhlich und guter Dinge war, entstand Lärm vor dem Hause; es wurde an den Läden geschoben, gepoltert, anzügliche Äußerungen auf unsere ältere Kameradschaft ließen sich vernehmen, und bald darauf verlangte die Stentorstimme eines bekannten Wiesentaler Brüllmeiers Einlaß für sich und seine Genossen. Niemand war geneigt, zu entsprechen, Regula namentlich weigerte sich des bestimmtesten, die Türe noch andern zu öffnen. Da aber die Polterer immer hartnäckiger auf ihrer Forderung bestanden und die Anzüglichkeiten stets ärger wurden, so fanden sich meine Kameraden schließlich genötigt, den Strauß mit ihren Beleidigern zu wagen, obgleich sie sich auf eine bedeutende feindliche Übermacht gefaßt zu machen hatten; mir, dem Unschuldigsten, stellte man es frei, an dem Kampfe teil zu nehmen oder nicht; ich wollte nicht zurückbleiben, aber die Mädchen nahmen mein junges Leben in Schutz, und da doch auch während des Kampfes jemand von uns bei ihnen zurückbleiben müsse, so verlangten sie ausdrücklich, daß ich dableibe. Daß ich aber lieber mitgegangen wäre, ist gewißlich wahr.

Item, als es draußen mächtig quatschte und pufftte zwischenein die Läden wie verhext auf- und niedergeschoben wurden, der alte Bauer unters Gadenfenster trat und mit strengem Wort Ruhe gebot, da löschte Regula das Licht aus, zog mich auf das Ofenbänklein und bat mich, den schönen langen Spruch, den ich auf der Scheiterbeige so schön und verständlich hergesagt, nochmals aufzusagen. Ich folgte gerne, denn nun wußte ich doch, wie ich mich mit den Mädchen unterhalten konnte. Beide setzten sich zu mir, so nämlich, daß ich zwischen beiden saß und wahrlich zur Zeit kein Frösteln verspürte. Während ich sprach, legte Regula wieder den Arm um meinen Nacken, ihr frischer Atem bestrich meine Stirn und ich fühlte durch den Rock das Pulsieren ihres Herzens an meiner Schulter. Elsbeth aber griff sachte, leise nach meiner Hand und drückte sie fortwährend warm und gelinde. Es ist unbeschreiblich, wie mir in dieser Lage zu Mute war, der ich erst jetzt bemerkte, daß mein poetisches Leibstück ganz ähnliche Situationen schilderte und daß meine Zuhörerinnen für die reellsten Schönheiten der fünffüßigen Verse ein richtiges Gefühl hatten.

Ich langte ziemlich atemlos am Ende des Stückes an, nachdem mir das Pathos schon eine Weile ausgegangen war. Beide Mädchen lehnten fest an mir, Regula hatte meine andere Hand ergriffen, ich saß völlig gefangen, keines sagte ein Wort und so war es nun feierlich still zwischen uns. Draußen aber tobte in einiger Entfernung noch der Kampf, zwischen erzürnten Stimmen hörte man das Krachen der Zäune und das Gebember zusammenschlagender Stackeln. Unser Schweigen dauerte vielleicht eine halbe Stunde lang, und die Gefangenschaft war mir jetzt, da ich schweigen durfte, ganz erträglich. Der Hauch der Mädchen dünkte mich balsamischer als Maienduft und ich drehte mein Gesicht expreß ein wenig gegen Regula, um den vollen Strom ihres Atems zu empfangen. Elsbeth aber, die schüchterne, schweigsame Elsbeth, legte in der schwarzen Finsternis ihren frischen Mund an meine Stirne und küßte mich fast unmerklich. Ich wußte nicht, was das war, ließ mir jedoch diese Art Zeitvertrieb gerne gefallen. Von Liebe zu einem der Mädchen, die beide einen halben Schuh höher gewachsen waren, als ich, war bei mir keine Idee und solches war vermutlich auch ihrerseits gegen mich der Fall, weshalb vielleicht sie mir gleich von Anfang die

Hände gefangen nahmen und auch nicht das geringste taten, meine knabenhafte Befangenheit zu heben.

Endlich hörte man, daß die Kämpfer sich zerstreuten, und Regula eilte, wieder Licht zu machen. Unser Rottmeister kam allein in die Stube mit zerfetztem Gewand und blutigem Gesicht. Er fragte barsch: «Hast Du bezahlt, Hans?» – «Nein, ich werde auch nicht allein zu bezahlen haben?» erwiderte ich. «Freilich», bemerkte der Held, «Du bist das erste Mal in unserer Gesellschaft, da mußt Du Deinen Einstand bezahlen und das beträgt just so viel als wir hier schuldig sind.» Ich zog meine magere Börse heraus und fragte, was die Bewirtung koste; aber Regula fuhr unwirsch dazwischen und sagte zu dem wunden Helden: «Wer nicht gutwillig sein bißchen bezahlt, der mag es ja bleiben lassen, aber den Hans lasse ich nicht für die andern bezahlen.» Der Held schämte sich und blechte den kleinen Betrag. Die andern kamen nicht mehr herein; die Mädchen eilten und drängten, daß wir gingen, mich selber brannten die schläfrigen Augen.

Es war gegen zwei Uhr, als wir wieder zum Tale hinauszogen, ich allein mit heiler Haut und einer anmutigen Erinnerung im Herzen.

9

Hagger bewies mir, seit ich konfirmiert war, weit größere Aufmerksamkeit als vormals; er ließ sich eher in ein eigentliches Gespräch ein und bewirtete mich nun fast jedesmal mit einem Gläschen selbsterkünstelten Liqueurs. War seine Tochter zugegen, so ließ er mir durch sie noch irgend etwas Confitüre zulegen und hörte es gerne, wenn ich ein scherzend Wort an sie richtete. Es war eben nicht unabsehbar, daß er uns gerne zusammenbrächte, und es mochte ihm gar artig scheinen, in mir unvermerkt seinen Nachfolger und Sohn heranzubilden. Was mich betraf, so hätte ich gegen die Nachfolge nichts gehabt, hingegen bezüglich der Kindschaft durch Heirat hätte ich mir eine lange Bedenkzeit ausbitten müssen. Seine Tochter erinnerte mich in mancher Hinsicht an meine (Stief-)Mutter, war wenigstens eine ebenso entschiedene Bücherfeindin, reichte mir zur Zeit auch noch beträchtlich über den Kopf und war über vier Jahre älter als ich. Es war mir daher allemal lieb, wenn ich sie nicht traf, und ich verzichtete gerne auf die Confitüre. Wie sie es mit mir hielt, war nicht recht klar, doch war von schwärmerischer Zuneigung jedenfalls nichts an ihr, und nur eines war gewiß, daß sie großes Verlangen trug, einen Mann zu bekommen, wie sie denn auch punkto Liebschaften in nicht seraphischer, sondern sehr menschlicher Sprache redete. Genug, Hagger lieh mir seine besten Sachen und hieß mich jedesmal willkommen. Doch hatte er es gerne, wenn ich im Bleiben Maß zu halten wußte, und machte sich nichts daraus, wenn er wünschte, daß ich gehen möchte, es mir durch die deutlichsten Zeichen zu verstehen zu geben. Entweder verstummte er dann völlig, ging hinaus und ließ mich allein sitzen, oder rühmte, wie angenehm es sei, noch recht bei Tageslicht nach Hause zu kehren.

Um diese Zeit kam eines Morgens ein Bauer zu uns, der Vater Schanglis, an den ich einst meinen Sternenanteil verschachert hatte. Nach kurzem Gespräch mit dem Vater äußerte er den Wunsch, mich allein sprechen zu können. Ich ging mit ihm vor die Scheune und daselbst klagte er mir, daß ihm letzte Nacht mittelst Einbruchs mehrere hausrätliche Gegenstände entwendet worden seien. Begreiflich wünsche er wieder zu seiner Sache zu gelangen und habe bei sich erwogen, auf welche Art solches am besten geschehen möchte. Er könnte nun freilich bei der Polizei Anzeige davon machen, allein da er niemand mit Sicherheit als des Diebstahls verdächtig zu bezeichnen wüßte, so hielte er es für unwahrscheinlich, daß die nicht sehr pfiffige Polizei dem Übeltäter aufs Eisen zu kommen vermöchte. Er habe sich daher für die Sympathie entschieden und denke, da ich ja mit Hagger so vertraut sei und wohl auch bereits etwas von dessen Künsten verstehe, ich könnte ihm gewiß am sichersten wieder zu seinem Eigentum verhelfen; so solle ich ihm doch ja den Gefallen erweisen, ich müsse es nachher nicht umsonst getan haben. Ich fand sein Begehren billig, das Leidige an der Sache war bloß, daß ich von der erforderlichen Sympathie noch gar nichts verstand, ja nicht einmal daran glaubte. Indessen, da ich mich durch solches Zutrauen geschmeichelt fühlte, fand ich es der Mühe wert, mich bei Hagger über die Möglichkeit derartiger Künste des bestimmtesten zu erkundigen.

Hagger empfing mich mit feierlichem Lächeln und bemerkte in geheimnisvoller Weise, an der Wesenheit solcher Künste sei nicht zu zweifeln, ob es mir aber bei vorherrschender Ungläubigkeit gegen diese Spezialität gelingen dürfte, Wunder zu tun, sei eine andere Frage. Ich erwiderte, meine Ungläubigkeit rühre natürlich daher, daß ich noch keinerlei Erfahrungen auf diesem unbegreiflichen Gebiete gemacht habe, und werde zuverlässig sofort schwinden, sobald es mir geglückt sei, mit Erfolg zu experimentieren. Dagegen wußte Hagger nicht viel einzuwenden und teilte mir die Zauberformel mit, wodurch mir die Bannisierung im gegenwärtigen Fall am besten gelingen dürfte. Sie war sehr einfach, bestand in einem Spruch von vier oder fünf Sätzen; dazu bedurfte ich eines neuen, noch ungebrauchten Wagenrades. Daselbe hatte ich nachts in der zwölften Stunde der Hausseite entlang, durch welche der Dieb eingebrochen, hin und her zu drehen und dazu den Spruch zu murmeln, so lange, bis der Dieb mit den gestohlenen Gegenständen herzugebannt wäre, welcher demnach in meiner Gegenwart anrücken sollte.

Der Bauer sorgte aufs beste für solch ein Wagenrad und als es nachts elf geschlagen hatte, verließ ich unser Haus. Es war eine stille, sehr kühle Septembernacht, der Mond stand im zweiten Viertel und schien bereits so hell, daß man auch kleinere Gegenstände auf Schußweite bemerken konnte. Hagger hatte verdeutet, daß solche Beleuchtung die geeignetste sei, und ich freute mich ordentlich in der Hoffnung recht wahrscheinlichen Gelingens. Der Bauer wachte in der Stube und stellte mir das Rad zur Verfügung. Nun verdroß es mich freilich, daß der Dieb von der Stallseite eingebrochen, welcher entlang der Boden stets mit Mist und allerlei Unrat bedeckt war; durch diesen Quark das Rad zu drehen, war kein appetitlich Geschäft. Item, ich drehte eifrig gegen zwanzig Male hin und her; dann lehnte ich das Rad gegen die Wand, streifte den Mist ein wenig von den Händen, ging vor das Haus und guckte über die Wiese, ob der Bannisierte noch nicht im Anzug sei. Es war aber kein lebendes Wesen sichtbar. Ich drehte wieder und guckte wieder, und es schlug die zwölfte Stunde und der Übeltäter hatte sich um meinen Bann nichts geschert. Ich schlotterte heftig und klapperte so sehr mit den Zähnen, daß das sachgemäße Murmeln gegen den Schluß deutlich in Murren überzugehen drohte. Jetzt verwünschte ich die Sympathie, warf das Rad in den tiefsten Mist, wusch die Hände unter grimmiglichem Reiben beim Brunnen, und berichtete den Bauer, der in der Stube des Kommenden harrte, daß es mit der Hexerei den Teufel nichts sei und daß er besser tue, der Macht der Polizei zu vertrauen. Hagger lächelte, als ich ihn von dem Mißlingen des Versuches in Kenntnis setzte; er sagte, diesen Ausgang und keinen bessern habe er erwartet, und es dürfte mir nie besser gelingen, so lange ich der Macht der Sympathie nicht mit unbedingtem Glauben zugetan sei. Ich durfte mich daher füglich für die Hexenkunst verloren achten.

Gleichzeitig ereigneten sich andere, für mich wichtigere Dinge. Susanna war seit Pfingsten konfirmiert und glänzte nun unter den lieblichsten der lieblichen Mädchen Grünaus. Sie wurde nicht nur von unbemittelten Standesgenossen förmlich belagert, sondern auch Reichere hielten ein Aug' auf sie gerichtet. Ich glaubte, das erste Recht und die besten Aussichten zu haben, leider aber wußte ich zur Zeit noch nichts damit anzufangen und eine Vertröstung auf die Zukunft glich einer Anweisung auf die Hinterlassenschaft des noch rüstig lebenden Vetters in Peru. Indessen kam ich fast täglich zu Susanna, immerhin etwas öfter, als es die gewöhnliche Unterhaltung mit sich brachte. Sie unterhielt sich in unbefangenster Freundlichkeit mit mir, sie konnte es auch wohl, da ich es ängstlich vermied, Herzensangelegenheiten zur Sprache zu bringen. Susanna war mir buchstäblich über den Kopf gewachsen, und ihre Größe, die doch kaum eine mittlere genannt werden konnte, machte so großen Eindruck auf mich, daß ich den Gedanken an engere Beziehungen zu ihr als knabenhafte Kühnheit selber belächeln mußte. Die Grundursache meiner fleißigen Besuche blieb Susanna schwerlich Geheimnis, was sie namentlich durch eine eigentümliche Teilnahme zu verraten schien. Da sie den Büchern allen Ernstes einen hemmenden Einfluß auf mein Wachstum zuschrieb, so fragte sie mich einmal unversehens: «Liesest Du noch immer etwas?» Ich antwortete: «Ja, aber wenig, es liegt mir nun fast nichts mehr an den Büchern.» Erfreut entgegnete sie: «Probier's und lies etwa ein halb Jahr lang gar nichts mehr, das bekäme Dir so gut!» – Ein halb Jahr lang nichts mehr lesen hieß für mich eben so lang brennenden Durst leiden; so stark konnte ich nicht lügen. «Das ist mir nicht möglich», antwortete ich, «aber etwa für einen Monat oder wenigstens für eine Woche will ich's probieren.» Susanna lachte mir herzlich ins Gesicht: «Ja wohl! Probieren willst Du's für eine ganze Woche, aber versprechen und halten kannst Du's für keinen Tag! Meinst Du wirklich, das könne immer noch so fortgehen? Denk' doch nur, wie lang es schon her ist, seit ich das letzte Bäbi gemacht. Ach, Du bist so gescheit und kommst doch nicht aus der Kindheit heraus; weiß Gott, es ist schad um Deinen Verstand; wie wohl bekäme der manchem andern, während Du nichts damit anzufangen weißt.»

Ich war weit entfernt, Susanna eine Silbe zu verübeln, vielmehr liebte ich sie in diesem Augenblick unaussprechlich. Um so schrecklicher war mir, was ich wenige Tage später erfuhr. Nämlich: der Sohn des Fabrikanten in Tannenrain, für den Susanna wob, machte ihr ernstlich den Hof, und da die Partie eine im Verhältnis zu Susannas Mittellosigkeit glänzende genannt werden konnte, sagte sie zu und dankte diesem einzigen zulieb alle übrigen Verehrer ab. Erschrak ich darob im ersten Augenblick so, daß mir der Atem stockte, so erholte ich mich doch bald in dem gewiß edeln Gedanken, daß Susanna es nun so viel besser bekomme, als sie es ja bei mir hätte finden können. Allein das verdroß mich, daß ihr Erwählter just mein ehemaliges Ebenbild war, das mich auf dem

Kirchweg so oft gefoppt; demselben hätte ich jedenfalls für alle Zeiten etwas anderes gewünscht, als Susanna zur Frau. Auch jetzt noch kam ich mit ihr, wie immer, zusammen, aber wir redeten nie über die uns bevorstehende Trennung. Susanna war ruhig und gar nicht übermütig, sie wob sich halb krank, weil so manches zu ihrer kleinen Aussteuer erst erworben werden sollte. Deshalb bekam sie in kurzer Zeit einen Anflug von Magerkeit, der ihre schöne Gestalt gleichsam durchgeistigte und den magischen Zauber ihres übrigens so nüchternen und verständigen Wesens mächtig erhöhte.

Nun aber, da Susanna für mich verloren war, lag auch meine Weberei wieder sehr im Argen, denn nur dem süßen Mädchen zulieb hätte ich geglaubt, mich am Ende mit der verhaßten Beschäftigung noch aussöhnen zu können. Wären nicht meine Jahre gewesen, die mich über den unglücklich glücklichen Leichtsinn hinaustrugen und mir einen erträglichen Fleiß bei meiner beruflichen Tätigkeit zur moralischen Pflicht machten, so dürfte ich wieder dem alten Müßiggang verfallen sein. Die Zeit ging mir schrecklich langsam hin; zwar ergossen die Haggerschen Bücher fortwährend ein mildes Licht auf meine Zustände, doch in diesem Lichte mußte ich leider besagte Zustände auch wieder nur um so deutlicher erkennen, und jene reizten mich, ohne meinen geistigen Hunger stillen zu können.

Allein, es sollte noch tiefer gehen mit mir, nämlich in den Webkeller. Denn da nun auch Jakob den Winter über weben mußte, so wurde, um für so viele Webstühle Raum zu gewinnen, beschlossen, einen Teil des bis dahin zu andern Zwecken verwendeten Kellers für die Weberei einzurichten und mich dabin zu versetzen. War mir diese Neuerung aus dem Grunde nicht sehr zuwider, weil ich damit ein eigenes abgeschlossenes Lokal bekam, in welchem die Mutter nichts zu tun hatte und wohin ich meine Bücher in Sicherheit bringen konnte, so war das Peinliche dabei, daß ich nicht heizen konnte, des Verlustes aller Aussicht ins Freie nicht zu gedenken. Gleich der erste Winter war ein sehr strenger, die Schlichte gefror mir manchmal, daß ich sie zum Auftauen in die Stube bringen mußte. Den ganzen Tag lang, von morgens sechs bis abends elf Uhr blieben mir Hände und Füße eiskalt, indem die Art der Beschäftigung keine gehörig wärmende Bekleidung zuließ. Ich schrieb manchen Sinnspruch in den Eisduft der Fensterscheiben, der wochenlang stehen blieb. Um drei oder höchstens vier Uhr war es Nacht in meiner Grube; dann ging ich für ein halbes Stündchen in die warme Stube hinauf, worauf mir die Kälte unten nur wieder um so empfindlicher wurde. Der Hauch des Mundes dampfte in nebelhaften Gestalten am Lichte vorüber, das klein und rötlich über dem dunkelfarbigen Zettel glühte. Und bei dem schwachen Scheine und meinem kurzen Gesichte schlichen sich so leicht Fehler in das Tuch, deren völlige oder teilweise Ausmerzung wieder ganze Stunden in Anspruch nehmen konnte – rein verlorene Stunden in diesem kalten Loche. Kein Wunder, daß ich wieder Pläne machte, um jeden Preis von der Weberei erlöst zu werden, daß ich sehnsuchtsvoll dem Frühling entgegensah, der mich ins Weite tragen sollte, indem ich das Glück auf Geratewohl und auf eigene Faust zu suchen gedachte.

Im Frühling, am ersten Maisonntag, wurde Susannas Hochzeit verkündet, ich war selber in der Kirche und hörte es mit düsterer Resignation an. Mittags, als ich nach Hause kam, winkte mir Susanna zu sich und sagte, sie erwarte, daß ich am Abend mit dabei sei, wenn die ledigen Burschen kommen, vom Bräutigam das übliche Schmausgeld, «Haus» genannt, einzuziehen, und daß ich den Schmausspruch tun werde, was sonst Sache des Ältesten der Burschenschaft war. Ich möge es den andern nur zu wissen tun, daß der Bräutigam auf meinen Spruch das Doppelte gebe, so würden sie sich diese Ausnahme wohl gefallen lassen.

Ich war weder zu Spruch noch Schmaus gestimmt und ließ mich dringend bitten, bevor ich zusagte. Darauf verfügte ich mich unverzüglich zu dem Ältesten, der ungern auf sein Vorrecht verzichtete, weil es ihm extra einen Gulden eintragen konnte. Indessen einigten wir uns doch bald dahin, daß ich ihm gleichteilige Gemeinschaft meines Vorteiles versprach. Alsdann machte ich mich eifrigst an die Ausarbeitung des Spruches. Leider aber war ich so schlecht wie möglich aufgelegt, es kamen mir lauter traurige, weltschmerzliche Gedanken, während ich wohl wußte, daß der Spruch von einem gewissen heitern Ernste getragen sein sollte. Ich sperrte mich zwei geschlagene Stunden gegen den trübseligen Andrang und hatte noch keine Zeile auf dem Blatte, da doch kaum noch ein paar Stunden waren, bis der Spruch getan werden sollte. Da mußte ich mich gehen lassen und nun waren auch zwei Folioseiten voll, eh' ich daran dachte. Beim Überlesen floß mir's siedend aus den Augen, ich besorgte, vor zu großer Rührung des Vortrages nicht mächtig zu sein, und überlas das Produkt wohl zehnmal nacheinander, um dadurch den Eindruck auf mich abzuschwächen. Dadurch gewann ich auch wirklich nicht bloß meine Ruhe wieder, sondern ich memorierte das Ganze so, daß ich es wagen durfte, den Spruch in freiem Redevortrag zu tun.

In der Abenddämmerung versammelten sich alle ledigen Burschen des Schulkreises Frühblumen auf dem Hügel hinter unsern Wohnungen, von dort aus bewegte sich der Zug – etwa fünfundzwanzig Köpfe stark, der kleine Sprecher an der Spitze – zur Wohnung der Braut. Dort saßen die Verlobten, die Eltern und der Bruder der Braut und die Mutter und Schwester des Bräutigams harrend um den Tisch. Susannas Webstuhl war für immer aus der Stube entfernt. Ich trat, da die Stube sich hinter mir füllte, ganz nahe an den Tisch, grüßte im Namen der gesamten ledigen Burschenschaft und bat den Bräutigam um die Erlaubnis, ihm und seiner Erwählten zu ihrem wichtigen Vorhaben unsere Glückwünsche darbringen zu dürfen. O Gott, wie schön war Susanna! Wie eine Lilie auf dem Stengel wiegte sie ihr Haupt auf dem schlanken Hals, an den das schlichte Abendgewand sich knapp anschmiegte.

Ich räusperte und begann den Vortrag meines rührseligen Spruches: «Ernst ist der Schritt, den Ihr zu tun im Begriffe seid; aus der sorglosen, freudenreichen Kindheit hinaus tretet ihr in ein Verhältnis, das, ob es auch die Hoffnung und der Wunsch aller jungen Herzen, wie kein anderes den mannigfaltigsten und schwersten Schicksalsschlägen ausgesetzt ist. Welche Gefahren drohen dem Leben und der Gesundheit junger Mütter, die so oft langsam hinwelken oder plötzlich wie gewaltsam entblätterte Rosen ins Grab sinken; wer beschreibt den Jammer, der über so manchem Wiegenbette der Eltern Herz zerwühlt; wer zählt die Witwen und Waisen, die um die Grüfte frühgeschiedener Gatten und Väter wehklagen; wer schildert den Kummer, den ungeratene Kinder ihren Eltern bereiten können!» In diesem Tone ging es eine gute Weile fort, kein Auge blieb trocken, Susanna weinte gewaltig erregt in ihr weißes Tüchlein, und ihr Zukünftiger bereute gewißlich den Spott, den er mir ehemals angetan. Nun begann ich zu wünschen, und ich wünschte selbstverständlich von all dem Traurigen das Gegenteil; was ich aber unter allem am innigsten wünschte, war, daß ihrer Ehe eine Tochter entsprießen möge so hold und tugendsam wie Susanna, so werde ihr Glück kein geringes sein und sie werden um dieses einzigen Glückes willen den Tag segnen, der sie verbunden.

Mein Spruch war geendigt und ich trat ein wenig zurück. Der Bräutigam erhob sich, dankte für so viel Schönes mit bewegten Worten und drückte mir etliche Fünflivres für den Schmaus, einen Brabantertaler aber für mich allein in die Hand. Darauf reichte ich Susanna die Hand zum Abschiede; sie sagte tiefbemüht: «Hans, ich wünsche, daß es Dir so wohl gehen möge, wir mir.» Ich erwiderte: «Danke schön, aber ich bin zu ungeschickt dazu», und schloß die Zeremonie durch flüchtiges Abschiednehmen von den übrigen Personen.

Hierauf wurde Rat gehalten, wo der Schmaus zu nehmen sei; zugleich drang der Älteste auf sofortige Übergabe der Kassa an ihn und auf Teilung der Gratifikation. Der Schmaus wurde in der nächsten Pinte gehalten. Ich war das erste Mal bei einem solch fröhlichen Anlasse und war mit ein paar Schoppen völlig betrunken. Nun becherte und fraß der Haufe drauf los und am Morgen mußte ich, trotz den Protestationen meines Bruders Kaspar, die große Zeche mitbezahlen helfen, die meine Barschaft bis auf wenige Batzen springen machte. Da gelobte ich unter Katzen- und anderm Jammer, auf alle künftigen Brautschmäuse zu verzichten, und ich hoffte um so eher, das Gelübde halten zu können, als ich eben so fest entschlossen war, in den nächsten Tagen mein Glück in der Ferne zu suchen.

Der Vater lächelte, als er von meinem Vorsatze hörte; er meinte, ich sei nun wohl bereits zu alt, um noch etwa Lehrjunge zu werden, und es wäre vernünftiger, ich bliebe bei dem, was ich verstände, nämlich beim Weben, es seien gewiß noch Gescheitere als ich damit zufrieden. Habe mich nicht einmal der Schlosser in Bergwinkeln brauchbar gefunden, so nähm' es ihn wunder, zu was besonderm ich weiter tauglich wäre. Aber er wisse wohl, ich habe mir vom Schulmeister schon vor Jahr und Tagen den Kopf voll schwatzen lassen und da helfe nichts mehr, was verständige Leute raten. Wenn ich nun doch gehen wolle, so sei mir der Weg freigestellt, nur möge ich nie vergessen, daß er, was ich auch anfangen sollte, keinen Rappen an mich wage. – Es war überflüssig, solches zu sagen, ich wußte es ja schon lange und die Auffrischung konnte bloß meinen Mut ein wenig dämpfen.

An einem Sonntagmorgen, als es zur Kirche läutete, zog ich über Tannenrain und Wiesental hinaus gegen ein kleines Städtchen an einem großen See, wo ich voriges Jahr zu Markt gewesen; damals hatte ich bemerkt, daß daselbst eine Buchhandlung und mehrere Buchbindereien bestanden, und hoffte jetzt, bei irgendeiner als Lehrling Aufnahme zu finden. Als ich aber in das Städtchen kam, waren alle Läden geschlossen und die hohen Häuser starrten mich stumm und teilnahmlos an. Ich war zu blöde, um vornehmer aussehende Personen, die mir begegneten, um Auskunft zu bitten, und wandte mich daher meist an Gassenjungen und Eckensteher, die entweder selbst nicht Bescheid wußten und doch solchen gaben, oder mich gröblich anwiesen, der Nase nach zu gehen. Es gelang mir indessen, ein paar Buchbinder in ihren Wohnungen aufzufinden, die mich jedoch sehr geringschätzig anblickten und merkwürdig kurz abfertigten. Nun fing ich an zu überlegen, ob ich nicht auch etwa für die Buchbinderei noch zu wenig begabt sei und eben deswegen bei allen Meistern den gleichen Bescheid erhalten habe. Unter Seufzen erwuchs meine Vermutung zur eingebildeten Gewißheit und ich verzichtete auf die Buchbinderei. Außer derselben hatte ich aber für kein Handwerk Vorliebe; allein weil es sich lediglich darum handelte, von der Weberei loszukommen, so war der Entschluß bald gefaßt, irgendeines der vielen andern Handwerke zu suchen. Daher meldete ich mich ohne Unterschied bei Schneidern, Kürschnern, Flachmalern, Konditoren, Bäckern usw. Bei einem Flachmaler und darauf bei einem Konditor schien es mir gelingen zu wollen, da sie sich wenigstens die Mühe nahmen, mich über Herkommen und berufliche Neigung zu fragen, und die Ansicht äußerten, ich dürfte für ihren Beruf nicht ungeeignet sein. Allein beide bestanden schließlich auf der Forderung eines, wenn auch mäßigen, Lehrgeldes, und zwar um so eher, als sie herausfanden, daß ich von Hause aus im Stande wäre, ein solches zu bezahlen; die Weigerung des Vaters deuteten sie schweigend zu meinen Ungunsten in dem Sinne, ich dürfte am Ende ein aufgegebener, weggelaufener Junge sein.

Es wurde Nacht und ich hatte noch kein Unterkommen gefunden. Ich ging aufs Land, eine Herberge zu suchen. Bei einem Bauern, der in der Dämmerung am Wege Gras mähte, fragte ich nach dem nächsten Wirtshause; er nannte es mir, doch habe ich bis dahin noch eine gute halbe Stunde zu laufen; falls ich aber nicht durchaus in einem Wirtshause herbergen wolle, könne ich mit ihm nach Hause kommen. Ich nahm das Anerbieten mit Freuden an, rechte sein Gras zusammen und folgte ihm dann müde hinter dem Karren her. Haus und Scheune standen ziemlich entfernt in einem patriarchalischen Baumgarten. In der Stube war niemand; der Mann ging in die Küche, der Frau zu sagen, daß sie heute abend für eine Person mehr kochen möge. Darauf erhob sich ein wüstes Zanken; die Frau schalt den Mann Lümmel und ähnliches mehr und sagte, es käme sie leicht an, das Kochen für diesen Abend ganz zu unterlassen. Für mich sehr unerquicklich zu hören. Der Mann kam herein zu mir und sagte, ich solle mich durch das letzköpfige Tun seiner Frau nur nicht erschrecken lassen; sie habe heute wieder einmal den Rappel, da könne sie selber nichts dafür, morgen aber sei sie wieder so vernünftig, wie ein anderer Mensch. Ich mochte eine Stunde allein im Dunkeln gesessen haben, als die Frau mit Licht und einer Suppe herein kam, beides ohne mich anzusehen auf den Tisch setzte und dann durchs Fenster mit geller Stimme zum Essen rief. Im gleichen Augenblick kam der Mann herein und wies mir, indem er sich zum Tische wendete, einen Platz neben sich an. Die Frau kam auch herbei und setzte sich uns gegenüber, immer ohne mich anzuschauen. Beide Eheleute waren im mittlern Alter, gewöhnliche Figuren ohne besondere Merkmale. Der Mann unterhielt sich wohl mit mir, er war auf Viehkäufen auch schon in

Grünau gewesen und interessierte sich für den gutgepflegten Viehbestand daselbst. Er fragte mich mancherlei darüber, in der Voraussetzung, die gute Pflege beruhe teilweise auf örtlichen Geheimnissen, wie sie etwa bei Älplern vorkommen oder vermutet werden. Ich antwortete, so gut ich vermochte, doch schwerlich so recht nach Wunsch. Item, als ich einmal im besten Zuge war, fuhr die Frau ohne mich anzuschauen dazwischen: ob denn wirklich kein Augenblick Stille zu hoffen sei? Sie wünsche, daß es jetzt genug sein möchte. Begreiflich verstummte ich sogleich; der Mann warf ihr einen ergrimmten Blick zu, schwieg aber ebenfalls. Als das Essen vorbei war, begab sich die Frau hinweg und kam nicht wieder zum Vorschein. Der Mann aber fing mit beschwichtigendem Augenzwinkern von neuem zu plaudern an, erzählte mir, was alles seine Eltern aus ihm machen gewollt, wie er aber an nichts als an der Landwirtschaft Freude gehabt; er könne auch sagen, daß er, den jeweiligen häuslichen Verdruß abgerechnet, der eben nicht vom Berufe herrühre, gewiß ein so glückliches Leben führe, wie der höchsten Potentaten keiner. Ich aber beneidete ihn wieder nicht um seine Glückseligkeit und äußerte mich, taktlos genug, ich würde für das schönste Bauerngut nicht danken, wenn man es mir bloß unter der Bedingung schenken würde, daß ich mein Leben lang bliebe; ich müße Bücher haben, oder ich gäbe um alles nichts. Da fing der Bauer zu gähnen an und munkelte, ich nähme doch vielleicht noch mit einem Bauerngut vorlieb, wenn einmal der Verstand oder der Hunger recht da wären. Und unmittelbar darauf erinnerte er an die vorgerückte Zeit und zündete mir hinauf in eine mit zahllosen hausrätlichen Gegenständen angefüllte Kammer, wo ich über Kisten, Kübel und Säcke in ein sehr nach verdorbener Luft riechendes Bett gelangte.

Mein Kopf war von den Erlebnissen des Tages so voll, daß ich trotz der körperlichen Müdigkeit nicht einschlafen konnte. Das

Picken eines Holzwurmes hinter mir, das Quaken der Frösche im Teuchelweiher und die Glockenlaute der Molche im Brunnengraben erinnerten mich, daß ich nicht daheim sei, und vermehrten die Aufregung, die allen Schlaf verscheuchte. Ich hörte keine Stunde schlagen, umso länger dehnte sich die Zeit. Endlich ertönte Hahnruf vom Hofe und mehreren umliegenden Gehöften; jetzt wußte ich doch, daß der Morgen nahe war, und freute mich des bald sichtbar andämmernden Tages.

Sobald es hell geworden, stand ich auf, mit dem Vorsatze, das Haus ohne Säumen zu verlassen, wo die Leute meiner so wohl entraten konnten. Beide waren ebenfalls schon aus den Federn, als ich hinunter kam; die Frau klappte just ihr Gebetbuch zu und erwiderte nicht nur meinen Gruß mit erträglicher Freundlichkeit, sondern äußerte auch ihre Verwunderung, weshalb ich nicht länger gelegen, da ich doch sehr müde gewesen sei. Ich bemerkte, daß ich heute eine schöne Strecke zu wandern gedenke und deshalb nicht zu früh auf sein könne. Allein sie ließ es nicht geschehen, daß ich vor Genuß der Morgensuppe von dannen zöge. Als ich nach derselben herzlich dankend Abschied nahm, steckte mir die Frau noch vier hartgesottene Eier zu und beide Leute ersuchten mich, wenn ich wieder des Weges komme, ihrer nicht zu vergessen.

Überaus zufrieden mit den wunderlich liebenswürdigen Menschen, zog ich getrost meines Weges nicht mehr zum Städtchen zurück, sondern der größten Stadt des Landes zu. Indessen suchte ich auch in mehreren an der Straße liegenden Gewerbschaften unterzukommen, doch immer ohne Erfolg. Um Mittag ward es mir heiß in meinem weiten und schweren Rocke, ich zog ihn aus und hing ihn an meinen Weißdornstock zierlich über die Schultern; und weil die Straße immer staubiger wurde, so wickelte ich die Hosen auf bis halb an die Knie, löste Halstuch und Hemdkragen und öffnete die Weste, um das feuchte Hemd ein wenig über das Hosenband zu hängen. So zog ich durch den letzten und blühendsten Ort unmittelbar vor der Stadt und bildete mir etwas ein, zu beachten, daß mir die Leute hier selbst weit größere Aufmerksamkeit widmeten als in dem engherzigen Städtchen, daß sie mitunter halb stille standen, mir nachsahen und freundlich zulächelten. Ich zweifelte nicht, wenn sich die gesellschaftlichen Zustände in dem Maße freundlicher gestalten würden, so käm' ich nicht mehr heraus, man würde mich durch die Macht der Liebe festhalten. Sollte ich aber erzählen, wie ich mich getäuscht habe, so müßte ich meine Feder in Blut tauchen und die Schrift müßte geraden Weges gen Himmel schreien.

Sobald ich in die erste Straße der Stadt kam, begegnete mir ein Mann mit einem Stoß alter Bücher auf dem Arme und es kräuselte mir jubelnd im Herzen; hatte ich einen Augenblick zuvor mit Sehnsucht an eine Wurst und etwas für den Durst gedacht, so fühlte ich mich jetzt gesättigt und fragte den Mann, ob die Bücher feil seien. Er zuckte die Achseln und fragte, ob ich etwas kaufen wolle. Ich bejahte; er legte seinen Kram auf einen Wehrstein und bot mir ein Stück ums andere zur Besichtigung dar. Es waren meist mathematische und philosophische Werke, mit denen ich nichts anzufangen wußte. Eines der letzten und das dickste von allen war in Pergament gebunden und betitelt: «Juden und Heiden-Tempel beschrieben von David Nereter und mit schönen Kupfern gezieret». Das ließ sich ansehen, ich fragte nach dem Preis und ließ mich's nicht befremden, daß etwas Ordentliches dafür gefordert wurde. Ich kaufte es, ohne den Bestand meiner Kasse ängstlich zu prüfen, und mit demselben unterm Arme begann ich meine Wanderung durch die Stadt. Ich trat in zahlreiche Boutiken der verschiedensten Gewerbe und erfuhr mit meinem Juden- und Heiden-Tempel namenlosen Spott, oft in boshafter, doch öfter in mitleidiger Weise, man hielt mich für einen dem Narrenhause Entronnenen.

Es ward wieder Abend, ohne daß ich irgendwo Aufnahme gefunden hatte; vielmehr war ich zu der traurigsten aller Ansichten gelangt, nämlich, daß mein Suchen umsonst sein werde hier und dort und in Ewigkeit und daß ich halt wieder mein Grünau zusammenhalten müsse. So begab ich mich noch an demselben Abend auf den Heimweg, todmüde, den Juden- und Heiden-Tempel unterm Arme. Ich lief, so lange mich meine Füße tragen mochten, gelangte mittlerweile in ein großes Dorf mit abscheulich gepflasterter Straße, auf welcher ich schier zusammensank und es geradezu für ein Wagnis hielt, dem von Mistpfützen umgebenen Gasthaus vorbei und weiter zu hinken. Ich kehrte also ein und nahm Herberge daselbst. Die junge braune Wirtin sah meine große Not an und verschaffte mir nach einem kleinen Nachtessen ein gutes Bett. Zugleich bat sie mich, ihr den Juden- und Heiden-Tempel in der Stube zurückzulassen, damit sie die seltsamen Figuren ein wenig beschauen könne. Ich schlief bis in den halben Morgen hinein wie ein Murmeltier. Alsdann, nach dem Genuß eines trefflichen Kaffees, faßte ich den Juden- und Heiden-Tempel wieder ab, verabschiedete mich von der gemütlichen Wirtin, die mich unter guten Reisewünschen hinausbegleitete, und zog rüstig, ohne mit dem Schicksal zu hadern, der geflohenen Heimat zu. Etwa eine Viertelstunde außer dem Dorfe entsann ich mich, nicht nach der Zeche gefragt zu haben. Ich erschrak davor wie vor einem Diebstahl und kehrte flugs wieder um; allein wie ich in der Tasche suchte, fand sich kein Rappen mehr, ich hatte gestern alles ausgegeben. Da machte ich abermals kehrt und lief so schnell ich vermochte in heimatlicher Richtung, ich witterte schon die Polizei hinter mir. Als ich mich außer aller Gefahr schätzte, erwog ich unter Herzklopfen die seltsame Verumständung, daß ich erst jetzt und nicht schon gestern abend meine Armut entdecken mußte, wonach ich es nicht hätte wagen dürfen, eine Herberge zu suchen, welcher ich doch so sehr bedurfte. Ich bat Gott, er möge der Wirtin tausendfach vergelten, was sie mir Gutes umsonst getan, und machte mir darüber weiter keine schweren Gedanken.

Der Vater bewillkommnete den Zurückkehrenden mit bitterm Lächeln; es scheine, meinte er, man habe an allen andern Orten der gescheiten Köpfe genug und könne den meinigen entbehren. Er hoffe daher, ich werde nach so nutzlosen Versuchen, ein großer Mann zu werden, es nicht unter meiner Würde halten, Grünauers des Kleinen Hans zu sein und zu bleiben. Bis anhin habe er mich schweigend gewähren lassen, nun aber heiße es «punktum». Entweder könne ich daheim bleiben wie alle meine Väter, oder aber auf Nimmerwiederkehren verreisen. Ich kroch demütig zum Kreuze und erlaubte mir keine Bemerkung.

10

Indem ich es mir für einmal ganz und gar aus dem Sinne schlug, in anderes Fahrwasser zu kommen, wendete ich mich mit so rühmlichem Eifer der Weberei zu, als nur irgend verlangt werden konnte; ich studierte dieselbe eifrig, maß, wog und zirkelte in dem aufrichtigen Bestreben, die beste Einrichtung und das sauberste Fabrikat zu erzielen. Jeden Gegenstand, der zum Werke gehörte, unterwarf ich einer Prüfung, und was verbesserlich schien, wurde verbessert oder für gute Gelegenheit im Auge behalten. Ich fühlte wirklich ein rechtes Gelüsten nach einem musterhaft eingerichteten Webstuhl, deren ich mehrere Exemplare in der Umgegend kannte, und brachte nach dem Vorbilde derselben einige tief eingreifende Veränderungen an dem meinigen an. Von guten Webern ließ ich mich gerne belehren und trat gerade deswegen zu einem der ersten Nachtschwärmer, weil er zugleich einer der gewandtesten Weber war, in engere kameradschaftliche Beziehungen. Solches hatte zur Folge, daß ich für einige Zeit die Lesereien auf ein kleinstes Maß beschränkte, Haggern vielleicht einen ganzen Monat lang nicht wieder besuchte, dagegen allsonntäglich den Mädchen nachstrich und mutwillige Streiche verüben half. Ich glaubte, ziemlich zum Durchbruch gekommen zu sein, als ich mich durch nichts mehr auszeichnete und die Eltern mir deutlich einen bessern Willen zeigten; mit Vergnügen und Stolz gewahrte ich, wie ich nun so viele von irgendeinem nächtlichen Zusammentreffen her vertraute Freunde hatte, wie es von daher hieß: «Du, Hans, wie bist

Du selb' Mal heimgekommen?» und von dorther: «Weißt Hans, dort oben auf dem Bergli haben wir's doch wetters lustig gehabt, ist aber auch ein dundernetts Meitli, das Liseli!» Und wenn ich einen Blick auf die Grüppchen der Mädchen warf, so wurde manche Wange röter, manches Auge blickte verständnisinniger, etwa ein ausgelassenes Mündchen rief: «Hänsel, was machst? Wie hast's beim Gritli gefunden?» Bei all' diesen war ich schon z'Licht gewesen und ich war nicht derjenige, mit dem sie sich am schlechtesten unterhielten, doch alles in Ehren.

Inzwischen beschlich mich trotz all dem ernstgemeinten Ignorieren meiner vormaligen Bestrebungen und dem affektierten Fleiße beim Weben doch hin und wieder ein unabweislich drückendes Gefühl der Leerheit und Nichtigkeit solchen ordinären Treibens. Was ich dabei fand, war nicht Befriedigung, sondern Betäubung, welche das lichte Bewußtsein stets wieder folgen mußte; dann sagte mir eine innere Ahnung, daß ich bei ausdauerndem Willen vermögend sein dürfte, doch noch etwas mehr als einen gut konstruierten Webstuhl zu erlangen. Konnte ich nicht wenigstens die Sonntage, dem Weben unbeschadet, den Büchern zuwenden? Gewiß, aber ich sollte ja der Freude an Büchern gänzlich absterben, demnach durfte oder sollte der verbotenen Lust auch an den Sonntagen nicht gefrönt werden. Ach, leider ja, wenn's nur auszuhalten gewesen wäre!

An einem Nachmittag im Spätherbst, als der Nebel «speckdicht» auf den Gründen lag, stand ich allein vor dem Hause, werweisend, ob ich meine Kameraden bei ihrem Jaß oder Haggern bei seinem Testamente aufsuchen sollte. Ich ging nach dieser Richtung ein paar Schritte, dann umgekehrt wieder nach der andern und schließlich entschied ich mich für den Gang zu Hagger. Er äußerte sein Befremden über meine stets seltener werdenden Besuche und meinte, er begreife nicht, wie ich bei den gewöhnlichen Unterhaltungen auch die meinige finden könne. Ich bekannte ihm, wie das gekommen sei, und klagte über die Ungewißheit meiner Zukunft. Hagger wußte auch keinen Rat, er behauptete aber, trotzdem daß ich keine Aussicht hätte, jemals das gewünschte Ziel zu erreichen, sei es unnatürlich von mir, den Trieb nach höherer Bildung ersticken zu wollen; indessen sei entweder meine Freude an den Büchern von Anfang an nur ein Strohfeuer gewesen und dann sei mit deren Untergang wenig verloren, oder sie sei ein Ausfluß ächten Bildungstriebes und dann sei es töricht, an deren Auslöschung zu arbeiten, da sie eins sei mit dem unsterblichen Geiste. Ich erwog diese Worte, deren Wahrheit ich fühlte, und frug mich: «Brennt ein Strohfeuer so viele Jahre, ein halbes Leben lang?» Ich durfte wohl annehmen, daß meine Freude an den Büchern ursprünglich immer etwas besseres gewesen, und faßte daraufhin den frommen und frohen Entschluß, die heilige Flamme von neuem zu pflegen und es im weitern der Vorsehung anheimgestellt sein zu lassen, was aus mir werden möge.

Mittlerweile brachte Hagger ein Buch herbei: «Heinrich Stillings Lebensgeschichte». Dieses Buch müsse ich lesen, sagte er, denn da habe ich ein eklatantes Beispiel von dem, was ein Mensch bei entsprechenden Anlagen trotz allen Hindernissen und Widerwärtigkeiten durchzusetzen vermöge. Freilich, so fromm wie Stilling sei nicht jedermann und nicht jeder könne von so vielen Gebetserhörungen sprechen, aber das ausdauernde Bestreben des Schneiders und Schulmeisters Stilling sei die Hauptsache, das bringe auch ohne so hohe Frömmigkeit vorwärts, und das müsse ich im Auge behalten.

Ich nahm das Buch erwartungsvoll in Empfang und die Erwartung wurde in der Folge nicht getäuscht; eine nie gekannte Befriedigung durchwehte mich beim Lesen der offenherzigen, ungeschminkten und äußerst anschaulichen Schilderungen des armen, endlos bedrängten Stilling, den so oft fast allein noch der Glaube aufrecht erhalten hatte, Gott würde ihm nicht so schöne Talente und den Trieb, sie auszubilden, verliehen haben, falls er nichts aus ihm werden zu lassen beschlossen hätte; also könne Gott ihn nicht untergehen lassen, sondern es müsse gleichsam in dessen eigenem Interesse sein, ihn, den Stilling, auf den geeigneten Posten zu befördern. Die Gefahr dieses Glaubens bestand bloß darin, daß er seine Talente überschätzen, demnach von Gott mehr erwarten konnte, als eben den Talenten gemäß war. Dieselbe Gefahr lag auch für mich in dieser Lektüre, insofern ich versucht werden konnte, mich für ein übelplaziertes Genie anzusehen, dem naturgemäß noch eine glänzende Zukunft bevorstehen müsse. Und ich könnte mir das Lob nicht geben, von solchen hochmütigen Anwandlungen durchaus frei geblieben zu sein. Wenn ich manche meiner Erlebnisse mit denjenigen Stillings verglich, so entdeckte ich so verführerische Ähnlichkeiten, daß ich mich zeitweise als eine Art wiedererstandenen Stilling ansah, dem die Beförderungen nicht ausbleiben könnten. Diese überspannte Idee hatte dann vor allem die Folge, daß ich dem «Nachtbubenleben» mit gründlicher Verachtung entsagte und mich gewissermaßen mit Messiasgedanken von dem gewöhnlichen Treiben absonderte. Nicht nur betrieb ich jetzt auch das Lateinische mit erneutem Eifer, sondern ich machte mich nun sogar nach Stillings Vorbild selbst an das Griechische und Hebräische und kaufte zur Erlernung des Französischen den Meidinger. Wenn ich aber sagen sollte, ich hätte es bei den beiden mittleren Sprachen weiter als zur Buchstabenkenntnis gebracht, so müßte ich lügen. Da war denn doch schon eine Ungleichheit zwischen mir und Stilling, die ich in Demut nicht verkennen konnte. Auch daß Stillings Bestrebungen von einem spezifisch religiösen Geiste beseelt waren, der als das wirksamste Mittel zu seinen Beförderungen angesehen werden mußte und ihm namentlich später den

Hofratstitel mit zwölfhundert Gulden Gehalt eintrug, öffnete mir über den Unterschied die Augen, der ich mir in religiösen Dingen eine Lauheit nicht verhehlen konnte, die geradezu antistillingisch war; zwar sein Gottvertrauen war dunkel stets auch das meinige gewesen und wurde mir durch ihn bloß zu klarem Bewußtsein gebracht; was aber seine Gebetserhörungen und sein «Ringen mit Gott» betraf, so mußte ich den Kopf schütteln, da es mir unbegreiflich schien, daß Gott sich durch das kurzsichtige Bitten eines Menschen bewegen lassen könnte, etwas an seinen aufs beste bedachten Fügungen zu ändern. Wenn nun Stilling als unwidersprechlichen Beweis von Gebetserhörung erzählte, wie er eines Tages einer bedeutenden Summe Geldes bedurfte, während er keinen Pfennig im Hause hatte und darum mit Gott um Hülfe rang, und wie im Augenblick des heißesten Gebetskampfes der Postbote mit einem Croup hereintrat, das hundertundfünfzehn Taler enthielt, welche Goethe aus Weimar als Honorar für eine Stillingsche Arbeit gesendet, so konnte ich mir's doch nicht anders denken, als daß die Absendung durch den gewissenhaften Goethe erfolgt wäre, auch wenn Stilling nicht so eifrig mit Gott «gerungen» hätte. So ging ich mit Stilling von vorneherein in manchem nicht einig und ich fühlte, wie sehr Hagger Recht hatte, mir allein des Mannes reinmenschliche Bestrebungen als aufmunterndes Beispiel vor Augen zu halten. Vorläufig kaufte ich das Buch, um es jederzeit bei der Hand zu haben.

Am Neujahr starb Peter Jakobs Frau, meine damalige Großmutter. Der greise Witwer trauerte tief um den Hinschied der Seligen, da sie eine musterhafte Hausfrau gewesen und ihn namentlich gegen Lieblosigkeiten der Kinder, die ihn meistern und kujonieren wollten, stets mit Erfolg in Schutz genommen hatte. Daher wünschte er ihr ein kleines Andenken zu stiften kaufte einen Rahmen mit Glas und fragte mich einmal im Vertrauen, ob ich wohl imstande wäre, eine Grabschrift «aufzusetzen». Ich konnte nicht aus Erfahrung sprechen und erwiderte, ich wolle es probieren.

Diese Anregung war ganz neu, da es mir sonderbarerweise bis dato noch nie eingefallen war, mich in literarischen Produktionen zu versuchen. Wohl hatte mich schon als Schulknabe beim Durchblättern des Gesangbuches manchmal gewundert, wie die Lieder entstanden seien, und deshalb hatte ich auch oft den Schulmeister gefragt, was die Namen am Schlusse bedeuteten. Aber der Schulmeister war mir die Auskunft schuldig geblieben und konnte in eigener Unwissenheit die Namen: Klopstock, Krummacher, Veillodter usw. sogar recht lustig finden und sie für launige Einfälle des Gesangbuchmachers ansehen. Meine Neugierde gab sich dann nach und nach in der Vermutung zufrieden, die Schöpfer der Lieder seien Auserwählte Gottes gewesen, die in stillem verborgenem Wachstum ihre Blüten getrieben und zwar solches nicht etwa vermöge langwieriger Studien, sondern aus ursprünglicher Vollkommenheit; daher konnte es mir nie einfallen, auch nur spielend Ähnliches zu versuchen. Nun im Moment der Anregung war meine Seele von Stillingscher Religiosität völlig durchdrungen, die Lobgesänge womit er die einzelnen Perioden seiner Lebensbeschreibung abschloß, hallten in meinem Herzen wider und eh' ich mich dessen versah, stand eine sechzehnzeilige Grabschrift da, die ich mit einer Freude angaffte, wie ein glücklicher Vater seinen Erstgeborenen. Sie erschien mir durchaus eines Stillings würdig, wie sie auch unstreitig in seinem Geiste gedichtet war; die Schlußzeilen derselben lauteten:

Wenn einst an jenem frohen Tage
In sel'gem Engeljubelton
Jehovah mit der Vatersprache
Die Seinen ruft zum goldnen Thron,

Dann nimmt er Dich gewiß in Gnaden
Zur Erbin seines Reiches an,
Weil Du, von Mühen schwer beladen,
Doch immer treu die Pflicht getan.

Peters Jakob wurde, als ich die Probe vor versammelten Hausgenossen las, zu dem mir unendlich wohltuenden Ausrufe hingerissen: «Hans, es ist Sünde, daß Du weben mußt!» – «Ja, das denk' ich», bestätigte die Mutter spöttisch und der Vater bemerkte gelassen: «Wegen solcher Sünde kommt allweg niemand in die Hölle.» Doch ich ließ mir durch solche hämische Bemerkungen meine Freude nicht stören und bewog den Bruder Jakob, die Grabschrift in Fraktur sauber zu kopieren. Und da derselbe seine freie Zeit schon geraume Weile her auf Übungen im Zeichnen verwendet hatte, so ging er jetzt noch über mein Ansuchen hinaus, zeichnete zwei dorische Säulen auf ein dem Rahmen angemessenes Blatt, auf die Säulen zwei Engel mit dünnen Hälschen und schwindsüchtigen Beinchen, in den verpfuschten Händchen gemeinsam eine Pflanzenfigur haltend, welche einen Palmzweig bedeutete; unten zwischen den Piedestalen stand ein offener Sarg, und die Leiche darin zeigte ein so verdrehtes Gesicht, als wäre die Selige unter den entsetzlichsten Krämpfen gestorben. Alles wurde verschwenderisch mit Tusch bedeckt und mit Gummi getränkt. Und in diese Pracht hinein, in den Ätherraum zwischen den beiden Säulen, wurde meine Stillingsche Inspiration befestigt. Jakob erntete von jedermann großes Lob, auch bezüglich der Grabschrift, daß sie schön geschrieben sei, und der Vater argumentierte damit gegen meine angeblichen geistigen Vorzüge, als der ich nicht einmal im Stande gewesen wäre, die Grabschrift selber fertig zu machen.

Aber all das konnte mir meine Freude nicht verderben, ich hatte in mir einen Quell des Vergnügens entdeckt, den niemand trüben oder gar verschütten konnte, und es läßt sich denken, daß ich mich an demselben reichlich erquickte. Nicht nur überschrieb ich in kurzer Zeit all das wenige weiße Papier, das sich im Hause fand, sondern auch die Webstuhlbäume und die Wände des Webkellers wurden bedeckt mit Grabschriften, religiösen Sprüchen und geistlichen Liedern. Die Versifikation war mir eine ungemein leichte Sache und das schien mir ein unverkennbarer göttlicher Fingerzeig zu sein, daß ich zum Dichten geboren sei.

Nun ließ ich für längere Zeit alles Lesen, soweit es nicht mit der Versemacherei in Beziehung stand, und alle philologischen Studien beiseite. Wo ich ging und stand, schmiedete ich Verse, selbst beim Bett hatte ich in einer Wandfuge ein Stück Papier und einen Bleistift verborgen, um auch während der Nacht gehörig versehen zu sein. Begreiflich setzte ich auch Haggern von meiner neuen Tätigkeit in Kenntnis. Er zuckte mitleidig die Achseln und vereitelte geschickt meine Versuche, ihm zeitweise Proben meiner geistigen Erzeugnisse vorzulesen. Indessen war ich von der Vorzüglichkeit derselben so überzeugt, daß ich an der Umwandlung Haggers zu meinen Gunsten nicht im geringsten zweifelte, sobald es mir nur möglich wäre, ihn zu näherer Prüfung derselben zu veranlassen. Deshalb ließ ich in einem der geliehen erhaltenen Bücher beim Zurückbringen, scheinbar aus Versehen, mehrere mit Versen beschriebene Blättchen liegen, jedes mit der Unterschrift versehen: «Aufgesetzt von Hans Grünauer». Die List gelang, Hagger entdeckte die Blättchen und las die Verse, nicht aber erfüllte sich die Erwartung betreffend das Wohlgefallen an denselben. Er sei überhaupt kein Freund von Gedichten, sagte er, und verstehe auch eigentlich nichts davon, aber soviel könne er doch mit Bestimmtheit sagen, daß er noch nichts Langweiligeres gelesen habe, als meine Verse; nicht nur hinke alles und sei alles nachgeahmtes Zeug und verhindere somit jeglichen Geschmack an meinen Erzeugnissen, sondern auch habe ich unausstehlicherweise fast lauter religiöse Stoffe gewählt, welche ich doch schicklicher und klüger den Pfaffen überlassen solle. Wolle ich durchaus Verse machen, so möge ich rechte Dichter zum Muster nehmen, wie Goethe, Schiller, Uhland usw. Von all den Genannten hatte ich bis diesen Tag noch nichts gehört noch gesehen, sowie mir auch die Worte Gedichte und Dichter ungewohnt waren. Ich antwortete in diesem Sinne und Hagger begriff das wohl. Er ging und brachte eine Chrestomathie für Schulen, in welcher Gedichte von den vorzüglichsten deutschen Dichtern enthalten waren. Ich gaffte in diese Welt hinein, wie ein Blindgeborner, dem das Gesicht gegeben worden, in den Spiegel. Mein freudiges Erstaunen gipfelte bei Schillers Wilhelm Tell, der im Auszuge bei der Sammlung war. Die Geschichte war mir selbstverständlich hinreichend bekannt; daß nun aber sogar die Gespräche, die in den Tagen Tells gehalten wurden, aufbewahrt bleiben konnten, ging über meine Begriffe und war des Guten fast zu viel; daß solche dichterisches Erzeugnis sein könnten, ahnte ich nicht.

Diese Chrestomathie bewirkte eine völlige Revolution in mir, die nicht zu Gunsten von Haggers übrigen Büchern ausschlug, wohl aber mir den Mangel an bessern Bildungsmitteln zu schmerzlichem Bewußtsein brachte. Die Chrestomathie ward nun auf der Stelle mein Eigentum und was ich über derselben gesessen und wie ich sie förmlich zerstudiert, das können noch heute die lose zusammenhängenden Rudera derselben bezeugen. Nach ihr übte ich mich besonders in der Rechtschreibung, deren Mangelhaftigkeit mir auch erst diesen Mustern gegenüber aufgefallen war.

Mittlerweile hatte ich das militärpflichtige Alter erreicht, daher wurde ich zur Einübung der militärischen Regeln nach Wiesental beordert, wo eine ziemliche Anzahl meiner Jahrgänger sich einfand. Der surrige Instruktor ordnete die Mannschaft der körperlichen Größe nach schön abgestuft in Front, ich war der Kleinsten einer und der Instruktor hieß uns letzte ironisch einstehen wie wir könnten und möchten, da bei uns der Unterschied aufhöre. Ich stand dem äußersten zunächst, einem aufgeweckten Schusterjungen, der mich ermunterte, darauf zu halten, daß der Schimpf, den uns der Instruktor angetan, im Verlauf der Übungen gerächt werde. Ich versprach mein bestes zu tun, und wir beide waren bei den Künsten, die der Instruktor unserer Rotte vormachte, ganz Aug'und Ohr, und sie erschienen uns so faßlich, so leicht nachzuahmen, daß wir auch in der Tat sofort damit zurecht kamen. Nicht gleiches konnte von dem hochgeschätzten rechten Flügel gesagt werden, die langen Beine und dickschaligen Köpfe brauchten Zeit, das Ding zu kapieren, sie zeigten die lächerlichste Unbehülflichkeit und machten, daß schon am dritten Tage der Geduldfaden des Drillmeisters riß und er seinen Genossen in unserem Pärchen allerliebste Müsterchen von Beweglichkeit und Dressur vorführte; sie sahen uns auch so verwundert zu, wie die Kühe den Sprüngen eines Eichhörnchens. Nachher war es kein Schimpf mehr, außerhalb der Notabeln der Elle zu stehen.

Allein das Militärische sprach mich, namentlich der Flegelhaftigkeit der Kameradschaft wegen, wenig an, es war auch niemand da, der mir den hohen Beruf des Vaterlandsverteidigers ins rechte Licht setzte, wonach mir alles nicht als ein ernstes Werk, sondern als ein Spiel erschien, dessen Teilnehmer weit weniger durch die Pflicht als durch das Vergnügen bestimmt würden. Ich sann auf Anlaß, von der Militärpflicht befreit zu werden. Da ich von jeher an Kurzsichtigkeit gelitten hatte, so fragte ich den Dorfarzt, dem ich's sagen ging, ich wünsche vor die Wundschau in die Stadt zu gehen, ob er wohl glaube, daß mein Gesichtsfehler genügen dürfte, mir in den Passivstand zu verhelfen. Er bezweifelte es, versprach jedoch noch ein Zeugnis wegen Herzklopfens und Magenbeschwerden auszustellen, was sich mit meinem blassen Aussehen wohl reime; gleichwohl beschrieb er mir auch zugleich die Symptome, welche besagte Beschwerden zu begleiten pflegten, damit ich im Stande sei, sachdienliche Antworten zu geben. Zudem hielt er es für zweckmässig, daß ich mir auch vom Schulmeister ein die Kurzsichtigkeit betreffendes Zeugnis ausstellen lasse; das dürfte, meinte er bescheidentlich, noch wirksamer sein, als sein ärztliches Attest. Ich ließ mir solches nicht zweimal sagen, und mein guter, rechtschaffener Felix tat mir natürlich den Gefallen gern und um so lieber, als er dabei nicht, wie der Arzt, einer Erfindungsgabe bedurfte. Das Zeugnis lautete äußerst günstig für meinen Zweck, wenn man es zu lesen verstand, oder vielmehr, wenn man es nach dem Lesen verstand; solches aber hielt schwer und war vielleicht nur mir allein möglich, der ich als Besteller wußte, wie es zu verstehen war. Was sollte ich damit anfangen? Ich getraute mir nicht, es den gelehrten Herren vorzulegen, aus Besorgnis, sie dürften nicht glauben, daß solcher Unsinn von einem Schulmeister herrühre, und es könnte damit mehr verderben, als geholfen werden. Und was tat ich? Ich schrieb es in verständliches Deutsch um, vermied alle orthographischen Schnitzer und erfrechte mich, es mit eigener Hand zu unterschreiben: «Felix Weber, Schulmeister». Das Original hob ich jedoch sorgfältig auf, um auf alle Fälle das Unschuldige meiner Handschriftenfälschung erhärten zu können.

Es waren noch zwei ältere Militärpflichtige meines Ortes, die in gleicher Absicht nach der Stadt gingen, denselben schloß ich mich an. Deren einer hatte von meiner Hexerei mit dem Rade Wind bekommen, sowie, daß ich verstehe, Wespen zu bannen und Hunde zu geschweigen, wesnahen er mich damit unaufhörlich neckte. Sobald er einen Hund von ferne bellen hörte, bemerkte er: «Hörst, Hans, da gibt's wieder etwas zu geschweigen.» Ich machte gute Miene dazu und versprach, das meinige redlich zu tun. Nachdem wir so einige Hundestationen passiert hatten, kehrte sich der mutwillige Kamerad plötzlich mit unverkennbar ernster Miene zu mir und sagte: «Hol' mich der Kuckuck, Du verstehst so etwas! Hab' ich doch nun ganz richtig bemerkt, daß die Hunde allemal schwiegen, sobald wir denselben am nächsten waren.» Er fragte den andern Kameraden, ob er nicht die gleiche Beobachtung gemacht, und derselbe bejahte, mich mit sichtlicher Verwunderung anblickend. Nun hatte die Fopperei ein Ende und erhob sich ein Forschen und Fragen, daß es für mich eine Herzenslust war, die Neugierigen auf die Antwort warten zu lassen. Noch an ein paar Orten verstummte das Gebelle zu rechter Zeit, worauf die Freunde sich so in meine Geschweigerei verliebten, daß sie mir einen kostenfreien Tag zusicherten, falls ich mit dem Geheimnis herausrücke. Ich verweigerte es des bestimmtesten; dem neugierigen Leser aber will ich es jetzt gerne verraten. Es war ein sympathisches Kunststücklein, welches darin bestand, daß ich dem Bellenden einen herrischen Blick und eine geballte Faust zukehrte. Bekanntlich übt der menschliche Blick über viele intelligentere Tiere eine große Gewalt und vor geballten Fäusten haben speziell die Hunde solchen Respekt, daß in vielen Fällen die Fäuste allein genügen, Stille zu schaffen. In der Stadt kehrten wir, bevor wir vor die Wundschau gingen, in einer Pinte ein, indem der mutwilligere Kamerad es seinerseits für nötig hielt, noch eine Flasche Wein zu trinken, wodurch sein Antlitz eine Blässe anzunehmen pflege, die heute gewiß von Wert sei. Mir pochte das Herz wegen des Zeugnisses in zwei Exemplaren und ich war noch nicht mit mir einig, welches der beiden Wagnisse ich erwählen sollte. Da war ich so offenherzig, den bedenklichen Fall meinen Kameraden zu vertrauen; sie rieten mir entschieden zur Vorlage der Kopie. Es geschah; die Herren kümmerten sich nichts um meine übrigen beglaubigten Körperleiden, sie fragte mich gar nichts, sondern ihrer einer setzte mir zur Prüfung eine Brille auf. «Ei, wie klar ist nun die Luft!» rief ich entzückt. Das entschied, ich wurde entlassen. Nicht so glücklich waren meine Kameraden mit der Romantik ihrer Krankheitsgeschichten, sie erlangten nicht, was sie suchten. Das brachte sie seltsamerweise auch gegen mich in Harnisch, mein Gelingen erschien ihnen wie ein Hohn auf ihre ächten ärztlichen Hülfsmittel, sie drohten mir sogar mit Verrat, falls ich sie für ihren erfolglosen Gang nach der Stadt nicht dadurch ein wenig entschädige, daß ich sie der Hundegeschweigekunst teilhaftig mache. Ich hinwider war nicht gewillt, mir solches abpressen zu lassen, und drohte ihnen vielmehr mit Schikanen der unheimlichsten Sorte. Endlich ging aus dem Streite wieder der Friede hervor und nun im Frieden tat ich etwas aus gutem Willen, ich teilte ihnen das Geheimnis mit, Wespen zu bannen, das ich selber mißtrauisch nie in Anwendung gebracht und dessen Praktizierung von Seiten der Eingeweihten schwerlich ohne Unannehmlichkeiten verlief.

11

Hatte ich mich nun bereits ein Jahr lang aller Nachtschwärmereien enthalten und überhaupt, seit Susanna für mich verloren war, zu keinem Mädchen mehr in näherer Beziehung gestanden, so war Bruder Kaspar ein stets fleißiger z'Lichtgänger geblieben. Und wie unsere beruflichen Neigungen sich diametral gegenüberstanden, indem das Ideal seiner Sehnsucht in einer schön gezeichneten Milchkuh bestand, so war auch unser Geschmack hinsichtlich der Mädchen ein völlig verschiedener. Die untersetzten, vollblutigen und vollwangigen Evchen waren ihm samt und sonders das Reizendste, was Gott an menschlichen Wesen erschaffen. Er hatte schon mit einigen, die sich der Kugelgestalt näherten, seine rondülen Sympathien getauscht, ohne schließlich sich unauflöslich bestrickt zu fühlen. Endlich aber schlug sein Stündlein; er hatte eine Watschel von ansehnlichem Umfange gefunden und dabei wollte er bleiben. Sie war die einzige Tochter eines Pachtsennen in Nideltobel, eines sehr vermöglichen Mannes. Manche und wir Grünauers selbst faßten's kaum, wie Kaspar der Begünstigte eines Mädchens werden konnte, dem weit ansehnlichere Bewerber den Hof gemacht hatten. Nun war der Vater, der sich sonst durch nichts derartiges stark bewegen ließ, stolz auf das Glück seines ältesten Jungen, auf welchem ohnehin vor uns andern sein väterliches Wohlgefallen ruhte. Er kam in diesen Tagen einmal expreß zu mir in den Webkeller, um über Kaspars Glück zu reden. Er sagte dabei, «Lug', Hans, wärest Du wie der Kaspar, so ginge es Dir auch wie dem Kaspar; aber bei Deinen Büchern verlötterlest und vertrocknest Du und mußt froh sein, einmal nur noch ein ordentlich gesträhltes Webermeitli zu bekommen.» Ich seufzte und fühlte, daß er etwas recht haben mochte.

Kaspar fing jetzt an, dem Vater zu Gemüte zu führen, wie klein unser Gütchen und wie groß seine Anwartschaft sei, und weil in der Nähe auf einem kleinen Berge, Birken genannt, ein mittelgroßes Gut verkäuflich ausgeboten war, so drang Kaspar in den Vater, dasselbe zu kaufen, um seine Leute, auch die nachkommenden, angemessener beschäftigen zu können. Der Vater fühlte in sich wenig Neigung dazu, allein weil die Anregung von Kaspar ausging, so zog er den Vorschlag in ernstliche Erwägung und ging schließlich auf den Kauf ein.

Die Übernahme des Gutes erfolgte im Vorsommer, zu einer Zeit, da die schwersten Arbeiten sich häuften und der Arbeitskräfte zu wenige wurden. Deshalb wurde ich der Weberei überhoben und für die Güterarbeiten verwendet. Der größere Teil dieser Arbeiten bestand in Tragereien, tage- und wochenlang, steil auf- und abwärts, mit Lasten, die selten unter achtzig Pfund, viel häufiger über einen Zentner wogen. Und wie die Wege nach allen Seiten beschaffen waren, ergibt sich daraus, daß sie fast ohne Ausnahme aus sogenannten Fußwegen bestanden, die sich im Laufe langer Zeiten durch bloßes Begangenwerden bildeten, mit den willkürlichsten oder zufälligsten Krümmungen, Steigungen und Senkungen, an vielen und zwar gewöhnlich an den abschüssigsten Stellen nicht breiter, als der menschliche Fuß, staffelartig eingetreten. Auf diesen schlechten Fußwegen mußte namentlich das Brennholz und das Wildheu herzugeschleppt werden. Der Transport des letztern kostete die meisten Schweißtropfen, zumal es eine Arbeit der heißesten Sommertage war. Das Heu wurde in würfelförmige Massen in Seile gebunden und dann, einem ungeheuren Turban ähnlich, auf den Kopf gesetzt. Schwitzte man nun schon während des Sammelns und Bindens, daß kein trockener Faden mehr auf dem Leibe war, so gewährte die darauffolgende heißduftige Kopfbedeckung natürlich keine Abkühlung. Da ging es in Gruben hinunter, steinigen Rainen entlang, die eine tropische Glut zurückwarfen, halbe Stunden weit, ohne daß ein Ausruhen auf dem Wege möglich war. Die Beschwerde des Tragens wurde häufig noch durch ungeschickte Anlage der Bürde vermehrt, indem sie alsdann schlecht balancierte und den armen Kopf jämmerlich aus der richtigen Mitte drängte. An Abenden nach solchen Tagen fühlte ich mich furchtbar zerschlagen, Arme, Beine und selbst der Hals waren wie ausgerenkt, die Fußsohlen wie gepeitscht und der Geist selber wie dumpfgeschlagen, so daß ich glücklicherweise unfähig war, in dem Gefühl schwerster Lebensmühe darüber zu deliberieren. Allein so müde war ich doch nie, daß ich nicht noch ein Verlangen gefühlt hätte, einige Augenblicke über einem meiner Bücher zu verweilen, was jedoch aus dem Gesichtspunkte der Ölersparnis von den Eltern hart gerügt zu werden pflegte. Es gab aber Mondnächte, bei deren Helle ich bis Mitternacht las, am offenen Fenster, damit kein Schatten einer Fensterrahme oder eines Fleckes auf der Scheibe das schwache Licht noch unbestimmter mache. Und wenn von angestrengtem Sehen die Augen schmerzen wollten, so hörte ich wohl zu lesen auf, aber weglegen konnte ich doch das Buch so leicht nicht, war es ja so bald wieder Morgen, da mich die Pflicht von meiner Lieblingsbeschäftigung schied. Von Birken aus hatte man eine herrliche Fernsicht über Grünaus Wälder und Auen, weit hinaus über die umliegenden Gemeinden bis in die mit ewigem Schnee bedeckten Gebirge, eine Fernsicht, die in mondbeglänzten Nächten zauberischer war, als am lichten Tage. Ich genoß sie mit der tiefsten Empfindung eines elegisch gestimmten Gemütes und begann die

Eindrücke in kleine Gedichte zu rahmen. Der Bleistift wurde dann auch für diese Fälle mein unzertrennlicher Begleiter und es kam mitunter vor, daß ich wegen augenblicklichem Papiermangel auf Schindelstücke und selbst auf den Hemdärmel Verse schrieb.

Morgens durfte das Aufstehen nicht später als um vier Uhr erfolgen, wenn es zu mähen galt aber schon um drei Uhr. Dann fühlte ich mich doppelt so zerschlagen, wie abends beim Schlafengehen, in den Waden klemmte es wie Krampf, die Gelenke krachten, ich verzweifelte an der Möglichkeit, es wieder einen Tag lang zu überstehen, und doch war ich je am Abend kaum müder als am Morgen; es ging, ich unterlag nicht. Da erfuhr ich, wie vieles der Mensch zu tragen vermag, wenn er will oder muß. Es war auch noch ein besonderer Grund, der zur Erträglichkeit der gegenwärtigen Bedrängnisse mächtig beitrug; es war die Beobachtung, daß mein körperliches Wachstum einen neuen Anlauf nahm, infolge dessen ich die Aufschläge an den Hosen herunterlassen konnte und den Rock nicht mehr zu weit fand; dieses Wachstum hörte nicht eher auf, als bis mir die weiten Kleider zu eng waren. Das bestärkte mich in der Zuversicht, daß die Vorsehung mich nicht sozusagen aufgegeben habe.

Im Herbste machte Kaspar Hochzeit und die Käsewatschel kam in unser Haus auf Birken, wohin unsere Familie mittlerweile den Umzug gehalten hatte, nachdem das Blockhaus an einen Mietsmann vergeben war. Die junge Frau war ein Musterexemplar von Fleisch ohne Geist. Von weiblichen Arbeiten, als Stricken, Nähen, Waschen verstand sie so viel wie nichts, kochen konnte sie allenfalls für sehr unordentliche Schweine, aber nicht für reinliche Leute. Daheim hatte ihre Beschäftigung lediglich darin bestanden, dem Vater bei der Käserei auszuhelfen, und da Gleiches bei uns nicht zu tun war, so glich sie einer nutzlos gewordenen

Maschine. Dabei aber war sie nicht nur fern von aller Einsicht in das Demütigende ihrer Unverwendbarkeit, sondern sie erinnerte uns gerne noch geringschätzig, sie sei eben nie in den Fall gekommen, sich in solch kleinlichen Verrichtungen zu üben. Natürlich führte das bald zu hitzigen Reibungen zwischen der tätigen Mutter und der müßigen Watschel. Kaspar ergriff, wie sich einem treuen Ehemann geziemt, die Partie seiner Frau, der Vater erst leise, dann lauter, diejenige der Mutter. Es kam zu offenem Friedensbruche. Die Bauart des Hauses ermöglichte einen getrennten Haushalt und das junge Ehepaar richtete sich ein, allein zu wohnen. Doch damit waren Konflikte noch nicht zur Unmöglichkeit geworden, die persönliche Nähe war eine gefährliche Klippe, die Weiber fühlten sich durch die Wände und es kochte in ihren Köpfen, sie trafen sich beim Brunnen, und es kam zu häßlichen Auftritten. Auch Kaspar geriet in eine Unverträglichkeit, die seine Nähe gern vermeiden ließ. Doch schien er von dieser Seite mit einem Male besser werden zu wollen; er kam an den Abenden in unsere Stube, besprach mit uns die Geschäfte des vergangenen und folgenden Tages und gab sich die Miene des treuherzigsten Sohnes und Bruders. Erst langsam in diplomatischer Taktfestigkeit rückte er mit dem Projekte heraus, der Vater möchte ihm, da weder Hans noch Jakob ausgesprochene Neigung für den Landbau hätten, den Birkenhof um einen vernünftigen Preis käuflich überlassen; alsdann könnten wir entweder gleichwohl auf Birken wohnen bleiben und das Gut gegen entsprechenden Lohn bearbeiten helfen oder das Blockhaus in Frühblumen wieder beziehen und uns auf das alte Gütchen beschränken. Davon wollte aber der Vater nichts hören: er habe Birken in der Absicht gekauft, es bis an sein selig Ende zu behalten, und es scheine ihm, das Gut sei wesentlicher Verbesserungen und mithin jährlich sich mehrender Erträgnisse fähig, deshalb hielte er es für unrecht, uns übrigen die zu hoffenden Vorteile durch Verkauf zu entziehen. Auch scheine ihm, ich, der Hans, käme täglich besser zu Verstand, indem meine neuern Leistungen recht wohl befriedigten. So wäre es bei den hinreichenden Arbeitskräften schade, das Gut ohne Rücksicht auf letztere wieder zu verhandeln.

Kaspar nahm den Abschlag gelassen hin, wie solches so ganz besonders in seiner Art lag, lud dann aber mich kurze Zeit nachher auf seine Stube, wohin ich vorher noch nie gekommen war, und teilte mir mit brüderlicher Kordialität mit, er habe vernommen, es wäre in der Bundesstadt ein Platz für mich offen, wo ich umsonst studieren könnte, um später Schullehrer oder gar Pfarrer zu werden. Es sei bereits ein Bursche in meinem Alter von Wildungen – einer benachbarten Gemeinde – dahin abgegangen und der Wildunger Vikar habe gesagt, es könnten noch ein paar fromme Jünglinge daselbst Aufnahme finden. Wenn ich es nun wünsche, so sei er bereit, mit dem Vikar mündlich darüber zu unterhandeln, sei ich ja doch halt sein lieber Bruder und er möchte mir das Glück in der Bundesstadt von Herzen gönnen.

Ich freute mich sehr über diesen unerwarteten Lichtblick einer Wendung meines Schicksals und bat den Bruder, mit den Unterhandlungen zu eilen. Er versäumte nichts, und schon am nächsten Tage konnte er mir frohlockend die Mitteilung machen, der Wildunger Vikar sei sehr gespannt auf meinen Besuch und er zweifle nicht, daß ich zu einem tauglichen Werkzeug für das Reich Gottes gebildet werden könne. Als ich am darauffolgenden Morgen in meinen blauen Rock gezwängt vor den Vater hintrat und ihn von der Veranlassung meines Ausfluges in Kenntnis setzte, erwiderte er ungehalten, aus mir werde halt in Gottes Namen nichts, weil mir alles sofort wieder verleide; ührigens wolle er wetten, ich komme so wenig in die Bundesstadt, als nach Gosen in Egyptenland.

Ich machte mich niedergeschlagen hinweg und erschien kleinmütig vor dem Vikar in Wildungen. Derselbe war ein feingebautes Herrchen mit länglichem Gesicht in andächtiger Stirnrunzelung und Mundwinkelsenkung und mit blonden auf die Schultern fallenden Locken. Bevor er ein Wort an mich richtete, fixierte er mich durch die Lorgnette, ersuchte mich dann, Platz zu nehmen, und stellte nach einem schweren Seufzer eine Prüfung meiner Fähigkeiten und Neigungen an. Er fragte mich, wie ich mein bisheriges Leben zugebracht habe, ob ich viel gebetet, ob ich bei meinem Triebe nach höherer Bildung den Dienst des Herrn oder nur meine eigenen Vorteile im Auge gehabt habe, besonders forschte er nach meiner Lieblingslektüre. Ich sagte, daß ich von Geschichtsbüchern noch nichts lieber wie Stillings Lebensgeschichte gelesen habe. Der Vikar nickte mir mit einem beifälligen Lächeln zu. Ich referierte ferner, welch großes Vergnügen mir die Chrestomathie gewähre, worin so herrliche Sachen stehen, wie der «Wilhelm Tell» und «des Sängers Fluch», und wie großes Verlangen ich habe, des Herrlichen noch mehr zu kriegen. Des Vikars Lächeln verschwand und finstere Trübsal überzog sein Antlitz, wie Schneegewölk den Maihimmel. «Grünauer», seufzte der Priester, «es steht mißlich um Euer Seelenheil, ja, ich sage Euch, Ihr seid ein Kind der Verdammnis, falls Ihr solch gefährliche Bücher, die überzuckertem Gifte zu vergleichen sind, nicht von Euch werfet. Das sage ich indessen nur so beiläufig auf den Fall hin, daß sich Eure Versetzung nach der Bundesstadt zerschlüge; kommt hingegen letztere zu Stande, so wird man Eure Lektüre gehörig überwachen, daß die Gefahr wie der Schatten vor dem Lichte von Euch weichen wird. Ich frage Euch nun ernstlich, ob Ihr entschlossen wäret, Euch ohne Vorbehalt dem Dienste des Herrn zu weihen.» Zagend und unsicher erwiderte ich «ja», und sah den Frager fragend an. Er erläuterte: «Die Anstalt, die Euch aufzunehmen bereit ist, ist das Institut eines Mannes, der sich aus reiner Liebe zum Reiche Gottes entschlossen hat, aus unbemittelten aber hinlänglich begabten Jünglingen Evangelisten zu bilden, welche vornämlich im Worte Gottes, außerdem in den nützlichsten Wissenschaften unterrichtet und daneben zur Erlernung eines Handwerkes angehalten werden sollen. Nach beendigter Bildungszeit werden die jungen Männer ausgesendet in die vaterländischen Gegenden und weiterhin, um, wie einst die Apostel taten, das Evangelium zu verkündigen und daneben sich von ihrer Hände Arbeit zu ernähren. Erstes Erfordernis ist also eine völlige Hingabe an den Herrn und Verzichtleistung auf ein gemächliches Leben» usw. Als der Vikar schwieg, seufzten wir beide zugleich; ich fühlte mich unfähig, eine entscheidende Antwort zu geben, und der Salbungsreiche wies mich darauf hin, daß mir acht Tage Bedenkzeit gelassen seien. Ich tat noch einen Blick in seinem Zimmer herum, das eine ansehnliche Bibliothek enthielt, die mit ihren der Mehrzahl nach hübschen Einbänden mir die Augen beim ersten Anblick übergehen gemacht hatten. Der Vikar bot mir die Hand zum Abschiede und drängte mich so eigentlich zum Hause hinaus.

«Da wird nichts draus!» sagte es in mir, als ich gedankenschwer wiederum Grünau zuschritt. «Finstrer Ernst und trauriges Entsagen» grinste mich an aus dem Institute, das den herrlichen Wilhelm Tell als verdammliche Lektüre bezeichnete, das nur vom «Worte Gottes» wissen wollte, dem Worte Gottes, das mir ein langweiliger Erklärer frühe schon elendiglich zugerichtet hatte. Es graute mir so sehr vor dem Gedanken, selber noch eine Art Katechet zu werden, daß ich unendlich lieber auf Birken und selbst in den Webkeller zurückkehren als in die Evangelistenschule treten wollte.

Kaspar war von meiner Nachricht nicht sehr erbaut, er meinte, es sei hoffentlich schön genug, so eine Art Pfarrer zu werden, er wäre allweg froh, wenn er gleiche Aussichten hätte. Und weil es nichts koste, so könne ich ja alles durchmachen, und wenn mir nachher das Predigen verleide, so könne ich ja wieder anfangen, was mir gefalle, sei ich denn doch tüchtig geschult. Das wollte ich vollends nicht, weil ich es als Betrug ansehen mußte und mir zum Betrüger alle Anlagen fehlten. So setzte ich mich nach drei Tagen hin und schrieb einen Absagebrief an den Vikar in Wildungen. Wie ich die Absage motivierte, weiß ich nicht mehr, er mochte aber nur zu aufrichtig geraten sein, denn der Vikar äußerte sich kurz nachher zu einer Verwandten unserer Familie, mein Seelenzustand verrate eine schreckliche Entfremdung von Gott und sei von mir in Zeit und Ewigkeit wenig zu hoffen. Vater und Mutter hörten mit Entsetzen davon: ein solches Geschöpf konnte in einem christlichen Hause bei Schmolke und Habermann aufwachsen! Sie gratulierten sich aber zugleich zu ihrem Ahnungsvermögen, das sie niemals Gutes von meinen Lesereien habe erwarten lassen; doch damit begnügten sie sich auch und gaben ihrem Abscheu keine weitere Folge, verhielt ich mich ja übrigens wie ein ordentlicher Christenmensch. Ein Jahr später wurde die Leiche des Vikars aus der Tosa gezogen, in welcher er aus religiöser Schwärmerei den Tod gesucht. Diese Nachricht befremdete mich nicht sehr, nur das begriff ich nicht, wie der Besitzer einer so schönen Bibliothek sich habe ertränken mögen.

Damit war abermals ein Anlaß vereitelt, mich aus Grünau hinauszubringen, und diese Vereitelung half dazu mit, daß ich nun erst recht fest zu sitzen kam. Weil nämlich Kaspars Pläne, mich zu entfernen, mißlangen, so verließ er mit seiner Watschel das elterliche Haus, um sich mit seinem Schwiegervater in dessen Pachtung zu teilen; er war aber der kräftigste Arbeiter gewesen und sein Abgang verursachte eine sehr fühlbare Lücke. Ich und Jakob wurden nachgeschoben, füllten aber unsere Posten sehr dürftig aus. Mir ward es «wind und weh» dabei, es war mir, als sei ich auf die Galeere geschmiedet zu lebenslänglicher Strafarbeit.

Dazu gesellte sich noch ein anderer Umstand, der mir düstere Besorgnisse erregte. Haggers Tochter hatte nach langer Sehnsucht einen Herzkäfer gefunden, der sie aus Grünau hinwegführte; doch war es keineswegs dieser Umstand, der mir Kummer machte, sondern daß Hagger selbst deshalb Anstalten traf, hinauszuziehen und sein Leben bei Frau und Bruder in dem drei Stunden von Grünau entfernten Hüttlingen zu beschließen. Das verursachte mir manche schlaflose Nacht. Woher sollte ich in Zukunft Bücher geliehen bekommen und wo hatte ich einen andern Menschen, mit dem ich stundenlang, wie mit Hagger, nur von Büchern sprechen konnte? Es war ein trübseliger Zustand, der zahllose elegische Ergüsse hervorrief, deren trostlosester hier stehen mag.

Was hab'ich mir errungen,
Nachdem die Jahre hin?
Das Schönste ist verklungen,
Das Liebste seh'ich zieh'n!
Nichts bleibt als die Erfahrung,
Daß selbst die Hoffnung gleißt,
Die sonst wie Offenbarung
Das Herrlichste verheißt.
Warum im Lenz der Tage
Lachst du, o Welt, so hold?
Hüllst Leid und Schmerz und Klage
Ins Sommerabendgold?
Wozu dein Glanz und Flimmer
Und was du bieten magst,
Wenn alles dennoch immer
Und ewig du versagst?
O, wenn der Jugend Kosen
Dem Ernst der Tage weicht,

Wenn heitern Glaubens Rosen
Des Lebens Trübsal bleicht,
Dann fragen wir durch Tränen:
Was soll doch all die Not?
Und innig fleht ein Sehnen:
O komm, du süßer Tod!

Auch Hagger bedauerte die Unvermeidlichkeit unserer Trennung, er gestand, daß ich es in Grünau allein gewesen, der ihm eigentlich zugesagt, und daß ihm Hüttlingen schwerlich erheblichen Ersatz dafür bieten könne. Er versprach mir aber, oft zu schreiben, und ich verhieß freudig, keine Antwort schuldig zu bleiben. Er schenkte mir Byrons Gedichte zum Andenken und ich dankte ihm in recht grünen, junggefühligen Versen dafür.

12

Nach Haggers Abgang wußte ich für längere Zeit außerhalb Birken nicht viel zu tun; die Kirche war der einzige Ort, wo ich etwa monatlich einmal hinkam und dieses nur, um häusliche Konflikte zu verhüten, da meine Eltern darauf hielten, daß wir Kinder zuweilen in die Kirche gingen, und zumal an den hohen Festtagen es aufs entschiedendste forderten. Dagegen widmete ich meine übrige karg zugemessene Muße der Dichtkunst, wozu ich in Byrons Gedichten eine neue mächtige Anregung fand. Den Gedichten waren historische und biographische Notizen beigefügt, welche besagten, daß die frühesten derselben unter dem Titel «Mußestunden» im neunzehnten Jahre des Dichters zum erstenmal erschienen seien. Dieses weckte in mir den Entschluß, auch eine solche Sammlung herauszugeben, sintemal ich bereits einen kleinen Vorrat von Verskünsteleien besaß und das neunzehnte Jahr schon hinter mir lag. Da hatte ich denn mit Schreiben und Dichten sattsam zu tun, denn ich glaubte eben, mit der Herausgabe nicht genug eilen zu können. Die Sammlung betitelte ich: «Blüten meiner Mußestunden». Es war eine Wonne für mich, so gleichsam unbemerkt zum Dichter avanciert zu sein, und ich lächelte süß befriedigt in dem Gedanken, wie mich die Grünauer in Bälde anstaunen und bewundern würden.

Nun handelte es sich darum, einen Drucker zu finden, deren ich nur wenige dem Namen nach kannte. Bescheidentlich wandte ich mich an den wie mir schien unansehnlichsten, hegte aber auch von diesem noch eine so erhabene Vorstellung, daß ich mich folgender Entschuldigungsphrase bediente: «Nehmen Sie es mir doch nicht übel, wenn ich nicht recht schreibe, es hat mir halt in Grünau niemand sagen können, wie man an die Buchdrucker schreibt.» Erst drei Wochen später erfolgte eine Antwort. Ich wußte vor Entzücken nicht wo ich stand, als der Briefbote das heiß Ersehnte brachte, war mir doch, als erbräche ich eines der sieben Siegel aus der Offenbarung Johannis. Die Antwort lautete sehr erfreulich, man fühle sich von den Gedichten angesprochen, der Druck koste so und so viel und könne, falls ich damit einverstanden sei, sogleich begonnen werden. Aufs schleunigste erteilte ich meine Zustimmung. Nun aber betrachtete ich mich selber als angehende Merkwürdigkeit und ging derweile nur noch wie zum Abschied meinen täglichen Beschäftigungen nach. Acht Tage später kam ein zweites Schreiben – wehe, es enthielt das höfliche Begehren, daß ich für die Druckkosten einen Bürgen stellen möge. Ich wußte, daß ich vergeblich darnach suchen würde, allein ich schämte mich, solches zu bekennen, und beantwortete das Schreiben mit flegelhafter Unverschämtheit in dem Sinne, daß es mir nicht einfalle, Bürgschaft zu leisten und daß, so man mir mißtraute, das Drucken unterbleiben könne. Solches brauchte nicht wiederholt zu werden, das Manuskript kam umgehend zurück mit der Beilage eines Abzuges vom ersten Bogen, zum Beweise, daß an dem Werke bereits gesetzt worden; einer Erwiderung hatte man mein grobes Schreiben nicht gewürdigt.

Nun erst hätte ich mich vor Leid und Scham in die Erde verkriechen mögen, mein ganzes Geschreibsel schien mir dieses Tages abscheulich, alles las sich so jämmerlich schülerhaft, daß ich gar nicht begriff, wie mir nur je einfallen konnte solch Zeug in die Welt schicken zu wollen. War mein Urteil in der kurzen Zeit eines Monates so viel reifer geworden? Teilweise war solches der Fall, doch mehr rührte dieser Fortschritt zum Bessern daher, daß mir die Sachen von der Stadt kommend wie fremd erschienen; da man nun bekanntlich fremde Fehler und Schwächen in vielen Fällen leichter erkennt, als eigene, so mußte ich jetzt wider Willen mein eigener gestrenger Richter werden. Und ich übte nicht die geringste Schonung; als die Mutter abends auf dem Herde Feuer gemacht hatte und einen Augenblick aus der Küche gegangen war, warf ich den ganzen Plunder ins Feuer, einzig den gedruckten Abzug hob ich auf als warnendes Andenken an eine leichtsinnige und leichtfertige Handlung.

Dieser Vorgang verleidete mir das Dichten für längere Zeit, jedoch ohne daß zugleich mein Geschmack an den klassischen Dichtungen darunter gelitten hätte. Von neuem verehrte ich die ächten Dichter als Geister übermenschlichen Ranges, und je unerreichbarer mir ihre Vollkommenheit erschien, um so unbefangener genoß ich ihre Gaben und der Saatwurf ihrer Schönheiten fiel auf einen frisch gereuteten Boden.

Meinen Leuten, mit Ausnahme Jakobs, den ich ziemlich ins ganze Vertrauen gezogen, blieb meine verfehlte Spekulation unbekannt und das war mir ein großer Trost in aller Trübsal. Ich ließ denn auch keine Niedergeschlagenheit blicken und arbeitete noch einmal so pflichtgetreu als sonst. Manche Arbeit hatte ich auf Birken erst erlernen müssen: Dengeln, Mähen, Dreschen, und ich hatte alles so hurtig begriffen, als lebt' ich nur darin. Auch das Versetzen und Pfropfen von Bäumen, eine Lieblingsbeschäftigung meines Vaters, erlernte ich in kurzer Zeit so, daß ich mich auf meine Leistungen berufen durfte. Das machte mir der Eltern Herzen sehr gewogen, namentlich die Mutter lobte mich bei manchem Anlasse ins Gesicht.

Allein den sprechendsten Beweis ihrer Gewogenheit leistete sie mir einige Zeit, nachdem unser Zusammenleben sich so viel harmonischer gestaltet hatte, dadurch, daß sie mir zu einer Frau aus ihrer Bekanntschaft verhelfen wollte. Dieselbe hieß Bäbeli, hatte, ich weiß nicht wie viele Jahre, im Städtchen draußen gedient bei einem alten Herrn bis zu desselben jüngst erfolgtem seligem Hinschiede, und war durch Testierung zu einem artigen Vermögen gelangt. Die Mutter hatte in guten Stunden früher schon oft dieses Bäbelis erwähnt, dem sie eine unauslöschliche Erinnerung bewahrte, ohne daß die alte Freundschaft durch Briefwechsel oder persönliche Besuche unterhalten worden wäre. Vom Hinschiede des alten Herrn war die Mutter keineswegs durch Bäbeli selbst, sondern rein zufällig in Kenntnis gesetzt worden. Die Freundin wohnte seit einigen Wochen nicht mehr im Städtchen, sondern anderthalb Stunden näher Grünau, wo sie nichts zu tun, daher nach mütterlicher Ansicht wohl Zeit hatte, zu heiraten. Als ich einmal an einem Abend Gras mähte zur Grünfutterung, kam die Mutter zu mir heraus, half das Gras zusammenrechen und stopfte einen Korb davon voll. Unterdessen meinte sie, da droben auf Birken sei doch ein ewiges «Gestrütte», verglichen mit früher in Frühblumen und werde man trotzdem selten einmal zu rechter Zeit fertig. Dringend Not täten allweg mehr Arbeitskräfte, da sie und der Vater allbereits das Alter recht deutlich spürten. Darum habe sie neulich oft gedacht, es wäre gut, wenn ich mich nach einer Frau umsähe und zwar nach einer solchen, wie sie, die Mutter, eine wisse. Dann rückte sie mit Rekommandation des Bäbeli heraus und schloß mit der Bemerkung, wenn Bäbeli auch von den Güterarbeiten nichts verstehe und vielleicht nichts darauf halte, so besitze es Mittel, die Arbeit durch andere Hände tun zu lassen, und das sei die Hauptsache. Mir erschien der Mutter Rechnung und Urteil sehr vernünftig, der Vorschlag an und für sich zeitgemäß; das einzige Häkchen an der ganzen Sache bestand bloß darin, daß ich mir vom Alter, Aussehen und von den übrigen Eigenschaften des geschätzten Bäbeli keine anschauliche

Vorstellung machen konnte und also nicht wußte, wiefern die Mutter auch in diesen Hinsichten das Richtige getroffen. Mit einigem Herzklopfen, welches von der Besorgnis herrührte, die Antwort dürfte nicht befriedigend ausfallen, fragte ich so verloren hin nach diesen nebensächlichen Merkmalen. Die Mutter berichtete, Bäbeli sei immer schön gewesen, habe so lange sie es gekannt feuerzündend rote Backen und eine feste «breitlächte» Postur gehabt, mit dem linken Auge schiele es wohl ein wenig, aber dem rechten fehle nichts; daß es ein gutes Meitli sei, beweise ihre lebenslange Freundschaft, und was das Alter anbetreffe, so sei Bäbeli jedenfalls ein oder zwei Jahre jünger, als sie, die Mutter. Nun, für zu jung konnte ich Bäbeli jetzt schon nicht mehr halten, ich hätte ihr sogar gerne noch einige weitere Jahre geschenkt; aber auch die übrigen äußerlichen Eigenschaften erinnerten in nichts an Susannas schlanke Gestalt mit dem Lilienweiß und Rosenrot im Antlitz, und der Mutter Freundschaft war mir ein ungeeichter Maßstab für Herzensgüte. Die Mutter sagte ferner, wenn ich es wünsche, so sei sie bereit, am Sonntag für mich zu Bäbeli zu gehen und die Einleitungen zu treffen. Ich merkte, daß sie nur zu gern ging, und konnte vorläufig nichts dagegen haben, dennoch besorgte ich, der Mutter Mühe dürfte aus irgendeinem Grunde eine vergebliche sein. Mich stimmte der fröhliche Anlaß nicht heiter, ja, wenn ich mich tiefer und tiefer in die Folgen einer solchen Verbindung hineindachte, so konnte es mir siedeheiß werden. Was waren meine einundzwanzig Jahre gegen die vierzig und mehr des gutherzigen Bäbelis! Die Sache erschien mir fürchterlich prosaisch und wie ein Hohn auf die schönsten Träume meiner Jugend. Indessen mußte ich es geschehen lassen, daß die Mutter den wichtigen Gang unternahm.

Erst kurz vor Mitternacht kam sie zurück, unendlich befriedigter, als mir lieb war. Sie flüsterte mir heimlich einen Gruß von Bäbeli zu, und da sie den Handel für gelungen hielt, machte sie auch vor

Jakob kein Geheimnis mehr daraus und erzählte bei Tische, was sie durch ihren Ausflug bezweckt habe. Bäbeli hatte sie gut aufgenommen, ihr den in drei Zimmern mit Not untergebrachten Vorrat von hausrätlichen Gegenständen gezeigt, worunter sich ein gemaltes Gestell mit Büchern befand, deren nähere Besichtigung mir sofort Herzenssache wurde; es hatte ihr aber auch vertraut, im Besitze von Kapitalien zu sein, deren Zinsen für seinen Unterhalt doppelt hinreichten. Und was dabei für die Mutter sich angenehmst hören ließ, war, daß Bäbeli mit seiner Lage unzufrieden und einer ehelichen Verbindung durchaus nicht abgeneigt war. Ich forschte wieder nach dem körperlichen Aussehen, worauf die Mutter bedeutete, Bäbeli sei immer das gleiche Bäbeli wie vor zwanzig Jahren, Backen habe es so feuerrot, man könnte Schwefel entzünden daran. Der Vater äußerte sich, bestochen durch der Mutter glänzende Schilderungen, beifällig für Gewinnung der Partie, doch mit dem Beisatze, er möchte nicht zugeredet haben, wenn's «ung'freut» ausschlüge. Jakob sah mich schalkhaft lächelnd an. Nur die Mutter war mit sich und der Sache im reinen, sie brachte allbereits die Räumlichkeiten zur Sprache, welche einer Umänderung oder Ausbesserung bedurften, bevor die schönen Mobilien anständigerweise untergebracht werden könnten; damit war auch das Schlafgemach für das junge Ehepaar schon ausspintisiert, wovor mir das Blut und die Angst schwallweise in den Kopf stiegen. Nach alledem sagte sie mit gedämpfter, sachfertiger Stimme, Bäbeli erwarte mich ziemlich bestimmt auf den nächsten Sonntag und ich werde es wohl nicht umsonst warten lassen.

Es folgten sehr schwere Arbeiten die Woche hindurch; inmitten dieses herrlichsten unserer Jahre, wie David sang, nahm die Angst vor dem werdenden Verhältnisse gewaltig ab und schlug sogar am Samstag in ein eigentliches Blangern um, zu Bäbeli zu gehen und Gewißheit über Sein und Nichtsein zu erlangen.

Dessenungeachtet geschah am Sonntagmorgen das Ominöse, daß ich mich, was mir sonst an den Sonntagmorgen nie zu begegnen pflegte, verschlief. Deshalb machte mir die Mutter Vorwürfe, ob auch, der Tagesfrage gemäß, ein neckisch Lächeln um ihre Lippen spielte. Ich hatte noch nachts vor dem Einschlafen gesucht, Jakobs Gutachten über mein oder vielmehr der Mutter Heiratsprojekt einzuholen, aber der friedliche Bürger schlief und sagte das eine Mal ja, das andere nein, je nach dem ich ihn anbrummte oder stupfte; zu einer richtigen widerspruchsfreien Meinungsäußerung war der Anspruchslose nicht zu bringen gewesen. Diese übertriebene Bescheidenheit hatte mein etwas gezwungenes Verlangen nach Bäbeli wieder herabgestimmt und darüber war ich planlos eingeschlafen. Item, ich eilte nun doch, zu gehen. Jakob stand, als ich ums Haus bog, hinten bei der Stalltüre und erwiderte meinen Gruß mit einem jovialen: «Schaff's gut!» Mir war, als hätte er sagen wollen: «Schafskopf!»

Schlag zwölf Uhr hatte ich Bäbelis Wohnung erreicht, nicht unbemerkt: ein altes Weib sah oben aus einem Fenster und lud mich ein, nur sogleich hinaufzukommen. Ich folgte der Einladung und gelangte zu dem alten Weibe, das mir freundlich vor die Türe der Wohnstube entgegen kam und mich sehr zutunlich in die Stube geleitete.

«Du wirst nun eben der Hans Grünauer sein?» fragte die Alte mit unaussprechlicher Güte, derweile sie mich auf ein grandioses Sofa beim Tische schob. Ich bejahte und frug, ob ihr vielleicht Bäbeli von mir gesagt habe? «Hm! du liebe Einfalt, das bin ich ja selbst», erwiderte die Alte und bog sich schmatzgend zu mir über den Tisch. Ich prallte entsetzt zurück, meine Haare sträubten sich. Die Alte, von kleinem Wuchse, aber wohl untersetzt, erschien mir ungefähr wie eine ordentlich konservierte Fünfzigerin; die Haupthaare waren stark meliert und hinten in ein dürftiges Vogelnestchen geflochten;

an der Stelle, wo sie zwei Menschenalter hindurch gescheitelt worden, zog sich ein kahler Streifen hin wie ein Fahrweg durchs Gehölz; das Antlitz hatte eine rundliche Form mit bläulichroten Hängebacken; das eine der blauen Augen schielte, wie ich bereits wußte; im Munde standen noch drei Zähne, schief, wie die letzten Pfähle einer durch Überschwemmung verheerten menschlichen Wohnung; die Lippe zierte ein artiges Schnäuzchen; dann folgte das Anziehendste: ein ziemlich zur Hälfte entblößter sehr altlächter Busen, den die kurze Taille des jungfräulichen Gewandes salopp hervorhob. Ich hatte noch nie Ähnliches gesehen, tat aber jetzt einen stillen Seufzer zu Gott, daß er mich fürohin vor solchem Anblicke bewahren wolle. Von den Hüften fiel das Gewand senkrecht auf sehr plumpe Füße, die mit roten Pantoffeln bedeckt waren. Das war Bäbeli – furchtbare Gewißheit!

Während ich mich bemühte, meine zersprengten Gedanken wieder zu sammeln, deckte Bäbeli den Tisch und trug auf, daß die Platte sich darunter hätte biegen mögen. Bei so vielerlei war ich noch nie gesessen und von den vielen «Trachten» kannte ich nur ein paar Gerichte. Bäbeli nahm mir gegenüber Platz, drängte mich, zuzugreifen und meinte, als ich zögerte, ich sei noch gar zu schüchtern, das sei aber einfältig, ich solle doch ja tun, als ob ich daheim wäre; dazu blickte es mit dem einen Auge verliebt mich, mit dem andern die Wand an. Dann fragte es, wie es der Mutter gehe; ich bestellte einen Gruß von ihr und sie sei schön gesund. Es frug weiter, ob sie am Sonntag bei guter Zeit heimgekommen sei, was sie erzählt habe. Ich erinnerte mich, daß sie etwas von Büchern gesagt, und bemerkte, daß ich dieselben gern in Augenschein nehmen möchte. Das könne wohl geschehen, sie sollten mir sogar geschenkt sein, wurde erwidert, aber ich werde doch nicht bloß dieser Bücher wegen gekommen sein. Bäbeli trieb mich schonungslos in die Enge und zwar ohne Zweifel auf die verliebteste, aber gewiß nicht auf die lieblichste

Weise. Bei jedem Wort neigte sie sich stets breit über den Tisch, daß die Brüste noch tiefer aus ihrer losen Umhüllung traten. Ich getraute mir bald nicht mehr aufzuschauen und antwortete wie ein Schüler, der Ohrfeigen gewärtigt. Bäbeli mußte es müde werden. «Hör', Hans», sagte es, mir ein Glas voll einschenkend und darauf mit mir anstoßend «weshalb eigentlich hast Du den Weg hierher gemacht?» – «Pah, hat mich halt der Bücher wegen gewundert», entgegnete ich beklommen. – «Wie? Nur der Bücher wegen?» – «Nun, ist auch eine schöne Gegend hier, wäre schon lange gern wieder einmal hierher gekommen», antwortete ich sehr läppisch. – «So, auch der schönen Gegend wegen, und nicht auch ein bißchen wegen mir?» scherzte Bäbeli. – «Ein bißchen schon», bemerkte ich säuerlich, «die Mutter ließ mir nur gar keine Ruhe, bis ich ging.» – «Das wäre!» rief Bäbeli peinlich erstaunt; «Deine Mutter sagte, Du habest mir recht schön den Willen – ist denn das nicht wahr?» – «Ja, das nimmt mich wunder – das hab' ich nie gesagt – ich weiß nichts –», redete ich verwirrt und senkte das Gesicht so tief, daß ich mit der Nase fast den Teller berührte. Bäbeli schien noch immer nicht zu wissen, woran es mit mir war; daher ermunterte es mich in traulichem Tone: «Hans, sei doch nur gar nicht schüchtern; sag', bist Du nicht meinetwegen hergekommen? Sieh', ich weiß ja alles schon.» Ich raffte mich auf und erwiderte: «Bin wohl deswegen hergekommen, aber ich wollte ja nur erst einmal sehen – jetzt weiß ich nicht – möchte mich doch gerne noch besinnen.» – «Besinnen!» rief die Alte in einem Tone, der mich aufblicken machte; sie sah sonderbar gereizt und gar nicht reizend aus. Ich konnte nichts dawider, daß ihr meine Antworten nicht gefielen, und sie war verlegen, wie sie mich weiter drängen sollte. «Iß, Hans», sagte sie in verändertem Tone und legte mir zu, «Du bist in allem zu schüchtern». Bäbelis Nötigung kam mir nicht ungelegen, ich vertilgte rasch ein paar Gläser Wein und sah nun weniger kontinuierlich auf den Tisch. Polen war noch nicht verloren. Bäbeli sagte, ich werde doch seinen Hausrat auch ein wenig besichtigen wollen, und führte mich in ein Hintergaden, wo die Türe wegen Überfüllung des Raumes nur zur Hälfte geöffnet werden konnte.

Es fand sich daselbst ein unbeschreibliches Allerlei von Zimmer- und Küchengerätschaften, verblichenen Luxusgegenständen, Jagdgeräten; mir stach vor allem das Gestell mit den Büchern in die Augen, wovon ein Teil hinter einem Waschzuber emporragte. Bäbeli gestattete, daß ich denselben etwas beiseite rückte. Eine Sammlung schöner Franzbände bestand größtenteils aus Autoren des vorigen Jahrhunderts, geistlichen und weltlichen Inhaltes, viel Verschollenes darunter. Doch das schmälerte mein Vergnügen nur wenig, ich gluchzte und schnappte vor Lust, wenn aus den vielleicht ein halb Jahrhundert hindurch verschlossen gewesenen Blättern der eigenartige Schimmelgeruch in die Nase drang und die Rückseiten der Kupfervignetten in allerliebstem Kaffeebraun vom weißern Blatte abstachen. Ich vergaß buchstäblich alles, was um mich war, hörte nicht und sah nicht, was Bäbeli mir weiter bemerklich machen wollte, und beachtete erst, als die Stimme seines Mundes mir unmittelbar ins Ohr wehte, daß es weich an meiner Schulter lehnte und mir ins Buch guckte, wie Spiegelchen ins ABC. Endlich mußte denn doch ihr Geduldfaden reißen, sie sagte, solch dauerhafte Andacht sei merkwürdig langweilig für andere Leute, und wenn es mir recht sei, so sei es ihr lieb, wieder ein wenig ab Fleck zu gehen. Darauf führte sie mich in ihr geräumiges Schlafzimmer, das wiederum vollgepfercht war von Möbeln und namentlich von Bettstücken in den verschiedensten Größen, Formen und Farben. Ihr Bett war überaus flott und zierlich aufgerüstet und sie suchte meine Aufmerksamkeit in einer Weise darauf zu lenken, die wohl noch einen andern Grund als den der Selbstgefälligkeit hatte. Während ich zur Seite stand, lehnte sie sich mit untergelegten

Armen über das Fußende der nußbaumenen feingeschweiften Bettstatt und bemühte sich, meiner Unwissenheit einen Begriff vom Werte all der Besitztümer beizubringen, und teilte Seitenhiebe aus an die jungen Hexlein, die rein, sauber nichts als ihre glatte Haut besitzen und damit oft die pfiffigsten Heiratskandidaten betören. Mir schwebte unterdessen immer Susanna vor Augen, die so emsig wie ein Burgfräulein an ihrer Aussteuer wob und strickte, und solche Rührigkeit und Lieblichkeit konnten Bäbelis tote Besitztümer nie und nimmer aufwiegen. Ich hatte Susanna, auch nachdem ich sie für mich verloren wußte, eine Art Treue gelobt, in dem Sinne, daß ich mich nie an ein Mädchen hängen wolle, von dem ich nicht annehmen dürfte, daß es sich auch neben Susanna sehen lassen oder daß die Wahl Susannas Beifall haben könnte. Daher beschlich mich an Bäbelis Bett ein quälendes Gefühl der Selbstverachtung, als der ich so schwach gewesen, mich in das Schlafgemach der Alten drängen zu lassen, und es jetzt noch darin aushielt; aber auch gehoben fühlte ich mich in dem Bewußtsein, daß kein Schund äußerlichen Besitzes vermögend sein könne, meine arme Jugend in den Sumpf geist- und gemütloser Genüsse zu verlocken. Vielleicht daß ein Anflug dieser innern Befriedigung in meinen Zügen widerleuchtete, genug, Bäbeli wandte sich hastig zur Seite und langte aus einer Kommode ein Kuvert mit Briefschaften, dessen Inhalt es auf der Decke des Bettes auslegte. «Sieh', Hans», sagte es, «ich besitze von allem etwas, das hier sind Kapitalbriefe; kannst sie selber ansehen, es sind ein paar recht hübsche dabei, deren es ohne Zweifel in Grünau nicht viele gibt. Ich habe alles», fuhr sie fort, während ich mit Wohlgefallen die schönen, kräftigen Schriftzüge eines der Kapitalbriefe betrachtete, «nur etwas fehlt mir noch, und weil ich nicht so schüchtern bin, wie Du, so sag' ich's frei heraus: ein Mann fehlt mir.» Es überlief mir kalt; Himmel! sie legte ihren Arm um meinen Nacken, sie drehte mein Gesicht gegen das ihrige, ich war in

Gefahr, einen Kuß zu erhalten, und diese Gefahr erfrischte meinen Mut zur Abwehr. Aber solche Standhaftigkeit betrübte die Alte, sie zitterte in äußerster Erregung, strengte sich nochmals vergeblich an, ihr Gesicht und das meinige zusammen zu bringen und fragte flehentlich: «Willst Du nicht?» Da erwiderte ich mit unbezwinglichem Abscheu ein festes «Nein» und wand mich eines Ruckes von ihr los.

In diesem Augenblicke veränderte sich die Szene. Die Alte versammelte ihre Kapitalbriefe wieder in das Kuvert und gab spitzige Worte: mit Knaben sei halt nichts anzufangen, ich sonderheitlich ermangle aller Lebensart, sei blöd und kopflos wie ein junger Hahn, und wenn man mir das Glück auf einem Teller präpariert und tranchiert brächte, so wüßt' ich es nicht einmal zu verschlucken. In diesem Tone spitzelte sie und trieb mich in die Stube zurück, wo der Tisch noch gedeckt war. Es erfolgte keine Einladung mehr, mich zu setzen; Bäbeli räumte ab, ich stand verlegen am Fenster und dachte an des Fortunatus Wunschhütlein, dessen ich mich jetzt so gerne zu einem Fluge über die Berge bedient hätte. Nun, dachte ich, gewagt muß es sein, ergriff meinen Hut, näherte mich bei tiefstem gegenseitigem Schweigen der Türe und sagte, da Bäbeli hantierte, als ob ich gar nicht da wäre: «So adie Bäbeli, lebet wohl! Ich danke schönstens fürs Mittagessen.» – «Behüt'Dich Gott», entgegnete sie über die Schultern, «ich lasse die Mutter grüßen». – «Danke, will's ausrichten», sagte ich. Und fort war ich und wohl war mir, so wohl, so unsäglich wohl! Eine Federkraft bewegte meine Glieder, wie ich sie in schwacher Ähnlichkeit etwa nach einem Bade in der schäumenden Tosa empfunden; aus dem Herzen herauf quollen die Jubel, wie die Kristallblasen aus der Tiefe des Sturzbaches.

Meine verhältnismäßig frühe Zurückkunft machte die Mutter stutzig. «Je was? Du schon wieder da?» rief sie, legte, mit Kochen beschäftigt, die Kelle auf den Rand der Pfanne und trat mir forschend entgegen. Ich sagte einen Gruß von Bäbeli und es sehe gesund aus. Sie fragte, wie es mir gefalle. Es scheine mir, sagte ich, ein «rechtschaffenes Mensch» zu sein, aber es sei etwas zu alt für mich. Doch werde ich nicht die Torheit begangen haben, ohne weiteres abzubrechen, fragte die Mutter scharf, als könnte sie dadurch Geschehenes wieder ungeschehen machen. Ich bejahte, es sei alles aus und Bäbeli habe mich bereits so und so gefoppt. «Ouh!» knirschte die Mutter und warf mir einen greulichen Blick zu, den ich nicht aushielt. Kummervoll begab ich mich in die Stube, es war niemand und kein Licht darin. Ohne den engen Rock und den steifen Hut abzulegen, setzte ich mich in eine Ecke, mein freudloses Dasein beklagend.

Beim Essen fand der widerlichste Auftritt statt; die Mutter ergoß eine Flut von Vorwürfen über meine Nichtsnutzigkeit, die ich kläglich stillschweigend hinnahm. Endlich meinte der Vater, es dürfte jetzt genug sein, worauf die Flut sich gegen ihn wandte und ihn, wie einst der vierzigtägige Regen das sündige Menschengeschlecht, zu ersäufen drohte. Jetzt trat der Vater aus seiner gewohnten Passivität heraus und gebot mit einer Stimme Ruhe, die nicht nur der Mutter Mundstück wie ein Blitzschlag lähmte, sondern auch uns Brüder in eine Büsten ähnliche Unbeweglichkeit versetzte. So aufgebracht, mit so farblosen Lippen, hatte man den Vater noch nie gesehen. Das Geld sei der Teufel und wo man nur nach Geld trachte, da müsse Unsegen und Unfriede sein, räsonnierte er, darum sei ihm sein Lebtag all das Gejage nach bessern Zuständen verhaßt gewesen und darum habe er seine Kinder allezeit dazu angehalten, es nicht besser haben zu wollen, als ihre Eltern. Das sollte eine Apologie meines Verhaltens gegenüber Bäbeli sein, leider aber war es auch die bündigste Verurteilung meiner alten unüberwindlichen Neigungen.

Es herrschte nun längere Zeit in der Haushaltung eine Verstimmung, die nur zwischen mir und Jakob nicht aufkam, vielmehr dazu diente, daß wir uns enger aneinanderschlossen und mit gegenseitiger Verwunderung entdeckten, wie trefflich unsere Ansichten ineinandergriffen, unsere Fähigkeiten sich ergänzten: mein war die produktive, sein die rezeptive Eigenschaft. Bald hatte ich vor Jakob kein Geheimnis mehr und machte ihn zum Vertrauten aller meiner Bestrebungen und Hoffnungen. Im Wald und Feld sprachen wir über die Schicksale berühmter ausgezeichneter Männer, über deren Leben ich noch bei Hagger ein zweibändiges Werk gekauft hatte.

Eines Tages im Herbst, als wir mit Aufästen eines jungen Tannenschlages beschäftigt waren, kam ein alter Mann durchs Gehölz gestrichen und fragte, ob einer von uns der Hans Grünauer sei. Ich bejahte, gespannt, zu vernehmen, was an mir wäre, das zu irgendeiner Nachfrage Veranlassung geben könnte. Er sagte, wir kennten ihn vielleicht, er sei der Eichberger «Neujahrgeiger» und habe lange Jahre hindurch alle seine Lieder selber verfertigt, allein es habe ihm immer mehr Mühe gemacht und sei ihm immer weniger gelungen; jetzt am End' aller Enden sei er ganz kaporis und müßte seine musikalischen Wanderungen sauberglatt einstellen, wenn seine Vorträge je auch seine eigenen Erzeugnisse sein müßten. Glücklicherweise habe er nun durch Peters Jakob vernommen, daß ich im Liederstellen nicht der Ungeschickteste sei, und möchte mich deshalb fragen, ob ich wohl so gut sein wollte, ihm für einen Gulden ein Lied von etwa zwanzig Strophen aufzusetzen. Das Zeug dazu wolle er mir geben, so daß ich es nur in sangbare Verse zu bringen habe. Ich erwiderte der Wahrheit gemäß, daß ich zwar noch nichts rechtes zu machen imstande sei, daß ich aber den Versuch gerne bewerkstelligen wolle. Er händigte mir nun ein Stück Papier ein, auf welchem in bunter Folge Unglücksfälle, schöne Züge aus der Tagesgeschichte, die Fruchtbarkeit des Jahres und dergleichen verzeichnet waren; das alles, sagte er, müsse in das Lied verwoben werden, und wie viel Silben der Vers haben müsse, das wolle er mir gleich zeigen. Dieses sagend, zog er eine Violine aus der ungeheuern Tasche seines Rockes, stimmte an und sang dazu in wehmütiger Melodie:

Liebe Leute, es ist alles,
Alles ist vergänglich ja,
Nach der Gerste reift der Haber,
Und's Neujahr, das ist schon da.
Es war nicht im Februare,
Nein, es war im Monat Mai,
Daß man auf der Gupfen hörte
Ein groß jämmerlich Geschrei.
Stand ein Haus allda in Flammen,
Weil das Feuer drin brach aus,
Und ein schönes, junges Meitli
Ist verbrunnen mit dem Haus usw.

Es sei gut, sagte er, wenn ich die Sache so traurig als möglich mache, die Leute halten es eben für nichts, wenn er sie nicht zum «Brieggen» bringen könne, und ihm selber könne in seinen alten Tagen nichts zu traurig sein. Ich versprach das Jämmerlichste zu leisten, das mir möglich sei, und die Bestellung in vierzehn Tagen auszuführen. Der Geiger war's zufrieden, gab noch etwas recht Tieftrauriges zum besten und ließ uns dann in märchenhaft träumerischer Stimmung zurück. «Hans», sagte Jakob in frohem Erwachen, «es ist doch schön, wenn man etwas ist und kann; ich hätte nicht gedacht, daß wir Deiner Lieder wegen solch Vergnügen je erleben könnten; wahrhaftig, ich stand wie im Paradies und alle Deine Verse klangen durch meine Seele wie Silberglöcklein, es war mir, als würden nur diese gesungen. Ich habe sonst auch schon gedacht und gewünscht, Du solltest die Dichterei wieder ganz aufgeben, weil doch manches darunter leiden müsse, und weil doch schwerlich etwas Ersprießliches dabei herauskomme, wovon sich leben ließe; jetzt aber könnt' ich Dir's nicht abraten, lieber will ich hie und da nachbessern, wo Du zu flüchtig hantierst, wenn ich nur denken kann, daß Du dagegen ein schönes Neujahrslied aufgesetzt habest, es ist mir dann sogar, als wäre es zum Teil von mir selber.» Ich erwiderte gerührt, daß er mit Recht darauf Anspruch machen könne, indem ich Muße und Stimmung fast nur seiner brüderlichen Hingebung zu verdanken habe.

Selbstverständlich nahm ich nun «alle Kraft zusammen, die Lust und auch den Schmerz», und bevor acht Tage verstrichen waren, hatte ich so ein viertelhundert Strophen fertig gebracht, von welchen dann siebenzehn ohne besondere Merkmale der Zusammengehörigkeit wie Glaskorallen aneinandergereiht wurden. Ich hatte den Ton von «Byrons letzten Zeilen» zu treffen gesucht, und Jakob, dem ich diese Poesie der Verzweiflung manchmal schon zu Gemüte geführt, fand es erstaunlich, wie man bei ganz verschiedenem Inhalt etwas so Ähnliches erschaffen könne. Er meinte indessen, das Lied sei zu hochpoetisch und könne weder von dem Geiger noch von seinen Zuhörern verstanden werden. Der Gute; wir, wir selbst verstanden von meiner gereimten Kannegießerei wenig genug, aber wir vermieden das unerquickliche Geständnis, um uns nicht die Freude an dem ganzen Anlasse zu verderben. Jakob schrieb nun die ausgewählten Strophen sauber ab und am Sonntag darauf machten wir gemeinsam einen Ausflug nach Eichberg, einem aus zwei Häusern bestehenden abgelegenen Weiler in Wiesental.

Wir fanden den Alten mit der Herrichtung eines Hühnerstalles in der Wohnstube beschäftigt. Er sagte, im strengsten Winter sei er genötigt, auch die Ziegen in der Stube unterzubringen. Wir schüttelten die Köpfe, indem uns solch Zusammenwohnen doch etwas zu hinterwäldlerisch vorkam. Er bemerkte lächelnd, das sei noch nichts, dieweil er schon nebst Hühnern und Ziegen noch ein «bluttes» Kalb, drei junge Hunde, mehrere Kaninchen und zwei Pärchen Turteltauben an und bei seinem Tische gehabt. Er kam dann auf das Lied zu sprechen, weshalb vermutlich wir zu ihm gekommen seien, und ich zog es mit einigem Bangen aus der Tasche. Er legte die Brille auf, setzte sich auf den Hühnerstall und überlas die Strophen halblaut mit großer Fertigkeit. Ich suchte vergeblich aus seinem Antlitz die erste Wirkung zu entziffern, es behielt seinen gewöhnlichen lächelnden Ausdruck. Am Schlusse aber bemerkte er unverzüglich, das Lied sei brav gemacht, er habe noch nicht bald etwas Traurigeres gelesen; Wörter, wie: «Flammenbäche», «Grüfte», «Särge», «Sonnentor», «Wetternacht», seien noch in keinem seiner Lieder vorgekommen und könnten sicherlich ihre Wirkung nicht verfehlen. Indessen wolle er sogleich probieren, wie das Ding sich singen lasse.

Zu diesem Zwecke lud er uns ein, mit ihm hinaus zu gehen. Dort durchpflügten wir das raschelnde Laub einer uralten Ulme, um uns in dem geborstenen Stamm derselben auf künstlich ausgehauene Sitze niederzulassen. Wohl wohnte noch kein dramatischer Dichter mit größerer Wollust der Aufführung eines seiner Stücke auf irgendeinem glänzend dekorierten Hoftheater bei, als ich der Absingung meines Liedes in der Ulme zu Eichberg. Ich und Jakob und der Geiger weinten vor Wehmut und Seligkeit in die Wette, als letzterer tröstlich in die Strophe einlenkte:

Ob der Herrgott Wunden schläget, –
Es ist ja nicht bös gemeint;
Ach, und wie viel tausend Augen
Haben doch dies Jahr geweint!

Nach der Beendigung der Probe streckte sich der Geiger und klaubte aus der Tasche ein Büschelchen Batzen heraus; da sei mein Lohn, abzüglich von zwei Batzen, da mein Lied nur siebenzehn Strophen enthalte, während er nicht unter zwanzig gerechnet habe. Dagegen wolle er mir in Anbetracht der Traurigkeit des Liedes, sobald dasselbe gedruckt sei, vier Exemplare davon zustellen, die, zu einem halben Batzen gerechnet, auch zwei Batzen ausmachten. Ich war's vollständig zufrieden; leider aber wurde der Geiger wenige Tage später beim Holzfällen von einer Tanne erschlagen und mein Lied ging ungedruckt verloren.

13

Vor und nach Neujahr gab es wieder mehrere Wochen, in denen der Webstuhl zu Ehren gezogen werden mußte, und da der diesfällige Erwerb uns gehören sollte, so erschraken wir Brüder nicht sehr davor. In einer besondern wohlgeheizten Stube woben, sprachen und sangen wir, ungestört von aller Welt, und fühlten uns umso heimeliger, je breiter draußen die Schneeflocken fielen, je leiser der Brunnenstrahl im Hofe rollte, je zutraulicher die Meise am Fenster pickte. Das Innerste und Eigenste wurde aufgewendet, uns selber zu genügen, und wir durften uns schmeicheln, es darin weit, sehr weit gebracht zu haben. Gleichwohl konnte ich das Erwachen der Sehnsucht nach neuen Büchern nicht hindern, da nun über ein Jahr vergangen war, seit ein Buch über unsere Schwelle gekommen. Jakob begriff mein Unbefriedigtsein und gestand, daß er den Mangel frischer, geistiger Nahrung selber fühle. Ich rückte mit dem Plane heraus, mich an Theophil Frommberg, den Antiquar in der Hauptstadt, zu wenden, von welchem Hagger den größten Teil seiner Bücher zu beziehen pflegte. Jakob fand es ganz tunlich, und es geschah unverzüglich. Ich erhielt ein dickes Verzeichnis von Büchern aus allen Wissenschaften, dessen reicher Inhalt mir Blick und Sinne zu verwirren drohte. Die Wahl zu treffen war unendlich schwer, nicht weil ich unschlüssig war, welche Werke mir dienlich sein könnten, sondern weil meine Kasse für die lieblichsten Nummergruppen immer nicht reichen wollte. Ich war nun einmal fest entschlossen, ein ordentliches Paket kommen zu lassen, und mußte daher vor allem auf niedere Preise sehen; so wählte ich Büschings Erdbeschreibung, Buffons Naturgeschichte, Zachariäs poetische Werke, doch auch diejenigen von Klopstock und Homer – alles im Gesamtbetrage von zwölf Gulden. Unter Herzklopfen ließ ich diese Bestellung abgehen, sie stand in bedenklichem Verhältnis zu unserer Kasse und ich hoffte ebensowohl, die Hälfte der bestellten Bücher möchte bereits verkauft sein, als ich befürchtete, andere Bücherfreunde dürften schon alles weggeschnappt haben.

Der Bote, dem die Bestellung übergeben wurde, kam jeden Samstag nachts spät zurück, und von Birken bis zur Wohnung desselben hatte man nahezu eine Stunde zu gehen, aber es versteht sich, daß mir am Samstagabend der Weg nicht zu weit, die Dunkelheit mir nicht zu schwarz und die Kälte nicht zu schneidend war, um die Ankunft des Boten an Ort und Stelle zu erwarten. Demselben war ein so großer Kindersegen beschieden, daß er vor Bedrängnis zu scherzen pflegte, sein Weib sei jedesmal, wenn er von der Stadt komme, Kinderbetterin; und der Nachwuchs kam kerngesund zur Welt und alles gedieh, daß es eine Freude war. Und in diesem Gekrabbel, Gesumme und Geflenne, den Ausdünstungen nasser Windeln und saurer Breie saß ich geduldig, ja glücklich, meine vier Stunden, horchend des Peitschenknalls, durch den der Bote aus ziemlicher Entfernung seine Ankunft zu signalisieren pflegte. Erst mit dem Stundenschlage der Mitternacht ward das Zeichen kund. Ein steinaltes Großväterchen, das mittlerweile auf der Ofenbank sein schönes Schläfchen getan, zündete ein Laternenlicht an und ging hinaus dem Fuhrwerk entgegen, ich zähneklappernd vor hochgespannter Erwartung ihm nach. Jetzt bog der Ersehnte in den Wagenschuppen, erkannte mich und rief lachend vom Wagen herunter: «Grünauer, da hab' ich von Frommberg ein Paket erhalten, das Du kaum tragen wirst!» – «Ich trag's gewiß!»

antwortete ich wonneschauernd und sah strahlenden Auges, wie der Bote ein wirklich hübsches Bällchen unter der Decke hervorzog. Schleunigst bezahlte ich den Botenlohn und lud die teure, liebe Last auf die Schultern.

Die Winternacht war totenstill, die Tosa schon lange verstummt und nur das leise Krachen des Schnees unter meinen Tritten hörbar. Doch mir war's eine Mainacht voll Nachtigallensang und Blütenduft; frieren konnte ich unter der beträchtlichen Last ohnehin nicht, und die entzückenden Vorstellungen, die ich mir von dem Inhalt derselben machte, wirkten durchaus berauschend. Ein Uhr war vorbei, als ich nach Hause kam, und alles schlief. Ich fühlte keinen Schlaf, flugs brannte das Licht, die Schnüre des Pakets zerschnitt ich bei allen Knoten, da ich mir unmöglich Zeit nehmen konnte, sie aufzulösen. Und auseinander fielen die herzallerliebsten Bände über den Tisch, wie die Gaben einer gütigen Fee. Doch den seligen Anblick allein zu genießen war mir nicht möglich, Jakob mußte, gern oder ungern, das warme Nest verlassen, und er folgte mir resigniert unter etlichen Wuhu's durch den kalten Gang in die Stube. Das war mehr als ein Neujahrmorgen in goldener Jugendzeit, als wir die Klopstocke und Homere in schönen, neuen Exemplaren die Zachariäs, Hagedorne und Kleiste aus dem holden Wirrwarr komplett herauskrüscheln konnten; da standen sie gradauf der Reihe nach wie lauter erfüllte Hoffnungen, und ihre steifen Rücken schienen recht dazu geschaffen, unsere Liebe zu ertragen.

Es schlug drei Uhr, als Jakob bedeutete, es sei doch gut, vor Tagesanbruch noch ein wenig zu schlafen, um der Freiheit des folgenden Sonntages um so munterer genießen zu können. Er schlief bald wieder, wie auf Bestellung, ich schlummerte bloß und liebliche Phantome umgaukelten meine Seele.

Sei mir, o heiterer Morgen, gegrüßt, komm steige hernieder
Von den vergüldeten Höh'n in wiederermunterte Täler!

So las ich jubelsam in Zachariäs Jahreszeiten, als der klare Tag über den beschneiten Gebirgen erglänzte. Mochte die Mutter unwirsch Räumung des Tisches befehlen und der Vater geringschätzig und unverträglich keines der Bücher ansehen, meiner Stimmung konnte das nichts anhaben, hatte ich mir doch die edelsten Freunde gewonnen, die zu jeder Stunde umgänglich mir ihr bestes entgegenbrachten. In der rechten Hand Klopstock, in der linken Homer, gelobte ich mit einer Träne im Aug' dem guten Geiste, der mich bis hieher geleitet, unverbrüchliches Festhalten an dem reinen Bestreben nach höherer Bildung.

Einige Wochen nach Neujahr, an einem Tage, da die abscheulichste Witterung herrschte, erhielt ich von Haggers Hand in wenigen apostrophierten Sätzen die betrübende Nachricht, daß er todkrank darniederliege. Er wünschte, mich vor seinem Ende noch einmal zu sehen, nicht bloß, um mir von Angesicht zu Angesicht ein letztes Lebewohl zu sagen, sondern auch, um mir noch ein paar Bücher einzuhändigen, die er mir besser gönnen möge, als sonst irgendeinem Menschen, und die für meine Zukunft von höchster Wichtigkeit seien. Die Schriftzüge hatten ganz das eigentümlich Gebrochene der Hand eines Sterbenden. Sogleich ließ ich das Webeschiffchen ruhen und eilte trotz Sturm und Schnee und dürftiger Kleidung Hüttlingen zu. Als ich schweißtriefend ankam, sagte Frau Hagger, doch ohne Wehklagen, ihr Mann liege wirklich in den letzten Zügen und werde mich schwerlich noch kennen. Ich folgte ihr in ein Seitenzimmer, wo der Kranke röchelnd lag. Er erkannte mich aber sogleich und winkte der Frau, uns allein zu lassen. Auf der Bettdecke zerstreut lagen mehrere Büchlein, die er mich zusammenfassen und in seine Hände legen ließ. Dann ächzte und stöhnte er:

«Hör', Grünauer, Du bist mir, seit wir uns kennen, der liebste Freund gewesen, und wenn mich alten Mann etwas reuen könnte, das ich hier zurücklassen muß, so wärest Du es, junger Grünauer. Diese meine Liebe drängte mich, das Wertvollste meiner Bibliothek Dir zuzuwenden, und hierin, in diesen unscheinbaren Sachen besteht es.» Dann reichte er mir zitternd eines ums andere hin, jedesmal eine kurze Inhaltsangabe beifügend. Es waren Traktate über Alchemie und Magie. Da ich diesen geheimen Wissenschaften schon seit langer Zeit Freundschaft und Kredit aufgekündet, so läßt sich denken, daß mich die Bescherung sehr kalt ließ oder vielmehr, daß ich mich in meinen Erwartungen sehr getäuscht fühlte. Doch um ihn nicht in seinem letzten Stündlein zu betrüben, äußerte ich große Freude über diesen Beweis seiner unwandelbaren Freundschaft. Dann fuhr er fort: «Ich habe eben meine leiblichen rechtmäßigen Nachkommen, denen mein Erbe gehört, und darf demnach als rechtschaffener, sorgsamer Hausvater die wertvollsten meiner Besitztümer nicht völlig verschenken; ich denke indessen, wenn ich für die Dir zugewendeten Sachen, die an sich von unschätzbarem Werte sind, die Kleinigkeit von neun Gulden verlange, so wirst Du noch immer mehr als zufrieden sein.» Jetzt brannten mich die Scharteken auf die Hände, ich legte sie geschwind auf ein Tischchen und sagte tief erschrocken, ich sei eben ziemlich ohne Geld von Hause gegangen. Er lächelte, so viel Kredit habe ich jederzeit bei ihm gehabt, demnach möge ich die Sachen herzhaft mit mir nehmen. Ich bedauerte, überhaupt für Bücher keine so bedeutende Schuld auf mich laden zu dürfen. Nun ließ er markten, und ging, natürlich ohne von mir ein Angebot zu erhalten, nach und nach bis auf vier Gulden herunter. Ich befand mich in peinlicher Stellung, und während ich auf Ausflüchte sann und mich weit hinwegwünschte, wischte sich der seltsame Schacherer mit dem Zipfel eines Leintuches den Todesschweiß von der Stirne und drängte dazwischen, bang und bänger stöhnend, zum Abschluß des Handels. Endlich blieb mir keine Wahl, ich mußte ihm gestehen, daß die fraglichen Sachen in meinen Augen sozusagen keinen Wert hätten und daß ich sie also um keinen Preis kaufen möge. Da wendete er mit einem Seufzer, der mir durch Mark und Bein drang, sein Antlitz von mir ab und – starb! Ich rief's in die Wohnstube. Dann warf ich schaudererfüllt einen letzten Blick auf die still und offen stehenden Augen, die verstummten Lippen, und ich drückte die noch feuchtwarme Rechte des Freundes zum letzten Mal: «Lebe wohl, Hagger, ich habe Dich lieb gehabt und werde Dich nie vergessen!» Nun stürmte ich wieder ins Unwetter hinaus.

Wie der gute Hagger dazu gekommen, uns den Abschied solcherweise zu vergällen, war mir eines der unerklärlichsten aller Rätsel. Indessen wendete ich schon auf dem Heimwege meine ganze Liebe auf, mit der ich an dem Freunde gehangen, um mir eine freundliche Erinnerung an ihn für alle Zukunft zu retten. Jakob staunte begreiflich über meine Zeitung, aber er hielt es für ausgemacht, daß ich Haggern nicht mehr bei lichten Sinnen getroffen und daß es meine Pflicht sei, demselben ein ungetrübtes Andenken zu bewahren.

Nach Haggers Tod beschlich mich ein Gefühl des Verlassenseins, das weder Jakobs Hingebung noch Frommbergs Bücher gänzlich zu heben vermochten. Aus dem dunkeln Mißbehagen heraus bildete sich nach und nach das bewußte Bedürfnis nach neuer Freundschaft und ich beschloß, einen Freund zu suchen, der, wenn möglich, in geistig verwandterer Richtung zu mir stände, als dieses bei Hagger in den letzten Jahren der Fall gewesen war. Ich wandte mich an zwei der jüngern Lehrer, dann an den Vikar, den der Pfarrer seit einem Jahre hielt. Allein schon die ersten Spürversuche, die ich bei den Lehrern anstellte, schwächten meine Lust nach dem Umgang mit solchen Kraftgenies; eine unglaubliche Blasiertheit, die sich namentlich auf dem Felde der Humoristik breit machte, lief mir noch geraume Zeit nach, gleich dem gähnenden Gespenst der Langeweile; der supergeistreichen Bonmoterie gegenüber stand ich wie ein begossener Pudel da, dem Bellen und Knurren vergangen und der, während seine Begießer sich über ihn erlustigen, in versöhnlichstem Gleichmute die Wassertropfen an den Mundwinkeln hereinleckt. Beim Vikar ging es mir, wenn auch in anderer Weise, nicht besser. Derselbe stammte aus einer der angesehensten Familien der Stadt. Überfließend von priesterlicher Salbung und konventioneller Delikatesse hatte er, bei imponierender Körpergröße doch etwas durchaus Gebieterisches in Blick, Stimme und Gebärde. Meine ungeschlachte Nachbarschaft obskuren Herkommens verursachte ihm unaufhörliches Nasenrümpfen, und nachdem er mit sichtlicher Atemstockung vernommen, daß ich wünsche, ihn hin und wieder besuchen zu dürfen, um mich über literarische Zu- und Gegenstände mit ihm zu unterhalten, da schüttelte er ganz deutlich das pomadige braunlockige Haupt und überreichte mir gnädig eine Körbersche Jugendschrift, mit dem Bedeuten, wenn ich sie gelesen habe, so könne ich sie nur durch einen Unterweisungsschüler aus meiner Nachbarschaft gegen eine andere auswechseln lassen. Ich verstand den Wink, dankte für so viel Güte und schickte die Schrift nach drei Tagen ungelesen zurück, ausdrücklich bemerkend, daß ich auf weitere Gefälligkeiten verzichte.

Nun hielten ich und Jakob seit einem Jahre eine Wochenzeitung, um in aller Abgeschiedenheit doch zu wissen, was in der weiten Welt sich begebe. In diesem Blatte erschien die Ankündigung eines neuen Produktes der Zellbergerschen Muse, einer Erzählung in schriftdeutscher Sprache, die meine Neugierde sehr erregte. Da selbige bloß einen halben Gulden kostete, so verschrieb ich sie mir sogleich. Sie sprach mich denn auch weit mehr an, als ehedem die mundartlichen Stücke. Einzelne zum Teil tragische Stellen, die mir hinsichtlich naturwahrer Schilderung unübertrefflich schienen, nahmen mich für den Verfasser selber ein und der Wunsch entstand, denselben persönlich kennen zu lernen. Ich hatte zwar schon vor einigen Jahren ähnliche flüchtige Regungen verspürt, da meine bei Hagger gekaufte Chrestomathie auch ein paar Gedichte Zellbergers enthielt, von welchen namentlich eines: «Blumen aus der Heimat», den günstigsten Eindruck machte. Besonders der Schluß desselben konnte ermuntern, die Bekanntschaft des gemütlichen Dichters zu suchen:

Blueme vo Heime, wär's mögli emol,
Blüehted ihr doch uf mim Grab!
Blybt mer en Fründ, bis mis Stündli wird schlo,
Bitti, so setz mer und pflanz mer doch no
Blueme vo Heime uf's Grab!

Da es aber hieß, Zellberger wähle für seine Volksgemälde wirkliche Personen und Verhältnisse, um derselben schwache Seiten der lachlustigen Menge preiszugeben, so hatte ich nicht den Mut, seine Bekanntschaft zu suchen, und blieb ferne. Jetzt aber, nach dem Lesen der Erzählung, überwand ich die Furcht vor der Zellbergerschen Satire und setzte meinen Besuch auf einen Sonntag fest.

Die Gluthitze des Sommertages war durch leichtes Gewölk ein wenig gedämpft, als ich wieder den Bergpfad hinanstieg, auf dem ich mit Jakob die bekannte Fahrt nach Bergwinkeln gemacht hatte. Auf der Höhe des Berges mußte ich dann von der Richtung nach Bergwinkeln auf Gratlingen abbiegen, wo Zellberger seit einigen Jahren seinen Wohnsitz aufgeschlagen hatte. Ich kam durch heidenartige, unwirtliche Gegenden und kleine Ortschaften mit gelben Äckerlein, rötlichen Grasplätzen, abgestandenen Kirschbäumen, verlotterten Zäunen, verschlipften und ausgeschwemmten Wegen. In der Nähe von Gratlingen hatte die Welt jedoch ein etwas freundlicheres Aussehen und im Orte selbst ließ es sich recht hablich und freundlich an. Zellberger wohnte einen Steinwurf weit außer dem Dorfe, wo er sich in eine liebliche Talmulde ein einstöckiges Häuschen mit einem Türmchen hatte bauen lassen. Rings um das Häuschen zog sich ein von seiner Hand angelegter Garten, in welchem vorzüglich hohes Strauchwerk gedieh, so daß von dem Häuschen aus einiger Entfernung nur Dach und Türmchen zu sehen waren.

Dieses überraschend idyllische Bildchen brachte mich völlig aus meinem ruhigen Behagen, ich vergaß den Weg unter den Füßen und lief in geradester Richtung über eine mit hohem Gras bewachsene Wiese. An den Zaun des Gartens gelangt, überstieg ich denselben, ohne mir einfallen zu lassen, daß sich an anderer Stelle ein ordentlicher Eingang finden werde. Aus einer Laube klangen die Töne eines mir noch unbekannten Saitenspiels, einer Gitarre, und eine metallreine Männerstimme sang:

Süßes, heiliges Vergessen,
Dir ertönt' des Klausners Lied!

Und mir – mir schwamm es vor den Augen, die Geister der Beatushöhle umschwebten mich, ja, der Herrliche, Ersehnte war mir nahe, er wandelte wirklich noch einmal auf Erden; ja, das war sein Türmchen und sein Glöckchen, und jetzt eben sang er eines der Lieder seiner Sehnsucht nach jenen alten frohen Tagen, in welchen die Pläne des bösen Ritters von Felsenheim noch nicht zur Ausführung gekommen waren, die später Beatus' Familienglück zerstörten. Nachdem das Lied verklungen war, trat ich aus dem Gebüsche vor die Laube und sah einen Mann mittleren Alters drin sitzen, der mit dem Saitenspiel in der Hand Glockentöne nachahmend auf mich zutrat und mir ein freundliches Willkommen bot. Er trug einen schwarzen, einem Chorhemde ähnlichen Rock aus grobem Zeug, der schier bis auf die Füße reichte, um die Lenden durch einen Gürtel angezogen. Die eingefallenen, doch nicht zu hagern Wangen, die großen Augen, die freie Stirne und die glänzend volllockigen Haare hatten so viel Einnehmendes, daß ich den gefürchteten Zellberger sofort liebgewann, denn das war der Mann in der Laube. Er tat einen Gang mit mir durch den Garten, der allerliebste Partien mit kühlen Grotten, Brunnen, Wasserfällen usw. enthielt. Er plauderte ununterbrochen und ließ mir kaum Zeit, seine frageweise gehaltenen Sätze kurz zu beantworten. Ich schwieg gern und hörte viel lieber zu, da alles, was Zellberger sprach, mir wie Orakel- und Prophetenspruch klang.

Mittlerweile kamen andere Besucher, meist junge Leute, sie sammelten sich zu schöner Zahl an; einen Teil derselben führte Zellberger nebst mir ins Häuschen. Dasselbe bestand eigentlich aus nur einem Zimmer, das durch spanische Wände oder bloße Tuchvorhänge in mehrere Abteilungen geschieden war. Die Wände waren mit Schränken, Tischen und Stühlen umstellt; zwischen zwei Schädeln verstorbener Freunde stand die Gipsbüste eines gelehrten Apologeten der Zellbergerschen Muse. Ich setzte mich selig still in die entlegenste Ecke, die jungen Leute ordneten sich kreisförmig um einen Tisch, jeder zog ein Schreibheft hervor, und einer, dem etwelche Superiorität verliehen sein mußte, hielt eine kleine Anrede an seine Freunde. Darauf begann das Verlesen schriftlicher Aufsätze, welche, wie mich in meinem träumerischen Zustande bedünken wollte, sämtliche vortrefflich abgefaßt waren. Unterdessen saß Zellberger in einer Art Nische, mit freundlicher Aufmerksamkeit zuhörend und nur hie und da ein belehrendes Wort einwerfend. Ich weiß nicht, wie es kam, daß mich der Kranz von

Jünglingen samt dem Meister an eine Art Prophetenschule gemahnte, welche Vorstellung sich durch die, zwar in echtem Gratlingerdeutsch gehaltene, Schlußrede des Meisters gewissermaßen zur Evidenz abrundete. Hernach gewann allseitige Unterhaltung Raum, es kamen auch ältere Personen herein, Gratlingens verschiedensten Ständen angehörende Leute, die alle Zellbergern große Achtung bewiesen.

Der Abend rückte heran, ich dachte an den dritthalbstündigen Rückweg und wünschte in meiner Blödigkeit heimlich hinwegschleichen zu können. Es ging aber nicht; sobald ich aufstand, redete mich Zellberger an und äußerte sein Bedauern, daß er mich meines Zurücksitzens und Stillschweigens wegen wirklich ganz außer acht gelassen habe. Er begleitete mich vor die Türe, frug erst jetzt nach Namen und Heimat und lud mich angelegentlich ein, bald wieder zu kommen. Die Menge und Fremdartigkeit der empfangenen Eindrücke erhielt mich so verwirrt, daß ich auch bei dem offenen Portal wieder über den Zaun steigen wollte und erst auf Zellbergers stummen Fingerzeig den richtigen Ausweg einschlug.

Zu Hause erfolgte eine solch enthusiastische Schilderung des Gesehenen und Gehörten, daß es wohl bloß der Erwähnung bedarf, um vollständig begriffen zu werden.

14

Die Bekanntschaft mit Zellberger, die sofort einer Freundschaft gleich sah, griff wie die Hand eines kundigen Führers in das Wirrsal meiner Bestrebungen und Hoffnungen; von ihr erwartete ich zuversichtlich alle die Anregung und Förderung eines lebendigen Beraters, die ich von jeher und täglich mehr vermißt hatte. Die Erzählung, die mich veranlaßt, seine Bekanntschaft zu suchen, schien mir mit des Klausners innerstem Denken und Fühlen viel verwandter zu sein, als der meist sehr triviale Inhalt seiner Volksgemälde.

Ungefähr einen Monat nach dem ersten Besuch erfolgte der zweite, und diesmal machte sich Jakob kein Bedenken daraus, mich zu begleiten. Zellberger erkannte mich nicht im ersten Augenblick und das war mir ein böses Zeichen; doch meine Sorge war zu voreilig, denn bald erinnerte er sich meiner, und sobald er mich erkannt hatte, legte er wieder die herzlichste Freundlichkeit an den Tag, recht geeignet mein Herz aufzuschließen, daß die Rede wie ein Bächlein rauschte. Nun konnte ich einmal einem Menschen, der mich verstand, mein Leben und Leiden erzählen. Auch er erzählte und ich vernahm zu großer Verwunderung, daß Zellbergers Jugendschicksale den meinigen in den vornehmsten Beziehungen sehr ähnlich waren. Auch er hatte wenig Schulunterricht genossen, war Hüterbub gewesen, hatte gewoben, beim Webstuhl gedichtet und war dann durch günstige Zusammenwirkung der Verhältnisse zum Jugendbildner vorgerückt. In diesem Amte, das ihm Muße und Hülfsmittel in hinreichendem Maße gewährte, dichtete er die Sammlungen seiner Volksgemälde, deren erstere, besonders im heimatlichen Kanton, die freudigste Aufnahme fand und dem anfänglich anonymen Dichter Freunde in Menge erwarb. Nun privatisierte er schon gegen zehn Jahre, nur der Schriftstellerei und gemeinnützigen Bestrebungen lebend.

Zellberger forschte nun nach der Hauptrichtung meines Geschmacks und meiner Neigung. Ich war nicht imstande, eine runde, klare Antwort zu geben und sprach nur im allgemeinen von meiner Liebe zu schönen Gedichten und zur Dichtkunst insbesondere. Als die Vorbilder, denen ich nachstrebte, nannte ich: Klopstock, Schiller, Byron, selbst Homer. Zellberger schüttelte einige Male den Kopf, bewegte die Hände hobelartig den Schenkeln entlang vor- und rückwärts und sagte: «Hört, Grünauer, das sind berühmte Dichter und ihr Ruhm hat Euch verführt, ohne weiteres den ersten und obersten nachzustreben; geht aber in Euch und fragt Euch beim Lesen dieser Klassiker, so werdet Ihr bei einiger Aufrichtigkeit gegen Euch selbst finden, daß das Verstandene sich auf ein sehr, sehr kleines Maß beschränkt, und daß Ihr auch dieses wenige allenfalls zu bewundern, keineswegs aber durch eigene Leistungen zu erreichen vermögend seid. Warum wählt Ihr nicht lieber vaterländische Dichter, wie Reithard, Bornhauser, Tanner, Usteri, Bär? Das sind Dichter, die ganz Vortreffliches geleistet haben und doch nicht unerreichbar hoch über unsereinem stehen.» Ich bemerkte, daß mir all diese Dichter nicht viel besser bekannt seien, als böhmische Dörfer. Darauf holte er ein Büchlein, «den Bär», herbei, und sagte, dieser Dichter sei sein Freund gewesen und habe recht schöne Lieder gedichtet, die an Sänger- und Schützenfesten gesungen worden seien. Da sei alles verständlich und faßlich, zum Teil so gehalten, daß es gleichsam als Vorlage dienen könne, da Bär selber Lehrer gewesen sei und seine Schüler fleißig in der Dichtkunst unterwiesen habe.

Ich nahm das Büchlein mit kühlem Interesse in Empfang, solche Gelegenheits- und Tendenzdichterei war nicht fähig, mich auch nur zu einem Verse zu begeistern, das wußte ich im voraus, indem es mich bedünkte, als vermöge keines dieser Gedichte den Anlaß zu überleben, der es hervorgerufen, und könne die nachträgliche Sammlung derselben höchstens etwa so viel Verdienst und Wert als eine abgestempelte Briefmarkensammlung beanspruchen.

Nach diesem antiklassischen Eingange gereichte es mir zu großem Befremden, Zellberger sich in folgender Weise aussprechen zu hören: «Übrigens ist es ein Mißgriff vieler jungen Talente, daß sie sich in Versen versuchen und üben, bevor sie nur erst einer erträglichen Prosa Meister geworden. Da herrscht viel Selbstbetrug; sie wähnen, die Sprache in Versen stehe so hoch über dem Ausdruck in Prosa, daß ein guter Versekünstler selbstverständlich auch ein guter Prosaiker sein müsse, gleich wie ein Architekt, der Paläste erbaue, den Bau einer einfachen Hütte unzweifelhaft auch zu leiten vermöge. Allein das Beispiel hinkt erbärmlich, da die Prosa gar nicht einer elenden Hütte verglichen werden kann, wohl aber etwa einem öffentlichen Gebäude, das sich nicht durch augenfälligen Schmuck, sondern durch Solidität und zweckmäßige innere Einrichtung auszeichnet, dessen Bau daher auch für einen Paläste-erbauer nichts weniger als ein Kinderspiel sein dürfte. Möchte drum jeder versuchen, seine poetischen und anderen Einfälle erst in Prosa klar und geordnet auszudrücken, um zu erfahren, wie schlecht das lose Stückwerk der Versekunst die Prosa kleidet und wie viel straffere Anspannung der Kräfte erforderlich ist, um fort und fort das größere Ganze des prosaischen Satz- und Periodenbaues im Auge zu behalten. Eines der trefflichsten Mittel zur Übung in dieser Kunst ist die Führung eines Tagebuches; nicht nur erwirbt man sich dadurch die Fertigkeit, alltägliche breitschichtige Vorkommnisse in wenigen Strichen zu kennzeichnen, sondern auch die Stimmungen des Augenblickes verleihen der Darstellung den naturfarbigen Ausdruck der Unmittelbarkeit des Gefühls, den ein bloßes Studium künstlich erregter Leidenschaften schwerlich je zu erreichen vermag.»

Die Trefflichkeit dieser Gedanken und Ratschläge leuchtete mir sonnenklar ein, und dankbar versprach ich, schon heute oder morgen mit der Führung eines Tagebuches zu beginnen.

Nach mehrstündigem Aufenthalte, während dessen nur einige neugierige Gaffer über die Szene gegangen waren, machten wir Anstalten zur Heimreise. Allein Zellberger nötigte uns, noch einen Kaffee zu erwarten, den er selbst bereitete. Derweile setzte er hölzerne Schalen auf den Tisch, in diese goß er den Kaffee, brachte Brot, Zucker, Butter und Kirschenlatwerge und redete uns sehr zu, seine Bewirtung nicht zu verschmähen. Wir aber verhielten uns trotzdem mäßig, denn die Gegenstände der Bewirtung hatten einen so widerlichen Beigeschmack, daß es bedeutende Selbstüberwindung kostete, nur eine Kleinigkeit des Aufgetragenen zu verschlucken. Zellberger erzählte uns, wie wenig er zu seinem täglichen Unterhalte bedürfe; habe es doch schon Wochen gegeben, in welchen ihn seine ganze Wirtschaft nicht über drei Franken zu stehen gekommen sei. In seiner Kleidung war bei näherm Anschauen eine spartanische Einfachheit zu bemerken; die schwarze Kutte bestand nicht nur aus grobem Zeug, sondern sie war auch sehr abgetragen und an vielen Stellen geflickt. Als er einmal das Nastuch herauszog, fuhr er gleich mit der nackten Hand durch ein Loch desselben an die Nase, was ihm und uns einigen Spaß machte. Er belehrte uns beiläufig, daß Lehm oder fette Erde die Stelle der Seife vollkommen vertreten könne und daß er demgemäß Hände, Gesicht und Hals jeweilen mit naßer Erde bestreiche. Dann zeigte er uns hinter einem Vorhänglein bei seiner Feuerstelle neben einem kleinen Holzstock eine Schichte alten Schuhwerks, solches verwende er als Brennmaterial und es brenne in wohl gedörrtem Zustande vortrefflich und völlig geruchlos. Er habe sich schon viele Mühe gegeben, den Leuten solches begreiflich zu machen, aber diese wüßten immer nichts Besseres zu tun, als mit den Abfällen ihrer Bedürfnisse Weg und Steg zu verunstalten, denn daselbst habe er den Vorrat auf seinen Gängen nach und nach zusammengelesen und damit schon manchen Rappen erspart. Ferner zog er aus einem Körbchen unter dem Bette hervor ein paar schadhafte Strümpfe, in welchen Stricknadeln staken: das sei eine Arbeit, die er in Stunden geistiger Dürre vorzunehmen pflege, und er finde so Zeit, nicht nur seine eigenen, sondern selbst die Strümpfe verschiedener Nachbarsleute auszubessern.

Als wir endlich auf dem Heimwege waren und ich noch einmal nach dem Türmchen der Einsiedelei zurücksah, war der romantische Duft um dasselbe beinahe völlig verflogen, denn die heutige Unterhaltung hatte allzu ernüchternd gewirkt. Ich mußte solches Jakob gestehen. Jakob urteilte noch unbefangener als ich und wollte namentlich auch bemerkt haben, daß Zellberger keine Rednergabe besitze, daß seine Sätze häufig Schneckenhörnchen glichen, deren schwarzes Pünktchen noch nicht herausgequollen, daß er sich stets in den gleichen Wendungen bewege und daß er meist mit vielen Worten wenig sage. Dann hatte ihm auch der Geruch im Zimmer nicht behagt, es sei, als rieche man es der Luft an, daß keine Frau da sei, die scheure, kehre und lüfte. Angeheimelt habe ihn im ganzen Raume nichts, als die Schwarzwälderuhr und das Bildnis der büßenden Magdalena. Er meinte auch, ich täte nicht gut, wenn ich der Zellbergerschen Ratschläge wegen ein einziges Blatt meiner guten Bücher daheim weniger läse. Darüber waren wir bald einig, und ich setzte es als wahrscheinlich voraus, daß ich bei Bär, den ich in der hintern Rocktasche trug, keine Stunde verlieren würde.

Zu Hause angelangt, hing ich den Rock mit dem Bär in der Tasche eilig an die Wand, holte einige Bogen Papier herbei und heftete sie in Buchform zusammen. Jakob ließ mich allein. Ich versuchte nun gleich noch einen Abriß der Erlebnisse des Tages einzutragen, es wollte aber nicht gelingen, ganz und gar nicht. Nachdem ich das Datum auf das Blatt gesetzt und ein Wort zum Texte wieder durchgestrichen hatte, legte ich die Feder verdrießlich weg. Im Bette konnte ich lange nicht einschlafen, da meine Ungeschicklichkeit mir großen Kummer machte. Ich warf die Gedanken im Kopf herum, wie die Sennin den Nidel im Butterkübel, aber es wollte nicht buttern. Endlich gelang mir das Beste: ich konnte einschlafen, und der nächste Traum versetzte mich wieder ans Tagebuch.

15

Folgenden Tages schrieb ich als ersten Versuch: «Ein eigentümlicher Industriezweig Grünaus.»

«In Grünau sieht man den Sommer lang auf einigen Matten kreisförmig umzäunte Stellen von je zirka einer Juchart Flächeninhalt. Innerhalb der Zäune ziehen sich in spiralförmigen Windungen etwa drei Fuß breite Schwaden von Moos hin, zwischen welchen schmale Wege offen bleiben. Es sind dieses sogenannte Schneckenweiden. In den Sommermonaten Juni, Juli und August legen sich viele Kinder und ältere beschäftigungslose Personen auf das Sammeln der weißen Schnecke, die sich in den wald- und bächerreichen Gründen in zahlloser Menge findet. Das Sammeln geschieht in den frühen Morgen- und Vormittagsstunden und fällt den Wuhren und Waldessäumen entlang am reichlichsten aus. Ein einziger Sammler bringt je nach eigener Gewandtheit und Gunst der Lokalitäten an einem Morgen bis fünfhundert Stücke zusammen. Man hebt sie in Körben auf und trägt sie so zum nächsten oder bestzahlenden Besitzer einer Schneckenweide. Dieser bezahlt für hundert Stücke durchschnittlich 30 Rappen. Nun werden die Schnecken auf die Weiden gebracht und daselbst unter das Moos gelegt, welches bei anhaltend trockener Witterung zeitweilig befeuchtet werden muß. Bei Regenwetter oder taureichen Nächten kriechen die Schnecken massenhaft unter dem Moos hervor über die grasigen Wege und an den Stackeln der Zäune empor; daß sie nicht zwischen den Stackeln hinauskriechen können, wird durch enges Einrammen verhindert. In solcher Zeit hat der Weidebesitzer seine liebe Not mit Wiedereinbringung der Wanderlustigen und wirft sie mitunter so ungehalten zusammen, daß hie und da die Wände eines Häuschens krachen. Die Fütterung besteht vorzüglich aus den Blättern des Huflattich und hat wenn auch nicht täglich doch regelmäßig stattzufinden. Bei nicht gehöriger Pflege werden die armen Häusler oft stark dezimiert, auch sind sie gewissen Krankheiten unterworfen, die dem Weidebesitzer viel zu denken geben. Beim Eintritt der kältern Jahreszeit zieht sich die Schnecke unter das Moos und in ihr Häuschen zurück, verschließt dessen weite Öffnung durch eine Wand aus demselben Material, aus welchem sie das Häuschen gebaut, und legt sich gemütlich schlafen. Kurz vorher wurde beim Küfer eine hinreichende Zahl sogenannter Schneckenlegeln bestellt, Fäßchen von etwa einem Fuß Durchmesser und drei bis vier Fuß Länge. In diese faßt man die schlafenden Schnecken auf und bringt sie an einen möglichst kühlen Ort. Ist auf diese Weise die ganze Weide geleert, so werden Anstalten zur Versendung getroffen. Die Spedition ist Sache besonderer Händler und geht hauptsächlich nach Italien, wo die Schnecken zumeist als Fastenspeise beliebt sind. Sie werden weniger verkauft, als gegen Wein vertauscht, wobei der schlaue Händler seine guten Schnitte zu machen pflegt. Es passiert ihm aber auch wohl einmal in seinem Leben, daß in der Zeit, da die Fäßchen sich auf dem Transport befinden, noch ein recht warmer Nachsommer eintritt, dann erwachen die Schnecken, sie sprengen ihre Türchen auf, die Fäßchen bersten und der unglückliche Weinspekulant kann in den Fall kommen, einen guten Teil seiner Güter über das nächste beste Straßenbord werfen zu müssen.»

Solche Stücke verfertigte ich über ein halb Dutzend, bevor ich wieder nach Gratlingen ging. Ich steckte dann drei derselben, die ich für die bessern hielt, zu mir, sorglos gewärtigend, was Zellberger dazu sagen werde. Ich war eher erwartet worden und erfreute mich eines ausnehmend freundlichen Empfanges. Auf dem Tische lag ein Korrekturbogen von einer unter der Presse befindlichen Zellbergerschen Erzählung, und der Verfasser nahm denselben eben zur Hand, um mir daraus vorzulesen, als er auch in meinen Händen ein Stück Papier bemerkte. Nun ließ er mir keine Ruhe, ich mußte zuerst lesen und ich wurde ganz betroffen durch den Beifall, den meine Versuche ernteten. Endlich kam das Lesen an Zellberger, aber was er las, hätte nicht unglücklicher gewählt sein können, denn Saft- und Kraftloseres war mir noch nie zu Ohren gekommen. Es betraf eine schon hunderttausendmal beschriebene Situation der Liebe zwischen zwei Personen, von denen die eine reich, die andere arm war. Nun bildete ich mir ein, über die Periode solcher kindischen Rührgeschichten hinausgelangt zu sein, und mußte es erleben, daß ein ernster Klausner in schwarzer Kutte mich mit einer der langweiligsten behelligte. Da saß ich mit den Gefühlen der Zerknirschung eines redlichen Schülers, der einer begangenen Flüchtigkeit wegen zwanzigmal nacheinander «Hinterwagen» schreiben muß, und durfte kein schiefes Gesicht machen. Ich dachte gewaltsam an des Vorlesers «Blumen aus der Heimat», und es gelang mir endlich, aufrichtig freundlich dreinzuschauen. Und als er denn eine längere Pause machte, vermutlich, um mir zu einer Beifallsäußerung Zeit zu lassen, da sagte ich: «Es ist schön, recht schön.» Er fragte, was mir am besten gefalle, und ich erwiderte verlegen: «Pah, alles, ich könnte nichts ausnehmen.» Ich fühlte aber das Ungenügende meines Urteils und suchte es durch ein eingehenderes Lob zu ergänzen, welches ich der Erzählung spenden konnte, die mich zu ihm geführt. Allein ich kannte meinen Mann schlecht, Zellberger schien es so zu verstehen, als wäre diese Erzählung das einzige seiner Werke, an dem ich Wohlgefallen fände, und schnitt das Gespräch kurz ab.

Mittlerweile hatte ich auf einem kleinen Büchergestell ein Buch bemerkt, das ich bis dato bloß dem Namen nach kannte, es war «Uli, der Knecht, von Jeremias Gotthelf». Ich bat Zellberger, mir dasselbe zu leihen, und fand willige Erhörung. Auf meine Frage, was Zellberger von Gotthelfs Schriften halte, erwiderte er achselzuckend: «Gotthelf ist ein Sapperloter von Menschenkenner, der besser weiß, was seine Bauern denken, als die Bauern selber. Aber er beobachtet keinen Anstand vor der Welt, Schmutz und Ungeschliffenheiten sind seine Lieblingswürze. Ich kann nichts derartiges mit Genuß lesen und begreife absolut das Aufheben nicht, das man von dem klotzigen Berner macht.» – Ich schwieg, wie ich es für gut hielt, dachte aber dabei an etliche Zellbergersche Trivialitäten und Obszönitäten, und zweifelte sehr, daß das Aufheben Gotthelfs so ein ganz unbegründetes sei.

Es wäre denn auch schlechterdings unmöglich, die Wonne zu schildern, die mich bei der Betrachtung der markigen, biderben und derben, ächt schweizerischen Gestalten, wie sie eben nur einer der Edelsten und Gesundesten unseres Volkes zeichnen konnte, durchströmte; kein würdigerer Emporkömmling in seiner Art, als der brave, fleißige Uli, kein lieblicheres und kein liebenswürdigeres Schweizermädchen, als das buspere Vreneli, war mir gedenkbar. Und wie verstand es der Herrliche, die Jahreszeiten mit den wechselnden Beschäftigungen und Stimmungen an uns vorüberzuführen! Das hatte nicht Seinesgleichen und übertraf soweit das Schönste und Tüchtigste der Zellbergerschen Muse, als Schiller den Bär und Konsorten. Daß ich Gotthelfs Sprache so unendlich schöner fand, als Zellbergers, kam einesteils daher, daß er sie so natürlich gab, wie sie gesprochen wird, und dieselbe nicht in Verse ausrankte, wie Zellberger tat, andernteils, daß ihr Inhalt ein naturwüchsigerer war und nicht wie die Mehrzahl der Zellbergerschen Gemälde in kleinlichen Klatschereien und engbrüstigem Baumwollindustrialismus verlief.

Dieweil ich nun bereits wußte, daß mein Klausner noch nicht erhaben war über Lob und Tadel der Welt, hegte ich gewisse Besorgnisse über die Folgen meines Wohlgefallens an Gotthelf, das ich, wenn ich darum gefragt wurde, unmöglich verhehlen konnte. Von diesen Besorgnissen beengt, schritt ich das nächste Mal sehr langsam den Berg hinan. Als ich zuoberst stand und hier nach Gratlingen, dort nach Bergwinkeln hinaussah, wandelte mich plötzlich die Lust an, wieder einmal das Kloster zu besuchen.

Fröhlich zog ich durch die Au, desselben Weges, den Ida so manchmal zurückgelegt, wenn sie in die Klosterkirche zum Gebete ging, und auf dem ihr, wenn sie sich in die Nacht verspätet hatte, ein Hirsch mit leuchtendem Geweih voranschritt bis zu ihrer Hütte. Die schimmernden Fenster der schönen Abtei und das vergoldete Kreuz auf der Kirche erhörten meine romantische Stimmung; und wie Ibykus in Poseidons Fichtenhain trat ich mit frommem Schauder ein in den Klosterhof, auf dem mir mehrere dürftig gekleidete Personen mit Schüsseln dampfender Suppe begegneten. Da ich mit einiger Aufmerksamkeit nach der Türe sah, wo sie herkamen, so deutete ein altes Weib zuvorkommend: «Geht nur dort hinein, dort bekommt Ihr Suppe.» Diese Freundlichkeit machte mich betroffen, war doch, wie es schien, auch mein Aussehen derart, daß man mich einer Gnadensuppe bedürftig wähnen konnte. So verdüsterte sich meine Hoffnung bedenklich, ohne Freund und Empfehlung zu Pater Benedikt gelangen zu können; dennoch wollte ich lieber unerreichter Sache abziehen, als dem Vetter Schlosser irgendwie zur Last fallen.

Auf Geratewohl überschritt ich die Schwelle, alles war mir fremd. Ich gelangte durch Kreuz- und Quergänge tief hinein, hinauf, ohne daß mir jemand begegnete. Doch jetzt wurden die Schritte tönender, ich hörte auch nach andern Richtungen Geschleife und unverständliche Echos menschlicher Stimmen. Unversehens fand ich mich wieder vor der gemalten Toggenburg und hier blieb ich, da ich Schritte nahen hörte, stehen. Ein dienender Bruder kam, ich äußerte meinen Wunsch, Pater Benedikt sprechen zu können. Der Bruder maß mich mit langem Blick von Haupt zu Fuß, trat einige Schritte zurück und pochte leise an die Türe einer Zelle.

Pater Benedikt, den ich augenblicklich erkannte, trat heraus. Er sah mich mit dem Lächeln des Befremdens an, hatte aber die Güte, sich sofort zu erinnern, als ich stotternd meines Besuches vor zehn Jahren gedachte. Er führte mich, ohne daß ich ihn darum zu bitten brauchte, wieder in die Bibliothek, geleitete mich durch alle Galerien und Gelasse von unten bis oben und zeigte und erklärte mir so vieles, daß ich mich bange fragen mußte, woher endlich die bewundernden Ausrufe kommen sollten, die alles waren, was ich erwidern konnte. Als wir ziemlich die Runde gemacht hatten, gelang mir der Ausruf: «O, wer doch so unter Büchern leben kann!» Der Pater lächelte: «Bücher sind auch das Liebste, was ich habe, und doch hab' ich sie schon satt bekommen. Hört, Grünauer, Bücher sind für den, der sie zu schätzen weiß, eines der angenehmsten Güter; aber nur Bücher, nicht auch Menschen, das ist nicht gut. Dieser Saal mit seinen fünfzigtausend Bänden hat in Euch ein Verlangen erweckt, das unsereiner nicht mehr fassen kann, der sich darin manchmal wie ein Lebendigbegrabener ängstigt und krümmt und keine Errettung mehr sieht.»

Pater Benedikt setzte sich an einen Tisch und lud mich ebenfalls ein, Platz zu nehmen. Er war ein sehr aufgeklärter Mönch, der mit seltsamer Offenheit manchen Zug und manche Anekdote aus seinen priesterlichen Erlebnissen zum besten gab. Einst hatte er zwei Patienten auf einem Bette mit geistlicher Zehrung zu versehen, es waren Vater und Sohn und zwar war der Vater fünfundneunzig, der Sohn siebenzig Jahre alt. Sie sollten ihm beide laut nachbeten, der Vater tat es, auch bei dem Sohne war das Wollen da, aber das

Vollbringen fehlte, er brachte keinen Laut hervor. Da seufzte der Vater ärgerlich: es sei doch heutzutage recht ein Elend mit den «Jungen»! – Ein Greis, auch nahe den neunzig Jahren, hatte sich den Sarg machen lassen, um dadurch bildlich anzudeuten, daß er endlich verlange abzuscheiden und bei Christo zu sein. Zwei Tage, nachdem der Sarg im Hause war, erkrankte der Alte; das war ihm befremdlich, und im Glauben, daß der Sarg dem Tod gerufen, bemerkte er ungehalten: «Je was, geht's schon los?» Und die letzten Kräfte zusammenraffend, ergriff er eine Axt und hieb den Sarg in Stücke. Nun genas er wirklich und lebte noch einige Jahre. Die eigene Bestellung eines Sarges ließ er jetzt aber bleiben.

Im Verlaufe des Gespräches fragte der Pater nach meinen Bestrebungen und Liebhabereien. Ich erwiderte, weil nun doch alle Aussicht auf eine höhere Schulbildung für mich verloren sei, so bestehe mein Verlangen und Hoffen vorläufig nur noch darin, einmal etwas zu schreiben, das wert wäre, gedruckt zu werden, eine Geschichte oder ein Gedicht. Es schwebe mir zwar noch nichts bestimmtes vor und gehe auch meine Erwartung nicht höher, als daß ich dadurch zu etwas mehr Büchern gelangen und vielleicht einige gebildete Freunde mehr gewinnen könnte. Dann erzählte ich ihm von der noch so jungen Freundschaft mit Zellberger und von Zellberger selbst, auf welchen Wegen derselbe zu seinem Ziele gelangt sei und daß ich es so weit zu bringen wohl auch noch imstande sein dürfte. Pater Benedikt bemerkte, die Erfüllung solch bescheidener Hoffnungen sei keine Unmöglichkeit, falls ich mir überhaupt eines produktiven Talentes bewußt sei. Da halte er aber vor allem für ratsam, daß ich nicht zu viel von den Büchern erwarte, sondern mehr das wirkliche Leben und das Erlebte ins Auge fasse; deshalb wäre wohl, falls es sein könnte, Reisen für mich das beste oder das Leben in einer größern Stadt. Ausdrücklich abraten müsse er mir, mich irgendwie an Zellberger den Dichter zu lehnen, dessen Schriften ihm auch bekannt seien, die er aber, mit geringen Ausnahmen, als elende Machwerke erklären müsse. Als das beste, das man an diesem Dichter gerühmt habe, gelte die naturwahre Schilderung oder Wiedergabe des wirklichen Lebens. Allein das sei nach seiner Ansicht ein sehr, sehr zweifelhafter Vorzug an einem poetischen Werke, indem ein solch förmliches Kopieren der menschlichen Tätigkeit und Torheiten am Ende noch zahllosen Schreibemeistern möglich wäre, die sich deshalb von dichterischem Ruhm und Verdienste nichts träumen ließen. Gedächte ich nun vielleicht in die Fußstapfen des alternden Zellberger zu treten, so müßte er das für ein ganz verlorenes Streben halten, da Zellberger selber schon Überflüssiges in seiner Art geliefert habe. Dagegen maße er sich keineswegs an, mir irgendeine Richtung vorzeichnen zu wollen; er sei dem öffentlichen Leben und der modernen Literatur so fremd geworden, daß er mir auch nur beispielsweise nichts zu empfehlen wüßte. Indessen zweifle er gar nicht, daß die Form sich finden werde, sobald der Inhalt zur Gestaltung dränge.

Nach über dreistündigem Aufenthalte bei dem herzlich freundlichen Pater begab ich mich friedevoll auf den Heimweg. Um ein Buch ersuchte ich ihn nicht mehr, da die Bibliothek verhältnismäßig weniges enthielt, das mir als geeignete Lektüre dienen konnte, und ich den Saum jener quellenarmen Wüste bereits hinter mir hatte, in welcher der Durstige selbst aus trüber Lache mit Wollust trinkt.

16

Eine löbliche Neigung beherrschte Zellbergern leidenschaftlich, es war diejenige, Freundschaften zu stiften. Schon bei meinem zweiten Besuche nahm er Anlaß, mir den Kranz der Jünglinge, die mich das erste Mal an Prophetenschüler gemahnt, nach eines jeden hervorragenden Eigenschaften zu schildern. Einer, Fritz Blume, war sein Liebling und der Leiter des Jünglingsvereins, und er wünschte, daß zwischen uns ein engeres Freundschaftsverhältnis entstehen möchte, wie es nur bei Jünglingen von verwandtem Streben möglich sei. Ich aber hatte, noch erfüllt von andern Eindrücken, anfänglich kaum darauf geachtet, viel weniger ein eigenes Verlangen danach gezeigt. Doch bei meinem dritten Besuche kamen ich und Blume näher zusammen, indem derselbe, wohl auf besondere Anregung Zellbergers, mir auf dem Heimweg eine schöne Strecke weit das Geleite gab. Er war mehrere Jahre jünger als ich und vom Knaben an so eigentlich an Zellberger aufgewachsen; die Zellbergerschen Ideen und Ansichten waren denn auch so in sein Fleisch und Blut übergegangen, selbst der Akzent seiner Sprache glich so sehr einem Zellbergerschen Ableger, daß, wenn ich die Augen schloß und bloß hörte, mir nur Zellberger gegenwärtig war. Es war rührend zu beobachten, wie auch nicht der blasseste Streifen eines Tadels seine Äußerungen über den väterlichen Freund säumen durfte. Da mir hingegen alles bei gehöriger Beleuchtung und Perspektive erschien, während für Blume eine solche gar nicht vorhanden war, so harmonierten unsere Gespräche anfänglich wie Hahnruf und

Orgelton. Als wir von einander schieden, hatte ich eine Ahnung, daß Blume mich wenig nach seinem Geschmacke gefunden haben dürfte, und machte mir selbst meiner Aufrichtigkeit wegen Vorwürfe. Allein wenige Tage nach meinem Besuche in Bergwinkeln erhielt ich einen Brief von Blume. In demselben trug er mir seine Freundschaft an und ersuchte mich, die Annahme derselben ebenfalls brieflich per «Du» zu erklären. Er schrieb mir viele Grüße von seinen jungen Freunden und besonders von Zellberger, der fragen ließ, warum ich ihn so lange nicht wieder besucht habe. Ich war froh überrascht, so ganz unerwartet und ohne Verdienst ein Häuflein wackerer Freunde zu besitzen, und schrieb in Klopstockschem Schwunge, wie sehr bereit ich zur Annahme sei, und wie redlich ich Treue zu halten gedenke.

Die nähere Befreundung zwischen Blume und mir hatte nun ihren guten Verlauf und ich blieb dankbar für dieselbe, wenngleich ich vom ersten Augenblick des mündlichen Gedankenaustausches an bemerken konnte, daß diese Freundschaft eine rein gesellschaftliche bleiben werde und auf meine Bildungsbestrebungen kaum von einigem Einflusse sein könne. Blume war nicht nur in seinen Ansichten und Urteilen durchaus unselbständig, sondern seine Bildungsbestrebungen waren auch reiner Dilettantismus. Er war Weber und Landbauer wie ich, aber während all mein Hoffen, mein ganzes Sinnen und Sehnen darauf gerichtet war, es noch dereinst zu was anderem zu bringen, ließ Blume kaum je eine Unzufriedenheit mit seinem Stande verlauten und erlabte sich höchstens an der Hoffnung, mit der Zeit zu einem Gemeindeamt zu gelangen. Mittlerweile versuchte er sich auf Zellbergers Antrieb auch ein wenig in Poetereien; daß ihm dabei Bär und Reithard näher standen, als Schiller und Goethe, ist natürlich. Indessen schweifte er selten auch nur so weit in die Ferne, das Gute, die Zellbergersche Siedelei samt dem unfehlbaren Meister lagen ihm so nahe, daß er meist eines dieser beiden und etwa noch irgend ein rechtschaffenes Betheli oder einen geplagten Joggeli in Gratlinger Deutsch besang.

Inzwischen erschien die neue Zellbergersche Erzählung, Blume erhielt ein Exemplar derselben geschenkt, ich befand mich noch etwas außerhalb des Tierkreises und ging leer aus, ich ertrug aber diese Zurücksetzung mit philosophischer Ruhe, zumal da Blume mir sein Exemplar lieh. Das Ganze befriedigte mich so wenig, als früher das Bruchstück, hatte ich ja auch seitdem noch den Uli gelesen und hatte ich bereits in Zellberger den Poeten dem Freunde geopfert. Als ich Blume auf Verlangen mein Urteil sagen mußte, staunte er über meine unbegreifliche Kühnheit, ein so meisterhaftes Werk blöd und langweilig zu finden. Wir gerieten warm aneinander, Blume hob mehrere Hauptszenen als in ihrer Art unübertrefflich hervor, ich wies ihm nach, daß sie entweder irgendeinem Kalender entlehnt seien, oder wenn vielleicht ursprünglich, unendlich tief unter dem besten ihrer Gattung ständen. Ich dachte nicht daran, daß Blume Zellbergers getreuer Famulus war, dem er pflichtschuldigst unsere Aussprüche zu hinterbringen hätte. Aber Blume war ein braver, biederer Genosse, der nicht wollte die Ausstoßung des Sünders, sondern daß er bleibe und sich bekehre; er hielt reinen Mund.

Bald eröffnete auch Zellberger einen Briefwechsel mit mir, der fleißig unterhalten wurde. Verhielt sich zwar die Zahl der Zellbergerschen Briefe zu den meinigen wie eins zu drei, so waren sie dagegen umso länger, acht bis zwölf Seiten umfassend, des einen nicht zu vergessen, der sogar einundzwanzig enggeschriebene Oktavseiten enthielt. Ihr Inhalt bestand fast immer aus freundschaftlichen Ergüssen, Anweisungen und Anpreisungen zur Sparsamkeit, Klagen über den Leichtsinn der arbeitenden Klassen; literarische Gegenstände berührten sie nur schlußweise im Stil der Telegramme. Wohl erinnere ich mich noch der Ermüdung, mit welcher ich manche dieser Episteln weglegte, und meines Vorsatzes, nicht so bald wieder zu antworten, aber auch des Umstandes, daß ich diesen Vorsatz niemals hielt und immer wieder auf die Epistel des Klausners recht sehr blangerte. Und nun erhielt ich einmal ein ganz kurzes Briefchen, und das war mir lieber, als seine längsten Vorgänger, denn es enthielt die Nachricht, Zellberger sei durch einen Buchdrucker um die Gründung und Übernahme der Redaktion einer Monatsschrift ersucht worden und er habe sich nach längerem Besinnen zur Zusage entschlossen. Der Gedanke, welcher ihn hiebei vorzüglich geleitet, sei der, seinen jungen Freunden Gelegenheit zu geben, jeweilen mit einigen gelungenen Produkten in die Öffentlichkeit zu treten, teils um die Urteile des Publikums darüber zu vernehmen, teils um den stolzen Jerusalemiten zu zeigen, daß wirklich auch aus Nazareth etwas Leidliches kommen könne. Er ersuchte mich, ihm einige meiner Kleinigkeiten zu übermitteln, um gleich etwas davon in die erste Nummer aufnehmen zu können.

Die Freude an dieser Nachricht packte mich tüchtig an, ich meinte, aus der Kürze des Briefes auf die Eile schließen zu müssen, welche bei Übermittlung der Materialien für die Zeitschrift zu beobachten sei, und sogleich stand der Entschluß fest bei mir, die Sachen Zellbergern persönlich zu überbringen, aus Besorgnis, die Bedienung durch die eidgenössische Post dürfte sich wie in so vielen Fällen nicht prompt genug erweisen.

Der erste Schnee war am vorigen Tage gefallen und eine scharfe Luft blies vom ungewaschenen Werktagshimmel über den reinlichen jungen Schnee. Meine Stimmung war eine durchaus festtägliche und ich erwartete als selbstverständlich, ganz Gratlingen im Sonntagsgewande anzutreffen. Das Geklopfe der Dreschflegel und der Webladen hie und da bis in die unmittelbare Nähe des Festortes konnte meiner Stimmung nichts anhaben, ich mußte wohl begreifen, daß es immer noch einzelne gab, die dem Feste fernblieben, wie solches ja bei den größten vaterländischen Festen der Fall sei. Aber, o weh, in Gratlingen selbst war nicht die Spur eines festlichen Anlasses. Ich kehrte bevor ich zu Zellberger ging, bei Blume ein und traf ihn am Webstuhl, mich neugierig anstaunend und fragend: «Was gibt's, was gibt's, Grünauer?» Ich wußte nicht, wie mir geschah, und weiß nicht mehr, was ich antwortete. Es war eine schauersame Abkühlung meines strudelnden Enthusiasmus. Bald verfügte ich mich zu Zellberger, und auch dieser bemerkte mit unverhehltem Befremden: «Ei ei, kommt Ihr, Grünauer?»

Wie sollt' ich mir diese Alltäglichkeit erklären? In stiller Zerknirschung setzte ich mich in die Nähe des warmen Ofens, beschämt, wie ein Tollhäusler in den Tag hineingelaufen zu sein. Erst nach einer Weile fragte Zellberger, ob ich sein Briefchen erhalten habe, und sagte, die Zeitschrift trete mit Neujahr ins Leben, weshalb er den Inhalt fürs erste Heft gemächlich vorzubereiten gedenke, wozu er gerne auch etwas von mir empfange. Ich zog mein zerknittert Manuskript mit aufrichtiger Kälte heraus. Er legte es unbesehen zu den Akten und setzte das Geplauder fort.

Er hatte einiges gegen Blume auf dem Herzen, das mir leider gar nicht tadelnswert erscheinen wollte. Blume war nämlich gegen den Anblick und die Freundlichkeiten schöner Mädchen nicht unempfindlich und hatte sich schon ein paar Mal beifallen lassen, statt zu Zellbergern mit einer Schönen zum Tanze zu gehen. Jetzt war Zellberger nicht sicher, daß Blume sich nicht an ein Mädchen gehängt habe, so geheim er es vor ihm zu halten suche. Er fügte bei, er sei noch unentschlossen, ob er nicht dem Hinterlistigen zur Strafe bei der Auswahl für die Zeitschrift so lange von dessen Produkten absehen wolle, bis derselbe einsehen lerne, daß Zellbergers Freundschaft doch noch mehr wert sei, als die federleichte Liebe eines geschleckten Gratlinger Mädchens. Bei Blumes Heranbildung habe er gehofft, in demselben einen unzertrennlichen Freund für sein alterndes und immer einsamer werdendes Dasein zu gewinnen; nun am Ende habe Blume allein den Vorteil von all dem jahrelangen Kehr, da es nur zu wahr sei, daß Blume seiner Wohlerzogenheit wegen einer der angesehensten Jünglinge des Ortes sei, dem die Mädchen nachschwärmten, wie die Wespen den reifen Kirschen. Blume habe freilich schon verdeutet, daß kein Verhältnis ihn je dessen vergessen lassen könnte, was der väterliche Freund an ihm getan habe. Allein auf solche Versprechen baue er kein Kartenhäuschen, da wahre und innige Freundschaft nur zwischen Personen möglich sei, die durch keine engern Familienbande gebunden seien. Er suchte mich dann auszulauschen, wie ich es im Punkt der Liebe halte, und ich konnte wahrheitsgemäß sagen, daß ich nun in Jahr und Tagen keinem Mädchen mehr nachgelaufen sei, daß ich an Büchern und dichterischen Beschäftigungen mein größtes Vergnügen finde und daß ich mir fast getraute, für immer auf allen nähern Umgang mit der schönern Hälfte des Menschengeschlechtes zu verzichten, falls ich es dagegen übrigens nach Wunsch haben könnte. Auch das konnte ich ohne Verstellung sagen, da ich nur «Eine» Susanna in der Welt wußte und diese bekanntlich nicht mehr zu haben war. Zellberger mochte das nach Wunsch finden, er bestärkte mich durch eindringliche Worte in meinen enthaltsamen Gesinnungen und geleitete mich durch eine reichhaltige Galerie weiblicher Quälereien und Lebensvergällungen. Ich konnte keine eigentlichen Übertreibungen dabei bemerken, glaubte sogar noch Stärkeres in diesem Kapitel zu kennen; wenn aber Zellberger so weit ging, zu sagen, es sei fast unmöglich, an der Seite eines Weibes dauernd und wahrhaft glücklich zu werden, dann dachte ich wieder an Susanna, und Zellberger hatte verloren. Vergeblich suchte er mir sein eigen isoliertes und unabhängiges Dasein als ein glückliches zu schildern, bewies ja schon sein Mißfallen an Blumes Extravergnügungen, wie unvollkommen und unsicher sein Glück sei, und widerte mich überdies so manches von seiner nächsten Umgebung gerade deswegen an, weil es zu sehr nach der Wirtschaft eines alten Junggesellen aussah. Es schüttelte mich aber vollends, als Zellberger von der Möglichkeit sprach, daß seine Glückseligkeit auch mir noch zu Teil werden dürfte.

Draußen war starker Schneefall, der von einer stetigen Halbbise getrieben in spiralförmiger Bewegung niederwirbelte. Die Krähen flogen mit heiserm Geschrei von Baum zu Baum, und die Elstern spähten vom Dach, ob kein unbewachtes Seifenstück herumliege. Inmitten dieser Unwirtlichkeit der äußern Natur hätt' ich mich in der wohldurchwärmten Zelle des Klausners um so heimeliger fühlen sollen, allein es machte sich vielmehr ein gegenteiliges Gefühl geltend, welches bewies, daß die Häuslichkeit der Zelle nicht diejenige war, die ich von Jugend an geliebt und gesucht hatte.

Unvermerkt neigte sich der Tag und ich begab mich im Abendgrauen und bei ärgstem Schneegestöber auf den Heimweg. Daß dann, als ich nach beinahe drei Stunden schweißdurchnäßt um die heimatliche Hausecke biegend in den aus der Stube fallenden Lichtschein trat, von meinem morgenroten Enthusiasmus nicht ein Restchen mehr übrig war, läßt sich denken.

Jakob, der eben beim Tagebuch saß, frug nicht, wie es mir ergangen; er dachte sich's, daß ich erröten müßte, die Wahrheit zu sagen. Statt dessen drängte ich ihn, mich einmal einen Einblick in sein Tagebuch tun zu lassen, das er bisher beharrlich vor mir geheim gehalten hatte. Es gewährte mir einen seltenen Genuß, die vielen in wenig Wochen beschriebenen Blätter zu durchgehen. Der schweigsame Kauz hatte den buntesten Einfällen Raum gegeben, manch kleines Ereignis nicht nur launig erzählt, sondern eigenhändig mit sinnreichen Bildchen illustriert. Den Brunnen vor der Restauration der schadhaften Leitung zeichnete er so, wie nur Tröpfchen um Tröpfchen aus der Röhre fiel, nach der Restauration mit einem armsdicken Wasserstrahl; einer Beschreibung des üblichen Schmauses nach Beendigung einer längern ländlichen Arbeit, «Kräh-Hahnen» genannt, zeichnete er eine Krähe voran, welche den Schnabel gegen den Hahn eines, natürlich nicht leeren, Fäßchens weidlich aufsperrte; meine Bücherleidenschaft selber hatte er mutwillig in der Weise verspottet, daß er einen mannshohen Haufen Büchen abbildete, aus welchem eine Zipfelmütze hervorguckte, in welcher die meinige nicht zu verkennen war, und da der Schalk den Zipfel auch einen gezipfelten Schatten werfen ließ, so erinnerten beide Zipfel mit etwelcher Frechheit an eine Narrenkappe. Nebenbei ließ er es auch an dem gebührenden Ernste nicht fehlen und er beurkundete stellenweise eine Gewandtheit in charakteristischen und technischen Bezeichnungen, um die ich ihn nur beneiden konnte.

17

Nach einigen Monaten erschien die erste Lieferung der Zellbergerschen Monatsschrift. Begreiflich spähte ich zuerst nach dem, was sie von mir enthalte, fand aber gar nichts der Rede Wertes darin. Sonst war die Tendenz des Blattes recht gut und löblich: es wollte in populärster Weise belehren und unterhalten und vermöge großer Wohlfeilheit in den niedersten Klassen Aufnahme finden. Zellbergers bloßer Name schon verhalf dann auch dem Blatte gleich anfangs zu einer namhaften Verbreitung, er fand sich das Publikum, das sich an seinen Gemälden ergötzt hatte, in alter Treue zugetan und es handelte sich seinerseits bloß darum, die keineswegs überspannten Erwartungen zu befriedigen. Allein gerade damit haperte es auch gleich in der ersten Lieferung schon bedenklich, denn statt der gehofften launigen Gespräche fand man ernste und dabei sehr fade und langweilige Moralpredigten. Über Sparsamkeit konnte in den trockensten Verhandlungen einer gemeinnützigen Gesellschaft nicht trockener verhandelt werden. Überall wollte er die Notwendigkeit der Sparsamkeit entdeckt haben; nicht bloß dem armen Arbeiter, der vielleicht so genußsüchtig war, nach sechs ruhelosen und durstvollen Tagen am siebenten ein Schöpplein für zwanzig Centimes zu trinken, rechnete er vor, daß das des Jahres zweiundfünfzig Mal zwanzig Centimes ausmache, die füglich erspart werden könnten, sondern auch dem Kinde, das zu Ostern ein paar Eier, am Markttage einen Batzen Marktgeld bekam, sprach er zu, sich all diese Genüsse zu versagen und die Beträge in die Sparkasse zu legen. Das alles klang sehr nützlich, aber auch sehr langweilig, ja traurig. Mir erschien es nahezu als Sünde, diese Lichtpunkte eines so sorgenvollen und freudlosen Daseins auslöschen zu wollen; ich bedauerte jede arme Seele, welche sich durch solche Sparsamkeitstheorien ihr letztes bißchen nicht alltäglicher Lebensfreude verkümmern ließ, und tat für alle ein leises Gebet um Erhaltung oder Bescherung eines gewissen «göttlichen Leichtsinns». Bald zeigte es sich, daß ich nicht allein stand in meiner Unzufriedenheit, nach allen Seiten erhoben sich tadelnde Stimmen oder man ließ die Hefte ungelesen liegen. Was sollten auch viele damit anfangen, die sich das Zeugnis geben konnten, für Haus und Heimat stets redlich Sorge getragen zu haben, die in ihren wenigen Mußestunden das Bedürfnis einer Erholung und Erheiterung, nicht aber langweiliger Weisheitspredigten und Jeremiaden fühlten. Zellberger hörte auch bald, besonders vom Verleger, daß man sich um das Blatt nicht reiße und daß man an seiner schriftstellerischen Verwandlung nichts Beifallswürdiges finde; er aber lächelte empfindlich darüber und meinte, er habe die Lesewelt lange genug mit Confitüren bedient, jetzt müsse sie erfahren, daß er auch mit rechter Hausmannskost aufzuwarten wisse. Er betrachtete sein Blatt als die Stimme des Rufenden in der Wüste, und alle, die nicht darauf hören wollten, als Taube und Irrende. Und da es selbstverständlich auch an solchen nicht fehlte, die seine Autorität anerkannten und ihm in allen Dingen Recht gaben, so hielt er diese für die wenigen Auserwählten und der Tadel der Menge machte ihn nur umso verliebter in die eigene Vortrefflichkeit. Ein bekannter Pädagoge, persönlicher Gegner Gotthelfs und persönlicher Freund Zellbergers, ging aus Haß gegen ersteren so weit, in einer öffentlichen Rezension der Zellbergerschen Zeitschrift den Redaktor derselben über Gotthelf zu stellen, und sorgte dafür, daß der Gepriesene der Lobpreisung inne wurde. Es fehlte dann nicht, daß auch mir Gelegenheit geboten wurde, Einsicht davon zu nehmen, und Zellberger machte triumphierend darauf aufmerksam, daß sein Rezensent das Volksschriftenwesen kenne wie wenige in den Grenzen Helvetiens. Ich sagte kein Wort, teils, um Zellbergern in seiner glücklichen Sicherheit nicht zu stören, teils, weil mir benannte Rezension zu absurd erschien, um einer ernstlichen Entgegnung gewürdigt zu werden. Daraus aber lernte ich zum erstenmal einsehen, welch geringen Wert ein großer Teil solch öffentliche Urteile haben möge. Ich sagte nichts; anders Blume, in dessen kindlichtreuen Augen der Ruhm Vater Zellbergers erst jetzt dem Kulminationspunkte sich näherte und der auch meinte, es sei nichts als bessere Sachkenntnis des Rezensenten, daß er die beiden vaterländischen Poeten ihre Plätze habe wechseln lassen, was keinem seiner Kollegen vordem noch eingefallen sei. Ich schwieg und freute mich innig für Gotthelf, dem das Urteil seines befangenen Gegners so wenig schaden konnte, als dem Mond das Gebell eines Hundes.

Die folgenden Lieferungen enthielten einige Aufsätze von mir, alle freilich sehr schlecht stilisiert und nicht sehr klar durchdacht. Zellberger aber hielt sie für befriedigend, weshalb er auch nicht das Geringste an den Manuskripten zu ändern pflegte. Indessen wollte mir leider bald scheinen, er lese dieselben gar nicht, denn alle gelangten durch die sinnlosesten Druckfehler entstellt ins Publikum; da war all mein Lamentieren und Räsonieren umsonst, und damit mußte denn auch mein ganzes Vergnügen an dieser vielverheißenden Erscheinung binnen kurzer Zeit verloren gehen.

Eines Sonntags, als ich wieder nach Gratlingen kam, war das Dörfchen samt Zellberger und Prophetenschule mit Kränzewinden und Inschriftenverfertigen beschäftigt, weil folgenden Tages ein neugewählter Geistlicher einziehen sollte. Da ich weder Geschick noch Lust hatte, mich dabei zu beteiligen, sonst aber keine Unterhaltung fand, so brach ich dieses Mal ziemlich früh auf. Dafür entschloß ich mich, statt des geradesten Weges einen Umweg einzuschlagen in der Richtung einer Gegend, über deren Natur und Bevölkerung ich von jeher manch Auffälliges berichten gehört hatte. Der Hauptort hieß Schwellenbach. Es waren schon während meines Lebens zwei Verbrecher von dorther hingerichtet worden und einige Schwellenbächler saßen immer im Zuchtbaus, weshalb man gemeinhin behauptete, der Hang zur Gaunerei liege diesem ganzen Geschlecht im Blut; es waren aber auch einige durch gewerbliche Erfindungen berühmte Köpfe aus Schwellenbach hervorgegangen, deren Glorie die Schande ihrer Brüder leidlich deckte. Auch Sektierer verschiedener Gattungen trieben daselbst ihr Wesen und einer vom Extrem hatte einmal wegen Verspottung der Abendmahlsgebräuche einen halben Tag lang vor versammelter Gemeinde stehen gemußt, mit einer über der Brust befestigten Tafel, auf welcher geschrieben stand: «Religionsspötter». Alle solchen Besonderheiten zusammengenommen mußten dieser Parzelle der menschlichen Gesellschaft ein nicht gewöhnliches Interesse verleihen. Schon die Gegend hatte denn wirklich ein originelles Äußeres: Tälchen ohne Bäche, Wälder von Wiesen umgeben, Sümpfe auf den Höhen und trockene Weideplätze in den Gründen; die ohne Ausnahme hölzernen Häuser kehrten gewöhnlich die Rückseite gegen den Weg und die Fenster waren womöglich gegen eine steil aufsteigende Hügelseite oder Felswand gekehrt, dagegen lagen Scheunen, Stallungen und Misthaufen schön im Sonnenschein. Alles erinnerte an die verkehrte Welt, die auf den Märkten gezeigt wurde, wo das Pferd im Wagen saß und auf den eingespannten Herrn lospeitschte. Während ich Schritt vor Schritt alles mit großen Augen angaffte, bemerkte ich nicht, wie nach und nach dichtes Gewölk den Himmel umzog, wie ein von Minute zu Minute stärker werdender Wind sich erhob, bis mir plötzlich die Mütze vom Kopfe flog und Donnergeroll ins Ohr scholl. Als ich aufsah, wälzten sich schon dichte Regenschauer an den Bergen hin.

Ich war schon etwas aus dem Zentrum Schwellenbachs gekommen und gelangte zu einem alleinstehenden Hause, dessen Fenster zwar eben so wenig auf den Weg sahen, als die der andern Häuser, doch frei gegen Osten in ein Gärtchen, das von sorgfältiger Pflege zeugte. Ein etwa zehnjähriges Mädchen brachte vor dem drohenden Gewitter einige Blumentöpfe unter das weite Vordach in Sicherheit; dahin flüchtete auch ich mich, mit dem Mädchen einige Worte wechselnd. Als es mit seiner Beschäftigung zu Ende war, schickte es sich an, ins Haus zu gehen, und lud auch mich ein, herein zu kommen, bemerkend, die Großmutter sei allein drinnen. Ich folgte gerne und gelangte über einen reinlich gefegten Hausflur in ein allerliebst möbliertes Stübchen. Eine Matrone mittlerer Größe von ehrwürdigem Aussehen, in flächsernem Gewande mit gelben Blümchen auf braunem Grunde, auf dem Kopf ein weißes Häubchen, saß in einem mit Kissen belegten Lehnstuhl an einem Tische, das Schreibzeug und einige Bücher vor sich. Sie erwiderte den Gruß mit freundlicher Würde, während das Mädchen mich halblaut ersuchte, auf dem Stuhle Platz zu nehmen, den es mir dienstfertig hergerückt hatte. Ein Gespräch entspann sich sogleich, indem ich mich meines freimütigen Besuches wegen entschuldigte.

Als die Matrone hörte, daß ich von Gratlingen und von Zellbergers Siedelei herkomme, bemerkte sie, sie habe schon manches über dieses Mannes Art und Lebensweise gehört, meist aber von Leuten, die etwas Seltsames, Abenteuerliches daraus zu machen suchten. Sie selber sei trotz der Nähe Gratlingens seit zwanzig Jahren nie mehr dort gewesen, interessiere sich jedoch nicht wenig für eine Erscheinung, die so sehr vom Gewöhnlichen abweiche. Ich entwarf eine gedrängte, doch, wie ich glaube, ziemlich anschauliche Schilderung von all dem Außergewöhnlichen. Die Matrone hörte still zu; als ich geendet hatte, bemerkte sie gelassen, sie habe sich manches ungefähr so gedacht, es sei eben viel Ziererei dabei, und kein Wunder, daß wundergäbige Leute alles Mögliche aus der Sache machten. Zellberger müsse wohl in sich selber sehr wenig Genüge und Befriedigung finden, da er das Bedürfnis habe, durch solche Mittel die Aufmerksamkeit der Menge auf sich zu ziehen. – Diese Anschauungs- und Beurteilungsweise war mir neu, ich fühlte aber das Gewicht einer innern Wahrheit, der ich nichts entgegenzusetzen wußte. Während ich meine Augen an diese neue Beleuchtung zu gewöhnen suchte, forschte die Matrone, doch ohne jeglichen Beigeschmack von Prätension, nach meinem eigenen Befinden im Umgang mit Zellberger. Ich antwortete sehr gewunden, denn einesteils fürchtete ich in die Schuld des Undanks, andernteils in die Verleugnung der Wahrheit zu verfallen. Aber gerade in dieser Zurückhaltung lag für die verständige Matrone die bestimmteste Erwiderung. Sie lächelte und sagte, ich werde mehr und mehr fühlen, daß der Weg zu Zellbergers Siedelei, die sie einen Tempel der Eitelkeit nennen möchte, nicht der Weg zu Frieden und Ruhe für die Seele sei. So rein und edel zur Stunde mein Suchen und Verlangen noch sein möge, das mich über die Berge treibe zu dem angeseheneren Freunde, und so wenig sie mir den geringsten Vorwurf daraus machen möchte, so glaube sie doch, daß ich damit einen gewissen ehrgeizigen Hintergedanken nähre, es dem Freunde früher oder später in irgendeiner Weise gleichzutun, und das sei, auch wenn es nach meinem Gedanken gehen sollte, eine falsche Fährte, die mich statt zur Siegesfeier, ins Kampfgetümmel führen dürfte. Nicht im Aufsehenmachen, sondern in der Verborgenheit, nicht im Beifall der Welt, sondern in demjenigen des eigenen Herzens, dem Widerschein des göttlichen Wohlgefallens, liege das Geheimnis eines glücklichen Lebens. Damit sei nicht gesagt, daß alles Aufsehenmachen und alles Streben nach dem Beifall der Welt verwerflich sei, würde ja manches Gute ohne das gar nicht getan; für den Menschen aber, den nicht das Verdienstliche und Vortreffliche an sich, sondern vornehmlich der daraus zu hoffende eitle Lohn zur Tätigkeit ansporne, für den sei kein nachhaltiger Segen, schon darum nicht, weil die Welt nicht gewohnt sei, für erwiesene Dienste zu danken. Tatendrang, wovon besonders die junge Welt so gern fasle, sei eben in den meisten Fällen vorzugsweise ein Gelüsten nach der einstigen Ruhe auf den Lorbeern; lasse dann sich dieses liebe Lorbeerbett nicht gewinnen, so sei Leben und Streben verfehlt und der Unbefriedigte hadere mit Gott und der Welt. Wenn sie nun höre, wie Zellberger der Jünglinge so viele an sich ziehe und sie zu Sparsamkeit und nützlicher Anwendung der Zeit, doch ohne Zweifel nicht zu demütigem, bescheidenem Sinn ermahne, so seien ihr immer die Täuschungen und falschen Hoffnungen gegenwärtig, denen die übelberatenen Herzen entgegen gingen. Nicht, daß sie sich schon öffentlich darüber aufgehalten hätte, das hielte sie im Gegenteil für unrecht, da Zellbergers Einfluß immerhin ein veredelnder und vielleicht als Bahnbrecher eines noch unendlich edlern aller Achtung würdig sei.

Die Matrone sah meine Aufmerksamkeit, ja Andacht; es war mir auch Ernst dabei und ich wurde es nicht müde, ihren in durchaus anspruchslosem, herzgewinnendem Tone gehaltenen Zuspruch anzuhören. Nunmehr gestand ich ihr auch unverhohlen, daß es bei meiner Nacheiferung von Zellbergers Vorbilde keine Gefahr habe, daß ich aber bei meiner heimatlichen Isoliertheit doch nicht leicht auf den Umgang des gebildeten Freundes draußen verzichten könnte. Die Matrone lächelte: «Vielleicht wäre doch noch ein Freund in Eurer nächsten Nähe, der Euch noch viel besser verstände und fördern könnte, als Zellberger; freilich müßte es mich wundern, falls Ihr Euch noch niemals um die Freundschaft desselben beworben haben solltet, es ist wenigstens ein sehr bekannter freundlicher

Herr.» Ich stutzte und ließ alle bekannten Namen an mir vorübergehen, ohne den fraglichen zu erraten. Ich sagte dann, welche Erfahrungen ich mit dem Vikar und den Lehrern gemacht hatte, der Pfarrer selbst sei wohl zum Schein ein huldvoller Herr, aber gegen die Jungen und Armen sei er stolz und habe namentlich mir nie das geringste Wohlwollen gezeigt. «Das ist mir gar nicht befremdend», antwortete lächelnd die Matrone, «es ist ein anderer, den ich meine, nämlich der Herr Jesus Christus. Den kennt Ihr wahrscheinlich nicht so nahe, wie er's verdient und es Euch gut wäre. Das ist aber der rechte Freund, der willens ist, Euch wahre Befriedigung und immerwährendes Genügen zu gewähren. An den wendet Euch ernstlich und aufrichtig, wie Ihr es wohl noch nie getan habet; ich glaube, Ihr fühlet dann bald kein so dringendes Bedürfnis mehr nach dem Umgang mit andern Freunden, weil der öde Raum in Euerm Herzen in ein Paradiesgärtlein verwandelt worden ist, darin Euere Gedanken sich all Stund und Augenblick ergehen können.»

Ich sah sie fragend an und entgegnete ziemlich kindisch: «Ja, wie macht man das? Ich bin ja schon ein Christ, soll ich denn immer beten? Ich bete jeden Tag, und morgens und abends und vor und nach dem Essen wird an unserm Tische gebetet. Mehr als so viel wär' doch fast überflüssig.»

«Und Ihr habt überhaupt kein besonderes Vergnügen daran, das merkt man», entgegnete die Matrone ruhig, als lese sie es vom Blatt. «Darin aber besteht das Geheimnis des Umganges mit dem Herrn, daß man sich desselben nicht darum befleißt, weil man die Unterlassung für Sünde hält, sondern weil man es vor Verlangen nicht lassen kann und nirgend anders so süße Befriedigung findet. O, Ihr wisset nicht, wie weit entfernt das Lippenwerk des täglichen Gebetes ist von dem wahren Umgange mit dem Angebeteten, weiter noch als die Anhörung einer Predigt in der Gemeinde von dem vertraulichen Gespräch mit dem Prediger im einsamen Gemach. So, wie man in der Nähe einer geliebten Person gerne immer verweilt, ob auch keine immerwährende Unterhaltung möglich ist und längeres Schweigen die Gedanken nach innen weist, so gerne verweilt die gläubige Seele in der Nähe des Herrn, auch wenn sie tagelang nicht betet und es selbst Augenblicke gibt, da der Geliebte sich weniger um sie zu kümmern scheint. Und ist denn die Liebe nicht mehr als Andacht und Gebet? Wer verlangt denn von seinen liebsten Angehörigen tägliche Gelübde der Treue oder erwartet, um das Nötige immer erst gebeten zu werden, bevor er es gewährte? Wer den Herrn wahrhaft liebt, der hält sich nicht an besondere Zeiten des Gebetes, der unterscheidet nicht zwischen Morgen- und Abendandachten, zwischen Werktag und Sonntag, denn der Herr ist jederzeit sein Trost und seine Freude und läßt nichts mangeln. Die gehobenen festlichen Stimmungen aber sind bei solcherweise den Herrn Liebenden nicht die Folge äußerlicher Veranlassung, sondern der Gottesgröße des unsichtbaren Geliebten. Darum mag die aufrichtigste, treuliebendste Seele in den Tagen kirchlicher Freudenfeste oft gleichgültiger erscheinen, als die alltägliche Menge, und wieder mag sie in festlosen Wochen voll heiligen Jubels sein. Junger Freund, laßt es Euch nicht befremden, mich so sprechen zu hören; ich konnte nicht anders, da mich die einfache Wahrheit tief gerührt, die aus der Schilderung Euerer Pilgerfahrten nach Zellbergers Siedelei wie ein Zug religiöser Sehnsucht hervorgeleuchtet. Euer Wesen scheint mir so ohne Falsch, daß ich unbedenklich noch einen Schritt weiter gehe und Euch hier etwas anbiete zur Erprobung Eurer Empfänglichkeit für die Offenbarung des heiligen Geheimnisses.»

Mit diesen Worten nahm sie ein Büchlein vom Tische und wickelte es in ein Zeitungsblatt: «Wenn Ihr mir es in einigen Wochen wiederbringt, so ist es mir lieb; geschieht es erst später, weil Ihr Euch ungern von demselben trennt, so ist es mir noch lieber», sagte sie bei Überreichung desselben. Ich nahm es dankend an, ohne mir vom Wert des anvertrauten Gutes eine Vorstellung machen zu können. Auch das Gehörte war mir ein Rätsel und ich besorgte, seiner Zeit, da ich Rechenschaft geben sollte, wie ein Kind dazustehen, dem die Aufgabe des Lehrers nicht klar gewesen und das deshalb mit einer ins Blaue gearbeiteten sinnlosen Auflösung klopfenden Herzens erscheint.

Ich empfahl mich, ohne daß wir uns gegenseitig nach den Namen gefragt hatten. Es hatte zu regnen aufgehört, und das Mädchen war schon wieder beschäftigt, die Blumentöpfe in die freie, erfrischte Luft zu tragen. Die sinkende Sonne vergoldete das Gewölk, das den Horizont umsäumte, während über den östlichen Gebirgen am tiefblauen Himmel schon die bleiche Mondsichel auftauchte. Hell sang eine Amsel im Gebüsch der Schlucht, längs welcher die begraste Wegspur sich hinzog, und die Heimchen zirpten munter in den Weidehängen. Als ich, scheinbar ohne des Mädchens zu achten, hinausschritt, rief es scherzend hinter einem Stachelbeerenbusch hervor: «Behüt Euch Gott wohl, Mann, kommt bald wieder zu uns!» – «Gewiß, es soll nicht fehlen», rief ich zurück und erwiderte den Gruß. «Potz Tausend Mann, Ihr dürft nicht schwören! Wenn's die Großmutter hörte!» warnte das Mädchen in schalkhaftem Ernste.

Friede, Friede, Friede! War es der Geist des allgemeinen Naturfriedens, der diese Laute mich vernehmen ließ, oder war es das Echo der Stimmung meines eigenen Herzens? Die Worte der in unbekannter Abgeschiedenheit lebenden Matrone hatten wieder einen so ganz andern Klang, als jenes erste Mal die Melodie von des «Klausners Lied». Und das sollte ich in dem berüchtigten Schwellenbach erfahren, von dem ich höchstens gehofft, daß es mich lebendig und heilen Leibes meines Weges ziehen lassen werde. Ich wandte mich noch manches Mal um, bis des niedern Häuschens Schindeldach hinter dem Wipfelgebüsch der Zwetschgen- und Sauerkirschenbäume verschwand.

Nun aber eilte ich, so schnell ich konnte, rainab, dahin über Wildungens Ackerfluren im Zickzack der Feldwege, um durch keine Gesellschaft auf der Landstraße aufgehalten zu werden. Doch es waren andere Mächte, die meine Heimkehr verzögern sollten: tief drinnen im Meer der wogenden Saaten, wo der Ausblick mir nach allen Seiten genommen und nur der Aufblick frei war, in dieser hehren Einsamkeit konnt' ich dem Gelüsten nicht widerstehen, das Büchlein herauszuziehen, und ich setzte mich, um bequemer darin zu lesen, auf die Scheidefurche an dem Wege. Das Büchlein war betitelt: «Heinrich Susos Büchlein von der ewigen Weisheit». Und ich las:

«Du sollst mich empfangen würdiglich und sollst mich genießen demütiglich und sollst mich behalten ernstlich, sollst mich umschließen mit der Minne eines Gemahls, in göttlicher Würdigkeit vor Augen haben; geistlicher Hunger und wirkliche Andacht soll Dich zu mir treiben, mehr denn Gewohnheit. Die Seele, die mich in der heimlichen Klause eines abgeschiedenen Lebens innerlich empfinden und süßiglich genießen will, die muß zuvor von Untugenden gereinigt, mit Tugenden geziert, mit Ledigkeit umfangen, mit roten Rosen inbrünstiger Minne bestecket, mit schönen Violen demütiger Unterwürfigkeit und weißen Lilien rechter Reinigkeit bestreut sein; sie soll mir betten mit Herzensfrieden; denn im Frieden ist meine Stätte; sie soll mich mit ihren Armen umschließen mit Ausgeschlossenheit aller fremden Minne, denn diese scheue ich, wie der wilde Vogel den Käfig; sie soll mir singen des Gesanges von Sion, das ist ein innbrünstiges Minnen mit einem grundlosen Loben, so will ich sie umfangen und sie soll sich auf mein Herz neigen. Wird ihr da ein stilles Ruhen, ein unverhülltes Schauen, ein ungewöhnliches Genießen, ein Vorgeschmack ewiger Seligkeit und ein Empfinden himmlischer Süßigkeit, das behalte sie in stillem Sinn und spreche also mit herzlichem Seufzen: ‹Wahrlich, Du bist der verborgene Gott, Du bist das himmlische Gut, das niemand wissen kann, der sein nicht empfunden hat.›»

Das war die Weise einer Gottesgemeinschaft, wie sie allerdings aus den Kinderlehren und Predigten des Pfarrers zu Grünau nicht begriffen werden konnte; mir war es eine sanfte, schmelzende Musik, der ich keinen Namen zu geben vermochte, für deren Schönheiten ich wohl Gefühl, aber kein Verständnis hatte. In freudigem Befremden schlug ich mir vor die Stirne, daß auch solche Lehrmeister der Religion zu finden wären, eines Kulturfaches, dem ich, dank der Pedanterie unseres Seelsorgers, in den letzten Jahren nur noch geringe Aufmerksamkeit gewidmet hatte. Als die Mutter, die rechte, wahre Mutter, noch mit mir betete, als ich noch an den Gesang der Engel, an das Hallelujah der Seligen glaubte, als noch beschwingte Schutzengel um mein Bett standen und gute Geister sich mit mir freuten, wenn ich eine Versuchung zum Bösen überwand oder etwas Gutes tat, wie man es nannte, damals war mir nichts lieber als Gebet und religiöse Unterhaltung, ich hätte Susos Christentum ruhig als das meinige ansprechen dürfen und ich wäre so ohne Zweifel zum warmen Christen herangewachsen, hätte man mich später vor dem Schneewinde der Kirche beschützen können. Als ich dagegen nach der geistlichen Mündigsprechung das offizielle Christentum wieder ausschied, so mochte es wohl geschehen, daß auch manches Bessere mitfiel und daß des Übriggebliebenen zu wenig war, um mich noch besonders damit abgeben zu können. Es war mir denn auch etwa so wenig mehr eingefallen, dabei mein Vergnügen zu suchen, als beim Windhaspel, oder so wenig ich darauf verfallen konnte, meine Leselust beim Judäschen Katechismus zu befriedigen. Jetzt erschien mir die Religion ernst und selbst vergnüglich genug, um sie aufs neue vorzunehmen. Mit dieser schnell gewonnenen Ansicht gelangte ich in der Dämmerung nach Hause.

Jakob war nicht wenig erstaunt, von meiner neuen Bekanntschaft zu hören, und meinte schelmisch, das Mädchen, das mich in die Stube geladen habe, werde wohl gegen tausend Wochen alt sein. Er begriff nicht, daß mich ein rein religiöses Moment urplötzlich so gewaltig habe ergreifen können. Er hatte in seinem verständigen Alter sich der Frömmigkeit weit mehr zugeneigt als ich, hatte deshalb bei seiner Konfirmation eine Bibel gekauft und den während des Unterrichtes gebrauchten katechetischen Leitfaden sorgfältig aufgehoben; auch die Pensen der Morgen- und Abendsegen hatte er jeden Tag gewissenhaft gelesen und mir manchmal mit ob Zweifeln rotangelaufenem Gesicht zugenickt, wenn ich ihm weis machen wollte, Klopstock sei auch ein religiöser Dichter und wenn ich in demselben lese, so gehe das für ein Gebet. Er griff dann endlich, da mein heiliger Eifer in profanen überzugehen drohte, verwundert nach meinem Suso und schlug verschiedene Stellen auf; ich folgte seinen lesenden Blicken, ungeduldig eines Urteils harrend. Und was sah ich: mein nüchterner Religiose nickte darüber ein, machte dann mit den Händen einige Krauel in den Haaren und sagte: «Ja, wir müssen doch zu Bette gehen, es ist morgen allem Anschein nach ein Heuertag.» – «Und der Suso?» fragte ich ungehalten. «Den brauchen wir am ersten Tag, denk' wohl, noch nicht», antwortete Jakob, er hatte den Namen eines Tagelöhners darunter verstanden. Ich schwieg in stiller Verachtung.

18

Jakob fühlte wirklich auch im wachen Zustande kein Ergriffenwerden bei meinem Suso, er meinte, die Hauptsache sei ihm immerdar nahe gewesen, und mit dem übrigen, was darin mehr stehe als in andern geistlichen Büchern, wüßte er just nicht viel anzufangen. Übrigens werde sich auch bald zeigen, wie anhaltend mein außerordentlicher Religionseifer sei.

Über diese sehr verständige Äußerung Jakobs ließ sich meinerseits wenig berichtigen, ich war über den Gehalt meiner Erweckung selber noch keineswegs im klaren und hätte für deren Nachhaltigkeit gar nicht gutstehen können. Was mich für Susos Religiosität vorzüglich einnahm, war das Ursprüngliche, Erfahrungsgemäße an derselben, das Innige, Minnige, Dichterische, dem weder Kirche noch Schule ihr Malzeichen aufgedrückt hatten, das nur durch die Zucht des eigenen Herzens geläutert und gebildet worden war. Diese geistigste, duftigste aller Gottesverehrungen ohne irgendeinen materiellen Niederschlag, diese mit vollendetster individueller Freiheit ausgebildete Gottesliebe war, wie schon angedeutet, das Ideal der Frömmigkeit meiner Jugend. Als ich das Böse oder zweifelhaft Gute noch nicht kannte, als mir noch alles rein war und ich in dem, was mein Herz mit Liebe umschlang, nur das Gute lieben konnte, damals wähnte auch ich in unmittelbarer Gottesgemeinschaft zu stehen, und mein Herz pulsierte in jener sinnlichgeistigen Minne, die Suso in so unnachahmlich zarter Weise aussprach. Wäre jetzt nur mit der Anmutung an die jugendliche Gefühlsinnigkeit auch jene Gläubigkeit wiedergekehrt, ohne welche mir doch bald sehr vieles wieder als kindische Gefühlständelei erscheinen und gleichgültig werden mußte. Allein der Mangel eines ununterbrochenen stufenmäßigen Hineingelebtseins war mir zu fühlbar, unwillkürlich mußte ich an mancher Stelle mit Faust sagen:

«Die Botschaft hör' ich wohl,
Allein mir fehlt der Glaube.»

Ich hätte wohl darüber Trauer empfinden sollen, aber auch diese Trauer war ich nicht fähig, da eine andere Kraft mir hinüberhalf, die wie frommer Glaube mich beglücken, mir den Suso lieb behalten konnte, – es war die Anlage zur Dichtkunst. Ich fühlte mich wundersam zu Versuchen in geistlicher Liederdichtung angeregt, da Susos Prosa einen so rhythmischen, melodischen Klang hatte, wie das herrlichste Lied. Das waren selige Stunden, wenn ich zwar des lieben Hausfriedens wegen abends mit den andern zur Ruhe ging, dann aber um die Geisterstunde heimlich aufstand, ein geistliches Lied zu dichten, das vielleicht schon im leise gepflogenen Schlummer durch meine Seele geklungen hatte. Ich versenkte mich innig in den Gegenstand und fuhr manchmal seltsam auf, wenn von Augenblick zu Augenblick die Stunde schlug, wenn ich wähnte, das Lied in wenig Augenblicken gedichtet zu haben und doch darüber der Morgen angebrochen war.

Nach vielen Wochen fand ich es wieder an der Zeit, den Suso nach Schwellenbach zu tragen. Um der freundlichen Verleiherin zu zeigen, welchen Einfluß das Buch auf mich gehabt habe, nahm ich zwei meiner Lieder mit, die Jakob für die vorzüglichsten hielt. Bei dem Garten angelangt, sah ich das Mädchen betrübt drin stehen bei einer Levkoje, der ein unvorhergesehener Nachtfrost übel mitgespielt hatte. Meine Ankunft wirkte tröstlich, das Mädchen kam auf mich zugeeilt und hing sich, mir in die Stube folgend, an meinen Arm. Die Matrone saß, wie ich sie das erste Mal getroffen hatte, im Lehnstuhl bei Tische, sie streckte mir höflich die Hand entgegen und hieß mich emsig willkommen. Als ich nun erzählte wie mir Suso behagt habe, erheiterte sich das Antlitz der Matrone mehr und mehr, und als ich gar mit den Liedern herausrückte, rief sie freudig aus: «Das ist ja merkwürdig, welch gleiche Wirkung dasselbe Büchlein auf zwei sich übrigens so wenig ähnliche Personen haben kann. Denkt, diesem Büchlein verdanke ich selbst fast unzählige Lieder und Sprüche, die ich in Jahr und Tagen zu meiner Erbauung und Unterhaltung aufgesetzt habe, woran ich sonst wahrscheinlich nie gedacht haben würde. Indessen habe ich dieselben, wie billig, vor jedermann, eine vertraute Freundin in der Stadt ausgenommen, geheim gehalten, und nur weil ein Vertrauen des andern wert ist, mache ich auch vor Euch kein Geheimnis mehr daraus.» Sie zog ein Blättchen aus ihrer Schreibmappe und sagte: «Da habt Ihr ein in der Frühe dieses Tages entstandenes Lied im ersten Entwurfe, das nehmet zum Dank für Euere beiden; Lob und Tadel wollen wir gegenseitig verschweigen, weil die Erbauung und selbst die Liebe darunter leiden könnte und weil ja das Ziel unseres Dichtens kein vergänglicher Ruhm ist.» Ich beschied mich gerne damit und las die zierliche Handschrift mit großem Wohlgefallen. Hier stehe das anspruchslose Lied:

Ich weiß es wohl, o Freund, daß du mich liebst
Und daß du gern, o Süßer, dich mir gibst;
Ich weiß es wohl, du wirbst so treu um mich,
Ich weiß es wohl, drum denk' ich nur an dich.

Und wie die Rose glüht im Sonnenstrahl,
So glüht mein Herz bei deiner Liebe Wahl,
Und wie der Efeu auf zur Tanne strebt,
So fühl' auch ich, für wen mein Sehnen lebt.

O du, nur du, warst's was ich anerkannt,
So früh und jugendlich mir lieb genannt,
Du warst's, was schon im wonnereichen Spiel
Der Kindheit mir vor allem wohlgefiel;

Um das ich träumend, wenn der Jubel klang,
Und selig schwelgend meine Arme schlang,
Das ich geküßt und innig heiß geherzt,
Wenn früh mich schon des Lebens Weh geschmerzt.

Was tröstend oft in Einsamkeiten tief
Wie Geisterlispeln hold und sanft mich rief,
Was mir die Nacht der Wälder lieb gemacht,
Ich weiß, es war, weil ich an dich gedacht!

Und was die Hoffnung mir im Morgenflug
Von Rosenwölkchen oft entgegentrug,
Das war der Glaube, daß du, Liebster, einst
Dich meinem Wesen inniger vereinst.

Erfülle, wann du willst, die sel'ge Zeit,
Ich ahne fröhlich, daß sie nicht mehr weit;
Doch – ist der Glaube nicht Erfüllung schon,
Der Glaub' an dich, du treuer Menschensohn!

Das Lied machte mich begierig, Näheres über das Leben der Matrone zu vernehmen, und ich veranlaßte sie zu einer skizzenhaften Erzählung ihrer Erlebnisse.

Sie begann: «Ich heiße Veronika und war die Tochter wohlhabender Eltern. Deshalb wurde mir eine so gute Erziehung zuteil, wie vordem keinem Mädchen in Schwellenbach, ward ich doch zu diesem Zwecke sogar zwei Jahre nach der Stadt geschickt. In meinem siebenzehnten Jahre, als ich erst seit wenigen Wochen wieder daheim war, brach in einem Hause Feuer aus, das meinem Vater gehörte und von Mietsleuten bewohnt war. Ein geistesschwacher Knabe verunglückte dabei. Die Mietsleute, welche ihre geringe Habe bei dem Brande verloren, verbreiteten das Gerücht, mein Vater sei der Stifter des Brandes, da er des Hauses längst gerne los gewesen wäre und mit den säumigen Zinsern schon manchen verdrießlichen Auftritt gehabt hatte. Das Gerücht fand Glauben, mein Vater wurde in Untersuchung gezogen und nach langwierigem Prozeß für schuldig erkannt und zum Tode verurteilt. Unsere Bitten, die vielfältigsten Beweise seiner Unschuld und die nachdrücklichsten Verwendungen seiner Freunde waren umsonst, er wurde hingerichtet. Das Vermögen ging in Gerichtskosten und Entschädigungsleistungen beinahe gänzlich auf, und wir, ich und die Mutter, sahen uns der Armut und Verachtung preisgegeben. Solchen Jammer vermögen keine Worte zu schildern. Ich war gebildet, ich war auch schön, wie man mir sagte, und das waren die Güter, mittelst deren ich mir durch die Welt zu helfen suchen konnte; wären es die einzigen gewesen, so dürft ich wohl schlecht genug dabei gefahren sein. Mein aber war zugleich ein von zarter Kindheit an gepflegter inniger Glaube, der auch in den Stürmen dieser Nächte wie ein Pharus am Meere leuchtete, und ihm verdanke ich Rettung aus allen Gefahren, namentlich auch die Aussöhnung mit der nun gänzlich veränderten und ins Ungewisse gerückten Bestimmung. Meiner Mutter Gesundheit und Lebensfreude war für immer gebrochen, ihr einziger Wunsch war noch, mich verheiratet zu sehen. Und sie sollte nicht lange warten; wenige Monate nach unserm Unglück stellte sich ein ansehnlicher Freier aus unserer Freundschaft ein, der mir aber leider seines bildungslosen Zustandes und seiner häßlichen Figur wegen äußerst zuwider war. Ich sträubte mich denn auch mit Leib und Seele gegen die Verbindung mit diesem Manne, aber die Mutter und verschiedene Verwandte und Bekannte bestürmten mich so hart mit Vorstellungen, bis ich nachgab. Ich wurde das Weib eines Mannes, der von meinem tiefsten Seelenleben nichts begriff und der mir mit widerlicher Aufrichtigkeit nachher oft sagte, er habe mich nur meines schönen Körpers wegen geheiratet. Mit diesem Manne lebte ich in beinahe dreißigjähriger Ehe. Bei der Gutmütigkeit desselben, die nur bisweilen durch Jähzorn etwas verdunkelt wurde, und bei der ökonomisch guten Lage hätte ich äußerlichem Ansehen nach wenig Ursache zur Unzufriedenheit gehabt, aber die geistige Disharmonie, die mir unser eheliches Verhältnis manchmal wie eine völlige Entwürdigung meines Wesens erscheinen ließ, bereitete mir namenloses inneres Leiden; da hab' ich den Leidenskultus des herrlichen Suso verstehen und lieben gelernt. Unsere Ehe war mit drei Mädchen gesegnet, die seltsamer Weise alle ganz des Vaters Art und Wesen an sich hatten, die mir im ganzen wenig Verdruß und Kummer bereiteten, aber auch keines innigern Verhältnisses zu mir fähig waren. Ich tat mein möglichstes zu ihrer häuslichen Ausbildung und sah es dann gern, als sie mit reifern Jahren anständig verheiratet werden konnten. Bald nach der Verheiratung unserer jüngsten Tochter starb mein Gatte, und nun stand ich wieder einsam da, doch innerlich nicht einsamer, als in frühern Jahren. Ich hatte nun die Wahl, allein oder bei einer meiner Töchter zu wohnen, wozu man mich dringend bereden wollte. Aber ich war von vornherein zum Gegenteil entschlossen. Schon als Mädchen hatte ich mir ein gewisses romantisches Stillleben als das lieblichste Erdenlos ausgedacht, und meine Sehnsucht war immer darauf gerichtet geblieben; jetzt durfte ich, da ich der Gesellschaft meinen Zoll redlich entrichtet hatte, der Verwirklichung dieses Ideals mit vorwurfsfreier Seele nachhangen. Dieses Stillleben führe ich nun schon vierzehn Jahre lang, es hat meine schönsten Erwartungen vollkommen befriedigt und bot mir für längst verschmerzte Entbehrungen reichen Ersatz. Das Mädchen, meine jüngste Enkelin, ist das Bindeglied zwischen mir und der äußern Welt. Außer der Besorgung meines kleinen Haushaltes besteht meiner Hände Arbeit in Nähen, Stricken und Flicken für die Familien meiner Kinder; die Feierstunden sind ausschließlich dem Umgange mit Gott geweiht. Mein Leben könnte kaum glücklicher sein, Langeweile oder unbefriedigtes Verlangen kenne ich gar nicht mehr. Die von unverständigen Formelgläubigen ausgestreute Nachrede, als mangle ich des christlichen Glaubens, die selbst meine Kinder beunruhigen konnte, störte meinen Frieden nur unmerklich. Das Gerede kam daher, daß ich die Kirche kaum noch an den hohen Festtagen besuchte.»

Im Verlauf des weitern Gespräches ergab es sich, daß Veronika mit einer geistesverwandten Jugendfreundin in der Stadt einen Briefwechsel unterhielt und daß, was mich besonders interessierte, diese Freundin Frau Frommberg hieß und die Frau des Antiquars Frommberg war. Sogleich loderte meine Bücherliebhaberei auf und schlug in hellen Flammen aus. Ich erwähnte mit freudestrahlendem Angesicht meiner Beziehungen zu Frommberg. Veronika hörte lächelnd zu, wie ich mit Windmühlenfertigkeit über meine Einkäufe referierte. Alsdann vernahm ich, Frommberg sei ursprünglich ein Ausländer, der vor langen Jahren als Kolporteur einer Gesellschaft zur Verbreitung christlicher Schriften in die Schweiz gekommen sei und später, durch Familienverhältnisse veranlaßt, sich als Antiquar in der Stadt etabliert habe. Indessen sei, wie er als geschäftlicher Anfänger im Dienste der Religion gestanden, auch fortan ein christlicher Geist das leitende Prinzip seiner Handlungen geblieben. Ich sagte, welch Verlangen nach einer ähnlichen Stellung mich beseele und wie sehr mich vorläufig danach gelüste, nur einmal recht in einem solchen Vorrat von Büchern herum stöbern zu können. Veronika meinte lächelnd, das letztere werde doch wohl zu ermöglichen sein, sie sei gern bereit, einige Worte der Empfehlung mitzugeben, sobald ich etwa einmal in die Stadt gehe. Übrigens habe sie die feste Überzeugung, daß ein so brünstiges Verlangen nach einer an sich guten Sache nicht umsonst in mir vorhanden sei, sondern auf die eine oder andere Weise früher oder später befriedigt werde.

Veronikas Bekanntschaft hatte bewirkt, daß ich Zellbergern in vielen Wochen nicht mehr besuchte. Selbst, daß seine Zeitschrift inzwischen einen größern Aufsatz von mir ziemlich fehlerfrei gebracht hatte, war mir sehr gleichgültig geblieben, war doch nun die Sehnsucht nach einem andern Messias erwacht, die meine Seele wie Verheißung emporhob.

Wie überrascht waren ich und Jakob darauf, als wir eines Samstagabends von der Weide gekommen Zellbergern zu Hause antrafen! Wir hießen ihn herzlich willkommen, und nicht nur wir, sondern fast noch mehr die Eltern sahen keine geringe Ehre darin, einen so berühmten Gast unter unserm Dache zu haben. Darum hatte ihn die Mutter auch schon vor unserer Nachhausekunft mit dem Besten bewirtet, was Küche und Keller vermochten, und der Vater war eben in der Erzählung begriffen, wie er es einst klug anzustellen gewußt habe, bis er unsere vortreffliche eiserne Wanduhr dem frühern Eigentümer, dem sie gar nicht feil war, abhandeln gekonnt, eine Erzählung, die er nur bei außerordentlichen Anlässen zum besten gab.

Zellberger stellte mich nun gleich zur Rede, was für Ursachen mein langes Ausbleiben gehabt habe; ich antwortete ausweichend und erwähnte Veronikas mit keiner Silbe. Darauf zog er ein Büchlein aus der Tasche und sagte, er habe mir das mitgebracht, ich solle es durchgehen, vielleicht finde sich etwas darin, das mir Freude mache. Es war ein Volkskalender, und siehe da, er enthielt einige

Gedichte von mir, die mir bei der schönen Ausstattung außerordentlich gefielen. Die Augen übergingen mir vor Glückseligkeit, nun schon als eine Art Volksschriftsteller angesehen zu werden und die Leute durch meine Einfälle unterhalten zu können. Zellberger hatte besagte Gedichte dem Herausgeber des Kalenders ohne mein Vorwissen eingesandt, um mir so eine kostenfreie und doch so köstliche Überraschung bereiten zu können. Auch er hatte ein paar Beiträge gespendet, die, wie ich leider finden mußte, von völliger Erschöpfung seines Talentes zeugten. Einen noch weit sprechenderen Beweis seiner freundschaftlichen Vorsorge, als die Überraschung durch den Kalender, zog er eine halbe Stunde später aus dem Sack, nämlich ein Schreiben vom Herausgeber eines Unterhaltungsblattes, in welchem ich ersucht wurde, eine Probe meines Talentes einzusenden, und wobei zugleich bemerkt war, daß ich auf angemessene Honorierung zählen dürfe. Solches hatte ich ausschließlich der Vermittlung Zellbergers zu verdanken. Wonneschauernd versprach ich, nichts zu vernachlässigen.

Es sollte ein recht festlicher Abend werden. Zellberger hatte in einem Wachstuch seine Gitarre mitgebracht und als nun jedermann völlig Feierabend gemacht hatte, stimmte er das Instrument und hob das schöne Volkslied an:

Willkommen, o seliger Abend! usw.

Wir Brüder sekundierten, daß es eine Freude war. Dem Vater waren Lied und Instrument ganz neu und beides entzückte ihn so, daß ihm die Freudentränen über die Backen herunterrollten und er schon nach der ersten Strophe sein Urteil durch die ungezierte Phrase ausdrückte: «Das klingt doch verflucht schön!» Selbst die Mutter gestattete ihrer Phantasie einige Sprünge, sodaß sie sich wirklich einmal, das verriet ihr Gesicht, mit mir freute.

Erst in der zwölften Stunde ging man zur Ruhe, aber Zellberger und ich konnten so bald nicht einschlafen, da er so viel auf dem Herzen hatte, daß des Mitteilens kein Ende war. Blume war sein Kummer, seine vereitelte Hoffnung. Auf Andringen hatte dieser nämlich seinem väterlichen Freunde eingestanden, er sei in ein Gratlinger Mädchen so heiß verliebt, daß sotane Liebe nur durch eine Heirat erträglich abgekühlt werden könne, wie Zellberger sehr launig interpretierte. Deshalb war Zellberger entschlossen, sich fernerer Einwendungen zu enthalten. Wie schwer ihn aber dieser Entschluß ankomme, wollte er aus einer Angegriffenheit seines körperlichen Befindens erkennen, von der er erst seit jüngster Zeit Spuren habe. Er glaubte, wenn sich seine Hoffnung wieder an einem andern Gegenstand erholen könnte, so müßte er auch im ganzen wieder neu aufleben, und so rückte er endlich, da ich seine Winke nicht zu verstehen schien, mit der bestimmten Frage heraus, ob ich, da ich mich bereits bei einer frühern Gelegenheit sehr willfährig ausgesprochen hätte, mich nicht entschließen könnte, auf den Ehestand, der doch in den meisten Fällen ein Wehestand sei, für immer zu verzichten. Freundschaft sei viel erhebender, poetischer, als die Liebesbeweise des großen Haufens, worin es der albernste Tropf dem klügsten Kopf gleichzutun vermöge. Daß die sogenannte eheliche Liebe wirklich mit der poetischen nichts gemein habe, bewiesen die Liebesromane, die fast ohne Ausnahme mit der Hochzeit oder jedenfalls mit den Flitterwochen abgeschlossen zu werden pflegten. Vergeblich; mein Widerwille gegen eine Lebensweise, die den Frieden ihres Hauses außerdemselben suchen mußte und, auch wenn sie ihn notdürftig fand, stetsfort für dessen Untergang zu fürchten hatte, war unbesieglich. Und da ich weder lügen noch heuchlen konnte, so vermochte ich nicht, ihm den Kummer zu ersparen, auch von mir nichts hoffen zu dürfen. Ich bekannte ihm, daß mein Herz zwar immer noch frei sei von aller Liebe zu einem Mädchen, daß ich aber nicht für die Freiheit stehen könnte, falls mir eine Huldin von gewissen Eigenschaften, zu welchen mir Susannas Wesen den Maßstab lieh, entgegenkommen sollte. Zellberger legte sich seufzend aufs Ohr und schwieg; auch ich bettete mich bequemer mit sperrweit offenen Augen voller Betrübnis und Freudigkeit. Ich hatte auch schon von Hagestolzen gehört und gelesen, meistens von reichen, welche Not sie hatten im Kampfe mit dem Gefühle des Ungeliebt- und Verlassenseins, der Langeweile und den Vorwürfen eines verfehlten Lebens, wie sie hinabsanken zur Intimität mit Hunden und Katzen und vielerlei anderm Getier, wie sie mit einem alten sauern Geschöpf von Haushälterin sich über ausgetretene Schuhe und Waschlumpen unterhielten, um so ihr Gefühlsleben unter dem achtzigsten nördlichen Breitegrad häuslicher Glückseligkeit zu fristen. Davon hatte ich manches gelesen, aber es hatte mich nie besonders ergriffen, da mir in meiner Armut das Elend eines Reichen, der ja die Mittel besaß, sich Bücher im Überfluß zu verschaffen, sozusagen undenkbar war. Nun, angesichts des Zellbergerschen bittern Mißbehagens führten jene Schriftstücke eine weit eindringlichere Sprache, und ich war innigst froh, keiner jener Hagestolze zu sein.

Da aller Schlaf meine Augen floh, so versuchte ich es, den Plan zu einer Erzählung auszusinnen; es wimmelte in meinem Kopfe von allerlei erlebten und erdichteten Szenen, manche originelle Persönlichkeiten frequentierten die Bahnen meiner Ideenwelt, und da ich mir denken durfte, daß Grünaus Fluren noch keinem Dichter als Schauplatz gedient, so brauchte ich diesfalls gar nicht in die Ferne zu schweifen. Langsam hob sich ein mir dienlich scheinendes Ganzes aus dem Chaos der Gestalten heraus, in Mitte welcher mein liebwerter Schulmeister Felix als Held des Stückes erschien. Es ging dazumal die Rede, unser Schulhaus sei von den Schulvisitatoren als seinem Zwecke durchaus nicht mehr entsprechend erfunden worden, so wenig als die Leistungen des Felix den Anforderungen der Neuzeit mehr entsprechen konnten. Demnach stand unserm Schulkreise einerseits die Erbauung eines neuen Schulhauses, anderseits ein Lehrerwechsel bevor. Diese sich ankündigenden Neuerungen und die alte mir so lieb gewesene Schule gestalteten sich mir zu einem idyllischen Bilde, das ich zum Erstling meiner erzählenden Muse erkor.

Folgendes Tages, im Begriffe, abzureisen, sagte Zellberger, daß er von jungen Jahren her in Wiesental einen Bekannten habe, den zu besuchen er noch willens sei; ich erbot mich gerne zur Begleitung. Im Hinuntersteigen von Birken zeigte ich dem Freunde mein Geburtshaus in Ennerfrühblumen, etwas weiter oben den Rabenfels und hundert liebe Stellen, die mir nach den inzwischen durchschrittenen geistigen Weiten schon etwas fremd geworden waren. Dadurch gewann die lebendige Objektivität meiner Schilderung sehr und rundete sich ungesucht zu einem in sich abgeschlossenen lebenswarmen Bilde. Zellberger ließ mich, gegen seine Gewohnheit, ungestört ausreden; als ich aber aufhörte, fiel er rasch ein, und sagte: «Hört, Grünauer, seid kein Narr, daß ich so sagen muß, Euch mit der Erfindung einer verwickelten unglaublichen Begebenheit zu plagen, sondern schickt dem Mann vom Unterhaltungsblatt eine solche charmante Schilderung von Selbsterlebtem; gefällt ihm das nicht, so verdient er, mit einer schauderösen Moritat beschert zu werden.» – «Meint Ihr?» rief ich erfreut, auf so bequemen Wegen ans erste Ziel gelangen zu können, und war rasch dazu entschlossen.

19

Die erste freie Stunde verwendete ich nun auf den detaillierten Entwurf eines Gemäldes, wie Zellberger es vorgeschlagen hatte, und betitelte das Stück im voraus: «Jugendleben». Aber, aber – ich hatte mir das Ding leichter vorgestellt, als sich's erwies, denn wie ich mir die Einzelheiten notieren wollte, bemerkte ich zu meinem Verdrusse, daß kaum ein paar derselben an sich selber den Aufwand der Mühe lohnen konnten, daß mithin die Ernte zu dürftig ausfiel, um auf auswärtigen Märkten zu erscheinen. Die Kunst, dem einzeln Unbedeutenden durch wohlgearbeitete mosaikartige Zusammenfügung Wert und Bedeutung zu geben, war mir noch ein völliges Geheimnis. Ich plagte mich denn auch nicht lange damit und nahm den ersten Entwurf vor, dem ich allbereits den Titel: «Der letzte Schulmeister im alten Schulhause» gegeben hatte. Hiebei fand ich mich sehr leicht, wohl zu leicht, zurecht, ja ich schüttelte das Stück recht eigentlich aus dem Ärmel; es entstand in wenigen Nächten, gegen drei Bogen lang, das ich dann schleunigst ins Reine schrieb und an den Verleger des Unterhaltungsblattes versendete. Doch, o wehe, nach wenigen Tagen, als ich mir schon vorgestellt hatte, wie das Ding, frisch aus der Presse gekommen, den nächsten Lesern des Blattes sowohl die Tränen entlockt als das Zwerchfell erschüttert haben werde, erhielt ich das Manuskript zurück, dazu ein Schock von Aussetzungen und Entschuldigungen und nur am Schlusse die kleinlaute konventionelle Einladung, gelegentlich etwas anderes einzusenden. Der Tadel ging hauptsächlich dahin, ich habe die Wirklichkeit zu treu wiedergegeben und lasse einen idealen Hauch schmerzlich vermissen. Dann las ich auch zwischen den Zeilen, daß ich nicht zum Vorteil der Erzählung unterlassen habe, eine eigentliche Liebesgeschichte einzuflechten, wodurch meine Arbeit einer Suppe gleichkomme, zu welcher das Salz vergessen wurde.

Daß mir mit dieser Rückweisung nicht gedient war, ist begreiflich. Allein entmutigen durfte mich der Ausgang dieser Probe nicht; ich legte den Schulmeister zurück und trug mich mit einer neuen Schöpfung. Das Thema war bald gefunden, ich ließ dabei die Liebe in den Vordergrund treten, und da ich dieselbe, die Mädchenliebe nämlich, nur wenig kannte, so war mir nichts anderes möglich, als ideale Beziehungen zu schildern, wodurch ich mit einem Schlage zwei Fliegen traf. Es war mir freilich dabei gar eigentümlich zu Mute, ich erschien mir wie ein Tagelöhner in Festtagskleidern, der seiner schmierigen Arbeit nicht ausweichen darf und zugleich zur Reinhaltung des Kleides Sorge tragen soll. Ich ermangelte zur Zeit jeglicher Verliebtheit, ohne doch im geringsten ein Weiberfeind zu sein, vielmehr fühlte ich aus den Bruchstücken meiner berufsmäßigen Ver liebtheit, welch ein festlich Jahr anbrechen müßte mit der Zeit des durch Liebe gekrönten wirklichen Verliebtseins. Dieser seltsam geschraubte Zustand trat um so starrer hervor, da demselben die platteste Alltäglichkeit meiner übrigen Beschäftigungen gegenüberstand. Wie froh war ich, daß mein Besteller nicht wußte, welch unliterarische Stellung ich im bürgerlichen Leben einnahm, und keine Ahnung davon haben konnte, daß ich mich just an den Tagen mit Düngeraustragen schinden mußte, in deren Nächten ich Szenen mutwilliger Lebenslust und sorglosen Behagens ausheckte.

Item, ich brachte in ein paar Wochen eine zweite Erzählung zu Stande, pressierte jedoch damit weit weniger als mit der ersten, und sandte sie erst etwa einen Monat später an ihren Bestimmungsort. Dieselbe wurde denn auch richtig als brauchbar erfunden und erschien nach einiger Zeit schön voran in der betreffenden Nummer. Alsdann erwartete ich täglich ein Groupchen Fünflivres zu erhalten, weil ich schon längst ausgedacht hatte, welche Bücher ich mir daraus anschaffen wolle. Umsonst, es kam nichts und mir widerstrebte, zu mahnen, weil ich die Bezahlung solcher Arbeit eben als Honorar, als Ehrenlohn ansah, der beileibe nicht gefordert, sondern nur als freie Gabe empfangen werden dürfe. Umsonst war mein Hoffen fast ein Jahr lang. Da erhielt ich unerwartet ein ziemlich großes Paket. Geöffnet fanden sich mehrere Jahrgänge des genannten Unterhaltungsblattes mit Schreiben des Verlegers, er schicke mir Beifolgendes als Honorar für meine Novelle und hoffe, ich werde damit zufrieden sein. Aber wahrlich, ich war es nicht, ließ es jedoch gut sein und gab den so honorierenden Mann für alle Zeiten auf.

Wenn nun so meine diesfälligen Erwartungen sehr empfindlicher Täuschung zum Opfer fielen, so gereichte es mir zu namhaftem Ersatze, daß die heimatlichen Zustände nicht auch in dem Maße trostloser wurden, sondern gegenteils eine erträglichere Gestaltung anzunehmen versprachen. Es waren eben mittlerweile im allgemeinen und besondern große Veränderungen vorgegangen. Der alte Pfarrer hatte aus Verdruß über seine Vikare und Vikarianer unter den Beamten resigniert und die Gemeinde verlassen. Nach seinem Weggange kam der alte Staatswagen erst völlig aus dem Geleise und wurde eines Tages umgeworfen. Zu diesem Sturze hatte auch ich, ohne an einer der veranstalteten Parteiversammlungen teilgenommen zu haben, das meinige beigetragen. Parteiname der Alten oder Konservativen war: «Die Guten», derjenige der Neuen oder Liberalen: «Die Andern». Nun zählten mich die Guten ohne weiteres zu den ihrigen, da an der «Güte» meines Vaters nicht zu zweifeln und da bekannt war, daß wir Söhne äußerlich in kindlicher Abhängigkeit zum Vater standen. Trug sich doch noch in diesem Jahre der komische, aber gewiß bezeichnende Fall zu, daß ein in entferntem Grade Verwandter unserer Familie eines Tages mit einigen aus Bilderbogen geschnittenen Figürchen zu uns kam und sagte, er habe da etwas für die Buben zur Kurzweil, und unter den «Buben» waren Jakob und ich gemeint. Nun, ich wurde am Wahltage zu den Guten gezählt und kam mitten auf eine Bank von lauter Guten zu sitzen. Es waren zufällig lediglich solche, die kaum imstande waren, ihre Stimmzettel zu schreiben, und daher es mir allein überließen, ohne mich durch Instruktionen zu binden. Ich stimmte nun den nach meiner Ansicht Wägsten und Besten, ohne einen Parteizweck zu verfolgen. Es siegten aber die «Andern», was mich seltsam überraschte, da ich ohne daran zu denken diesen Sieg entschieden hatte, denn meine Wägsten waren, wie es sich zeigte, lauter «Andere», und diese hatten durch nur wenige Stimmen Mehrheit gesiegt. Ich schwieg wohlweislich und empfand auch bei meiner Gleichgültigkeit gegen politische Kämpfe über den Sieg keine besondere Freude. Einige Tage später kam der Vater in Geschäften zu einem Schicksalslenker der Guten, der ihn mit der traurigen Nachricht überraschte, ich hätte es bei der Gemeindeversammlung heimlich mit den Andern gehalten und dadurch erwiesenermaßen die Niederlage der Guten herbeigeführt. Er meinte, einem solchen Buben würde er an Vaters Statt hell fürs Wetter läuten. Der Vater war ganz bestürzt, er kam starrgangs nach Hause und stellte mich unter Ausdrücken höchster Entrüstung zur Rede. Ich blieb wunderbarerweise ganz ruhig und ward nicht einmal versucht, meine Neigung für die aus der Wahlurne hervorgegangenen Beamten zu verhehlen. Und als der Vater durch meine Ruhe noch aufgebrachter mir Abweichung von Gottes Wegen und sittliche Zerfahrenheit vorzurücken anfing, da wagte ich zum erstenmal geradehin zu protestieren und zu behaupten, daß ich von meiner Wahlstimme keinem Menschen Rechenschaft zu geben schuldig sei und mir nicht vorschreiben lasse, wie ich mich diesfalls auch künftighin bei den Wahlen zu verhalten habe. Und ich motivierte diese meine Anschauungsweise so faßlich und schlagend, daß der Vater einen guten halben Schritt zurücktrat. Zuletzt wandte er mir, da ich eben in einer weitern Auseinandersetzung begriffen war, mit stummer Verachtung den Rücken und brummte etwas von einem Mundstück, das besser als alles andere geraten sei. So weit hatte die Opposition gesiegt und bildete fortan eine Partei in Haus und Gemeinde.

Natürlich hatte ich es mit den Guten nun für immer verdorben. dagegen hatte ich die Aufmerksamkeit der Andern auf mich gelenkt und stand bereits, ohne daß ich es ahnte oder suchte, sehr wohl in ihrer Gunst. Die Rührigkeit derselben rief bald Gesang- und Lesevereine ins Leben und ich wurde freundlich zum Beitritte eingeladen. Solchen Umschwung der Dinge freudig begrüßend und nun erst des Wahlsieges mich freuend, trat ich sofort bei und kam dadurch mit den aufgeklärtesten Köpfen der jüngern Generation in manche Berührung. An der Spitze standen der provisorisch bestallte Geistliche und ein paar Lehrer, die mit löblicher Geschicklichkeit und Hingebung am Werke der Fortbildung und Veredlung geselliger Vergnügungen arbeiteten. Der ehedem steif beobachtete Standesunterschied wich einer kameradschaftlichen Freundlichkeit, die jeden, der es suchte, zu Worte kommen ließ.

Politisiert wurde in diesen Zusammenkünften wenig, dennoch kristallisierte sich in denselben das Salz der Erde, worunter auch ich zu einem lichtweißen Körnlein aufschoß. Als nun wieder einige Beamtenstellen neu zu besetzen waren, wurden die meisten Kandidaten aus unserer Mitte erkoren und ich als Repräsentant des Schulkreises Frühblumen erhielt das Amt eines Schulpflegers.

Meine Amtspflicht bestand darin, daß ich sämtliche Schulen der Gemeinde von Zeit zu Zeit besuchen und den Sitzungen der Gemeindeschulpflege im Pfarrhause beizuwohnen hatte. Beidem kam ich gewissenhaft nach. In den Schulen selber war ich fremd, mit der Organisation und den Lehrmitteln derselben nicht im geringsten vertraut und somit auch nicht imstande, die Leistungen von Lehrern und Schülern zu beurteilen; manches Befriedigende schien mir mangelhaft, manches Mangelhafte befriedigend; der Gesamteindruck war ein ungünstiger, weil ich meinte, bei den vollgenügenden, jeder Klasse eigens angepaßten Lehrmitteln sollten weit günstigere Resultate zu erzielen sein, und es werde zu sehr nach den Büchern und zu wenig nach dem Leben gelehrt. Ja, wenn ich an die Klassen einfach den Maßstab der Schule meines überfleißigen Felix legte, so wollte mich bedünken, die neue Schule verdiene keineswegs unbedingt eine verbesserte genannt zu werden, bei viel Geschrei komme wenig Wolle heraus. Selbst in der sechsten, obersten Klasse, entdeckte ich keine einzige orthographische Schrift; der Leseakzent tat meinen Ohren weh, so verrenkt, so unnatürlich hörte er sich an, und ich forschte vergeblich nach dem Grunde, warum Säide statt Seide, Häus statt Haus zu lesen sei. Beim geographischen Unterricht bemerkte ich, daß die Schüler sich auf der Karte ungemein leicht orientierten; wenn ich aber unter Absehen von der Karte nach der Lage eines bekannten Ortes fragte, erhielt ich kaum eine sichere Antwort.

Felix war vor einem Jahr seines Lehramtes enthoben worden und bezog nun eine kleine Pension. Auf diese gewalttätige Handlung des Erziehungsrates war er nicht gut zu sprechen; er gedachte mit sehnsüchtiger Wehmut der Leiden und Freuden seiner beruflichen Vergangenheit und konnte es nur als Undank der Welt betrachten, daß er trotz der gewissenhaftesten, getreuesten Dienste vor der Zeit abberufen worden war. Sein Nachfolger war ein eben aus dem Seminar entlassener blutjunger rotwangiger Pädagoge, der zwischen den grauschwarzen Wänden des alten Häuschens mit bedeutender Lungenanstrengung debütierte, ohne geraume Zeit hindurch etwas der Rede wertes auszurichten. Gewiß wucherte viel Unkraut aus den Zeiten des Felix, das schwer auszujäten war, und der zierliche Dozent hatte das Erfolglose seines Lehreifers keineswegs lediglich auf Rechnung seines unpraktischen Verfahrens zu nehmen. Ich aber bedachte diesen Umstand zu wenig und ließ es mir behagen, nach meinem ersten amtlichen Besuche zu Felix in den Garten seines unfern vom Schulhause gelegenen Heimwesens zu gehen und ihm zu vertrauen, wie wenig die Frühblümler durch den Lehrerwechsel gewonnen hätten. Felix hörte mit Schadenfreude zu und meinte sogar, man werde erst nach Jahren, wenn die letzten Spuren seiner Wirksamkeit verschwunden seien, erkennen, wie wenig Dank Frühblumen dem vielbesorgten Erziehungsrate schuldig sei.

Wir kamen auf die Vergangenheit, auf meine Bildungsbestrebungen zu sprechen. Wir waren seit Jahren nicht mehr beisammen gewesen, und daher redete ich jetzt mit neuen, Felix unverständlichen Zungen. Er war keinen Schritt mehr vorwärts gekommen seit jener Zeit, da er bekennen gemußt, daß er mich nichts mehr zu lehren wisse; welch namhafte Umwandlung war hingegen mit mir vorgegangen, an dem die Reste der Schulbildung nur noch wie abfallende Teile zersprengter Knospenhüllen herunterhingen. So mußten mir auch seine Erwiderungen über die Maßen borniert und kindisch erscheinen. Nach und nach verstummte Felix, als ich von Erlebnissen und Bekanntschaften sprach, die rundweg über seinen Horizont gingen. Als ich aber geendet hatte, wollte er es doch nicht Rede haben, als wüßte er nichts zu bemerken noch zu raten und er tat einen tüchtigen Lupf und sagte: «Hör', Hans, das ist alles recht, was Du sagst, und ich zweifle nicht, daß Du von so guten

Köpfen, wie Zellberger einer ist, vieles lernen könntest, wovon man in der Schule nichts weiß; aber ich glaube doch nicht, daß Du es zu etwas Rechtem bringest, so lange Du nicht von Grünau wegkommst, und wohin anders, als in die Stadt, wo so viele Gelehrte sind als Ziegel auf den Dächern. Ist denn nicht auch Zellberger viele Jahre dort gewesen, und kommen nicht alle Gelehrten von dorther? Ich weiß nicht, es muß dort in der Luft liegen. Da hab' ich einen Bruder nahe bei der Stadt, seines Berufes Kaminfeger, der hat zwei Söhne, die schon als kleine Buben meiner Wissenschaft über die Schultern sahen und jetzt Kerle sind, gelehrter nützte nichts, der eine ein Ingenieur, der andere ein Architekt. Noch einmal, ich sag's, es liegt dort in der Luft, und eine Zeit lang muß man dort gelebt haben, wenn man zu etwas besonderm geschickt werden soll.»

Diese Ansicht, die, aus meines Felix Munde kommend, mich wie ein letztes spätes Patengeschenk überraschte, kam einem Wunsche entgegen, der unerkannt schon längst in meiner Seele gekeimt; allein, wie es die äußern Verhältnisse waren, die dessen volle Entwicklung zurückgehalten hatten, so waren sie es auch jetzt, die meine Freude an der Erkenntnis tief herabstimmten, ja fast in Trauer verwandelten. Denn bracht' ich es nicht einmal zum Besuche unserer Sekundarschule, so war gewiß unendlich weniger Aussicht, nach der Stadt zu gelangen, wo mir keine Beschäftigung als Subsistenzmittel gedenkbar war, während doch dieses die einzig mögliche Weise blieb, um in jener glücklichen Atmosphäre vegetieren zu können. Ich würde bereitwillig als Weber oder Holzhauer hingezogen sein, wenn es sich nur gefügt hätte. Ich sagte daher, ich müßte verzweifeln, wenn ich es außer der Stadt zu nichts bringen könnte, ich hielt aber dafür, da ich mich ja nach Autoren bilde, die das Beste in sich vereinigen, was überhaupt der menschliche Geist hervorzubringen imstande sei, daß solcher Fleiß nicht allen Segens entbehren, nicht in lauter taube Blüten ausschlagen könne.

Felix widersprach nicht, war eben auch, was er von der Stadt Wunderbares gefaselt, nicht in seinem Gehirn entstanden, sondern lediglich eine Variation der landläufigen Ansicht, daß nicht das angeborene Talent, sondern ansehnliche Herkunft und schulgerechte Bildung den Ausschlag gebe und daß besagte Bildung aus allen alles zu machen imstande sei. Diese Ansicht rührte aus den Zeiten her, da Geistliche, Landvögte, Amtmänner, kurz alle Angehörigen der gebildetern Stände ausschließlich Stadtbürger waren; damals entstand das Sprichwort: «Er ist gelehrt, wie einer aus der Stadt»; damals war es für den Landmann ganz gleichbedeutend, von einem Gelehrten oder einem Stadtbürger zu hören. Tat sich auch hie und da einer vom Lande durch Leistungen hervor, die solchen von Stadtbürgern ebenbürtig waren, so wurde er deswegen keineswegs den Stadtbürgern gleichgeachtet, man sagte etwa bloß, er habe Grütz, und ließ ihn als Kuriosum ruhmlos hingehen. Daß bei dieser Unterschätzung und wegwerfenden Beurteilung eingeborner Talente die klassischen Stadtbürger durchwegs den Ton angaben, läßt sich denken, und ihr diesfälliger Einfluß ist umso unzweifelhafter, als man weiß, daß sie allerorten kleine Höfe von Eingebornen um sich bildeten, die sich dabei wohlbefanden und deshalb in ihrem eigenen Interesse ihre Landsleute heruntermachen halfen. Diese Ansicht war bis auf meine Tage traditionell geblieben und spukte noch, sozusagen, in allen Köpfen; daher war es auch gewissermaßen zu entschuldigen, daß der alte Pfarrer ohne Rücksicht auf meine Neigungen und Anlagen einfach zur Erlernung der Bäckerei geraten hatte. – Nach längerm Geplauder kehrte ich in sehr unbefriedigter Stimmung nach Hause zurück.

Und nicht befriedigter kam ich bald darauf von einem Besuche bei Zellberger heim. Wie sich schon aus manchen frühern Wahrnehmungen ergab, befand sich Zellberger in einem Zustande leiblicher und geistiger Erschöpfung, der keine Besserung mehr hoffen ließ. Die leibliche Kraftabnahme ließ sich leicht von seiner übertriebenen sparsamen Lebensweise herleiten, war es doch gewiß, daß monatelang alle seine Mahlzeiten aus Kaffee und oft schimmeligem Brot bestanden hatten; dazu kam die verdorbene Luft seiner Zelle, die er nur selten verließ; dazu kam besonders die feuchtdumpfe Temperatur der kältern Jahreszeiten, in welchen die Wände seiner Zelle förmlich troffen, alle Türen größer, alle Öffnungen kleiner wurden, der Blechofen plötzlich eine Schmelzhitze ausströmte und fast eben so plötzlich eiskalt wurde, wobei der hagere Klausner alle Stadien von Gefrieren und Gebratenwerden durchzumachen hatte. Dazu kamen endlich die vielen sorgenschweren Gedanken an seine alten Tage, die ihn manche Nacht schlaflos legen mochten. Wie sehr nun die geistige Kraft und Energie durch diese physischen Übelstände beeinträchtigt werden mußten, läßt sich leicht erachten; die geistige Erschöpfung machte indessen so rasche Fortschritte hauptsächlich, weil das produktive Vermögen Zellbergers von Anfang an ein sehr bescheidenes war und weder durch sorgfältige Pflege vermehrt, noch durch weises Zuratehalten vor zu raschem Verbrauch geschützt worden war. Körperlich litt er ununterbrochen an Rheumatismen in allen Teilen seines Körpers; sein geistiger Verfall offenbarte sich nicht nur in seinen schriftstellerischen Erzeugnissen, sondern selbst in seiner Unterhaltung.

Er hatte aus Sorge für seine angegriffene Gesundheit ein nur wenige Stunden von Gratlingen entferntes Bad besucht und war daselbst, wie er mir mit kindlicher Herzensfreude erzählte, großer Auszeichnungen gewürdigt worden. Ihm zu Ehren hatte man auf die übliche Rangordnung bei Tafel verzichtet und ihn genötigt, vom ersten Tage an obenan zu sitzen, ja, man belagerte auch die Türen seines Zimmers, bis er heraustrat, und folgte ihm dann fast in Prozession überallhin und brachte ihm alle möglichen Huldigungen dar. Durch Wände und Gebüsch, durch Hecken und Zäune, von allen Seiten, wo nur zwei oder drei beisammen waren, hörte er seinen Namen flüstern: «Das ist Zellberger, der Volksdichter, der Verfasser der Gemälde aus dem Volksleben!» Es war ein wahrhaft aberwitziges Entzücken, womit Zellberger mir über diese genossenen Ehrenbezeugungen Bericht erstattete; er war ganz unfähig zu bedenken, daß diese Bewunderer und Gaffer ihn fast nur mit der gedankenlosen Neugierde des großen Haufens und kaum zum allerkleinsten Teile aus wirklicher Schätzung seiner schriftstellerischen Verdienste solch schmeichelhafter Aufmerksamkeit würdigten.

Item, als er so von Ehren bedeckt wieder nach Gratlingen zurückkam, wartete seiner bereits eine bedeutende Demütigung. Er war von dem ihm befreundeten Herausgeber eines Jahrbuches um einen erzählenden Beitrag ersucht worden und hatte gerne entsprochen, wie er demselben Freunde in ähnlicher Weise schon früher gedient hatte. Diese an den literarischen Freund gesandte Erzählung war nun während seines Badeaufenthaltes wieder zurückgekommen als sowohl der Darstellung wie dem Stoffe nach gänzlich ungenießbar, wie des Freundes Schreiben ohne Umschweife bemerkte. Ich durfte den Brief selbst lesen und erkannte daraus, daß Zellberger als Dichter von dem Freunde für immer aufgegeben war, weil er die Ungenießbarkeit des fraglichen Produktes geradehin unheilbarer Altersschwäche zuschrieb. Zellberger wußte seine sehr verletzte Eitelkeit artig zu bemänteln und richtete sich an dem Bewußtsein auf, die Erzeugnisse seines Freundes auch nie sehr nach seinem Geschmack gefunden zu haben, sowie an der Gelegenheit, die zurückgewiesene Erzählung durch das Mittel seiner Monatsschrift ins Publikum zu bringen. Alles recht, wäre nur nicht die Existenz dieser Monatsschrift bereits wieder sehr in Frage gestellt worden. Aber auch von dem Verlage derselben lagen zwei klagenvolle Briefe vor, die ein baldiges Ende des Unternehmens ahnen ließen. Vergebens wollte er diese Zeichen der Zeit nicht eben bedenklich finden; Freude und Mut war dennoch gebrochen, und er mochte wollen oder nicht, er mußte ernstlich an die Vergänglichkeit auch seines Nimbus denken.

Zu diesen mehr ökonomischen Übelständen gesellte sich die jetzt nahe bevorstehende Hochzeit Blumes. Zellberger erzählte mir unter Tränen davon, wie von einem bevorstehenden Unglück. Ich gab mir viel Mühe, ihn zu beruhigen, und wies ihm durch eine Reihe Beispiele aus der Geschichte nach, welch treue und warme Freundschaft zwischen verheirateten Männern zu allen Zeiten existiert hätten und daß also die Ehe durchaus nicht als das Grab der Freundschaft zu betrachten sei. Zellberger nickte traurig zu, erblickte er ja schon das lauernde Gespenst der Vereinsamung vor der bemoosten Türe seiner Zelle.

Blume war glücklich, er war es als Heirats- und als Amtskandidat. Indem er mir wie gewohnt auf der Heimfahrt das Geleite gab, erzählte er mir mit tiefer Inbrunst von seiner Liebe und der Liebenswürdigkeit seines Mädchens. Er sagte, er habe gewiße Aussicht, bei nächstens ablaufender Amtsfrist des Gratlinger Gemeindeschreibers an dessen Statt gewählt zu werden. Er schwärmte, sich im Geiste zu einflußreichern Ämtern emporschwingend, für anzubahnende Reformen im Gemeindehaushalte, in welchem manches verkehrt und faul sei. Jahre und Perioden kreisten vor seinen und meinen Augen wie die Radspeichen eines Eilwagens; rosenrot dämmerten schöne und schönere Zeiten über Gratlingen empor; auf den baumleeren Gründen prangten Gärten voll edler Früchte, über den wüsten Hügeln wogten goldene Saaten, auf schön bekiesten Wegen zwischen Grünhecken wandelten Scharen glücklicher Leute und auf der kleinen Bank vor dem zierlich gebauten Oberländerhäuschen, das an dem Rain der Kirche gegenüberstand, saß ein greises Ehepaar, ausruhend von des Lebens langer Arbeit, die Gottes Segen so sichtbar gekrönt hatte. Das war Blume, der Amtsmann, mit seiner Amtmännin, der Gründer und Beförderer des Gratlinger Wohlstandes, wenig genannt, aber viel geliebt.

«Komm mit mir herein», sagte der Freund bei einem Hause außer dem Dörfchen. Er geleitete mich zu seinem Mädchen, einem allerliebsten blondlockigen Wildfang von reinster Natürlichkeit, das, über die Maßen gern lachend, perlenweiße kleine Zähne zwischen schwellenden Lippen hervorschimmern ließ. Nun begriff ich ganz und gar, wie Blume gegen Zellbergers Ermahnungen so verstockt bleiben konnte, ja ich war fast froh, in Grünau nichts ähnliches zu kennen, aus Besorgnis, sonst ebenfalls von der rauhen Bahn meines Strebens auf der Liebe sanfte Pfade verlockt werden zu können.

20

An den vereinlichen und amtlichen Zusammenkünften nahm ich fortwährend ziemlich regen Anteil; ich fühlte mich in mancher Beziehung gefördert, in mancher bloß unterhalten oder auch gelangweilt. Vorträge und Materien zu freien Gesprächen waren nach Form und Inhalt sehr verschieden, aber durchschnittlich so lehrhaft gehalten, daß sie mich eher anwiderten als erbauten. Sie erinnerten an die didaktische Volksliteratur von «Vater Gotthold», «Vater Strüf», «Meister Peter», die ich wegen ihrer Poesielosigkeit auch in schlimmern Zeiten kaum leiden gemocht hatte. Schien es mir doch immer, als hielten die Verfasser dieser Schriften alles Landvolk für von Haus und Hof so beschränkt und einfältig, daß ihm kaum zu läppisch entgegengekommen werden könnte.

Es war aber noch ein anderer Grund, der mir die günstigere Gestaltung der gemeindlichen Verhältnisse weniger genügend machte. Ich meinte nämlich eine gewisse Stagnation in der bisherigen stetigen, wenn auch noch so langsamen, Strömung meiner speziell literarischen Fortschritte zu bemerken; nirgendher kam die geringste Anregung, da die bewegenden Geister gleichsam zu den vollendeten zählten, die früh und wohlbehalten an den Zielen ihrer Lebensberufe angelangt waren. Die freundlichen Lichter, die sie aufsteckten, hatten nicht die Bestimmung, hinauszuzünden und fernhin Weg und Steg zu beleuchten, sondern die Dorfstuben behaglich zu erhellen und jedem sein Daheim so lieb als möglich zu machen. Hin und wieder versuchte ich mit dem einen oder andern der allwissenden Lenker ein rein literarisches Moment zu berühren, aber lügen müßte ich, wenn ich von einem nur senfkorngroßen Interesse sprechen wollte, das ich dabei anderseitig entdeckt oder erweckt hätte. Jeder hatte seinen literar-historischen Leitfaden überstanden, wußte noch, daß Hans Sachs war

«ein Schuh-
Macher und Poet dazu»,

und sprach übrigens mit der Geringschätzung absoluten Verständnisses von der Literaturgeschichte, als von dem fünften Rad am Wagen. Diese gleichsam normale Teilnahmslosigkeit an einer außerhalb ihrer täglichen Praxis liegenden Wissenschaft verdroß mich weniger, als daß sie mich stutzig machte, indem ich daraus wieder erkennen mußte, welch ein unpraktischer Mensch ich sei und aus welch bröckeligem Gestein die Piedestale meiner Hoffnungen bestanden.

So eingeengt zwischen Zellbergers abgestandene Autorität, die sich mehrenden unvermeidlichen Reibungen im elterlichen Hause und den Stabilismus der freundlicher gewordenen Zustände verlebte ich eine längere Zeit in sehr dumpfer Stimmung, in welcher ein von Veronika neu belebter Gottesglaube und die brüderliche Hingebung Jakobs meine einzige Zuflucht waren. Ohne zu wissen wie, hoffte ich von einem Tag auf den andern auf eine Art plötzlicher Erlösung aus meinen Bedrängnissen, und da ich mir die Erlösung nur durch Hinausberufung aus Grünau denken konnte, so widmete ich meine freie Zeit fast ausschließlich dem Studium der französischen und englischen Sprache; dabei kamen mir die Überbleibsel von meinen ehemaligen lateinischen Übungen trefflich zu statten, ich brachte es in wenigen Wochen zum Verständnis populär gehaltener Aufsätze. Allein da mir aller lebendige Unterricht mangelte, so konnte ich in der Aussprache und Betonung nicht gleiche Fortschritte machen und mußte mich, wenige allgemeine Regeln abgerechnet, lediglich mit dem Verständnis des Inhaltes begnügen. Auch dabei wachte ich, meist in Jakobs Gesellschaft, der an seinem Tagebuch schrieb, über gar manche Mitternacht hinaus und stand nach kurzem Schlafe mit noch brennenden Augen am Morgen vor Tagesanbruch wieder auf, um das unterbrochene Studium bis zum Tage fortzusetzen. Darüber verfiel ich denn auch in eine Magerkeit, die mir manche unbequeme Aufmerksamkeit, manche mitleidige Frage nach meinem Befinden eintrug, die ich ausweichend mit verstellter Gleichgültigkeit beantwortete.

In diesen meinen dunkeln Tagen machte Blume Hochzeit und lud mich ein, Zeuge seines Glückes zu sein. Ich mußte jedoch die Einladung ablehnen, teils, weil ich eine andauernde Traurigkeit nicht zu bewältigen vermochte, teils, weil ich in den Kleidern unvermerkt wieder so zurückgekommen war, daß sich kaum mehr ein hochzeitliches Stück dabei fand. Noch vor der Hochzeit hatte Blume die Gemeindeschreiberstelle erhalten und war nun schon sozusagen ein gemachter Mann, während ich mit reifern Jahren noch so unfertig dastand. Von der Höhe seiner Glückseligkeit herab rief er mir zu:

Grünauer, was man mir auch böte,
Ich tauschte gewiß nicht, o schau,
Um den Ruhm selbst von Schiller und Goethe
Die Lieb' meiner herzigen Frau!

Bald nach Blumes Hochzeit meldete mir Zellberger in gramvollem bitterm Tone, es sei bereits eingetroffen, was er sich mit Bestimmtheit voraus gedacht habe; Blume komme in vielen Tagen kein einzig Mal mehr zu ihm und auch wenn er komme, sei er die verkörperte Zerstreutheit und nur dann mit ganzer Seele gegenwärtig, wenn er von seiner Frau und von seinem ureinzigen Ehestande überhaupt berichten könne. Selbst in den jüngsten Tagen, da ihn, Zellbergern, ein fieberartiger Zustand nötige, fast ununterbrochen das Bett zu hüten, seien Blumes Besuche selten und trostlos, wie vorher. Nun fühle er, Zellberger, das Bedürfnis, sich wieder einmal eine ruhige Stunde lang aussprechen zu können, und er lade mich nicht bloß ein, sondern bitte mich recht herzlich, ihn doch ja so bald wie möglich zu besuchen. Es sei ihm auch manchmal so, als habe ich mich von ihm losgesagt, obschon er bei der anhaltend rauhen Winterwitterung sich mein langes Ausbleiben leicht habe erklären können.

Ich seufzte bei dem Gedanken, daß nach und nach doch etwas mehr als die Witterung zwischen uns gekommen sei, und nahm mich aufs neue zusammen, ihn die Verschiedenheit in unsern Ansichten, die ja auch im Altersunterschied begründet war, nicht allzufühlbar entgelten zu lassen, denn vergessen durfte ich nicht, wie freundlich er mich zuerst aufgenommen hatte. Daher bedauerte ich aufrichtig, als ich am nächsten Sonntag, den ich zum Besuch in Gratlingen bestimmt hatte, durch gemeindliche Angelegenheiten daran verhindert wurde. Dagegen bestimmte ich zu gleichem Zweck den ersten Tag, nachdem ich mit einem Webestück fertig geworden sein würde. Es war Mitte März. Die sonnigern Lagen, zu welchen auch Birken gehörte, waren durch Föhnwind und Sonnenschein von Schnee völlig befreit. Auf den Wiesen war schon die weiße Kuckucksblume, den Hecken entlang die gelbe Schlüsselblume bemerkbar; höher am Berg lag die weiße Decke noch ziemlich unversehrt, und die einzigen Zeichen des erwachenden Frühlings waren die schwefelgrünen Zotteln der Haselgesträuche, die zahlreich vorhanden waren. Jenseits des Berges innerhalb der Gemarkungen Gratlingens war's noch reichlich Winter und nur die wenigen vorspringenden Stellen lagen braun, über welche Boreas in stetem Zuge hingefegt und dabei sogar noch ein übriges getan hatte, indem er den umliegenden Schnee, der seinem Gebläse trotzte, mit Erde bestreute.

Im Vorbeigehen sprach ich bei Blume vor, der jetzt ein eigenes Haus an der Straße bewohnte. Ich traf die junge Frau allein; sie sagte, Blume helfe eben beim Wegzug und zwar so eifrig, daß er heute schon zum zweitenmal sein schweißdurchnäßtes Hemd gewechselt habe. «Bei wessen Wegzug hilft er?» fragte ich gleichgültig. – «Ei, natürlich bei Zellbergers», erwiderte sie, sah nun aber aus meiner Betroffenheit, daß ich nicht zu den Eingeweihten zählte. Daher teilte sie mir mit, Zellberger habe letzte Woche in grenzenloser Übelleidigkeit plötzlich den Weg unter die Füße genommen, ohne dabei jemanden das Ziel seines Weges zu nennen. Vorgestern sei dann die Nachricht eingelaufen, daß er sich entschlossen habe, seinen Wohnsitz von Gratlingen nach Grienbach, einem einsamen Talorte im Oberlande zu verlegen, weshalb man ihm seine beweglichen Habseligkeiten so rasch als möglich nachsenden wolle.

Diese Nachricht ergriff mich wie eine unerwartete Todeskunde. Eine Ahnung sagte mir, daß wir, ich und der alte Freund, von jetzt an getrennt bleiben würden, nicht bloß räumlich, sondern auch geistig, da er ob dieser Veränderung weder an mich geschrieben, noch auch durch Blume hatte grüßen lassen. Durch unsere Unfügsamkeit hatte ich und Blume seine Gewogenheit verscherzt und in stummem Groll und Harm zog sich der Klausner einsam in die Winterlandschaft seiner idyllischen Träumereien zurück. Meinen Blume selbst ließ das Ereignis sehr gleichgültig, schier schien es ihn zu freuen, des mißmutigen Freundes los geworden zu sein. Ich schied mit inhaltsschweren Seufzern von dem verödeten Musensitze.

So geringfügig meine Beziehungen zu Zellberger in der letzten Zeit gewesen waren oder zu werden angefangen hatten, so fühlbar ward mir doch die durch seinen Wegzug entstandene Lücke, indem ich mich nun wieder gänzlich in die Grünauschen Verhältnisse eingegrenzt sah. Jakob hatte schwere Not, meinen Lebensmut aufzurichten, umso eher, als er es verschmähte, mich wie gewöhnliche Tröster mit glücklichen Eventualitäten zu harangieren, und mich rein an das Vertrauen auf die Vorsehung und die armen Annehmlichkeiten der gegenwärtigen Zustände verwies. Auch blieb er keineswegs bei dem wohlfeilen Troste leerer Worte stehen, sondern stand hundertfältig für mich ein, wo er mir durch Ausdehnung seiner eigenen Arbeitszeit für meine Sonderbeschäftigungen Vorschub leisten konnte. Da ich diese brüderliche Hingebung von früher her gewohnt war, so ließ ich mich darin nicht selten zu harmlos gehen und des Bruders Plage wurde sehr groß. Und welche Mühe er sich daneben in geistiger Hinsicht gab, damit er stets das Zeug habe, über höhere Materien mit mir zu plaudern, das vermochte ich nicht zu ermessen und dachte auch eigentlich erst viel später daran, als ich unter der Politur äußerlicher Bildung so viel Unwissenheit versteckt fand; bedachte ich zugleich, daß manches dabei völlig außer dem Bereich von Jakobs Neigungen lag, was er sich also wirklich nur mir zulieb aneignete, so war die treue Ausdauer des mühseligen und beladenen Bruders gewiß sehr hoch anzuschlagen.

21

Ein Sommer neigte sich wieder zu Ende, als ich durch ein Briefchen von Veronika überrascht wurde; es enthielt die Einladung zu einem möglichst baldigen Besuch, weil sie mir eine Mitteilung von ziemlicher Wichtigkeit zu machen habe. Da der nächste Tag ein Sonntag war, so konnte ich ohne Verzug nachkommen. Ich war seit ungefähr einem Jahre nicht mehr in Schwellenbach gewesen und fand mich deshalb diesmal schon im frühen Vormittag ein. Während dem reichlich aufgetragenen Essen unterhielt Veronika nur ganz beiläufige Gespräche, dann aber rückte sie mit der Nachricht heraus, sie habe eine nächstens vakant werdende Stelle in der Stadt ausfindig gemacht, die mir sehr wohl anstehen dürfte, da die Beschäftigung ausschließlich im Verkehr mit Büchern und Bücherfreunden bestände. Frommberg nämlich sei gesonnen, aus Alters- und Gesundheitsrücksichten sein Geschäft an seinen Sohn abzutreten, sobald derselbe aus der Fremde heimkomme, was auf nächstes Frühjahr erfolgen werde. Da nun sein gegenwärtiger, ebenfalls sehr betagter Gehülfe erkläre, daß er unter keinem neuen Prinzipal zu dienen mehr Lust habe, so gehe der alte Herr mit dem Plane um, noch selber einen jüngern Mann mit dem Geschäfte vertraut zu machen, damit nicht ein plötzlicher totaler Personenwechsel stattfinde, sondern ein mit dem Geschäfte hinlänglich vertrauter Gehülfe aus dem alten Regime an das neue übergehe. Wie sie nun jüngst durch Frau Frommberg von diesen Vorgängen beiläufig in Kenntnis gesetzt worden sei, habe sie an mich denken müssen, das wäre etwas für mich, dieweil ich da zu Büchern im Überfluß und außerdem zu christlich gesinnten Leuten käme.

Ich hatte nicht Worte genug, das entzückende Wohlgefallen an diesem Vorschlage auszudrücken. Indessen aber warfen die Zweifel an meiner Befähigung für eine solche Stelle, welche, wie ich denken durfte, eine Bildung erforderte, die ich nicht besaß, breite Schatten in den Sonnenschein meiner Glückseligkeit und ich machte vor Veronika kein Hehl daraus. Sie mochte mir diese Besorgnisse nicht völlig ausreden, doch meinte sie, daß meine angebornen Talente und das was ich bereits verstehe, unterstützt von Fleiß und Liebe zur Sache, wohl so weit hinreichen dürften, um unter freundlicher Anleitung bald das Unentbehrlichste zu kapieren; und daß der alte Frommberg vorzüglich der Mann aller Nachsicht wäre, wie ich ihn zu wünschen hätte, sei eine ausgemachte Sache. Damit waren meine Bedenklichkeiten beschwichtigt und ich bat Veronika, die Unterhandlungen mit dem liebwerten Alten ja schleunigst anzuknüpfen. Sie verhieß ruhig, ihr Bestes zu tun, ermahnte mich aber, nicht schon fest auf Gelingen zu rechnen, da wirklich in der Sache noch nicht das geringste getan sei und sie nicht wisse, ob Frommberg nicht von sich aus eine bestimmte Persönlichkeit im Auge habe; einzig darauf könne ich mich verlassen, daß Gott der Herr alles zu meinem besten lenken werde.

Jakob machte begreiflich große Augen, als ich ihm diese bedeutsamste aller Nachrichten heimbrachte; auch er meinte, es handle sich jetzt um eine wichtige Entscheidung meines Schicksals; auch er hielt dafür, daß ich nun kaum fleißig genug an meiner Weiterbildung arbeiten könne. Nach Martini, da das Weben wieder beginnen sollte, gelang es mir, statt desselben meine Studien fortzusetzen und bis zum Neujahr ununterbrochen dabei zu verbleiben. Jakob allein wob, doch blieben wir auch so stets beisammen, so wenig zuträglich sich das Geklopfe der Weberei für meine Studien erwies.

Kurz vor Neujahr erkundigte ich mich brieflich bei Veronika über den Erfolg ihrer Bemühungen. Ich erhielt den wenig tröstlichen Bescheid, die Unterhandlungen hätten noch zu keinem Resultate geführt und sie könne nur wiederholen, was sie schon gesagt habe, nämlich, daß ich ja nichts Bestimmtes davon erwarten solle, weil ich sonst bitter getäuscht werden könnte. Als nun auch bis Neujahr kein Entscheid kam, da mußte ich meine täglichen Studien wohl oder übel wieder aufgeben und mich aufs neue zum Webstuhl setzen, indem nicht nur die durch meinen «beispiellosen Müßiggang» aufs äußerste gereizten Eltern, sondern auch meine arg heruntergeschmolzene Kasse es geboten. Es war vielleicht das sauerste Unterfangen meines Lebens, als ich mich wieder zu dem buntfarbigen Zettel setzte und die ersten Striche zu einem Nastuch einschlug. Am zweiten Sonntag des neuen Jahres ging ich nach Wiesental, einer vereinlichen Zusammenkunft beizuwohnen. Auf dem Wege begegnete mir der Briefträger, der mir ein von Veronikas Hand adressiertes Briefchen übergab. Ahnungsvoll riß ich es auf, es enthielt in wenigen Zeilen die Anzeige, daß Frommberg sich entschlossen habe, mich bei einem für meine täglichen Bedürfnisse hinreichenden Gehalt probeweise in sein Geschäft aufzunehmen und daß der Eintritt zu Anfang des nächsten Monats stattfinden könne. Ich blieb vor lauter Wonnegefühl eine Weile stöcklings stehen und wußte nicht, ob ich gleich wieder umkehren oder doch noch in die Versammlung gehen sollte. Schließlich verfügte ich mich zu dem Versammlungshause, allein noch vor der Türe kehrte ich wieder um, damit Jakob die Freudenbotschaft unverzüglich erhalten möge.

Mein unerwartet baldiges Zurückkommen und die Freude, die mir unverhüllt aus den Augen leuchtete, machte, daß Jakob gleich bei meinem Eintritt schlau bemerkte: «Aha! ist es jetzt eben im reinen mit dem Frommberg? Wann hebt der große Sabbat an?» – «In vierzehn Tagen!» jubelte ich und warf ihm das Briefchen hin. Die Eltern, welche wegen der Trächtigkeit einer Kuh den Kalender studierten, hörten und sahen mit Befremden zu. Nun fand ich es an der Zeit, auch ihnen von meinem Vorhaben Mitteilung zu machen. Sie nahmen dieselbe mit schneidend kalter Gleichgültigkeit hin und erwiderten keine Silbe. Solches hatte ich denn doch nicht erwartet, und es erfüllte mich mit tiefer Betrübnis. Allein wieder war es Jakobs Teilnahme, die wie eine Sonne des Trübsinns Gewölk überstrahlte.

Dem Webstuhl sagte ich nun sofort, und wie es scheinen durfte, für immer Lebewohl. Ich hatte bis zum Tage der Erlösung noch vierzehn Dutzend Nastücher gewoben, schön und fehlerfrei. Als Jakob dem Fabrikanten diese Neuigkeit mitteilte, meinte derselbe, ein großes Loch in seine Werpfen (Zettelgarn) hab' ich nie gemacht, aber ein Tüchlein hab' ich geliefert, wie kein anderer seiner dreihundert Weber; er wünsche mir von Herzen Gottes Segen und daß mir, was ich ferner vornehme, so wohlgelinge, wie seiner Zeit die Nastücher.

Wie der Abschiedstag näher und näher kam, nahmen auch die Eltern einen etwas wärmern Ton an; die Mutter zumal fing an, sich speziell mit den Bedürfnissen meiner Ausrüstung zu beschäftigen; Hemden, Strümpfe usw. wurden ohne daß ich zu mahnen brauchte, in brauchbaren Stand gestellt und manche kleine Zutat beschafft, an die ich kaum gedacht hätte; auch wurde ich gänzlich im Frieden gelassen, wenn ich selbst mitten im Tage eine Stunde bei den Büchern saß. Ein Schreiben, das ich an Frommberg gesendet hatte, beantwortete derselbe mit väterlichen, salbungsvollen Worten und sprach die Erwartung aus, daß sich die vorläufige Probezeit von drei Monaten mehr als eine allgemein übliche Formalität, denn als eine Sache der Notwendigkeit erweisen werde. Jakob hatte große Freude an diesem Briefe, weil er die Gewähr zu bieten schien, daß das Verhältnis des Herrn zum Diener ein sehr freundliches werden müsse, vor dessen Gegenteil ihm fast eher als mir gebangt hatte. Die Abreise wurde auf den letzten Tag des Monats festgesetzt und dieser Zeitpunkt war eher da, als man gedacht hatte. Es hatte in den letzten Tagen beinahe ununterbrochen geschneit, der Pfad, den Jakob von unserm Hause bis an den öffentlichen Landesweg durch den Schnee noch am Abend vor der Abreise geschaufelt hatte, glich einem tiefen Kanal; so war es auch auf der Landstraße sehr mühsam zu gehen, weshalb ich bestimmt wurde, die Post zu benutzen, die ein paar Stunden vor Tag von Wiesental abfuhr.

So stunden ich und Jakob zum letztenmal miteinander auf um drei Uhr morgens, unaussprechlicher Empfindungen voll. Der Wind putschte an die Läden und pfiff durch die Fugen der Schopfwand; heimelig feierlich wie immer tiktakte der Perpendikel der vom Vater mit väterlicher Liebe gepflegten eisernen Schwarzwälderuhr. Noch einmal setzten wir uns zusammen an den Tisch, der viel hunderte unserer Nachtwachen gesehen, zum letztenmal brannte mein Webelicht vor mir, auf den Boden einer umgestürzten irdenen Schüssel gestellt, wie ich es immer zu halten gewohnt gewesen war, aber schreiben konnte ich nichts mehr. Der Jubel und die Klage, das Elend und das Glück meines vergangenen Lebens zogen an meiner erhöhten Empfindung und Sehkraft vorüber, wie Hochzeitszüge und Leichengeleite, die sich wechselsweise auf dem Fuße folgen. Auch Jakob kritzelte mit der trockenen Feder spielend auf dem Papier und manchmal sahen wir einander an und senkten schnell wieder den irren Blick, ohne derweile ein Wort zu wechseln.

Die Mutter bereitete mir das herrlichste Frühstück, das ich je genossen hatte, und doch wollte es mir nicht recht munden, denn Kopf und Herz waren zum Zerspringen voll. Die Vielbemühte blieb gerade vor mir stehen, schob mir des Guten immer mehr zu und drang fast flehentlich in mich, ich möchte doch recht eifrig zugreifen; dabei ließ sie die Blicke ihrer rotberänderten trüben Augen innig auf mir ruhen.

Als ich aufstand und es nun das letzte galt, da kam der Vater auch durch die Falltüre aus der Kammer die Ofentreppe herunter. Ich bot Jakob die Hand zum Abschiede, aber laut schluchzend fielen wir einander in die Arme: «O Jakob!» «O Hans!» Die Laute erstickten und die Tränen flossen in heißen Strömen aus den Augen ins verhüllende Gewand. Endlich mußte geschieden sein, Jakob lehnte sich vorwärts gegen die Wand und schluchzte überlaut, ich suchte den größten Schmerz hinunterzuwürgen und bot dem Vater die Hand; da schüttelte es auch ihn und er führte das Nastuch mit ausgestreckten Fingern an die Augen und wimmerte heftig. Die Mutter weinte wie eine Verzweifelnde und wollte meine Hand nicht loslassen, sie folgte mir hinaus vor die Haustüre, die wegen der zugewehten Schneemasse sich kaum zur Hälfte öffnen ließ; die Mutter folgte mir hinaus in den Schnee, es schneite fort und fort. «Behüt Dich Gott, Mutter», gelang es mir jetzt zu sagen, und ich wollte mich eines Rucks losreißen, aber noch hielt mich die Gute fest. «Vergib mir, Hans!» heulte sie und konnte nicht weiter. «Mutter, Mutter!» rief ich abwehrend, «ich habe Dir nichts zu vergeben, denn Du hast mich nie beleidigt, auch wenn Du mir wehgetan, ich aber habe Dir tausendmal Verdruß bereitet, wo ich es wohl hätte vermeiden können; denk' auch mir nicht daran!»

Jetzt trennten wir uns. Ich stürmte vorwärts und suchte den Pfad, den Jakob geschaufelt, allein derselbe war wieder bis auf die letzte Spur verschwunden und ich pflügte bis über die Hüften eingesenkt schluchzend und schwitzend eine Viertelstunde weit vorwärts, bis ich auf die Straße gelangte.

Im Posthause zu Wiesental warteten schon einige Passagiere auf den Abgang des Schlittens, es waren Geschäftsleute aus der

Gemeinde, die sich in ordinärer Mitteilsamkeit gehen ließen, sicher und behaglich die des Tages zu erledigenden Geschäfte besprachen und die gemeinsame Heimkehr halb und halb verabredeten. Jetzt fiel es mir schwer aufs Herz, daß ich an die Heimkehr nicht mehr denken dürfe, ja, daß ich dieselbe als den Ruin meiner Karriere ansehen müßte; ich beneidete die nüchternen Glücklichen, deren Beruf in der Heimat wurzelte. Niemand redete mich an und ich blieb stumm. Im Schlitten fing ich an zu frösteln, zu frieren, ich war zu leicht gekleidet. Wir fuhren hinaus gegen das bekannte Städtchen am See, erst in der Nähe desselben dämmerte für uns der Tag auf, traurig und öde. Alles war grau, der Himmel, die Bäume, die Mauern, meine beiden Reisegenossen und selbst der Schnee, da ein schmutziger Nebel über demselben bähte; grün allein waren, wenn auch etwas blaß, meine Hoffnung und die Farbe des Schlittens. Im Städtchen roch es übel nach Torfrauch, den ich in Grünau nicht kannte und der mich in sehr abstoßender Weise daran erinnerte, daß ich eben die Heimat verlassen habe. Vom Posthaus eilte ich zum See hinunter, wo ein Dampfschiff zur Abfahrt nach der Stadt bereit lag und eben das zweite Zeichen geläutet wurde. Vom Froste geschüttelt bestieg ich dasselbe und eilte in die Kajüte hinunter, wo ein heißer Ofen und viele Passagiere eine dumpfe Wärme ausströmten. Bald erklang das letzte Zeichen, «fertig!» rief's und die Räder begannen zu flotschen, das Schiff rauschte dahin, ich hatte das Gefühl, als trüge es mich fern hinüber in eine neue Welt. Eine tiefe Ruhe kam über mich, ich fügte mich ins Unabänderliche und harrte getrost den neuen Verhältnissen entgegen. Ich saß gerade unter einem Fenster, stand auf und sah auf das Wasser hinaus, es glich den Fluten eines mächtigen Stromes, gegen dessen Strömung das Schiff fuhr. Die Ufer lagen in Schnee und Nebel verhüllt und wurden nur dann sichtbar, wenn das Schiff bei den Landungsplätzen der Dörfer anlegte. Die Fahrt dauerte gegen drei Stunden, sie hatte des Eintönigen so viel, daß ich froh war, die letzte Station genannt zu hören. Endlich rückten die Ufer näher zusammen, übersäet von Häusern gleich Herolden, die des Landes Wohlstand verkündigen. Das Schiff legte an, die Passagiere drückten der Kajütentüre zu, auch ich pressierte, hinaufzukommen. Da lag die Stadt, die mir eine neue Heimat sein sollte, und sie hatte trotz der vielen Rauchsäulen, die von den wirtlichen Dächern aufstiegen, ein überaus frostiges Aussehen.

22

Frommbergs Haus war leicht zu finden, da es als Flügelbau einer langen Häuserreihe an die große Hofstatt der Kathedrale stieß und das in demselben betriebene Geschäft zu den bekanntesten der Stadt zählte. Endlich drückte ich die Klinke der Ladentüre, eine Glocke läutete zum Erschrecken schrill, kaum getraute ich mir hineinzutreten. Es war augenblicklich niemand drin. Aber ich sah doch, daß ich am rechten Orte war, denn die hohen Wände ringsum waren vom Fußboden bis zur Decke mit Büchern aller Arten, Formen und Farben bedeckt. Es schwirrte scharf vor meinen entzückten Blicken und ich zog vor so viel Herrlichkeiten unwillkürlich ehrerbietig die Mütze ab. Ein junger Bursche kam aus einem Seitenzimmer, sah mich mit verschmitztem geringschätzigem Lächeln an und frug nach meinem Willen. Ich erwiderte sehr demütig und schlotternd, ich wünsche mit Herrn Frommberg zu sprechen, worauf derselbe sogleich gerufen wurde.

Ich staunte sehr, wie der Herr kam; ich hatte mir unter demselben einen Mann von namhafter Körpergröße und etwas hohepriesterlichem Wesen vorgestellt. Ich weiß nicht, der Klang des Namens hatte mir's vielleicht angetan; nun erschien ein kleines Männchen, schmal und spitz, im Gesicht war nichts rot als die Nase, diese aber war es stark; halbwegs auf derselben lag eine starke Hornbrille mit kreisrunden Gläsern; die weißen Haare waren nach der Stirn glatt gestrichen, wie das dürre Waldgras hangabwärts, nachdem der Schnee darüber hingerutscht; den übrigen Teil seiner Person deckten ein grün und schwarz karierter Nachtrock und rote Plüschpantoffeln. «Was ist gefällig?» näselte er. – «Ich möchte – ich bin eben da – der Hans Grünauer», stammelte ich. – «Ah! Ei!» erwiderte Frommberg und trat mit zweifelndem Lächeln näher auf mich zu. Er hatte sich sichtlich auch in mir einen gelecktern Bären vorgestellt, als der ich erschien, und mußte sich einen Augenblick der Fassung gönnen. Darauf sagte er freundlich: «Kommen Sie ein wenig mit hinauf.» Ich folgte ihm pochenden Herzens über zwei glänzende braune Treppen in ein kleines Zimmer, das von Büchern so voll gepfropft war, als ich nur wünschen konnte. Dort ließ er mich an einem Tische ihm gegenüber Platz nehmen und leitete ein in wohlwollendem Tone gehaltenes Gespräch ein. Er wußte es sehr geschickt zu wenden, daß ich ins Erzählen kam, wobei er ungefähr so aufmerksam zuhörte, wie ein Lehrer dem Probegesang seiner Schüler. Ich erzählte ohne Zweifel sehr unordentlich, verworren, denn Frommberg kam wiederholt in den Fall, mich mit der Bemerkung zu unterbrechen: «Aha! Ja, aber bitte, wie meinen Sie das?» Endlich schien er zu wissen, was er für einmal bedurfte, er fiel mir mit souveräner Freiheit mitten ins Wort und teilte mir in kurzen Umrissen mit, was mich erwarte. Der zutrauenerweckende herzgewinnende Ton, dessen er sich bediente, machte, daß mir alles recht annehmlich und leicht versehbar erschien. Frommberg begann nun eine Runde mit mir durch die Räumlichkeiten des Hauses, soweit das Geschäft dieselben beschlug. Wir kamen durch mehrere saalweite Zimmer, in welchen nicht nur die Wände doppelreihig von oben bis unten bedeckt, sondern auch die Mittelräume von bis an die Decke reichenden Gestellen durchschnitten waren, die unter der Bürde der Wissenschaft erseufzten und zum Teil sich elendiglich krümmten.

In dem letzten gleich hinter dem Laden befindlichen Zimmer arbeitete ein ältlicher Herr, der vollkommen die Korpulenz besaß, die ich mir in Frommberg vorgebildet hatte. Es war der Gehülfe Frommbergs, dem mich letzterer als angehenden Kollegen und eventuellen Nachfolger vorstellte. Derselbe, «Herr Ritter» angeredet, sah mit kaltem, indifferentem Lächeln auf, sagte, ich habe einen wüsten Tag gewählt, und wendete sich wieder seiner Arbeit zu.

Der Rundgang wurde im Laden geschlossen, es läutete eben Mittag. Jetzt gedachte ich noch des Briefes, den mir Veronika für Frau Frommberg mitgegeben; als ich ihn Herrn Frommberg vorwies, sagte er: «Schön, ich will ihn der Frau richtig übergeben.» «Nach einem Logis», fuhr er fort, «werden Sie sich wohl noch nicht umgesehen haben?» Ich verneinte. Er erwiderte: «Gut, da kann ich Sie just an rechtschaffene stille Leute weisen, bei denen Sie ohne Zweifel Aufnahme finden werden. Louis», wendete er sich dann zu dem jungen Burschen, der in einer Ecke makulierte Broschüren auftrennte, «Du kannst jetzt zum Mittagessen gehen, hast aber noch den Herrn Grünauer hier zu Frau Wunderlich an die Knopfgasse zu begleiten. Es ist nicht nötig», wendete er sich wieder zu mir, «daß Sie heute nochmals hieher kommen; nur wenn Frau Wunderlich Sie nicht aufnehmen sollte und Sie sich nicht wohl zu raten wüßten, mögen Sie sich wieder zu mir begeben.»

Louis schritt voraus, als ob wir einander nichts angingen. Auf dem Wege bekam er Streit und geriet mit zwei jüngern Kollegen ins Handgemenge, es flogen bedeutend Haare und geflucht wurde wie in einem Kasernenhof. Ich verhielt mich neutral und wartete ungeduldig auf die Beendigung des Kampfes, mich fror sehr. Endlich hatte Louis ausgekämpft, er betrachtete als Fürst von der Walstatt die Verletzungen seines Paletots, klemmte dieselben mit den Fingern etwas zu und sagte dann, einesmals auflugend, was ich doch so da draußen stehen möge, wohne doch grad im dritten Stocke hier die Frau Wunderlich; er könne nicht mehr mit mir hinaufkommen, weil er sonst zum Fressen zu spät käme. Ich schritt die ausgelaufenen tannenen Treppen hinauf, und zwar so, daß man mein Kommen deutlich hören konnte.

In der rechten Höhe öffnete sich die Türe wie von selbst, zwei weibliche Köpfe sahen aus derselben, ich fragte und war am richtigen Ort. Ohne Umstände trat ich herein, doch blieb ich angesichts der erstaunten oder erschreckten Blicke gleich bei der Türe stehen; und nun fühlte ich zu eigenem Schrecken, wie mir hinsichtlich der Komplimentierkünste alle und jede Wissenschaft und Gewandtheit abging. Die beiden Frauenzimmer, in denen ich trotz meiner Verwirrung Mutter und Tochter unterschied, standen in schwarzer Kleidung vor mir, die Mutter mit in die Seite gestemmten, die Tochter mit zimpferlich über dem Schoß zusammengelegten Händen; beide waren blaß wie der Tod und machten einen ungemein aristokratischen Eindruck auf mein plebejisches Gemüt. Doch nun überkam mich eine Art Todesmut; hau' es oder stech' es, dachte ich, es muß heraus. Und ich sagte, da habe mich der Herr Frommberg hergewiesen, ich könnte vielleicht bei ihnen ein Logis bekommen. «Je, wer und was sind Sie denn?» fragte die ältere Dame in ziemlich anmutigem Tone. «Ich bin der Hans Grünauer ab Birken in Grünau und habe eine Anstellung im Geschäfte des Herrn Frommberg», antwortete ich. «Sie werden nicht nur das Logis sondern auch die Kost wünschen?» wurde weiter gefragt. «Vermutlich», war meine beistimmende Ansicht. Darüber lachte die jüngere Dame ein Schübelchen und die ältere sah mich auch sehr heiter an. «Was meinst Du, Irma?» wendete sich die Mutter an die Tochter. «Mama!» erwiderte diese, und beide traten in ein offenes Seitenzimmer. Dasjenige, in welchem ich mich befand, war nach meinen damaligen Begriffen fürstlich möbliert, enthielt es doch Polsterstühle, Teppiche, Gemälde usw., aber keinen Webstuhl. Diesem Ungeheuer schien ich denn doch nun wirklich entronnen zu sein, ich dachte an Margritlis Prophezeihung und erschien mir in diesem Augenblick als ein Schoßkind des Glückes. Indem ich noch über den Wechsel des Lebens meditierte, kamen meine Damen wieder heran und Mama sagte, weil Herr Frommberg es zu wünschen scheine, so seien sie bereit, mich wenigstens vorläufig aufzunehmen. Auf den Feierabend möge ich wieder herkommen. Ich durfte gehen.

Nun hatte ich einen halben Tag vor mir, mit dem ich bei der rauhen Witterung und meiner Wildfremdheit in der Stadt nicht wußte, was anzufangen. Es war mir daher gewissermaßen erwünscht, durch einen namhaften Appetit an die Einkehr in eine Wirtschaft erinnert zu werden, und ich erkor mir zu diesem Zwecke eine der dunkelsten Spelunken, an denen ich vorbei kam, in der Hoffnung, teils billiger bedient, teils durch Eleganz und Etikette nicht geniert zu werden. Ich fand mich nicht getäuscht, ja teilweise nur zu wohl befriedigt, indem mich statt der Etikette beinahe der gänzliche Mangel aller solchen abstieß. Als ich wieder auf die Straße kam, war die Witterung um nichts freundlicher und aus meinem Rocke kein Pelzmantel geworden. Schlotternd trieb ich mich mit dem Gefühl eines Heimatlosen durch die Straßen und Gassen mit den hohen Häusern und geschlossenen Türen, den stolzen Läden und tönenden Werkstätten, den rasselnden Wagen und den vermummten Menschen, die weder grüßten noch gegrüßt sein wollten. Und trotz dem Neuen und Ungewohnten, das sich meinen Blicken überall bot, wurde mir dieser Winternachmittag so lang, wie früher manchmal der längste Sommertag. Als endlich die Lichter angezündet wurden, sagte ich zähneklappernd zu mir selber: «Jetzt wird man mir hoffentlich Feierabend lassen», und lenkte meine Schritte kühn nach der Knopfgasse, die ich jedoch nur nach vielfältigem Fragen wieder fand.

Frau Wunderlich schlug ob meinem frühen Feierabend die Hände zusammen; sie war mit den Vorbereitungen für mich noch nicht völlig fertig geworden und mochte sich grämen, mir nicht noch für ein paar Stunden die Türe weisen zu können, was eben doch nicht schicklich schien. Während Mama sich nun anderswo zu tun machte, saß Irma auf dem weichen Polster beim Nähtischchen in der Fensternische, teils mit einer Strickarbeit, teils mit dem aufmerksamen Lesen einer Broschüre beschäftigt. Ich hatte so weit hinten als möglich Platz genommen und machte meine vergleichenden Betrachtungen zwischen den Winterabenden auf Birken und einem solchen in der Hauptstadt, und wenn nun auch der letztere den Vorzug behauptete, so berührte mich doch der Übergang aus dem Alten ins Neue keineswegs in rein glücklicher und schmerzloser Weise. Irma sprach kein Wort und sah mit keinem Blicke nach mir. Nach einer langen Weile kam die Magd mit dem Nachtessen, Frau Wunderlich aber mit der Nachricht herein, daß jetzt ein Zimmer für mich bereit sei. Ich wurde zu Tische gerufen und saß dann bei hellem Lampenlicht den Damen gegenüber bequem zur Schau. Jetzt ließen sie es an Fragen und Bemerkungen nicht fehlen, aus denen sich ergab, daß sie mich für eine Art Waldmensch hielten, bei dem man kaum einige verlorene Anfänge allgemein menschlicher Kultur suchen durfte. Ich antwortete nicht mehr, als nötig war, indem ich mich durchaus nicht in der Verfassung befand, den Damen zur Stunde eine etwas höhere Idee von mir beizubringen, hatte ich doch schon genug zu tun, mir die augenfälligsten Anstandsregeln bei der Mahlzeit zu merken; dadurch geriet ich zum Teil in ein blindes Manöverieren, wobei mein Magen trotz enormem Appetit kaum halb befriedigt wurde. Ich glaubte nämlich hier in der Wirklichkeit zu beobachten, was ich zu Hause so oft gehört hatte, daß eine der ersten höhern Anstandsregeln darin bestehe, die Nahrungsbedürfnisse auf ein möglichst kleines Maß zu beschränken. Erstaunte ich nun, zu sehen, mit wie unglaublich wenigem zumal Irma sich begnügte, so setzte ich meinen Stolz darein, es ihr hierin mindestens gleich zu tun. So verwandelte sich, was auf dem Tische stand, gutenteils in Schaugerichte. Bei guter Zeit lehnte sich Irma ins Sofa zurück, ließ die außerordentlich schmalen und weißen Hände im Schoße und ihre abgespannten Blicke auf dem gleichsam hereingeschneiten Waldmenschen ruhen. Auch ich schloß nun die Mahlzeit sofort, meine Augen aber waren noch nicht gestählt, in jedes Antlitz zu schauen, und irrten auf dem Tischtuche und an den Wänden herum, sie suchten – ach, sie konnten nicht anders – sie suchten Jakob. Frau Wunderlich sagte, man sehe es mir an, daß ich letzte Nacht nicht viel geschlafen habe; falls ich nun bald zu Bette zu gehen wünsche, so sei alles bereit. Ich machte von der Freiheit sofort Gebrauch und die Magd zündete mir eine Treppe höher in mein Zimmer. Es war kalt da droben, ich begrub mich tief in mein herrliches Bett und schlief, ermattet von den Strapazen des Tages, bald ein.

Umso frühzeitiger erwachte ich am Morgen, es schlug eben vier Uhr am nahen Kirchtum. Ich fühlte, daß ich ausgeschlafen hatte; wundersam gestärkt streckte ich mich in des Bettes holder Wärme und harrte wonnig dem heitern Tag entgegen, der mich endlich, endlich mitten in den Bücherreichtum hinein versetzen sollte. Lobgesänge auf die göttliche Vorsehung klangen durch meine Seele. Ich zündete bald die Kerze an, holte mein Notizheft herbei und schrieb glaubensselig:

Nun fahre ewig, ewig hin,
Verlornes eitles Zagen,
Des Glaubens Auen prangen grün
Und schön're Zeiten tagen;

Mit goldner Schrift geschrieben steht's
Im Schicksalsbuch des Lebens:
«Wer auf den Herren hoffet stets,
Der hoffet nicht vergebens.»

Noch war es kaum vor einem Jahr,
Da konnt' ich mir's nicht hehlen:
Man wird mich über einem Jahr
Zu den Verlornen zählen.
Aus allem ahnt'ich das so klar,
Ich hätt'es hoch beschworen,
Und sieh', noch bin ich dieses Jahr
So gründlich nicht verloren!

Weil ich mich denn betrog so sehr
Trotz Wissen und Gewissen,
Will ich fortan auch nimmermehr
Mich ein Prophete wissen.
Dem alles ist allein bewußt,
Was in der Zeit verborgen,
Zu dem sag' ich aus tiefer Brust:
«Auf dich werf' ich mein Sorgen!»

Wie ich das Beste üben kann,
Deß will ich mich bestreben,
Das Beste darf ich hoffen dann
Von meinem künft'gen Leben;
Dein unerschöpflich Gnadenmeer,
O Gott, wird mich erfrischen,
Und nimmer darf ich kummerschwer
Mein Brot mit Tränen mischen.

Gegen acht Uhr langte ich in Frommbergs Geschäft an. Ritter handelte im Laden mit einem Kunden und nahm derweile von meiner Anwesenheit keine Notiz. Ich blieb unberaten halbwegs stehen, bis der Kunde sich entfernt hatte, und stellte mich dann dem dicken Kollegen zur Verfügung. «Wo haben Sie zuletzt konditioniert?» fragte er kalt, indem er einige Bücher vom Ladentisch auf die Gestelle hob. Auf diese Frage zu antworten war mir sehr unangenehm; ich erwiderte kleinlaut: «Gewesen bin ich noch nirgend, als in Grünau, und was ich verstehe, wird sich zeigen, ich weiß es selber nicht so genau.» Jetzt sah mich Ritter kurios an und sagte ungläubig: «Das wird doch nicht sein, daß Sie erst heute in ein solches Geschäft treten?» Ich bejahte, dem sei leider so, und mußte aus diesen unerwarteten Fragen schließen, daß Ritter durch Frommberg über meine Person nicht die geringste Aufklärung erhalten habe, was ein eigentümliches Licht auf das Verhältnis der beiden zu einander warf. Ritter maß mich zwei-, dreimal mit kuriosem Blick und gelangte wahrscheinlich immer weniger zu der Überzeugung, daß hinter mir etwas stecken könne, denn nun zog er einen bestaubten Stoß von broschierten Heften aus einem Winkel hervor, warf ihn mir hustend hin und sagte: «Da kollationieren Sie den Schinz.» Ich gaffte den Haufen an, schlug das oberste Blatt auf und sah, daß es ein naturgeschichtliches Werk mit Abbildungen war, aber was ich damit anfangen sollte, das wußte ich nicht. Ich faßte mich und fragte, was kollationieren heiße. «Nun, wenn Sie das nicht einmal wissen, so schenk' ich Ihnen das Übrige», erwiderte Ritter mit schonungsloser Verächtlichkeit und machte Miene, mir den Stoß wieder wegzunehmen. Doch über der Tat besann er sich, breit und abgesetzt erläuterte er: «Kollationieren heißt im Buchhandel die Werke Bogen für Bogen oder Blatt für Blatt durchgehen und nachsehen, ob oder wiefern dieselben vollständig seien. Das haben Sie nun auch bei diesem Schinz zu tun und vorzüglich darauf zu achten, ob von den Abbildungen keine fehlen.»

Ich könnte nicht sagen, daß mir dieser ritterliche Lehrton nicht recht sehr zu Herzen gegangen wäre; ich musterte die bestaubten Blätter mit etwas trüben Augen und hatte sonach Ursache, doppelt aufzupassen. Indessen gelang es mir, mich der Aufgabe recht leidlich zu entledigen.

Hierauf wurde ich in ein düsteres und kaltes Zimmer gewiesen, wo mehrere Haufen Bücher in zufälliger Zusammenwürfelung umherlagen, die in alphabetische Ordnung gebracht werden sollten. Es waren meist griechische und lateinische Klassiker im Urtext und in Übersetzungen, deren Autornamen nicht nach der diesfälligen Norm späterer Schriftsteller zusammengestellt werden durften. Bei den einen war mir das richtige klar, bei andern nicht. Ferner fanden sich Sammelwerke, Enzyclopädien usw. darunter, deren Titel als Schlagworte ins Alphabet kamen, die aber zum Teil so weitschweifig und unbestimmt gehalten waren, daß es für einen Anfänger geradezu unmöglich blieb, den breiten Wust unter das bezeichnendste Begriffswort zusammenzudrängen. Unter diesen Umständen war eine sehr ausgiebige Bocksjagd gesichert. Zu solchem Ergebnis trug das höchst Unfreundliche der Lokalität nicht wenig bei; die verblaßten oder gebräunten Graeca und Latina früherer Jahrhunderte strengten meine Augen in der Dämmerung furchtbar an und die Kälte ward mir um so empfindlicher, als ich nicht nur sehr einfach gekleidet, sondern auch von Hause aus an eine wohlgeheizte Stube gewöhnt war. So kam es, daß mir binnen zwei Stunden die Finger ganz steif wurden und kaum mehr taugten, die Deckel aufzuschlagen. Begreiflich mußte auch darunter die Genauigkeit der Arbeit leiden, indem ich nach der Hand lediglich pressierte, damit fertig zu werden, um wo möglich wieder in dem wärmern Laden Beschäftigung zu finden.

Am folgenden Tage begann Ritter mein Alphabet zu katalogisieren und da kam der Teufel von der Kette. Nicht daß mein Dicker etwa ins Toben geraten wäre oder überhaupt welchen Lärm gemacht hätte, gar nicht, er bewahrte aber einen Gleichmut, der mir siedend heiß machte, da er die vollendetste Verschätzung Grünauers ausdrückte. Seine ungeheuerlich lächelnde Miene, die negativen Bewegungen seines Herkuleshauptes werden mir leider unvergeßlich bleiben.

23

Nach solchem Eingange braucht wohl nicht mehr bemerkt zu werden, daß mein Enthusiasmus für Frommbergs Bücherlager rasch eine beträchtliche Abkühlung erfuhr. Frommberg selber ließ sich nur selten und nur auf Augenblicke sehen. Frau Frommberg bekam ich erst nach einigen Tagen zu Gesichte, ein zartgebautes Weibchen von noch gutem Aussehen und sehr freundlichem Gesichtsausdruck, wenn auch wahrscheinlich von etwas schwierigen Eigenschaften, welch letztere unter einer Wucht von Schleiern und Tüchern hervorseufzten. Sie fragte, wie es mir gehe, dankte für den empfangenen Brief und sagte, wenn ich etwa bald an Veronika schreibe, möchte sie mir viele Grüße an dieselbe aufgegeben haben. Das Fragen und Antworten ging gemessen vor sich, wie ein Schauspiel, wo Zunge und Leidenschaft sich genau nach dem geschriebenen Worte richten. Zum Schluß vermahnte mich Frau Frommberg, trotz dem Überflusse von Büchern aller Art mich doch ja zur Erholung an gute und religiöse oder in gut religiösem Geiste geschriebene Bücher zu halten; in Romanen, weltlichen Gedichten und sogenannten Aufklärungsschriften sei wahrlich kein Heil und Friede zu finden.

Diese Ermahnung, so überflüssig oder unzeitig sie mir zu sein deuchte, tat mir doch im Grunde der Seele wohl, da sie von wirklicher Teilnahme zu zeugen schien, die ich bis zur Stunde in der Stadt noch von keiner Seite erfahren hatte. Auch an Frau Wunderlich erhielt ich Empfehlungen, und diese leisteten mir zur Zeit recht angenehme Dienste. Ich wurde bei Tische veranlaßt, zu erzählen, wie es sich gefügt habe, daß ich in Frommbergs Geschäft gekommen sei; ich aber durfte mich auf religiöse Beziehungen zu Veronika berufen, deren Freundschaft ich meine Beförderung verdanke, und damit hatte ich mir mit einem Mal auch meine Hausdamen gewogener gemacht. Dieselben erwiesen sich als sehr fromm, sie protegierten die Traktätchenliteratur im ganzen Umfange, lasen die allerchristlichsten Zeitschriften und erzählten mir manches Erbauliche von religiösen Zusammenkünften und Missionsfesten aus eigener Anschauung und Erfahrung. Irma war sogar eine Zeit lang in einer Bildungsanstalt für künftige Missionsfrauen gewesen; was sie bewog, vor der Zeit auszutreten, blieb mir natürlich Geheimnis.

Nun, es war schon viel, nur soweit ins Vertrauen gekommen zu sein, und da ich schon bei andern Gelegenheiten zu merken gegeben hatte, daß ich nicht eigentlich auf den Kopf gefallen und trotz meinem urnatürlichen Aussehen nicht ohne alle Kultur sei, so hielt es nicht schwer, den Anforderungen der Konversation mit den keineswegs gelehrten Damen ganz leidlich zu genügen. Da indessen meine Frömmigkeit eine sehr besonnene war, so konnte ich auch den Damen gegenüber meine selbständige Anschauungsweise nicht aufgeben und opponierte entschieden namentlich gegen den Wunderglauben, was zu einem sehr lebhaften Diskurse und fernern fleißig geführten Gesprächen Veranlassung gab.

Schon den nächsten Sonntag nach meiner Abreise schrieb ich an die Meinigen, wie ich hatte versprechen müssen, über mein Befinden, und dieses war das erste Mal, daß ich aus blutroten Lügen eine rechte Korallenschnur formte; denn ich schilderte, um niemand zu betrüben, meine städtischen Verhältnisse in so reizenden Farben, als ich vordem der Wahrheit gemäß zu können gehofft hatte. Am Schlusse der sehr weitläufigen Epistel vergaß ich nicht, um eine baldige Antwort zu bitten. Und Jakob erhörte mein Flehen. In einem Augenblick, da mich in Ritters Nähe ein peinvolles Unbehagen drückte, brachte mir der Postbote den ersehnten Brief, den ich eine Stunde später in der krachenden Kälte eines Hinterhofes las. Er lautete: «Lieber Hans, Deinen Brief vom Sonntag erhielten wir Montags. Ich kann Dir nicht sagen, welch große Freude uns dieser, Dein erster an uns gerichteter Brief, auf den wir so gespannt harrten, bereitete, und zwar vorzüglich dann, als es darin hieß, Du könntest uns nur Erfreuliches berichten. Ich las ihn den Eltern vor und glaubte des weitläufigen Inhalts kaum Meister zu werden; als ich aber mit lesen fertig war, so wußten wir doch nicht den zehnten Teil dessen, was wir gerne wissen möchten. Indessen war es eine Wonne für uns, Dich einmal glücklich zu wissen, denn Dein Glück ist unser Glück. Du mußtest lange darauf warten, kannst nun aber aus voller Seele singen: Süßes heiliges Vergessen! Ja, sei nun glücklich und vergiß, was Dir hier Dein Leben so oft verbitterte; vergiß aber vor allem, was durch uns Dir etwa verbittert worden ist, nur vergiß uns selber nicht!» Du guter Jakob, seufzte ich, wenn Du wüßtest, wie – kalt es hier ist! Gleichwohl ging ich nun etwas befriedigter wieder an die Arbeit.

Ich war vom ersten Geschäftstage an mit Schrecken gewahr worden, welch eine häßliche Handschrift ich führte, ja daß ich mich in der Lateinschrift eigentlich gar nicht geübt und kaum mehr das Alphabet derselben im Gedächtnisse hatte. Da nun gerade letztere Schrift häufig in Anwendung kam, so sah ich mich in wirklicher Verlegenheit, für den Anfang auch nur notdürftig nachzukommen, und errötete bis hinter die Ohren, wenn Ritter die bedenklichen Züge betrachtete und dabei seine dicken Lippen übereinander wulstete. Er selbst schrieb eine äußerst nette, gleichmäßige Schrift. Zudem fehlte mir für das Formelle der geschäftlichen Schreibereien Geschmack und Augenmaß, man sah es allem auf zehn Schritte an, wie kümmerlich ich mich herausgebissen hatte, und ich sorgte daher so gut ich konnte, daß nichts zur Schau liegen blieb. Mit noch größerm Bedauern aber wurde ich eine andere Schwäche an mir gewahr: die der Zerstreutheit oder Gedankenabwesenheit. Natürlich stammte dieselbe in gerader Folge von meinem Hang zu Träumereien ab, doch trug unzweifelhaft auch ein fast ununterbrochenes Verblüfft- und Ängstlichsein wesentlich dazu bei. Da gab es weniger lächerliche als höchst ärgerliche Verstöße; ich mochte mich zusammen nehmen, wie ich wollte, so schrieb ich gleichwohl etwa Plinius, während ich vermeinte Cicero zu schreiben, adressierte nach Chur, was nach Glarus gehen sollte, und übersprang im Schreiben ganze Sätze, weil die Schnelligkeit der Hand unendlich hinter dem Fluge der Gedanken zurückblieb. Was es da zu bemerken, zu korrigieren gab und wie die Vorsätze, von jetzt an besser aufzupassen, sich gleichsam überrannten, das hat sich meinem Gedächtnis unauslöschlich eingegraben.

Indessen drückte mich bereits ein leidiges Vorgefühl, die wahre geistige Muße dürfte auch mitten unter Büchern eine beschränktere sein, als bei den ehemaligen ländlichen Beschäftigungen, die kein besonderes Nachdenken erforderten und das Träumen, so lange man dessen nicht von selbst müde wurde, ohne Nachteil vertrugen. Ich erinnerte mich, bei Anlaß der Verurteilung eines deutschen Dichters zur Zwangsarbeit, gelesen zu haben, daß derselbe bei der Wahl zwischen Garnspulen und geschäftlicher Buchführung sich für das Spulen entschieden habe, weil der Geist dabei freier bleibe. Damals war mir seine Wahl unbegreiflich gewesen, jetzt aber begann mir einzuleuchten, daß er nicht ganz falsch gegriffen habe. Doch so schlimm hatte ich es nicht; die tägliche Arbeitszeit im Geschäfte war um mehrere Stunden kürzer, als sie daheim gewesen war; die freien Abende, wenn ich sie mir bis Mitternacht gestreckt dachte, kamen der Länge halber Tage gleich, und eben so unverkümmert blieben mir die frühen Morgenstunden; dazu kamen die

Bücher in Hülle und Fülle. So konnte meine Stellung keineswegs eine unerträgliche genannt werden.

Nur von meinem Verhältnis zu Ritter konnte ich kaum einige Hoffnung auf günstigere Gestaltung hegen und tröstete mich deshalb auf den Zeitpunkt, da er aus dem Geschäfte treten und dem jungen Prinzipal Platz machen werde, dessen Persönlichkeit ich mir nach dem Bilde des alten Herrn Frommberg sehr freundlich vorschweben ließ. In Ritters großem Körper wohnte eine kleine Seele; wie er die Kunden des Geschäftes, die er mit Namen, Beruf und Wohnort beinahe sämtlich auswendig wußte, einfach in gute Zahler und schlechte Zahler, in fleißige Besteller und in selten etwas Bestellende einteilte, so nahm er von ihren übrigen Eigenschaften keine Notiz. Es befanden sich manche Notabilitäten von Staatsmännern, Gelehrten, Schriftstellern und Künstlern darunter, deren Adressen oder Bestellbriefe ich nur mit einer gewissen Ehrfurcht lesen konnte, die aber für Rittern samt und sonders von untergeordneter Bedeutung waren, da die betreffenden bei den Bestellungen sehr haushälterisch zu Werke gingen und auch zum Teil die erhaltenen Rechnungen «aus Versehen» für längere Zeit abhanden kommen zu lassen pflegten. Allein wenn mir diese Beobachtung an Ritter anfänglich unbegreiflich war, so war sie es nach der Hand immer weniger; ich merkte nämlich, daß er meine Notabeln eigentlich gar nicht kannte. Seine Belesenheit erstreckte sich nicht über die Büchertitel hinaus, daher konnten Ruf und Leistungen gewisser Kunden seiner soliden kategorischen Einteilung nicht gefährlich werden. Folgerichtig war ihm auch die Literaturgeschichte ein unerforschtes Gebiet und er schloß lediglich aus dem geringern oder bessern Absatz, welchen einzelne Werke fanden, auf deren Wert. Herder und Wieland kamen dabei außerordentlich schlecht weg, wogegen Schiller und Goethe recht Schätzenswertes zu enthalten schienen, Alexander Dumas und Flygare-Carlén aber als

Löwe und Löwin des Tages obenan standen. Wie es ihm bei der katalogischen Einordnung anonymer und pseudonymer Autoren ergehen mochte, sobald er von dem Buchstaben des Titels absah, läßt sich aus dem Gesagten schließen; so bildete er sich nicht wenig darauf ein, daß er im «Fräulein von Sternheim» (von Sophie de la Roche) ein Opus Wielands, in (Pustkuchens) «Wilhelm Meisters Wanderjahre» ein Werk Goethes herausklügeln gekonnt. Ich war durch fleißiges Lesen von Biographien und literar-historischen Leitfaden in Sachen verhältnismäßig wohl bewandert und erlaubte mir daher einmal, als ich unter der Rubrik: «Alte Drucke» einen «Pickhardt» aufgeführt fand, zu bemerken, daß dies ein Pseudonym und mit dem bekannten Johann Fischart identisch sei. Aber Ritter lächelte gnädig und speiste mich mit einem «Eh, Gott bewahre!» ab. Mit seiner Religiosität war es nicht weiter her, als mit seiner Gemütlichkeit, ein Umstand, der mich bei dem starken Geruch von Frommbergs spezifischer Frömmigkeit sehr befremdete. Er bediente sich häufig des Scheltwortes «Kaib», welches ursprünglich den Kadaver eines verendeten Tieres bezeichnet. Nun besaß er einen Pudel, der ihn täglich ins Geschäft begleitete, sich aber während des Tages meist auf der Straße herumtrieb. Da trat Ritter einmal mitten im halben Tag mit der Feder hinterm Ohr vor die Ladentüre, blickte hin und her und brummte halblaut vor sich hin: «Wo mag der Kaib sich nur wieder so lange aufhalten?» Ich hörte es und sagte, er habe sich soeben mit andern Hunden auf dem Platz herumgetrieben. Da erwiderte Ritter kaltblütig: «Ich suche jetzt nicht den Hund, sondern den Louis.» Ein andermal befahl er mir, Lavaters «Predigten über Jonas» herbeizuholen. Ich suchte, konnte sie aber nicht finden. Ritter spitzte spöttisch den Mund und ging selber suchen. Als jedoch auch er nichts fand, bemerkte er beschämt mit verdrießlichem Lächeln: «Es wundert mich nur, wo die Kaiben hingekommen sind.» Auch von seinen zeitweiligen Unterleibsbeschwerden sprach er nie anders, als von Kaibereien. Er war unverheiratet und teilte sein bißchen Liebe zwischen seinem Pudel und einem guten Tisch. Das war der Mann, in dessen Fußstapfen ich treten sollte; mich schauerte aber, wenn ich dachte, daß ich ihm ähnlich werden könnte.

Mittlerweile mußte ich auch einmal an Veronika schreiben, was ich sehr ungern tat. Denn ich konnte mir die Täuschungen, die ich hinsichtlich der christlich-freundlichen Familiarität bei Frommberg bereits erfahren hatte, nicht verhehlen, wagte es aber auch nicht, die ganze Sachlage zu enthüllen; dagegen charakterisierte ich Ritter mit photographischer Treue und erleichterte das Lesen zwischen den Zeilen, daß der Leserin nichts Hauptsächliches entgehen konnte. Veronika antwortete rasch, sie beschwor mich, für die kurze Zeit, da ich noch unter Ritters Direktion stände, an demselben so wenig als möglich ein Ärgernis, durchaus aber auch kein Vorbild zu nehmen. Daß ich später unter Frommbergs unmittelbarer Herrschaft an meiner Seele keinen Schaden leiden könne, stand bei ihr unangezweifelt fest.

24

Der Frühling nahte in schnellem Flug, ich sehnte mich auch herzlich nach seinem völligen Erscheinen, so innig hatte ich mich noch nie danach gesehnt. Ja, vormals war es eher Trauer als Freude gewesen, die seine Ankunft mir bereitete, da alsdann die traulichen Nachtwachen und die Plauderstündchen in der Webstube ein Ende nahmen, die härtesten Arbeiten folgten und die heißesten Tage unermeßlich lang wurden. Nun wußte ich doch, daß ich auch im Sommer bei den Büchern bleiben durfte und daß die Arbeitszeit nicht wie der Tag länger wurde.

Am letzten Sonntag im März, dem ersten sonnigen seit meinem Aufenthalte in der Stadt, machte ich mich auch zum ersten Mal auf, die Stadt und die nächste Umgebung derselben zu beschauen.

Es war schön, bezaubernd schön! Auf allen Plätzen und Promenaden wimmelte es von Lustwandelnden, und welche Plätze und Promenaden waren das denn doch gegenüber Grünaus Föhrenbücheln und ausgetretenen Rinderpfaden. Und wie anders geschmückt und freudiger war die Menge, und wie tönte von allen Enden Musik und Gesang! Und was war die übermütige Tosa, die eine Stunde später kein Wasser mehr hatte, im Vergleich zu dem breiten, tiefen Fluß, der so still und anstandsvoll durch die Stadt zog.

In einem Biergarten, wo alles durch- und miteinander sprach, suchte ich vergeblich eine Unterhaltung anzuknüpfen, teils schienen wir uns nicht zu verstehen, teils mochte der Schnitt meines Kleides wie meine wenig geschliffenen Manieren den Betreffenden nicht die vorteilhafteste Idee von mir beigebracht haben. Und hatte ich doch so ein aufrichtiges Herz und war mein Rock so solid, daß ich hoffte, einige Jahre damit auszukommen. So blieb mir denn bloß das Zuhören. Da erzählte man von gestern, vom letzten Sommer, von vielen Jahren her, wie man da und dort sein Vergnügen gehabt, wie fidel es bei mannigfachen Anlässen zugegangen, wo man jederzeit das beste Getränk gefunden usw. Und unterdessen dachte ich an die gleichzeitige Beengtheit und Freudlosigkeit meines Daseins, wobei ich eigentlich nie mehr als das allernötigste erlangt hatte und am wenigsten in den Fall gekommen war, Vergleichungen zwischen den Getränken verschiedener Wirtschaften anzustellen.

In solchen Gedanken vertieft, ging ich wieder verlassen meines Weges. Ich kam zu einem großen Hause mit außergewöhnlich breiten Treppen. Ein Kindermädchen sagte mir, das sei die Hochschule. «So, an Dich hab' ich auch mein Teil gedacht, du Teure, und erst so spät, zu spät, muß ich Dich sehen!» seufzte ich. Es war zwei Jünglingen aus guten Häusern meiner Bekanntschaft vergönnt gewesen, die Kantonsschule und die Universität zu besuchen, von denen der eine sich mehrere Preise erworben, worüber ich in dem Hause eines Fabrikanten hin und wieder sprechen gehört hatte. Da mir indessen weder der eine noch der andere als ein Ausbund von Talent bekannt gewesen, so konnte ich, ohne sehr unbescheiden von mir zu denken, annehmen, daß ich es unter gleichen Umständen beiden mindestens gleichgetan haben würde. Wenn ich daher in solchen Momenten mit dem Schicksal haderte, so war das wohl eine meiner verzeihlichsten Sünden. In den Ferien kamen die Jünglinge heim und trieben sich in ihren auffälligen musensöhnlichen Kostümen lebensfroh und selbstgefällig herum. Wie heiter mußte mir ein Ort erscheinen, wo solche Pflanzen gediehen, und wie liebte ich diese Jünglinge trotz ihres windigen Auftretens und der Verachtung, mit welcher sie den armen versauerten Hans Grünauer in seinem verschlossenen Halbtuchwams «beaugapfelten». Sie waren ja doch ohne Zweifel die Lieblinge ihrer Lehrer, die als Vollendete schon hienieden leuchteten in des Himmels Glanz. Später jedoch verfiel der Preisgekrönte mitten in seiner akademischen Laufbahn einem liederlichen Leben, vernachlässigte seine Studien jahrelang und nahm sie erst so spät wieder auf, daß er noch jetzt unter den Studierenden sein Wesen trieb. Der weniger Ausgezeichnete praktizierte als mittelmäßiger Advokat und Agent einer kreditarmen Assekuranzgesellschaft. Ich hatte demnach gegenwärtig kaum Ursache, diese einst Glücklichen zu beneiden, und doch lag es mir beim Anblick der breiten Treppen und in der Erinnerung an die Illusionen längst entschwundener Zeiten bleischwer auf dem Herzen, denn ob ich mochte oder nicht, mußte ich mein Leben als ein großenteils verfehltes, unwiederbringlich verlorenes ansehen.

Schön wie dieser Sonntag, war eine Reihe der folgenden Tage, deren mittägliche Freistunde ich meistens im Freien zubrachte. Kam ich dann von den sonnigen Quais herein in den stark im Schatten liegenden Laden, so war ich zwar jedesmal froh, statt des Webstuhles Bücherregale zu erblicken, aber verhehlen konnte ich mir's nicht, daß ich lieber den blauen Himmel als die rauchgeschwärzte Gipsdecke über mir erblickt haben würde und daß mich die dumpfe Atmosphäre ein bißchen wie Gefängnisluft anroch.

Eines Mittags trat ein junger elegant gekleideter Herr von kleinem gedrungenem Wuchs in den Laden und fragte, indem er mich mit einem flüchtigen Blicke maß, ob Herr Frommberg nicht zugegen sei, wandte sich aber, ohne auf die Antwort zu warten, dem Kabinett des Prinzipals zu. Ritter kam schnell aus seinem Zimmer hervor, inszenierte beim Anblick des Kleinen eine freudige Überraschung und rief: «Ah, willkommen Herr Frommberg! Sind Sie eben angelangt?» Der Kleine strich sich den kotelettenförmig geschnittenen glänzend schwarzen Bart, zeigte nicht die geringste gemütliche Bewegung und fragte unter mattem Händedruck: «Herr Ritter, wie befinden Sie sich?» Das Gespräch stockte beim ersten Anlauf. Der Große und der Kleine sahen einander an mit jener lächelnden Heiterkeit, die dem Sonnenschein auf Schneefeldern glich. Darauf empfahl sich der Kleine und stieg eine Treppe höher. Das war also der junge Herr Frommberg.

Der Personenwechsel trat rasch ins Werk. Schon nächsten Tages hielt sich der junge Herr meist im Geschäfte auf, und Ritter beschleunigte die Zuendeführung einiger in Angriff genommener Arbeiten, um bald austreten zu können. Meine Tätigkeit berührten diese Vorgänge wenig, niemand sprach mit mir weder über Gegenwärtiges noch Zukünftiges. Der junge Herr beachtete mich nur, wenn er mir Befehle zu erteilen hatte, und selbst diese ließ er mir meist über die Schultern zugehen. Fast eben so gemessen benahm er sich auch gegen Ritter. Eines Morgens erschien letzterer nicht mehr, er hatte seinen Austritt genommen, obgleich die bewußten Arbeiten noch nicht zum Abschlusse gebracht waren. Von denselben blieb die eine für einstweilen liegen, die andere wurde mir übertragen. So einfach deren Verrichtung nun auch an und für sich war, so waren doch für einen Ungeübten einzelne Verstöße unvermeidlich, die aber dem geschäftskundigen Frommberg – es ist von jetzt an hierunter nur der kleine junge Herr gemeint – als sehr plumpe Böcke erscheinen mochten. Solches gab er mir bald zu verstehen, indem er statt in seiner habituellen trockenen Befehlsweise in einem surrigen, wegwerfenden Tone zu herrschen anfing. Er hielt meine Unfertigkeit offenbar mehr für geistige Beschränktheit, von welcher keine Besserung zu hoffen wäre, und nahm sich daher auch nicht die geringste Mühe, mir durch Belehrungen oder Winke über gewisse Schwierigkeiten hinweg zu helfen. Ich meinerseits hatte den Mut nicht, ihn darum anzugehen; ich zitterte, sobald ich nur eine seiner gewichsten Koteletten sah, und seine Stimme kitzelte mein Gefühl nicht viel angenehmer, als eine Messerklinge, die kritzelnd über eine Glasscheibe fährt. Dagegen ließ ich es an Aufmerksamkeit und eifrigem Studium um so weniger fehlen und übte mich auch sehr angelegentlich im bloßen Erraten. Es ging, aber wie! Ich drückte mich so zwischen figürlichen Ohrfeigen und Maulschellen schmal hindurch und ging wirklich ungeschlagen aus, aber kaum gratulierte ich mir dazu, da ich die Hiebe mehr für aufgeschoben als vermieden hielt. Ich war äußerst klein- und demütig gestimmt und fing selber an, halb und halb einen Laffen in mir zu vermuten, den Frommbergs kosmopolitischer Scharfblick sogleich zu erkennen vermocht habe. Gab es denn doch Tage, an deren Abenden ich mich keiner oder nur unbedeutender Verstöße schuldig wußte und deshalb vielleicht auch in Frommbergs Wesen einen Anflug von Zufriedenheit bemerkt zu haben vermeinte, so war es mir seltsam wohl ums Herz, und mit heimatlichem Behagen stieg ich die steile Treppe zur Wohnung der Frau Wunderlich hinauf.

Frommbergs Geschäftsverbindungen waren, ungeachtet seines gewaltigen Lagers, nicht von der Ausdehnung, daß dabei eine Stunde wie die andere ununterbrochen mit Arbeiten ausgefüllt werden konnte; zumal in der schönern Jahreszeit gab es viele Tage, in denen beinahe nichts zu tun war. Ich spielte jetzt den Magazinier oder Ladengaumer und bekam manchmal von Morgen bis Abend keinen Kunden zu Gesichte. Da las ich was das Zeug hielt, aus allen Gebieten des menschlichen Wissens, daß ich darob schier sturm wurde. Es war der Reiz des Überflusses nach lebenslanger Entbehrung, der mich in eine solche Lesewut geraten ließ; es war aber auch kein wirkliches Lesen, sondern mehr ein lüsternes Stöbern und Naschen, das mich oft in einer Stunde durch Dutzende von Bänden lockte. Von Gotthelf las ich ziemlich alles, von Jean Paul, den ich erst jetzt kennen lernte, sehr viel, da dessen Tautropfen-Perlen-Poesie mir die wonnigsten Überraschungen bereitete. Ach, das waren 'mal Menschen, rein von den Schlacken des Standesegoismus und der Abzeichen der Kaste, Menschen, deren Bücher ich vielleicht gerade ihrer Verfasser wegen so sehr lieben konnte. Ich vergaß, daß ich bloß las, der Buchstabe ward mir zum lebendigen Wort und die teuren Gestalten der Unsterblichen waren mit freundlichst nahe. Von den ersten Größen des deutschen Schrifttums war mir Goethe die liebste. Diese Bemerkung mag manchem Leser ein Lächeln abnötigen, in der Annahme, Goethe sei mir wohl nur hauptsächlich seines Ruhmes wegen so lieb gewesen. Dem war aber gar nicht so. Der Ladengaumer kümmerte sich nur insofern um den Ruhm der Autoren, als er ihn auf dem kürzesten Wege die Koryphäen der Literatur kennen lehrte; daß er sich aber dabei redlich bemühte, die Selbständigkeit eigener Anschauungsweise zu bewahren, kann ich mit gutem Gewissen sagen. Was mir an Goethe, auch Schillern gegenüber, vorzüglich gefiel, war das Reale, aus dem wirklichen Leben von Fleisch und Blut Herausgewachsene, Prunklose, wogegen mir Schillers philosophische und wortreiche Muse häufig sehr bemühend und gesucht erschien. Da mir jede philosophische Bildung abging, so mußte mir das leichter Verständliche, die durchsichtigere Gedankenklarheit der Goetheschen Schöpfungen sofort bemerklich werden. An der ewig mustergültigen Prosa von «Aus meinem Leben» hing ich mit dem vollsten Wohlgefallen unverbildeter Geschmacksrichtung, nach ihr fing ich an meine Sätze und Perioden zu bilden, sie war der Prüfstein, an welchem ich unzählige meiner Stilproben zerschellte.

In solcher Weise verlief die Zeit eben so angenehm, als nützlich. Aber wie immer war auch jetzt dafür gesorgt, daß ich nicht übermütig wurde. Durfte ich mir auch das Zeugnis geben, daß ich die laufenden Geschäfte so gut als möglich und immer besser besorgte und nichts wissentlich vernachlässigte, so konnte ich doch nicht bemerken, daß Frommberg mir deswegen ein gutes Wort gab;

im Gegenteil, je besser es ging, um so weniger sprach er, und es vergingen nicht bloß Tage, sondern vielleicht ganze Wochen, in denen zwischen uns keine Silbe gewechselt, also auch nicht gegrüßt wurde. Daß unter solchen Verhältnissen nicht ein einziges außergeschäftliches Wort floß, läßt sich denken, und solcher Mangel an aller Familiarität war nun sicherlich nicht geeignet, meine Neigung für das Geschäft zu fesseln.

Eines Tages gegen die Neige des Sommers führte eine sehr unbedeutende Ursache zum erstenmal zu einer notpeinlichen gegenseitigen Erklärung, wobei mir unter anderm die Pflicht zu Gemüte geführt wurde, daß ich zu schweigen habe, sobald der Prinzipal es befehle. Der Kleine bezeugte mir wirklich eine so maßlose Geringschätzung, als wäre er etwa der Pflanzer und ich der Nigger. Es war an einem Samstagabend, als dieser Sturm losbrach, der meinen Frieden tief erschütterte. Ich hatte Herzklopfen und Kopfweh und ging noch fast bei Tageshelle zu Bette. Die ganze Nacht hindurch kam kein Schlaf in meine Augen und freud- und mutlos begrüßte ich den anbrechenden Sonntag. Unwillkürlich bestimmte ich den Nachmittag für einen Ausflug auf den nahe bei der Stadt befindlichen Berg, von dessen Höhe die Gebirge Grünaus gesehen werden konnten. Der Weg dahin war eine der hübschesten Promenaden, und deshalb an den Sonntagen sehr begangen; ich wußte das und schlug, um möglichst allein zu bleiben, die verlorensten, teilweise durch dichte Waldungen sich ziehende, Seitenpfade ein. Indeß irrte ich mich, wenn ich glaubte, allein auf diesen Einfall gekommen zu sein, denn ich begegnete zahlreichen verliebten Pärchen, die sich in ihrem Zuge zur Einsamkeit natürlich ebenso verrechnet hatten. Leichter war es mir oben, eine einsame Stelle zu finden, von welcher aus ich der ersehnten Fernsicht genoß. Und beim Anblick der bekannten Gebirgsformen erwachte ein niegekanntes Heimweh mächtig und leidensvoll in mir. Wohl hatte sich dasselbe bald nach meiner Übersiedlung in die Stadt sehr fühlbar gemeldet, aber ich hatte es als kindische Blödigkeit verurteilt und mich standhaft gegen dessen stärker werdende Anwandlungen gewehrt. Jetzt, mit einem Male, trat es gleich den sonst zahmen Bächlein nach Wolkenbrüchen über die Ufer, dem dünnen mehr zur Zier als zur Wehr gepflanzten Wuhr spottend. Wie ein Kind fing ich überlaut zu klagen an, ich fühlte mich ganz und gar untröstlich, daß es mir nicht vergönnt war, geradesten Weges und ohne mich noch einmal umzusehen, heimzukehren. Nach einer Weile zog ich mein Notizbüchlein heraus und schrieb:

O könnt' ich heim! Wie ein Verbannter blickt
Voll Reu' und Sehnsucht nach der Heimat Auen,
So muß mein trauernd Auge unberückt
Nach dir, o Grünau, wieder rückwärts schauen!
O könnt ich heim! O Heimat, ewig lieb,
Vergiß, daß mich's in diese Fremde trieb.

O könnt' ich heim zu Hacke, Sens' und Rechen,
Zu Beil und Säge wieder in den Wald,
Könnt' ich mit Dir, o Jakob, wieder sprechen,
Wie heilte sich mein tiefstes Wehe bald!
Wie gerne bis zum spät'sten Abendschein
Wollt' ich dabei, wo Du bist, Jakob, sein.

O könnt' ich heim! Mein Sehnen regt sich wilder,
Da schon sich wieder herbstlich färbt das Laub,
Da heißgeliebter Jugendträume Bilder
Wie Geister auferstehen aus dem Staub.
O könnt' ich heim! ruft alles jetzt in mir,
O Jakob, Jakob, könnt' ich heim zu Dir!

O könnt' ich heim! Könnt' es noch heute sein!
Da wärst Du noch, der Du mir früh gewesen,
Aus Deinen Augen könnt' ich wieder rein
Der Brudertreue goldne Züge lesen.
Wir hätten uns, und all' genoßnes Glück,
Das wir uns boten, kehrte neu zurück.

Mit dem Gedichte zu Ende gekommen, empfand ich eine seltsame Beruhigung, ja es wäre mich diesen Augenblick kaum leicht angekommen, dem heißen Wunsche kurzweg Genüge zu leisten, dagegen bekam ich den sonderbaren Einfall, die zweite Strophe auf ein besonderes Blättchen zu schreiben und gegen Osten an den Stamm einer Rottanne zu pechen, es beinahe für möglich haltend, daß Jakob, wenn er nach dieser Richtung sähe, auch den brüderlichen Sehnsuchtsruf vernehmen könnte.

Bei der Rückkehr vom Berge vermied ich es weniger ängstlich, auf den Heerweg zu geraten. Es war im späten Nachmittag. In den Gartenwirtschaften der sonnigern Lagen herrschte noch reges Leben; Gespräche, Gesang, Gläserklang schienen die Blätter der Reblaubgewände in steter zitternder Bewegung zu erhalten. Einesmals vernahm ich die alles übertönende Stimme eines Rhapsoden, der Zellbergersche Verse deklamierte. Ich bemerkte, wie das Geräusch sich legte und einer allgemeinen Aufmerksamkeit Raum gab. Die vortrefflich komisch vorgetragenen Verse heimelten mich an, ich hatte dieselben unter Zellbergers Leitung durch die Prophetenschule bei hausfestlichen Anlässen hin und wieder vortragen gehört und jedesmal herzlich dazu lachen gemußt. Ich konnte nicht vorbei, ich mußte hineingehen. Der Rhapsode, ein junges Bürschchen mit originellen Gesichtszügen, auf einem Bierfäßchen balancierend, erntete reichen Beifall in Worten und Werken. Auch Zellbergers wurde preisend gedacht, und ein Kränzchen ansehnlicher und älterer Männer brachte dem Dichter ein improvisiertes weitschallendes Lebehoch. Ich mutmaßte, die Freunde dürften teilweise durch persönliche Beziehungen dem Dichter näher stehen, und rückte mit meinem Schöpplein in die unmittelbare Nähe des Tisches. Wirklich gab einer der Männer Anekdoten und Charakterzüge aus Zellbergers Leben zum besten, die ganz amüsant, aber Stück für Stück erdichtet oder entstellt waren. Der Erzähler gerierte sich als einstigen intimen Bekannten des Gefeierten, was eben so erdichtet sein mußte, da seine Schilderungen auf Zellbergers Gestalt und Wesen nicht besser paßten, als die Faust aufs Auge. Es juckte mich, den Erzähler seiner Unrichtigkeiten zu überführen, aber das ansehnliche Äußere des wohlgenährten Mannes, der Schliff seiner Konversationssprache und die Nachwehen meiner jüngsten Erlebnisse benahmen mir den Mut zur Einmischung in das Gespräch. Aus diesen Erdichtungen und Fälschungen schloß ich aber auf die zahllosen herumgebotenen Züge berühmter Persönlichkeiten, die größtenteils nicht wahrheitsgetreuer sein mögen. Indessen behagte es mir auf meinem Sitze so wohl, daß ich ein zweites Schöpplein kommen ließ. Indem ich nun eben von dem ziemlich guten Tröpflein nippte und dabei hörte, daß Zellberger mit dem linken Auge ein wenig schiele, was ihm bei gewissen spaßhaften Anlässen trefflich zu statten komme, da warf ich etwas unmanierlich ein: «Ei bewahre, Zellberger hat zwei schöne braune Augen und schielt gar nicht, außer etwa zum Spaß.» Der Unterbrochene wandte sich ungehalten zu mir und fragte barsch: «Wissen Sie das besser als ich?» – «So scheint es», erwiderte ich, «ich bin halt ziemlich oft um ihn gewesen.» – «Wie heißen Sie? Der Aussprache nach sind Sie wohl auch aus der Gegend von Gratlingen?» fragte ein Dritter mit freundlichem Tone. Ich bejahte und nannte meinen Namen. Der Fragende und ein paar Nachbarn waren Leser der Zellbergerschen Monatsschrift gewesen und erinnerten sich nun artig, mehrere meinen Namen tragende Aufsätze in diesen Blättern gelesen zu haben. Man stieß mit mir an und ermunterte mich, einiges aus meinem Umgange mit Zellberger mitzuteilen. Ich tat was ich konnte, hatte aber, um die Mitteilungen einigermaßen fließend zu geben, mit Ausdrücken und Wendungen großes Ringen, ich fühlte, wie weit ich hinter dem Schliff des angeblichen Bekannten Zellbergers zurückstand, und mußte dankbar sein, daß man mir, wenn ich mich in eine neue Form hinein verredet hatte, mit dienlichen Synonymen aus der Patsche half. Item, eine Stunde verfloß recht angenehm; ich hatte es geschehen lassen müssen, daß man mir inzwischen noch aus der Gesellschaftsflasche das Glas füllte, und ich brach dann heiter mit dem heitern Kränzchen auf. Auf dem Wege hielt einer der Belesenen, ein junger Kaufmann, zu mir, fragte manches meine eigenen Verhältnisse betreffend und unterließ nicht, mir beim Abschied seine Adresse zu geben und mich zu einem baldigen Besuche einzuladen. Als ich dann gleich den nächsten Sonntag der Einladung Folge leistete, war der Weinfreundliche wieder ganz nüchtern geworden und bedauerte höflich, sogleich ausgehen zu müssen, dagegen möge ich ihn später der Ehre eines baldigen Besuches würdigen. Ich war Schafskopf genug, auch noch diese Einladung für ernst gemeint zu halten, versuchte es daher noch einmal und brachte es natürlich nicht weiter als zu einer dritten sehr höflichen Einladung; doch war der Freundliche jetzt so menschlich, mir von einer bevorstehenden längern Geschäftsreise zu sagen, um mir dadurch anzudeuten, daß er meine Visite ziemlich später erwarte, die ich dann auch wirklich bis diesen Tag verschob.

25

Mit Neujahr besuchte ich meine Heimat, meinen Jakob. Es ergriff mich mächtig, als ich von Wiesental herkommend Birken erblickte, wo aus der Stube ein festlich großes Licht ins Tal herabglänzte. Ich fand gerührte und rührende Aufnahme. Jakob war in jüngster Zeit glücklicher Bräutigam geworden und so sah jeder von uns endlich heitern Auges in die Zukunft. Hatte Jakob anfänglich den Verlust meiner persönlichen Gegenwart als unersetzlich betrauert und hatten auch die Eltern eine Zeit lang nicht einsehen wollen, wie der Ausfall meiner Tätigkeit bei jeweiliger Anhäufung dringender Arbeiten zu decken sei, so hatte sich nun alles bereits gefügt. Ich war nicht mehr unentbehrlich, wohl aber beinahe unverwendbar und überflüssig geworden. Nach zwei innig frohen Tagen schied ich mit dem stillwehmütigen Gefühl, daß ich in der Heimat ein Fremdling geworden, noch ehe es mir gelungen war, in der Fremde eine Heimat zu gründen.

Jetzt aber fand ich es umso naturgemäßer, mich meinen neuen Verhältnissen so traut als möglich anzuschmiegen. Und in diesem Bestreben lebte sich's denn auch so erträglich, so zwischen Begehren und Behagen in die Zukunft hinein, daß ich die Erlebnisse vier voller Jahre gar wohl in einen engen Rahmen fassen darf. Daß der alte Herr Frommberg in dieser Zeit starb, daß mein Prinzipal sich nebst den Bücherballen auch eine Lebensgefährtin aus Deutschland kommen ließ, das ging mich sozusagen im geringsten nichts an, da ich all das meist erst durch unbeteiligte dritte Personen erfuhr und höchstens am äußersten Saume der daher entstandenen extraordinären Bewegungen noch kaum einige sichtbare Wellenschläge um meine Sohlen glitten. Hatte immer der Kommis seine Pflicht getan, so konnte der Kommis gehen. Ich gewöhnte mich auch so daran, nicht mit Frommberg, sondern lediglich mit dessen Geschäft zu verkehren, daß ich mir nicht bloß im Geschäfte, sondern auch auf der Straße, wo ich dem «Herrn» zufällig begegnen mochte, es angewöhnte, ihn ja beileibe nicht mehr anzusehen, geschweige denn zu grüßen, wohl wissend, wie sehr ihn das Gegenteil inkommodieren konnte. Und, so unglaublich es scheinen mag, Jahr für Jahr verlief in dieser Weise im ganzen friedlich. Frommberg erwies sich als ein gerader, männlicher Charakter, der gerne jeden in seiner Art gewähren ließ, in keiner Weise schikanierte und nur selten die Person mit der Sache verwechselte.

Das Geschäft an sich bot vieles Angenehme, Unterhaltende. Einkäufe kleinerer und größerer Bibliotheken gewährten der Neu- und Wißbegierde manigfache Nahrung. Immer kamen seltene oder von mir noch nie gesehene Sachen zum Vorschein, namentlich manches Handschriftliche. Die poetische Liebeserklärung in der Originalhandschrift eines der berühmtesten schweizerischen Schriftsteller an seine nachherige Frau, ein Büchlein von etwa dreißig Seiten zierlich eingebunden, und ein Brief von demselben an den Bruder eines weit und viel genannten Enthaupteten, am Hinrichtungstage geschrieben, gewährten mir hohes Interesse. Auch manche der gedruckten Bücher aus alten Familienbibliotheken enthielten handschriftliche Notizen, die mich angenehm fesseln konnten. In der kleinen Bibliothek eines unlängst verstorbenen Dichters befand sich eine Bibel, welche eine Menge unterstrichener Stellen mit Randbemerkungen enthielt, die unter sich in einem harmonischen Zusammenhange standen und den Leidenskultus eines gottergebenen Gemütes in rührend ergreifender Weise darstellten. Da dieser Dichter als politischer Parteimann in jüngern Jahren zu den Radikalen und also folgerichtig auch in religiöser Hinsicht zu den Freisinnigen zählte, so mußte im Laufe der Jahre wohl unter dem Drucke herber Lebenserfahrungen, eine mächtige Umwandlung seiner Sinnesart stattgefunden haben, und ich machte es mir angesichts dieser Metamorphose zum heiligen Grundsatz, den Wert eines Menschen nie nach dessen religiösen oder politischen Ansichten, sondern allein nach seinen Handlungen zu schätzen.

Zu vielen Beobachtungen gaben auch die täglichen Ladengeschäfte Anlaß. Der Platzumsatz beschränkte sich mit geringen Ausnahmen auf den Verkehr mit Gelehrten und der studierenden Jugend, war jedoch zu gewissen Jahreszeiten nicht unbedeutend. Da gab es nebst vielen Käufern auch manche, die verkaufen wollten, meist bloß, «um Platz zu gewinnen». Studierende an den Vorabenden bedeutender Kneipereien «verkeilten» ihre kostbaren Lehrmittel um den antiquarischen Spottpreis, um nach der Ebbe in der Kasse die Bierflut eintreten lassen zu können. Unter den auswärtigen Bestellern frappierten mich besonders die Aufträge mehrerer katholischer Geistlicher, meist Kapuziner, die auf erotische Artikel allersaftigsten Inhaltes Jagd machten, anatomische Atlanten, Gynäkologieen und Handbücher für Hebammen bestellten und es in nachfolgenden Briefen schmerzlich bedauerten, wenn der eine oder andere der bestellten Artikel als schon verkauft nicht mehr geliefert werden konnten. Einer dieser Besteller bemerkte zufrieden, da er «Brantomes Leben galanter Frauen» erhalten hatte, er besitze nun eine Sammlung von den und den und so und so viel Artikeln, und er glaube nun, nichts wesentliches mehr aus diesem Genre zu entbehren, gleichwohl möchte man sich's ja merken und ihm zu allfälligen Ergänzungen behülflich sein. Es gab viele Geistliche im allgemeinen, die medizinische Werke bestellten, aber nur ein einziger Mediziner fand sich, der ins Gebiet der Theologie hinübergriff. Manche Besteller äußerten sich zufrieden über Frommbergs billige und zuverlässige Bedienung, und ein noch jüngerer wohlbekannter Schriftsteller bat, ihm doch ja sämtliche Kataloge ohne Ausnahme zuzusenden, obgleich er nicht jedesmal in den Fall kommen möge, etwas zu bestellen; es sei ihm eben schon ein rechter Genuß, nur einen so wohlgeordneten Frommbergschen Katalog zu durchblättern. Solche Zeichen der Zufriedenheit freuten mich sehr, und um so mehr, als ich aus persönlicher Beobachtung wußte, wie gewissenhaft Frommberg bei der Taxation der Artikel zu Werke ging und wissentlich oder vorsätzlich keinen Besteller täuschte.

Mit Arner, einem jugendlichen Zimmergenossen, seines Zeichens Kommis in einem Kolonialwarengeschäft, hatte ich gar manche Unterhaltung. Er war, wie er mir in der ersten Stunde erschienen, eine fidele Haut ohne Falsch; er gab sich offen, wie er war, und vertrug eine Rüge, die ich mir hin und wieder über sein gar zu windiges Wesen erlaubte, ohne Groll; war er in der rechten Laune, so konnte er ein ganz ernsthaftes Gespräch aushalten und diente mit einzelnen so vernünftigen Antworten, wie sie von seinem Alter kaum vernünftiger erwartet werden durften. Daher kam trotz bedeutender Altersverschiedenheit eine Art Kameradschaft zwischen uns zustande, die lange Zeit meine einzige war und statt größerer und sogenannter besserer Gesellschaft genügte.

Mittlerweile lernte ich an dem zartgebauten Jüngling noch eine besondere Eigenschaft kennen. Ich fühlte nämlich einmal mitten in der Nacht, wie jemand mich an der Daumenzehe des rechten Fußes riß, und erwachte deshalb. Arner stand an meinem Bette und entfernte sich, als ich den Fuß zurückzog, brummend. «Was wollen Sie?» fragte ich verwundert. – «Was anders, als das Billet siegeln», erwiderte er ungehalten. – «Das Billet? Wem gilt's?» forschte ich. – «Pah, der Lina Rainer. Ich hab' den Besen heute nicht getroffen», war die halb scherzhafte Antwort. Wenige Augenblicke später begann er fröhlich: «Ah, Fräulein, hab' ich endlich das Vergnügen!» Er hatte seine Lina nun getroffen und hielt eine bei aller durchklingenden Schüchternheit so feurige Anrede, wie es nur ein achtzehnjähriger Verliebter imstande sein mag. Die Angebetete schien etwas spröde zu tun, weshalb er verdoppelten Unsinn produzierte und mich dadurch so langweilte, daß ich ihn beim Namen rief, worauf er augenblicklich stillschwieg, freilich nur, um später wieder in etwas anderer Tonart fortzufahren. Dieses wiederholte sich nach Eintritt des Vollmondes mehrere Nächte nacheinander, in welchen Arner auf die wesentlichsten seiner Herzensgeheimnisse zu sprechen kommen mochte. Indessen waren dieselben so unschuldiger Natur, daß ich ihn als einen guten, sittlich-reinen Menschen erst recht lieb gewann und zugleich das interessante Vergnügen hatte, einer fremden Seele so klar auf den Grund zu schauen, wie einem Glase lautern Wassers. Und mochten immerhin diese Äußerungen des Traumlebens in mancher Hinsicht von der Norm des überlegten wachen Denkens abweichen und somit keineswegs als die ebenbürtigen Stellvertreter des letztern angesehen werden dürfen, so gestatteten sie doch einen Blick in die geheime Wirtschaft der Seele, wie ihn der gewöhnliche Umgang nie ermöglicht. Nebenbei mußte ich daraus schließen, wie gut es sei, keine bösen Geheimnisse auf dem Herzen zu haben, um nicht in einer Vollmondsnacht sein eigener Verräter werden zu können.

Arners Gesundheit war gegen Diätfehler und Witterungseinflüsse sehr empfindlich, weswegen er hin und wieder in den Fall kam, sich für einen halben oder ganzen Tag unwohl zu sagen. Verbrachte er dann diese Leidensstunden allerdings meist im Bett, so geschah es doch auch mitunter, daß er seine Unpäßlichkeit selbst als ziemlich imaginärer oder chimärer Natur erkannte und sich, um sein avisiertes Unwohlsein beim Prinzipal nicht absagen zu müssen, lieber eine zeitgemäße Erholung im Freien erlaubte. Er hatte einen Bekannten seines Alters, der im Besitz einer Windbüchse war; mit diesem zog er dann gerne auf die Jagd von Rebhühnern und wilden Tauben, oder er mietete einen bedeckten Nachen und begab sich mit der Rute auf den Fischfang. Von solchen Ausflügen hörte ich zum ersten Mal bei Gelegenheit der Vorzeigung einer gebratenen Taube, deren Präparation er der schönen Schwester seines Freundes verdankte und zu deren Verspeisung er mich einlud.

Um das dritte Jahr meiner Dienstbarkeit regte sich das unbezwingliche Verlangen in mir, wieder einmal eine schriftstellerische Arbeit vorzunehmen. Über Ideenmangel hatte ich mich nicht eigentlich zu beklagen, ich besaß sogar einige skizzierte Pläne zu kleinern Erzählungen, von denen der eine oder der andere des Versuchs der Ausarbeitung wert erscheinen konnte. So nahm ich denn endlich, im voraus bedeutende Abänderungen treffend, einen derselben vor und saß von der Feierabendstunde bis um Mitternacht dabei, ohne doch an dem Resultat meines Fleißes noch besonderes Wohlgefallen finden zu können. Schon in der Dämmerung des Sommermorgens stand ich wieder auf, das Begonnene fortzusetzen; allein ein eigentümliches Unbehagen, das mir schon die Tätigkeit des Abends erschwert hatte, fand sich auch jetzt wieder ein. Und wie ich nach der Uhr sah, erschreckte mich die Flüchtigkeit der Zeit, ich fühlte die kostbaren Augenblicke niederrinnen wie Goldsand in den alles verschlingenden Abgrund der Vergangenheit; ich wand und quälte mich, etwas auszurichten, und ließ endlich in halber Verzweiflung gut sein, was kam.

Unter zahlreichen Morgen- und Abendstunden gab es doch denn wohl eine einzige, in welcher ich des ersehnten Glückes genoß, wie Moses des Anblickes von Kanaan; das Zauberland der Dichtung lag unmittelbar vor meinen Augen, der Blütenduft seiner Gärten wogte in linden Wellen um meine Sinne, und war es mir nicht gestattet, den heiligen Boden zu betreten, so blieb es mir doch unbenommen, seine äußerlichen Herrlichkeiten so mächtig auf mich wirken zu lassen, als ob ich mitten darin gewandelt hätte.

Item, ich sah mich nach vielen Monaten im Besitz mehrerer erzählender Versuche, von denen jeder, akkurat wie sein Verfasser, seine bessern und schwächern Seiten hatte. Nach Überwindung gewichtiger Bedenken wagte ich es, mit zwei derselben an zwei Feuilletonsredaktionen zu gelangen und beide wurden aufgenommen. Eigentümlich wirkte bei solchen Beschäftigungen jeder, auch der leiseste Gedanke an Frommbergs gemütlose Individualität: wie ein erkältender Schatten ragte sie herein in die warme heitere Welt meiner Träume, und nicht selten mußte ich wirklich aufhören zu schreiben, sobald die Erinnerung den unholden Schatten streifte.

26

Nun war in letzter Zeit hin und wieder ein Mann gekommen, um Bücher zu verkeilen, den ich anfänglich für einen der weniger berühmten Professoren, dann für einen Maler, dann wieder für einen Musiklehrer hielt. Er war von hohem Wuchse, trug einen starken Bart, die schwarzen Haare in langen über den Rockkragen fallenden Locken, über den dunkeln Augen blitzten zwei Brillengläser. Aus Kleidung und Haltung sprach eine gewisse elegante Nachlässigkeit, dic auf eine reiche und vielbewegte Vergangenheit schließen ließ. Er benahm sich still und wortkarg, obgleich seine Miene nichts Verschlossenes hatte und die in gutem Deutsch gesprochenen wenigen Worte sich freundlich hören ließen. Ich fand besonderes Interesse an diesem Manne und ging begierig darauf aus, seinen Namen zu erfahren. Deshalb durchblätterte ich seine verkeilten Bücher jedesmal aufmerksam und brachte es dadurch mit Gewißheit heraus, daß der Verkeiler den herzgewinnenden Namen Fidelius trug, mit dem Prädikat «Doktor». Dieser Name war mir bereits nicht ungünstig bekannt, da der Träger desselben sich auf dem Gebiete der Literatur mehrfach tätig gezeigt und durch einzelne Leistungen beifälliges, wenn auch schnell vorübergehendes Aufsehen erregt hatte. Ich benutzte denn auch die erste Gelegenheit, ein kleines Gespräch auf die Bahn zu bringen, und der Versuch endigte so sehr nach Wunsch, daß Herr Fidelius mich zu einem Besuche in seine Wohnung einlud. Aus Besorgnis, es dürfte mir wieder ähnlich ergehen, wie bei dem bewußten jungen Kaufmann, eilte ich gleichwohl nicht damit. Fidelius kam inzwischen wieder in den Laden, lud mich von neuem ein und ich ließ es mir nun gesagt sein.

Er war ohne Familie, hatte aber gleichwohl eine geräumige gut möblierte Wohnung in Miete und eine hübsche Haushälterin im Dienst, was mir von seinem mutmaßlichen Vermögen oder Einkommen keine geringe Idee gab. Sein Alter überstieg das meinige nur um ein paar Jahre, dennoch hatte er schon doppelt und dreifach so viel erlebt, wie ich, und alles in ganz anderer Weise. Ihm hatte es an Bildungsmitteln von frühe an nicht gefehlt, wohl aber an Entschlossenheit in der Wahl der Berufsart. Deshalb hatte er nacheinander Theologie, Medizin und Jurisprudenz studiert, sich dann noch in ästhetisch-philosophische Spekulationen vertieft, um schließlich wieder auf dem sichern Boden des einfachen gesunden Menschenverstandes auszuruhen. Auf allen diesen Gebieten hatte er sich nicht bloß theoretisch, sondern auch praktisch umgetan: er hatte anderthalb Jahre als Prediger vikarisiert, war drei Vierteljahre Assistent eines Arztes und ein halbes Jahr Adjunkt eines Advokaten gewesen; hernach hielt er einen Zyklus von Vorlesungen über Goethes Iphigenie auf Tauris und sandte durch das Medium der Presse eine Abhandlung über den Schönheitskultus der Griechen in die Welt. Gegenwärtig befaßte er sich als Korrespondent mehrerer in- und ausländischer Blätter meist mit Tagespolitik und außerdem mit Renzensionen über Werke aus dem Gebiete der Geschichte und Belletristik. Auch einige Tendenznovellen hatte er in neuerer Zeit von Stapel laufen lassen und arbeitete zur Stunde an einem größern Roman, der vielen Gebresten der gesellschaftlichen Zustände scharf auf den Leib rücken sollte. Man sieht, an Rührigkeit fehlte es dem Vielgewiegten nicht, und wenn man ihn sprechen hörte, wie er mit den jugendfrischesten Hoffnungen sich trug und hinter dem Schleier der Zukunft nur die verhüllten Lose eines schönern Daseins ahnte, so mußte man den ewigjungen, ewiggrünen Fidelius liebgewinnen.

Ich dankte der Vorsehung, die mich endlich auch in solche spezifisch literarische Gesellschaft gebracht hatte, und setzte mich als gläubigen und wißbegierigen Jünger zu den Füßen des Meisters nieder. Fidelius prunkte nicht mit abliegender ungehöriger Wissenschaft, er hatte es überhaupt weit weniger mit der Wissenschaft als mit der teuer erkauften Erfahrung zu tun und beobachtete bei aller absprechenden Zuversicht doch den demütigen Ton der Anspruchlosigkeit, die eine Frucht bitterer Erfahrungen zu sein pflegte. Er liebte es, nach ernsthaften Erörterungen mit bittersüßem Lächeln zu sagen: «O, ich kenne das!» Und ich, der ich nichts kannte, hegte auch nicht den entferntesten Zweifel gegen die Kenntnisse des allbewanderten Fidelius.

Natürlich war es nicht der ursprüngliche Wissensdrang allein gewesen, was ihn durch so manches Gebiet mehr gejagt als gelockt. Mißhelligkeiten und Mißbeliebigkeiten der verschiedensten Art hatten ihn nirgends Ruhe und Frieden finden lassen und er glaubte, jeweilen stets aus den triftigsten Gründen vom einen zum andern übergegangen zu sein. Von der Theologie nahm er Abschied, weil ihm jene Glaubensfreudigkeit abging, ohne welche ihm kein glücklicher Prediger der Religion gedenkbar war. Er war mit Zweifeln zur Schule gekommen und sie hatten sich bis nach vollendeten Studien nicht, wie er gehofft hatte, vermindert, sondern vermehrt; die Aufschlüsse selbst der gläubigsten Lehrer hatten nicht befestigend, sondern vernichtend gewirkt. Die Arzneikunde war ihm aus Gründen zuwider geworden, die mit religiösen Zweifeln entfernte Ähnlichkeit hatten, da die schulgerechten Heilsysteme ungefähr so unzuverlässig erschienen, wie gewisse Dogmen der Kirche. Erst nachdem er patentierter Arzt geworden war und an die Ausübung des Berufes ging, erkannte er, in welch wichtigen Beziehungen er von der

Leuchte der Wissenschaft verlassen und lediglich auf Versuche und selbst zu machende Erfahrungen angewiesen war. Einige betrübende Mißgriffe, welcher er sich als Anfänger schuldig gemacht, entmutigten ihn bald so sehr, daß er selbst an seiner ärztlichen Vokation durchaus irre wurde und die Kunst Äskulaps eines Tages plötzlich quittierte. Die Rechtswissenschaft hatte ihm weder Lorbeeren noch auch nur eine gesicherte Existenz in Aussicht gestellt, und da er in den juristischen Winkelzügen eben so fremd war als ihre Luft ihn unheimlich anwehte, so kostete es ihn weit weniger Überwindung, sich derselben als der beiden frühern Berufsarten zu begeben.

Von diesem Zeitpunkte an tappte er nach sehr ungewissen, verschwommenen Zielen, die meist in kleinern literarischen Spekulationen bestanden und schon manches Opfer gekostet hatten, während noch kein Erfolg der Erwartung entsprach. Darüber ging selbstverständlich auch manche sanguinische Hoffnung den Weg alles Fleisches, und man hätte glauben sollen, daß ihn nach allem schließlich wieder eine der drei verlassenen Fakultäten hätte zurückkehren sehen sollen. Daran schien er jedoch kaum schon gedacht zu haben, er war zu erklärter Fortschrittsmann, um auch nach solchen Täuschungen kehrt zu machen, umso mehr, als ihm jedes Mißlingen eben so wohl ein Gewinn wie ein Verlust zu sein schien, ein Lehrgeld, das für den Fleißigen und Aufmerksamen nie ganz verloren sein könne. In diesem Sinne und Geiste teilte er mir die flüchtigen Umrisse seiner Lebenserfahrungen mit, während ein resigniertes, demokritisches Lächeln keinen Augenblick aus seinem Antlitze wich. Von meiner Vergangenheit begehrte er wenig zu hören, da ihn einzig meine gegenwärtigen Bestrebungen, speziell meine literarischen Versuche interessierten. Ich hatte auf alle Fälle hin zwei Stücke mit mir genommen und war froh, sie nun durch das Fegfeuer der unfehlbaren Kritik des Doktor Fidelius gehen lassen zu können.

Nach einigen Tagen ging ich wieder hin, nicht ohne Bangen, ich dürfte mir durch meine scheinbaren Probestücke Zeugnisse von Bildungs- und Geistesarmut ausgestellt haben, die den gründlich gebildeten Kritikus seine darauf gewendete Mühe sehr bereuen lassen könnten. Diese Besorgnis erwuchs beinahe zur Gewißheit, als die Haushälterin nach einer Weile zu sagen kam, der Doktor sei ausgegangen. Als ich zögerte, wegzugehen, bemerkte sie, ich könnte vermutlich den Doktor in einer Wirtschaft, die sie nannte, treffen, weil er fast nur entweder dort oder auf seinem Zimmer sei. Diese Auskunft machte mir ein wenig leichter, ich machte mich sofort auf und traf den Gesuchten richtig an dem bestimmten Ort, einer stillen soliden Weinwirtschaft, beim Schöpplein, aus einer Zeitung Notizen schreibend. Er empfing mich aufs freundlichste und fing nach wenigen Worten von meinen Geistesprodukten zu sprechen an. Das Urteil fiel günstiger aus, als ich erwartet hatte, und zeugte von richtigem Verständnis des Beurteilten. Mit scharfem, ja beißendem Tadel sprach er nur über meine vielfache Versündigung gegen Logik und Stilistik, ich aber kannte mich selber zu gut, um solches übel aufnehmen zu können.

Fidelius war, wie ich mittlerweile zu beobachten Gelegenheit hatte, ein guter Trinker, die Schöpplein kamen und verschwanden, man wußte nicht wie. Er besaß eben eine aus langer Übung hervorgegangene, fast taschenspielerische Gewandtheit im Unsichtbarmachen der holden Leuchter, ohne daß weder der Fluß seines lieblichen Redestromes, noch die goldwägende Besonnenheit seiner Äußerungen dadurch eine merkliche Beeinträchtigung erfuhr. Mir deuchte, seine Lippen tröffen von Weisheit, wie die Morgenländer sagen; seine Aussprüche schritten den rhythmischen Gang römischer Inschriften im Lapidarstil und sein häufig wiederkehrendes: «O, ich kenne das!» klang mir erhebend, wie der Refrain eines Burnschen Hochlandsgesanges.

Von diesem Tage an erspähte ich jede passende Stunde, zu Fidelius zu gelangen, und da ich nun die beiden Pole kannte, zwischen welchen sein leiblich Leben sich bewegte, so konnte ich auch eigentlich nie mehr fehlgehen. Ich traf ihn in immer gleicher ruhig freundlicher Verfassung, aber in immer neuen Gestaltungen und Wendungen kehrten Unterhaltung und Belehrung wieder, gleich sonnigen Lenzmorgen voll Knospendrang und Blütenduft und jubilierenden Chören. Und es konnte Fidelius nicht entgehen, wie ich mit Bienenfleiß den würzigen Honig aus den Blumenbeeten seines Geistes in meine leeren Zellen trug; deshalb wiederholte er manches, was ich nicht richtig oder völlig aufgefaßt zu haben schien, in wechselnden Formen mehrmals, und er hatte ein feines Gefühl, hierin nicht weiter zu gehen, als eben nützlich oder nötig schien.

Nebenbei liebte er es, den Vorleser ihn besonders ansprechender Dichtungen zu machen, und da kamen die poetischen Schöpfungen Hermann Linggs vorwiegend oft an die Reihe. Der in denselben bekundete dichterische Ernst, die wahrhaft männliche Gefühlsinnigkeit und die hohe Sprachgewalt begeisterten ihn zu unendlichen Lobpreisungen, die denn freilich hin und wieder haarscharf ans Überschwengliche grenzten. Weit seltener kam er auf die einheimischen Dichter zu sprechen, und auch dann waren es nicht mehr als vier oder fünf, aus deren Leistungen er innere Berufung erkennen wollte. Die Übrigen nannte er Handwerks- und Nützlichkeitspoeten, solid und rechtschaffen, ja meistenteils sehr fromm, die das Vaterland sehr lieb haben und fremde Tyrannen hassen, dagegen den einheimischen mit rührender Pietät zugetan seien, die gemeinnützigen Gesellschaften, Armenväter- und Tierschutzvereine, deren Mitglieder sie in der Regel selber seien, zelebrieren, aber es für unsittlich oder gottlos erklären, dem urmenschlichsten aller Gefühle, der Mädchenliebe, ein unmittelbar gefühltes, nicht aber mit allerlei christlich-moralischen Ingredienzien verquicktes Lied zu weihen; denen es in allen Fällen unmöglich sei, den reinen Spiritus aus ihren Stoffen herauszudestillieren, und die daher ihren Freunden gemütlich die Trestern vorsetzen, mit der zierlichen Etikette «Spiritus» versehen. Fidelius vermaß sich zwar nicht, solcher Dichterei durch öffentliches Entgegentreten den Hemmsparren in die Räder schieben zu wollen, sintemal von derselben kaum erhebliche Nachteile für eine freiere Entwicklung des poetischen Lebens im Vaterlande zu besorgen seien und die fraglichen Quasipoeten der Mehrzahl nach bescheidentlich innerhalb der Kreislinien ihrer Kasualbegeisterungen stehen blieben. Den einzelnen jedoch, die eitel genug seien, sich in den Chor ächter Sänger zu mischen, die mit naiver List ihre Elaborata «Freunds Gedichte» betitelten, als ob dieser Freund seit alten Tagen der unsere wäre, die allen Albums- und Almanachs-Redaktionen nachspüren, um ihre geschätzten Namen in der Reihe der Mitarbeiter gegen Weihnachten gedruckt zu sehen. diesen, meinte er, sollte man doch bisweilen aufs Felleisen klopfen und sich den Paß vorweisen lassen.

Wie Fidelius seine Ausfälle zu motivieren verstand, konnte ich sie nie ungerecht finden, vielmehr bedauerte ich manchmal, die eingestreuten Lehren und Fingerzeige nicht mit stenographischer Treue für ruhigere Stunden festhalten zu können. Bei allem, was ich von nun an schrieb, fragte ich mich, ob Fidelius wohl auch damit einverstanden sein würde. Also kam es, daß meine Produkte immer entschiedener den Beifall des Meisters erhielten und daß er mir sogar eines Mals ganz unerwartet das brüderliche «Du» zutrank. Nun war ich glücklich, ich hatte nach langen Jahren wieder einen Menschen gefunden, den ich duzen durfte, und welch einen Menschen!

Eines Tages, als es wieder Herbst geworden, da wir dem See entlang spazieren gingen in eifrigem Gespräch über allerlei Literaria, fuhr Fidelius plötzlich heraus: «Grünauer, hör', ich hab' einen Plan für ein gemeinsames Unternehmen entworfen, sag', was Du davon hältst, es könnte etwas rechtes daraus werden.» – «Gewiß?» horchte ich mit freudiger Spannung hin. Fidelius breitete nun den wichtigen Plan vor meinen Augen aus. Es handelte sich um die Gründung einer belletristischen Zeitschrift, in welcher angestrebt werden sollte, die besten vaterländischen und die im Vaterlande wohnenden ausländischen Kräfte zu vereinigen, mit strenger Ausschließlichkeit gegen die Verseschmiede oder Tresterlieferanten. Der Plan schien mir nach allen Richtungen hin reiflich durchdacht zu sein, und da auch die finanzielle Seite ansprach, so konnte es nicht fehlen, daß ich meine Zustimmung durch Wort und Gebärde zu erkennen gab. Fidelius konnte sich rühmen, teils persönlich, teils durch Korrespondenz mit den namhaftesten Literaten befreundet oder bekannt zu sein, und er hegte vorläufig keinen Zweifel, dieselben der Mehrzahl nach für das Unternehmen gewinnen zu können. Alles das sagte mir ungemein zu, ich wünschte dem Rade der Zeit verzehnfachte Schnelligkeit, weil mir die Länge von zwei Monaten, welche Fidelius zur Vorbereitung nötig erklärte, ein halbes Menschenalter zu währen schienen. Fidelius belächelte meine Ungeduld mit philosophischer Ruhe, denn so warm und zuversichtlich er an dem Unternehmen hing, so war doch die Zeit der jungen Liebe für ihn vorbei, indem ähnliche erwartungsvolle Zeitpunkte schon zu oft für ihn dagewesen waren.

Nach dem Plane sollte Fidelius die Redaktion, ich die Expedition, überhaupt den geschäftlichen Teil des Unternehmens besorgen. Daneben sollte ich mich bestreben, auch schriftstellerisch mitzuwirken, und Fidelius bezeichnete im voraus eine meiner Erzählungen als zur Aufnahme wohl geeignet. Wäre ich freier, meinte er, so dürfte ich ganz Treffliches zu leisten imstande sein, zu welcher Vorhersagung die gelungensten Stellen meiner gegenwärtigen Leistungen berechtigten. Er meinte solches nicht bloß hinsichtlich der erforderlichen Muße, sondern auch, und das besonders, weil meine bisherigen Lebensverhältnisse so beschränkter und gedrückter Natur gewesen seien, daß ihr Reflex auch im Spiegel meiner Dichtungen einen gewissen peinlichen Eindruck machen müsse. Da nun die Hauptstärke meines Talentes ersichtlich darin bestehe, Selbsterlebtes zu reproduzieren, so sei klar, daß ich, ohne gelebt, ohne etwas erlebt zu haben, auch nichts von Belang zu schaffen vermöge. Daher müsse er mir die goldene Regel der Realisten zurufen: «Erst lebe, dann schreibe!» – «Ja, ja, Fidelius, wie mach' ich das?» erwiderte ich, durch die neue Offenbarung betroffen. «Wer garantiert mir, daß das Unternehmen gelingt, daß ich auch nur mein notdürftiges Auskommen dabei finden werde? Wie stände ich aber da, wenn das Unternehmen sich wieder zerschlüge? Die Welt überläuft von Stellesuchenden, wer bürgte mir, daß ich nach dem Austritt aus Frommbergs Geschäft im Notfall so bald wieder eine andere geeignete Anstellung fände?» – «O Hunger vor der Teuerung!» lachte Fidelius. «Wie glänzend mag denn nur Deine Anstellung sein! Du wirst etwa so und so viel dabei haben – er nannte eine Summe, die mein wirkliches Salair noch bedeutend überstieg – und das betrachtest Du als eine Existenz? Nun, ich begreife, daß nach den mannigfaltigen Bedrängnissen Deines Lebens Dir, was Du gegenwärtig besitzest, nicht so ungenügend erscheinen kann, wie mir. Allein abgesehen von der pekuniären Seite Deiner Stellung frage ich Dich, ob Dir auch nur der leise Gedanke erträglich sein könne, Dein ganzes Leben hindurch an diese Stelle gebunden zu bleiben? Kannst Du dabei im besten Falle etwas anders, als versauern und den Gewinn Deiner ganzen Lebenstätigkeit auf einige tausend Fränklein bringen? Hör', Freund, Du mußt Dich selbst besser kennen als ich, mußt wissen, ob Deinem Talente auch die Neigung in richtigem Ebenmaß beigesellt sei. Erlaube mir indessen Dir einen Platenschen Vers zur Beherzigung zu empfehlen:

Dem ergibt die Kunst sich völlig,
Der sich völlig ihr ergibt,
Der den Hunger weniger fürchtet,
Als er seine Freiheit liebt.»

«O herrlich! göttlich!» rief ich. Der Vers war mir neu und drückte die geheimsten Gedanken meines Herzens aus. «Überlege Dir's», bemerkte Fidelius ruhig; «kannst Du aus freiem Entschluß auf Deine gegenwärtige Anstellung verzichten, so wirst Du mir einen frohen Tag bereiten. Es wäre ohnehin auch schon der rein geschäftlichen Anforderungen des Unternehmens wegen gut, wenn Du frei dabei sein könntest; bei halber Tätigkeit kommt auch nicht einmal Halbes heraus.»

Mit seinen Vorschlägen hatte Fidelius einen Feuerbrand in das Gebälke meiner eigenen Luftschlösser geworfen und ich hatte genug zu wehren, daß die gierig schnaubenden Flammen nicht auch die dicht dabei befindlichen Ökonomiegebäude in Asche legten. So lockend jedoch die neuen Aussichten waren, so bedächtlich zog ich doch das Gegenwärtige, Sichere in Betracht. Ich hatte zu lange an der Scholle kleben gemußt, um dabei nicht eine gewisse Adhäsionseigenschaft anzunehmen, die sich vorzüglich an Festeres und Solideres hing. So oft ich daher mit mir zu Rate ging, so oft gelangte ich zu dem Entschlusse, eine Stellung nicht auf Geratewohl zu verlassen, in welcher auszuharren mindestens kein Unglück war.

Indessen arbeiteten wir rüstig an dem gemeinsamen Werke, es hatte seinen schönen Fortgang. Fidelius erhielt von seinen Korrespondenten freundliche Zusagen; doch war es mir befremdlich, nur Größen zweiten und dritten Ranges in den Willfährigen zu erkennen. Mir gelangen die geschäftlichen Einleitungen nach Wunsch. Dennoch verzog sich der Druck der Probenummer um einige Wochen, so daß keine Aussicht war, dieselbe vor Ende des ersten Monats im neuen Jahre herausgeben zu können.

Mittlerweile hatte mir Fidelius auch eines seiner eigenen Produkte, dessen Anfang in der Probenummer erscheinen sollte, zu freundschaftlicher Durchsicht und Beurteilung übergeben. Es war eine, wie er sagte, nach allen Regeln der Kunst gearbeitete Novelle, in gleichem Sinne, wie es einst die Lessingschen Lust- und Trauerspiele waren. Er schrieb eine sehr schwer leserliche Schrift, so daß die Aufmerksamkeit meiner ersten Lesung mehr den Schriftzügen als der Form und dem Inhalte zugewendet blieb. Hernach kam ich an die Hauptsache. Das Äußerliche, Technische des Stückes blendete mich durch seine Glätte und fleckenlose Korrektheit, aber der Inhalt – der Inhalt! Es war eine spanische Entführungsgeschichte, in welcher Satz auf Satz dem Unglaublichen das Unmögliche folgen ließ; es war etwas aus den Sternen Geholtes, das nie in denselben geschrieben stand. Einige eingestreute Gedichte, die den Fleiß des Autors in jeder Zeile beurkundeten, mußten natürlich auch als Musterpoesien angesehen werden, und sie kamen mir richtig noch weit spanischer vor als das übrige. Wohl lasen sich die einzelne Verse prächtig, ja sie waren teilweise von bezauberndem Wohlklang, wobei es freilich aus verschiedenen Gründen schwer hielt, Hermann Linggs zu vergessen, aber als ganzes waren mir diese Gedichte durchaus taube Nüsse. Eigentlich mußte ich sie künstlichen Weinen vegleichen, die alle chemisch nachweisbaren Bestandteile wirklichen Rebenblutes enthalten und doch von demselben so unendlich verschieden sind. Fidelius nahm mein sonach nicht sehr günstiges Urteil mit der Ruhe unfehlbarer Überlegenheit hin; er gab mir wohlmeinend zu verstehen, daß es einfach das Tiefsinnige und Geistreiche seiner Schöpfungen sei, was mir das Verständnis und also auch den Genuß beeinträchtigte, daß ich also folgerichtig noch manche Staffel zu erklimmen habe, bis ich auf seiner Höhe angelange sei. Ich nahm diese Deutung in demütigem Schweigen hin, obgleich ich insgeheim dem hoffärtigen Bewußtsein Raum gab, selbst sehr geistreiche Goethesche Dichtungen zu verstehen.

Nun, diese abweichenden Ansichten störten unser gutes Einvernehmen nicht, wir kamen bald jeden Tag zusammen Doch fiel es mir auch bald unangenehm auf, daß Fidelius unsere Zusammenkünfte meist in die bewußte Weinwirtschaft, höchst selten auf sein oder mein Zimmer verlegte. Auch von Spaziergängen war er kein Freund, vermutlich weil er schon ein halbes Leben durchgebummelt hatte; und wenn ich, dem die frische Luft so wohl tat, ihn doch zu einem Bummel bereden konnte, so entging ihm kein Haus, an welchem «der Herrgott seinen Arm ausstreckte», und er fragte allezeit: «Was meinst, wollen wir vielleicht probieren, was sie hier für ein gutes Tröpflein ausschenken?» Weigerte ich mich, was oft der Fall war, dann lächelte er und meinte, der Philister habe bei mir schon dick angesetzt und ich hätte wahrlich hohe Zeit, daß ich solche Inkrustierung durch recht viele gute Tröpflein erweiche und beseitige, denn es sei mein Beruf, ein Antiphilister zu werden bildlich und wesentlich.

27

Am letzten Tage des Jahres wurde mir noch eine besondere Überraschung zuteil. Als mir nämlich Frommberg mein Salär nebst einer kleinen Neujahrsgabe einhändigte, blieb er gegen seine Gewohnheit noch einen Augenblick bei mir stehen und sagte dann: «Herr Grünauer, ich höre und beachte, daß Sie sich seit einiger Zeit einer außer meinem Geschäfte liegenden Tätigkeit mit besonderem Eifer widmen. Nun habe ich kein Jota dagegen, sofern es vielleicht Ihr Bestreben ist, sich eine freie Existenz dadurch zu gründen. Gedächten Sie aber Ihre Verpflichtungen gegen mein Geschäft mit denjenigen für Ihr eigenes zu verbinden, so könnte ich mich damit entschieden nicht einverstanden erklären. Daher stelle ich Ihnen, um Mißhelligkeiten von vornherein zu begegnen, die Alternative, entweder mein Geschäft oder Ihre Sonderbestrebungen zu quittieren. Besinnen Sie sich.» Solches sagte er in möglichst freundlicher Weise, in einer Weise, die er mir gegenüber noch nie befolgt hatte. Das mochte dazu mithelfen, daß mich die Überraschung auch nicht im geringsten betroffen machte, ja daß ich es sogleich wie ein gütlich Übereinkommen ansah. Ich fragte, auf welche Zeit mein Austritt stattzufinden hätte. Frommberg erwiderte, er wolle mich nicht überstürzen und gebe mir noch ein halbes Jahr Zeit, damit es mir möglich sei, mich inzwischen ordentlich einzurichten. Das fand ich recht nobel gedacht und erklärte mich dankbar einverstanden, erst nach einem halben Jahre auszutreten. «Gut so», bemerkte Frommberg und ging hinweg.

Froh und bang bewegt trat ich in die lärmvolle Dezembernacht hinaus; die friedebringende Überzeugung, daß die Vorsehung wie von Alters her für mich gesorgt habe, leuchtete in das Wirrsal meiner anscheinend sehr ungewissen Zukunft, wie der Abendstern auf die in der Dämmerung liegende Landschaft. Ich eilte zu Fidelius in seine Wirtschaft und überbrachte ihm die fröhliche Mär.

«So!» entgegnete der Freund hocherstaunt; «ist noch etwas verfrüht, Du hättest Dir doch einige Tage Bedenkzeit ausbitten sollen.»

«Ums Himmelswillen, in welche Widersprüche verfällst Du!» erwiderte ich bestürzt. «Hast Du mir denn nicht selbst allen Ernstes und fast dringend zum Austritte geraten? Nun, da ich denselben nicht gefordert, sondern bloß als freies Anerbieten angenommen habe, faselst Du mir noch von Übereilung.»

«Ja, Freund», antwortete Fidelius, «Dein Vorwurf, daß ich mir selbst widerspreche, ist nicht ungerecht, allein ich habe meine besondern nicht vorhergesehenen Gründe dazu, die erst von heute datieren.»

«Schlimme Berichte vielleicht?» fragte ich sehr beunruhigt.

«Je nachdem, im Gegenteil, sehr günstige», war die Antwort. Fidelius zog ein Schreiben hervor und ersuchte mich, es zu lesen. Es enthielt die Anfrage eines auswärtigen Zeitungsverlegers, ob Fidelius geneigt wäre, gegen ein fixes sehr ansehnliches Honorar die Redaktion einer täglichen Zeitung zu übernehmen. Seufzend bedachte ich die nur zu annehmbar gestellten Bedingungen, seufzend ließ ich den Brief in seine Falten zusammenklappen. «Was sagst Du dazu?» fragte Fidelius, das Glas behaglich zwischen den Fingern drehend.

«Hm!» seufzte ich, «was sagst Du zu unserm Unternehmen?»

Er zuckte die Achseln: «Das könnte freilich unter Umständen wieder zu Wasser werden. Du wirst indessen selbst gestehen müssen, daß der Erfolg desselben trotz dem besten Anschein ein sehr problematischer ist, ja, daß es durchaus nicht zu den Unmöglichkeiten gehört, statt des Gewinnes Schaden dabei zu holen. So viel ist sicher, daß wir uns im ersten Jahre auch bei sehr günstiger Verumständung auf einen höchst bescheidenen Ertrag gefaßt zu machen hätten. Hör' drum, ich bin so gut wie fest entschlossen, nach einigen auch meinerseits gestellten Bedingungen auf die Offerte meines Korrespondenten einzutreten. Und da glücklicherweise unser Unternehmen sich noch nicht aus den bloßen Vorbereitungen herausgeschält hat, so dächte ich, wir ließen es am besten für einmal noch in der Schale und zögen zuvörderst das bereits in die Druckerei gegebene Manuskript zurück.»

«Und ich?» war meine erschrockene Frage.

«Und Du – pah, Du suchst bei Deinem Prinzipal wieder einzulenken, was gewiß nicht schwer sein wird», antwortete der glückliche Freund.

«Nie und nimmer!» erwiderte ich verstimmt. «Wohl wünschte ich, daß ich um Deine Neuigkeiten etwas früher gewußt hätte, aber es sollte nicht sein und so soll es auch nicht sein.»

«Da lern' ich Dich von einer neuen Seite kennen», bemerkte Fidelius verwundert und etwas verlegen.

«Dito», versetzte ich, wallenden Unmut niederkämpfend.

«Du legst mir's übel aus», fuhr er fort, «aber red' wie Du denkst und frag' Dich, ob Du an meiner Stelle anders handeln würdest?»

«Darüber streite ich auch gar nicht», erwiderte ich, «aber das ändert nichts an meiner Stellung, und verdrießlich, sehr verdrießlich bleibt es immerhin, wenn man glaubte, auf Felsen gebaut zu haben, und es am Ende nur zusammengefrorner Kiesel war.» Fidelius leugnete denn auch nicht, daß er mir durch sein Vor- und Rückwärtsgehen nicht geringe Verlegenheiten bereitet habe; dagegen sagte er mir seine publizistische Unterstützung für meine eigenen Bestrebungen zu und meinte, ich müsse damit bei jeder

Gelegenheit zufrieden sein. Ich aber lächelte ziemlich sauer zu solchen menschlichen Versicherungen.

Nun ging ich etwas früher aus der Gesellschaft, als es mir bereits zur Gewohnheit geworden war. Sehr nüchtern zickzackte ich durch die bestobenen Gesellenhaufen, die Arm in Arm von Kneipe zu Kneipe schlampampten. Auf meinem Zimmer war's kalt und öde, öde seit längerer Zeit. Arner war seit einem halben Jahre nicht mehr hier; sein häufiges sich Unwohlsagen hatte denn doch einen tiefern Grund gehabt, als den der Trägheit und Gleichgültigkeit. Vor einem Jahre ungefähr hatte er angefangen, sich über anhaltende Müdigkeit zu beklagen, er schwand aus den Kleidern, und seines Herzens Sehnen richtete sich immer ausschließlicher auf Essen, Trinken und Schlafen. Er verrichtete Wunder hierin, da er eben so wohl die stärksten Doppelportionen verschlang, wie er von einem Abend bis in den folgenden Nachmittag hinein schlief. Darüber riß er eine Menge Witze, die von einem krankhaft erhöhten, gewissermaßen hellseherischen Divinationsvermögen zeugten, weshalb dieselben mich auch eher ernst als heiter stimmten. So sagte er, als die Kanonendonner eines Festtagmorgens ihn weckten, jetzt wolle er sich solches noch gefallen lassen, wenn er aber einmal ordentlich für immer eingeschlafen wär', so möcht' er sich solchen Lärm verbitten. Ein andermal meinte er, die alten Indianer seien doch viel menschlicher gewesen, als ihre christlichen Garausmacher, da bei jenen die Sitte geherrscht habe, den Verstorbenen Speise und Trank mitzugeben, was doch gewiß überall die Hauptsache wäre. Endlich vermochte er nicht mehr, seinen Pflichten auch nur notdürftig nachzukommen, seine Knie schlotterten, seine Hände zitterten, seine Wangen waren hohl geworden, um seine Augen zogen sich bläuliche Ringe, die Nasenlöcher schienen sich erweitert zu haben und die Lippen klebten dünn über den weißen trockenen Zähnen zusammen. Seine auf dem

Lande wohnenden Eltern riefen ihn nach Hause. «Herr Grünauer, ich muß zum Städtele 'naus, meine Leute befehlen's», sagte er eines Morgens. – Ich habe nun fast vier Jahre in dieser Dachhöhe gewohnt, jetzt werd ich wohl nächstens ein Logis im Erdgeschoß kriegen. Da möcht' ich Ihnen gern ein Andenken zurücklassen, Sie sehen aber, wie meiner Habseligkeiten wenige sind. Doch sagen Sie, was Ihnen von denselben am angenehmsten ist.» – «Herr Arner», erwiderte ich, einen flüchtigen Streifblick über die auf der Bettdecke ausgelegten Siebensachen gleiten lassend, «wenn ich bitten darf, so geben Sie mir eine Locke Ihres schönen Haares.» «Eine Locke meines Haares –«, sagte er sinnend und kopfschüttelnd, «ach nehmen Sie doch lieber etwas anderes, da mein Taschenmesser etwa.» – «O, mit Freuden, wenn Sie es mir zulieb missen wollen», antwortete ich, bedauernd, in dieser Art einen Fehlwunsch getan zu haben.

Seit diesem Tage hatte ich ihn nicht mehr gesehen, aber bis in die letzten Tage hatte er mir oft sehr humoristisch gehaltene Bulletins über sein Befinden zugehen lassen. Jetzt fand ich ein von anderer Hand überschriebenes, den frühern ähnliches Couvert auf dem Tische liegen. Es enthielt die kurze Mitteilung vom Vater Arners, daß letzterer gestorben sei, und als Beilage eine Haarlocke, die der junge Freund noch selber für mich herausgeschnitten. Diese Sendung hätte mich in keiner ernstern Stimmung treffen können. Die durch Fidelius herbeigeführte Täuschung einer wie es schien über meine Zukunft entscheidenden Hoffnung hatte für sich mindestens das Bedeutende der Trauer um einen geliebten Toten; der Blumenteppich geträumter glücklicher Zustände hatte dadurch einen so gewaltigen Riß bekommen, daß der Blick durch des Risses Öffnung von der Dachkammer ins «Erdgeschoß» zu Arner alles eigentlich Grauenhafte verloren hatte. Klarer als je zuvor erkannte ich, daß das Leben nicht der Güter höchstes sei.

Unterdessen schlugen die Glocken auf den Türmen an, den Jahreswechsel verkündend. Ich trat in Hut und Burnus ans Fenster, mit dem warmen Atem die den Ausblick hindernden Eisblumen weghauchend. Ein weißer dunstartiger Lichtschein von vielen tausend Gasflammen lag über der Stadt, aus welchem heraus nur mit Anstrengung die fernen Sterne am tiefdunkeln Himmel erblickt werden konnten. Es flimmerte mir vor den Augen, ein glänzend Meteor leuchtete über den östlichen Gebirgssaum herein; es kam näher und näher, und seltsam, je näher es kam, desto kleiner erschien es mir. Und was sah ich! Es gewann menschliche Gestalt, es glich einem zehnjährigen Knaben und ich erkannte das seliglächelnde Antlitz, es war Arners, der auf einem Wölkchen schlummernd im Traume mir zurief: «Sehen Sie, Herr Grünauer, so wohl ist mir jetzt in einem fort, machen Sie doch, daß Sie auch aus ihrer Staubschluckerei herauskommen. Mut! Adieu!» Sanft wie ein Schwan auf dem stillen Teich schwebte die Erscheinung vorüber.

«Du hast gut sagen», seufzte ich, empfand aber in demselben Augenblick eine Beruhigung, die sich mit Worten nicht beschreiben läßt, selbst nicht der Schatten einer Sorge drückte mich noch. Daher war es mir in diesem Augenblick auch durchaus gleichgültig, das vielverheißende Unternehmen wieder rückgängig zu wissen. Ich vermochte nun ruhig darüber nachzudenken und entdeckte der unheilvollern Möglichkeiten so viele, daß ich Gott dankte, davor bewahrt bleiben zu können. Darunter erschien mir als eine der nicht geringsten die habituelle Unbeständigkeit des allbereiten, aber nirgend fertigen Fidelius, es schüttelte mich, wenn ich bedachte, in welche Verlegenheiten ich später durch seine Wechselfieberanfälle hätte geraten können. Und Gott Morpheus streute ein reichlich Maß seiner Schlummerkörner über mich aus, ich schlief wie ein eingelullter Säugling in den spät angebrochenen vollen Tag, in das neue Jahr hinein. Als ich hinunter kam, überreichte mir die Hausfrau ein kleines Poststück mit Wertangabe. Ich eilte wieder hinauf, es zu öffnen. Es war das Honorar für eine vor mehreren Monaten erwartungslos versendete Arbeit. Das Begleitschreiben enthielt die ermunternde Einladung, einen fernern Beitrag zu liefern, und stellte zugleich eine noch etwas bessere Bezahlung in Aussicht. Es läßt sich denken, wie wohl ein solcher Neujahrsgruß mir tat und wie glückverkündend mir die nächtliche Erscheinung von neuem vor die Seele trat.

Den nächsten Tag erfolgte, wie Fidelius es nötig fand, die Zurücknahme des Manuskriptes. Damit war aber der Drucker schlecht zufrieden und beanspruchte für begonnene Arbeit eine, wie uns schien, nicht sehr billig gestellte Entschädigung. Fidelius bedauerte, augenblicklich für solche Ausgaben nicht bei Kasse zu sein, und ich genoß die unbestrittene Ehre, den Zahlmeister zu machen. Dagegen veranstaltete er ein kleines Abschiedsbankett, zu welchem er nebst mir ein halbes Dutzend älterer Studiengenossen einlud. Die dabei gleich Dampfwolken aufgestiegenen Rodomontaden gingen ins Abstruse; doch ich muß zur Steuer der Wahrheit bemerken, daß Fidelius den Unsinn in einer so klassischen Form zu produzieren verstand, wie man ihn schwerlich besser irgendwo gedruckt findet, und wogegen namentlich die Leistungen seiner Kommilitonen wie Fuhrmannsspäße abstachen. Fidelius betrachtete sich jetzt als das Haupt auf dem Staatsrumpfe; vom Bundespräsidenten herab bis zum letzten namenlosen Sekretär irgendeines staatlichen Bureaus sah er alle und jede sich auf sein Redaktionsbureau begeben, persönlich wie in ehrerbietigen Zuschriften, denen sämtlich die Influenz seiner publizistischen Wirksamkeit entzückend wohl oder siedend heiß machen konnte. Er sah gefährlichen Hätschel- und Speckdurchsmaulziehereien entgegen, aber er belächelte diese geringe Meinung, die manche von der Presse hegten, und sprach es als selbstverständlich aus, daß sein politischer Genius ein durch und durch unbestechlicher sei, den die Feinde der Wahrheit und die Freunde des politischen Wetterfahnentums nie in ihren Reihen erblicken könnten, es wäre denn, um sie auseinander zu sprengen.

Ich konnte nur hören und mir entzückend wohl sein lassen, einen solchen Freund zu besitzen, mich unter das Protektorat einer solchen Macht gestellt zu wissen; zu sprechen vermochte ich nicht bloß wegen Ideenarmut nichts, sondern vielmehr, weil sich die Reden so rasch folgten, daß man nicht mit dem winzigsten Uhrenmacherhämmerlein hätte dazwischen schlagen können. Und die Augen sollten mir auch noch übergehen wie einem hungrigen Pudel angesichts eines Wurstladens. Fidelius kam auf mich zu sprechen. Er hatte es unterlassen, mich seinen Freunden gleich anfangs eigentlich vorzustellen, nun lenkte er plötzlich mit einer herrlichen Metapher auf diesen Umstand ein. Er sagte, auf mich deutend, da sitze auch einer als das personifizierte Beispiel eines festen Willens; der nie den Lockungen äußerer Vorteile, sondern stets der bessern Stimme seiner angebornen Neigung gelauscht habe: der wie ein ritterlicher Minnediener des Mittelalters allen halsbrecherischen Hindernissen zum Trotz der einmal erkorenen Geliebten, der Dichtkunst, treugeblieben sei; der über Stock und Stein, über Höhen und Abgründe die Zugänge zu ihrer Wohnung verfolgt, der sich für lange Mühsale belohnt gefühlt habe, wenn es ihm vergönnt gewesen sei, ihr auch nur von ferne eine Kußhand zuzuwerfen, oder gar, wenn sie ihm dafür einen Gruß zugewinkt habe vom Söller ihrer Wolkenburg herab. Noch immer sei mir nicht das Glück des freien ungehinderten Umganges mit der Erwählten zuteil geworden, noch jetzt dürfte mir das Schicksal des «Ritter Toggenburg» bevorstehen, der vor den ewig geschlossenen Mauern des seine Geliebte bergenden Nonnenklosters saß

– – viele Tage,
Saß viel Jahre lang,
Harrend ohne Schmerz und Klage,
Bis das Fenster klang,
Bis die Liebliche sich zeigte,
Bis das teure Bild
Sich ins Tal herunterneigte
Ruhig, engelmild –

der dann nach vielen Jahren eines Morgens als Leiche dasaß, das bleiche Antlitz noch nach dem Fenster der Zelle seiner Geliebten gerichtet. Aber er sagte, daß er es für eine spezielle höhere Fügung ansehe, vor dem Abgang an seinen wichtigen Posten meine Bekanntschaft gemacht zu haben, und daß er mit Haumesser und Schaufel helfen wolle, die Hindernisse aus dem Wege zu räumen, die er hauptsächlich in den Vorurteilen erblickte, womit die Schriftgelehrten den Laien die Fähigkeit absprächen, etwas der Beachtung der Schriftgelehrten Würdiges hervorbringen zu können. Diesen Vorurteilsknoten wolle er bei Gelegenheit meisterlich zerzausen und es komme daher eigentlich nur darauf an, daß ich mir gleichbleibe in wackerm Bestreben und daß ich nie, die Grenzen meines Talentes verkennend, dieselben überschreite.

Nach dieser oratorischen Exkursion konnte es nicht fehlen, daß mich die Genossen auch einer gewissen Aufmerksamkeit würdigten. Der eine und andere richtete eine so verdrehte Frage oder Bemerkung an mich, die es mir deutlich machte, daß ich es nicht mit Mitstrebenden, sondern bloß mit indifferenten Lesebummlern zu tun hatte, deren Neutralität in der Geschmacksrichtung so weit ging, sich nie um die Namen der Schöpfer ihrer Lektüre zu kümmern.

Einige Tage später ging Fidelius an seinen Bestimmungsort ab und ich sah mich wieder verbindungslos auf mich allein angewiesen.

28

Hatte ich mich in Frommbergs Umgebung noch nie heimisch gefühlt, so fühlte ich mich nach der erfolgten Aufkündung erst wieder recht stockfremd, wozu Frommberg das Seinige in verstärktem Maße beitrug. Der kleine Jupiter hatte höchst wahrscheinlich erwartet, ich werde bald einsehen und erkennen, daß ich ohne sein Salär nicht existieren könne und daß ich mich daher patsch vor ihm in den Staub hinwerfen würde, ewige Unterwürfigkeit gelobend und um Gnade und Barmherzigkeit flehend. Nun hatte sich der unbedeutende Kommis ohne Bedenken für den Austritt entschieden und solche Vermessenheit mußte wohl die Zorneswellen des Olympiers ein klein wenig kräuseln. Wie immer kam es auch jetzt zwischen uns selten zu Worten; gleich Taubstummen bediente man sich der Zeichensprache, die beiden Teilen so geläufig geworden, wie das lebendige Wort. Aber Frommbergs Willensäußerungen hatten von jetzt an so etwas scheltend Stürmisches, über dessen eigentliche Ursache ich kaum im Zweifel bleiben konnte. War es in den letzten paar Jahren doch auch etwa vorgekommen, daß er mir etwas in sachgemäßem Tone gerade ins Gesicht sagte, so schlug dieser Anfang zum Bessern nun wieder ins Gegenteil um, in der Weise, daß er wieder alles über die Schultern gehen ließ.

Zu Ende Februars sprach Frommberg wiederum: «Herr Grünauer, ich habe mich nun bereits nach einem andern Gehülfen umgesehen, der mit Maitag eintreten wird; deshalb finde ich mich bewogen, Ihren Austritt auf Ende Mai zu verlangen.» Ich konnte nichts erwidern, doch solches keineswegs vor Schrecken, sondern vor Aufgebrachtheit, darum, daß der kleine Jupiter nicht einmal ein halbes Jahr lang Wort zu halten wisse. Es wurmte mich über die Maßen. Zwei Tage lang wälzte ich mein allerlei von Gedanken im Kopf herum, dann war ein Entschluß gereift. Ich trat in der Frühe des Morgens zu Frommberg in sein Kabinet und erklärte: «Herr Frommberg, ich bin von jetzt an jeden Tag bereit, auszutreten, in keinem Falle aber kann ich länger mehr bleiben als bis Ende April.» Ich erwartete nichts besseres, als daß mir dieser sehr vermessenen Sprache wegen auf der Stelle die Türe gewiesen werde. Aber Jupiterchen hatte just seine gute Stunde; er strich sich mit den superben Händchen den Bart und erwiderte über die Schultern weg: «Schön, ich will mir's merken.» – «Also, jeden Tag», bemerkte ich im Hinausgehen. – «Ja wohl», versetzte der Kleine.

Nun war es mir auf einmal so leicht zu Mute, als hätt' ich den Bernhard und den Gotthard von mir geschüttelt; ich hatte visionäre Erscheinungen von herunterhängenden gelösten Ketten, von offenen Kerkertüren, von wachsenden Flügeln; ich war nicht mehr der abhängige rechtlose Kommis, ich fühlte mich dem Kleinen gegenüber frei und gleichberechtigt, mein Dienen war nur noch ein freiwilliges, und weg war die Pflicht des gebotenen sklavischen Schweigens. Die ersten Stunden solcher Stimmungen spotten jeder Beschreibung.

Indessen verging Tag für Tag und Woche für Woche, ohne daß Frommberg des beregten Austrittes wieder erwähnte. Sein Benehmen war sonderbarer Weise eher freundlicher geworden. So verfloß der letzte Tag meiner erklärten Dienstzeit. Ich nahm von allen Räumlichkeiten, die mir so bekannt, so sehr bekannt geworden waren, Abschied, ohne Wehmut, sie hatten mich nie heimatlich angemutet. Frommberg zahlte mir mein Salär hin wie gewöhnlich, doch diesmal mit der Bemerkung: «So wäre jetzt Ihre Wirksamkeit bei mir zu Ende.» – «Ja, so denke ich», war meine Antwort. Und fremder fast, als ich vor sechs Jahren eingetreten war, trat ich aus.

Es war eine frische Aprilnacht; der aufsteigende Halbmond glänzte auf den stillen See, dessen Ufer sich in die Unendlichkeit der Dämmerung verloren; ich sah die hohen Tore derselben vor mir geöffnet, und jauchzend stürzte ich mich hinein:

Frei! Meine Ketten sind zerschlagen!
Ein Gott, ein Gott hat mich befreit!
Frei! Allen Lüften möcht' ich's sagen:
Frei ist mein Mut, frei meine Zeit!

Der nächste Maitag war der glücklichste meines ganzen Lebens, ich feierte ihn auch gleichsam wie einen Völkerbefreiungstag. Sobald ich gefrühstückt hatte, begab ich mich ins Freie, fern vom Lärm und Staub der Stadt. Ich schritt im Sonnenschein den höchsten Berg hinan. Auf den von Bäumen und Gebirgsvorsprüngen beschatteten Rasenplätzen schimmerte weiß und von weitem anfröstelnd der von dem Landmann auf diesen Morgen so ersehnte Reif, durch phantastische Liniaturen begrenzt. Der Buchen junges Laub flatterte weich in der sanften Bise, die Eichen knospeten erst, und auf den Spitzen der Tannenzweige verkündeten auch erst etliche hellgrüne Nadeln die Triebe des neu erwachten Lebens. Die fleißige Amsel im Gebüsch schlug fortissimo, so recht, als wüßte sie sich jetzt auch ohne ihren Frommberg fortzuhelfen. Ich sympathisierte mit der ganzen Natur, die Sommerfäden urewiger Verwandtschaft fesselten an ihr großes mein kleines Leben. Auf der Spitze des Berges erkletterte ich noch den Wipfel einer Buche, um Leib und Geist in allerreinster Luft zu wiegen.

In dieser Höhe verweilte ich mehrere Stunden, sie waren ernsten und seligen Betrachtungen des Lebens geweiht, wie ich es bereits kennen gelernt hatte und noch kennen zu lernen hoffte. Meinte ich auch, bis diesen Tag fast nur Täuschungen erfahren zu haben, und wollte mich sogar eine törichte Sehnsucht nach den Polarsommern entschwundener Illusionen beschleichen, um statt in der Wirklichkeit wenigstens in der Hoffnung glücklich bleiben zu können, so mußte ich doch hinwieder erkennen, daß nichts umsonst gelebt und gelitten sein und daß Wahrheit nur auf Kosten des Wahnes gewonnen werden konnte. Wie hatte sich doch über all dem Wandel und den Täuschungen meine Aussicht geweitet! Wie war mir doch des Schönen und Bleibenden so viel geworden! Und hatte ich namentlich denn nicht bereits mehr als «genug Bücher» bekommen? Von dieser Hoffnung im Grunde nicht getäuscht, ließ sich wohl auch noch weitern Enthüllungen getrost entgegensehen. Hoffnungsfreudig sang ich ein neues Lied:

Reich're Fluren lieblich tauchen
Vor dem hellern Blick empor,
Neue Morgenopfer rauchen,
Neuer Jubel schlägt ans Ohr.
Ob sie schwanden, ob sie starben,
Einst'ge Lenze lieb und wert:
Schau, wie sich in frischern Farben
Eine neue Zeit verklärt.

Und ich sollte trauern, klagen,
Weil mich Nicht'ges minder trügt,
Weil sich über vollen Tagen
Ros'ge Dämm'rung nicht mehr wiegt?
Wie die Düfte mich gehoben,

Wie die Blüten mich entzückt:
Kann ich doch die Frucht nur loben,
Daß sie wahrhaft mich beglückt!

Und während ich sang, wandelte eine freundlich-ernste Gestalt in einfachem Gewande über dem sonnigen Gelände, den rauchenden Morgenopfern, den aufwirbelnden Lerchen vorbei, sie grüßte mich mehrmals holdselig und winkte mir, näher heranzutreten. Seltsam, sie war mir fremd und hatte doch so viel, ja lauter Bekanntes in ihrem Wesen. Das machte, daß ich mich sofort mit ihr befreundete: es war die Idee zu diesem Buche. Ich unterhielt mich eine gute Weile aufs lebhafteste mit ihr, und es ergab sich aus unsern Äußerungen ein so harmonisch sich ergänzendes Verständnis, daß wir uns alsbald, ohne es auszusprechen, gute Freundschaft gelobten.

Nun folgten Tage reinen, unbeschreiblichen Behagens, die ich weitaus zum größten Teile im Freien zubrachte. Ich machte nach und nach einige Waldstellen ausfindig, die ich abwechselnd mit der wechselnden Beleuchtung des Tages zu Musensitzen erkor; auf denselben entknospete Blatt um Blatt zu diesem Buche. Viel hundert goldene Morgenstunden sind darüber hingerollt. Die schlammig gewordene Tinte machte ich durch Tautropfen wieder fließend, und Blütenstaub war manchmal mein Streusand.

Auch der reinen Erholung auf Spaziergängen, in Gesellschaften, in Besuchen von allerlei Sammlungen, Gewerken und Instituten widmete ich einen namhaften Teil meiner freien Zeit. Ich hatte ja noch, ungeachtet der Jahre, die ich in der Stadt zugebracht, von derselben wenig mehr als das Äußere gesehen, ähnlich dem Gefangenen, der, mitten in den Mauern lebend, ein Fremdling derselben bleibt. Hatte es sich früher auch bisweilen gefügt, daß ich hie und da hineingelangen konnte, so war mein Genuß doch kaum ein halber, weil ich fortwährend nach der Uhr sehen mußte, um ja nicht über die erlaubte Freistunde glücklich zu bleiben. Jetzt aber, da ich selber mein Herr war, belebten mich auch durchaus herrliche Gefühle und ich durfte sorglos die fesselnden Momente auf mich wirken lassen.

Und den in solch zwangloser harmonischer Rührigkeit verbrachten Tagen folgten Abende ungetrübten Friedens. Die empfangenen Eindrücke konsolidierten sich zur erweiternden bleibenden Kenntnis, deren Rückwirkung auch auf das schon Besessene eine durchklärende war. Und wie die Zellenbaue des Bienenvolkes legten die Resultate des Erlebten sich aneinander, in sich geschlossen, doch stets die wohlgefügten Lücken zur Fortsetzung am äußern Rande bildend. Nie bemühte ich mich ängstlich, das einzelne festzuhalten oder durch abspannende Rückerinnerungen die Totalität der Erscheinungen in möglichst lückenloser Reihenfolge zu sichern; sondern wie die geschauten Bilder in bunter Regellosigkeit wiederkehrten, so freien Lauf ließ ich auch dem Zuge meiner Gedanken, um sie erst je, wenn es die Umstände geboten, in die Riemen und Seile der Disziplin zu schirren. So blieb mir neben der Lust, der Phantasie die Zügel schießen zu lassen, die Gewißheit, keine halb zu Tode dressierten Figuren in meine Darstellungen zu kriegen.

Als ich mit dem neunten Kapitel dieses Buches beschäftigt war, erwachte der unbezwingliche Wunsch in mir, Susanna wieder einmal zu sehen, was nun seit sechzehn Jahren nicht mehr der Fall gewesen war. Ihr Mann hatte schon zehn Jahre vor meiner Übersiedlung in die Stadt ein Heimwesen am See gekauft, wohin dann die Familie zog, um daselbst, wie es hieß, ein lukratives Seidengeschäft zu betreiben. Dieser Ort lag kaum drei Stunden von der Stadt entfernt; ich entschied mich für eine anmutige Bergtour, die sich mit dem Besuche verbinden ließ.

An einem der prächtigsten Julimorgen begab ich mich auf den Weg, nicht vergeßend, einige weiße Blätter zu diesem Buche mitzunehmen, um, wenn der gute Geist über mich käme, seine Eingebungen festhalten zu können. Ich zog wilde Wege durch wohlgepflegte Forste, von den sanften Höhenzügen fielen die Halden in terrassenförmigen schmalen Ebenen ab in heiße gesegnete Tale, bedeckt von Wein- und Baumgärten und Hütten, worin gut wohnen ist. Und jenseits der Tale zog sich die feine Linie einer Hügelkette hin, geschmückt von mächtigen Nußbäumen in großer Zahl, zwischen welchen hindurch die Silberwellen des blauen Sees und die weißen Segel freudebemannter Schiffe schimmerten. Das Herz schwoll mir vor Lust bei der wechselnden Mannigfaltigkeit des Panoramas. Unwillkürlich setzte ich mich auf den Strunk einer gefällten Eiche im Schattenwurf eines Tannenschlages, zog mein Schreibgerät hervor und überließ mich den Eingebungen einer jubelsam gestimmten Muse. Ich schrieb lange, wohl mehrere Stunden, bis der Schatten von meinem Sitze gewichen war, von der heiß gewordenen Feder die Tinte nicht mehr floß, selbst durch die breite Krempe meines Florentiners der Sonne stetige Glut unerträglich auf die Stirne brannte und die trockene Zunge am Gaumen klebte. Jetzt packte ich auf und eilte der kühlen Laube eines Wirtshauses zu, das ich an dem Glanze des vergoldeten Ankers von weitem erkannte.

Kaum war ich daselbst angelangt und hatte unter dem Blätterdache an einem der Tische des bei meinem Eintritte menschenleeren Gartens Platz genommen, als auch schon ein jungfräuliches Wesen nach meinen Befehlen fragte. Die Holde senkte beschämt ihre Augen vor dem durchdringenden Blicke, den ich ihr zuwarf. Ich wußte wohl, warum ich dieses tat: die Jungfrau sah und sprach der Susanna so ähnlich, daß ich mich nur verwunderte, warum sie mich nicht auf der Stelle erkennen sollte.

«Erlauben Sie, schönes Kind, gehören Sie nicht einer Grünauschen Familie an?» fragte ich alsbald. «Ja wohl; kennen Sie meine Eltern?» erwiderte die Jungfrau mit freundlicher Neugierde. Ich bejahte leichthin und fragte nach deren Befinden. Nun vernahm ich, daß ihr Vater die Seidenfabrikation bis vor ein paar Jahren betrieben habe, dann aber, durch mehrere rasch nacheinander erlittene Versuche erschreckt, dieselbe aufgab und seitdem eine Wirtschaft und Weinhandlung führte; der Mutter Gesundheit sei schon seit mehreren Jahren etwas leidend.

Während die Jungfrau noch sprach und mir der Durst vor lauter Interesse soweit vergangen war, daß ich nicht beachtete, wie die bestellte Flasche noch immer nicht vor mir stand, kam eine gebückte ältere Frau vor die Türe und rief gutmütig: «Anna, was ist denn das für eine Ordnung, die Leute so lange warten zu lassen!» Dann blieb sie noch ein wenig stehen, mir wohlwollende Blicke zuwendend. Ich kannte sie trotz der ungeheuren Veränderung, die ihr Äußeres erfahren hatte, sogleich, es war Susanna. «Mutter», bemerkte Anna, indem sie ihr entgegenging, «der Herr hier kennt Dich und den Vater von Grünau her». – «Ei, so?» erwiderte die Angeredete freundlich und stieg die Treppe herunter auf den Gartenweg, den Blick unverwendet auf mich gerichtet. Ich rezitierte:

«Im Himmel, im Himmel dort ist des Herrgotts Haus ...»

«Jesus! Der Hans!» fiel sie in mächtig froher Überraschung ein und das begleitende Erröten machte sie einen Augenblick um viele Jahre jünger. Ich trat auf sie zu, wir drückten uns schweigend die Hände. Susanna betrachtete eine Weile meine Gestalt, forschend, ob sie sich in meiner Person denn doch nicht geirrt habe. Endlich stieß sie heraus: «Aber ums Himmels willen, womit hast Du Dich in so langer Zeit abgegeben? Du scheinst ja so wenig gealtert, als hättest Du erst Deine Zwanzig überschritten.» – «Nun ja, und sei dem so», war meine Antwort, «das sollte Dich nicht befremden, bin ich doch, wie Du wohl weißt, seiner Zeit auch um so viel länger Kind geblieben.» Lachend bemerkte sie: «Ja, das ist wahr, und allweg hätt' ich den Finger von der Hand gewettet, daß Du nie so aus dem Zeug herauskämest, wie ich Dich jetzt sehe. Nein, sag', Deine Sprache ist auch nicht mehr so ganz grünauisch, wo kommst Du nur her?»

Wir setzten uns und ich erzählte ihr von den Erlebnissen vieler Jahre, von denen sie noch nicht das geringste wußte. «Ist das möglich?» sagte sie wiederholt in zufriedener Verwunderung. Es däuchte sie fast lustig, daß ich meiner Bücherliebhaberei so lange treubleiben und dabei sogar mein Auskommen finden konnte. Daß ich noch immer unverheiratet geblieben war, fand sie gleichsam selbstverständlich, sintemal ich die Freuden der Kindheit bis diesen Tag genossen hatte und also kaum die Torheit begehen konnte, es Männern von gereiftem Stande gleichtun zu wollen. Ich gab mir keine Mühe, sie direkt von der Grundlosigkeit ihrer diesfälligen Ansicht zu überführen, ließ aber meine klügsten Gedanken wie ein Feuerwerk vor ihren Augen spielen, daß die lichthellen Wahrheiten derselben gleich Raketen in die Höhe stiegen und Blick und Sinne der Zuhörerin mit hinaufzogen.

Susanna hatte manch Herbes, ja unaussprechliches Leid erfahren, obgleich sie in glücklichen Verhältnissen lebte. Sie sagte, daß sie viel tausend Mal an meinen Schmausspruch gedacht habe, auch manchmal zu ihrem Manne habe sagen müssen, es sei gerade, als hätt' ich das Wichtigste, was ihr begegnen werde, vorausgewußt, so genau sei es eingetroffen. Von fünf Kindern war ihr nur das älteste, Anna, am Leben geblieben, und sie und ihr Mann waren mehrmals lebensgefährlich erkrankt. Des Erzählens war bis Abend kein Ende, wobei auch Anna nicht stumm blieb und unter anderm klärlich durchblicken ließ, daß sie niemals eine Schulfeindin gewesen war, wie ihre Mutter, welche Unähnlichkeit ich aber auch sehr gerne passieren ließ.

Erst als es zu dämmern und kühler zu werden begann, verfügte man sich ins Haus. Dann folgten nach und nach einige Gäste. Und fast zuletzt trat einer herein, der sich nicht als Gast gerierte, da er sofort den Rock auszog und in einen Schrank hing. Die Gäste grüßten ihn «Herr Gemeinderat». Es war der Hausherr, dessen Gestalt sich auch so sehr verändert hatte, daß ich ihn nur schwer wieder erkannte. Obschon höchstens drei Jahre älter als ich, war er doch schon beinahe völlig ergraut, zudem hatte sein Körper einen so beträchtlichen Umfang gewonnen, daß er nimmermehr als mein Ebenbild hätte gelten können. Er hieß mich, wie gebräuchlich, willkommen und sah mich denn auch etwas frappiert an, als ich seinen Namen nannte. Die Erkennungszene verlief jedoch ruhig; er sagte, er hätte mich allweg nicht mehr gekannt, und fragte, was ich jetzt treibe. Darauf ging er behaglich der Erfrischung seines Leibes nach.

Auf dringenden Wunsch Susannas und freundlichen Befehl Annas verweilte ich zwei Tage in dem gastlichen Hause, und es fehlte wahrlich nicht an Annehmlichkeiten, die mir ein viel längeres Bleiben leicht gemacht hätten. Aber ich wurde fast mit Schrecken gewahr, wie dabei meine Seelenruhe an Festigkeit eher verlor als gewann, wie einst so schmerzlich vermißte Gestalten wieder auftauchten, über welchen nun schon lange der Schleier beruhigender Vergessenheit gelegen hatte und deren Spiegelungen mir als wenig unerreichbare Phantome erschienen. Daher brach ich am Morgen des dritten Tages plötzlich auf, ohne mein Benehmen hinlänglich zu motivieren, wenn nicht vielleicht gerade die sonderbare Eile, mit welcher ich mich verabschiedete, das sprechendste Motiv war. Indessen verhieß ich, mit dem festen Vorsatze, Wort zu halten, einen baldigen zweiten Besuch und das verräterische Herz pochte mächtig dazu: «Anna! Anna!»

Mittlerweile ist es Herbst geworden; über die letzten Blätter meines Buches raschelte schon manch gefallenes Baumblatt hinweg, auch auf ein frisches Grab sah ich's fallen: Grünauer «der Kleine» stieg hochbetagt hinunter zu seinen Vätern, die Krone des Glaubens bis ans Ende bewahrend und der ewigen Seligkeit gewiß. Mit meinen Bestrebungen hatte er sich seit langem und völlig ausgesöhnt; daß kein Groll gegen mich sein letztes Stündlein trüben durfte, dessen ist mein Herz sehr froh. Vor einem Jahre hatte er sogar noch die Mühsale eines mehrstündigen Marsches bis zur nächsten Eisenbahnstation überwunden, um seinem Hans einen Besuch zu machen, und es war meinerseits dafür gesorgt worden, daß er sich über die Aufnahme nicht zu beklagen hatte. Es war aber für den Siebenzigjährigen, der die Stadt in seinem Leben bloß zweimal gesehen hatte, des Neuen und Außergewöhnlichen zu viel gewesen, das Interesse für das einzelne war der Wucht der Menge erlegen. Als ich ihn auf den schönsten Punkt gefahrt hatte, von welchem aus die Herrlichkeiten der Gegend in aller Bequemlichkeit betrachtet werden konnten und ein Ausruf der Bewunderung und des Entzückens gesichert schien, da wandte sich der liebe Alte mit Tränen in den Augen zu mir und sagte: «Lug, Hans, ich finde es doch nirgend schöner, als in Grünau, und zwar grad auf Birken; mir wär' es zum Sterben langweilig, wenn ich hier wohnen müßte!» Nun ist ihm wohlgeschehen, er ruht sanft auf der Morgenseite des Friedhofes zu Grünau.

Jakob ist schon seit vier Jahren glücklicher Familienvater und meldete mir jüngst die Geburt seines dritten Sohnes. Besondere Überraschung gewährte mir eine Einlage des Schreibens, ein eigenhändiger Gruß von meinem alten Schulmeister Felix, wörtlich also lautend:

«Werter Freund!

Weil Jakob just da ist, denn er besucht mich in meiner Krankheit, denn ich stehe am Rande des Grabes. Darum sagte er mir, er werde Dir bald schreiben, denn Du seiest nicht mehr in der Buchhandlung. So dachte ich, ich wolle Dir auch einmal schreiben, denn es kann mit mir nicht mehr lange gehen, es kann nur noch etwa vierzehn Tage gehen. Es tut mich würklich freuen, daß Du vom Webstuhl wegkommen bist und vom Bauren, denn ich hab' immerdar Vil auf Dir gehabt und hast mich niemalen vertäubt und bist der tiffigste Schüler gewesen. Ich muß abkürzen. Es grüßt Dich zum Schönsten

Felix Weber, alt Schulmeister.»

Veronika antwortete auf meine zeitweiligen Nachrichten in immer kürzern Sätzen, die zuletzt gleich fernen Echos verklangen und nicht mehr wachgerufen werden konnten.

Ich stehe am Schlusse. Als ich begann, sproßten die ersten Maiblumen, heute sah ich die ersten Eisblumen auf den Scheiben eines Küchenfensters. Das Buch, der Traum meines Lebens, ist mein Sommernachtstraum geworden, den ich zwischen Maiblumen und Eisblumen geträumt habe.

Der Volksdichter Jakob Senn (1824–1879)

Wer an die Schweizer Literatur aus der zweiten Hälfte des 19. Jahrhunderts denkt, dem fallen in erster Linie Jeremias Gotthelf, Gottfried Keller und Conrad Ferdinand Meyer ein. Im Schatten dieses Dreigestirns der Schweizer Nationaldichtung gedieh damals auch eine reiche Volksliteratur. Das Zürcher Oberland stellte mit Jakob Stutz (1801–1877) und Jakob Senn (1824–1879) gleich zwei ihrer bedeutendsten Vertreter. Dass die beiden befreundeten Autoren Werke von bleibendem Wert und überregionaler Bedeutung geschrieben haben, zeigen die jüngsten Neuauflagen. Zum 200. Geburtstag von Jakob Stutz gab der Huber Verlag in Frauenfeld 2001 dessen Autobiografie «Siebenmal sieben Jahre aus meinem Leben» neu heraus. Fünf Jahre später sorgt nun der Zürcher Limmat Verlag dafür, dass auch Jakob Senns Hauptwerk «Ein Kind des Volkes» wieder im Buchhandel greifbar ist. Wenn der Verlag die Neuauflage unter dem ursprünglichen Titel «Hans Grünauer» und dem Gattungsbegriff Roman erscheinen lässt, so trägt er der Senn-Forschung der letzten zwanzig Jahre Rechnung, die in dem vermeintlich authentischen «Lebensbild» einen «Entwicklungsroman: nach Stoff, geistigem Gehalt und literarischer Formkraft» erkannt hat.

Jakob Senns Roman wurde lange ins Genre der vor allem volkskundlich interessanten Autobiographien eingereiht. Dies ist mit seiner Rezeptionsgeschichte zu erklären. Geschrieben hat Jakob Senn «Hans Grünauer» im Winter 1862/63 in Zürich. Das Manuskript legte er im Sommer 1863 Gottfried Keller und im Winter

1864/65 dem St. Galler Stiftsarchivar Wilhelm Eugen von Gonzenbach zur Einsicht vor, bevor er es nach wiederholter Überarbeitung 1867 dem Aargauer Verleger Otto Sutermeister einhändigte. Dort blieb es neun Jahre über seinen Tod im März 1879 hinaus liegen, bis Sutermeister es 1888 als seine «unabweisbare Pflicht» ansah, das Werk im Dienst der «schweizerischen volkstümlichen Literatur», wie er im Vorwort der Erstausgabe schreibt, herauszugeben und der Öffentlichkeit unter dem veränderten Titel «Ein Kind des Volkes – Schweizerisches Lebensbild» zugänglich zu machen.

Im Vorwort zu den Neuauflagen von 1966 und 1971 im Zürcher Verlag Hans Rohr unterstrich Professor Richard Weiss, Ordinarius für Volkskunde an der Universität Zürich, nochmals den «bedeutenden dokumentarischen Wert» des Buches «für die Kulturgeschichte und Volkskunde des Zürcher Oberlandes vor der Mitte des 19. Jahrhunderts», anerkannte aber doch bereits auch dessen literarische Qualitäten, die es im Gegensatz zu Jakob Stutz' Autobiographie ganz klar als einen «Bildungsroman von Rang» ausweisen.

Jakob Senns Hauptwerk einer eingehenden Analyse zu unterziehen und seine literarische Struktur offenzulegen, blieb dem Germanisten Heinz Lippuner vorbehalten, der 1985 im Verlag Paul Haupt die Abhandlung «Hans Grünauer – Ein Kind des Volkes? – Der Lebensroman des Jakob Senn» vorlegte.

Der Unterzeichnende schließlich hat es sich zur Aufgabe gemacht, in «Jakob und Heinrich Senn – Zeitbilder der Schweiz aus dem 19. Jahrhundert», erschienen 2004 im Verlag Neue Zürcher Zeitung, Jakob Senns reale Biografie anhand der Tagebuch-Aufzeichnungen seines Bruders Heinrich Senn nachzuzeichnen und dem Roman zur Seite zu stellen.

Wahrheit und Dichtung

In einem Brief an Gottfried Keller hat Jakob Senn am 28. Juli 1863 über sein Hauptwerk bemerkt: *Wie schon die autobiographische Form vermuthen lassen wird, enthält die Arbeit vorwiegend, ja wenn man will ausschließlich, Selbsterlebtes. Ließ ich mir nun sicherlich nicht beifallen, meine Erlebnisse für so außerordentlich wichtig zu halten, daß sie an sich einer solchen Schilderung würdig wären, so durfte ich doch voraussetzen, daß sie bei einigermaßen gelungener Darstellung immerhin so interessant gefunden werden dürften, wie manche andere Erzeugnisse der belletristischen, vorzüglich der Dorfgeschichte verwandten Tagesliteratur. Sämtliche Daten sind in ihren Hauptzügen durchaus wahr, und wann es immer ebenso unterhaltend als belehrend erschien, das Ringen eines lediglich auf seine eigene Thätigkeit angewiesenen, nach einem höheren oder ferneren Ziele Strebenden mit seinen Erfolgen und Erfolglosigkeiten zu beobachten, zumal wenn letztere nicht durchweg und bis ans Ende die Oberhand behaupteten, so darf ich hoffen, daß meine Arbeit ihre Freunde finden werde. Ich bin Autodidakt im strengsten Sinne des Wortes, und ich ward es natürlich nicht etwa aus Originalitätssucht, sondern aus Mittellosigkeit; daß daher meine Bildungswege jedenfalls keine Blumenpfade waren, läßt sich denken. Das Nähere hierüber sagt Ihnen meine Arbeit (Kap. 4 und 6 etc.).*

Dass sich Jakob Senn gleichwohl erlaubt hat, mit der Wahrheit dichterisch zu verfahren, darauf weist er selber im letzten Kapitel des Romans hin: *Nie bemühte ich mich ängstlich, das einzelne festzuhalten oder durch abspannende Rückerinnerungen die Totalität der Erscheinungen in möglichst lückenloser Reihenfolge zu sichern; sondern wie die geschauten Bilder in bunter Regellosigkeit wiederkehrten, so freien Lauf ließ ich auch dem Zuge meiner Gedanken, um sie erst je, wenn es die Umstände geboten, in die Riemen und Seile der Disziplin zu schirren. So blieb mir neben der Lust, der Phantasie die*

Zügel schießen zu lassen, die Gewißheit, keine halb zu Tode dressierten Figuren in meine Darstellungen zu kriegen.

Dass Jakob Senn nie eine detailgetreue Autobiographie im Auge hatte, zeigt gleich zu Beginn des Romans der Eingriff in die tatsächlichen biografischen Fakten der Familie, die er einer Auswahl und Reduktion sowie Konzentration auf symbolträchtige Daten unterzieht. Der erste Eingriff betrifft den Vater. Im ersten Satz des Romans führt Jakob Senn ihn als *das jüngste von dreizehn Kindern* ein. In Wirklichkeit war Hans Jakob Senn das jüngste von zehn Kindern. In der eigenen Familie lässt Jakob Senn sodann von den insgesamt fünf Geschwistern nur die mittleren drei Knaben das Erwachsenenalter erreichen, das jüngste hingegen bald nach der Geburt und das älteste mit dreizehn Jahren sterben. Die älteste Schwester Elisabetha starb tatsächlich mit knapp dreizehn Jahren. Die Jüngste, Barbara, aber wuchs mit ihren Brüdern Rudolf, Jakob und Heinrich im Enner-Lenzen und ab 1844 auf dem Einzelhof Leiacher auf und starb als Dreißigjährige nach unglücklicher Verheiratung im Kindbett. Die Halbschwester Elisabetha aus der zweiten Ehe des Vaters mit Anna Kägi verschweigt Jakob Senn ganz.

Die Struktur des Romans wird wesentlich von der Zahl Drei bestimmt: Drei etwas absonderliche Nachbarsleute (Peters Jakob, Kleinegli, Kathry) beeindrucken den heranwachsenden Knaben. Über drei Frauen (Susanna, die Kiltgang-Bekanntschaft Regula sowie die alte, heiratswillige Jungfer Bäbeli) findet der junge Mann zur Liebsten und Frau. Drei Dichterfreunde (Zellberger, Blume, Fidelius) begleiten den angehenden Schriftsteller mit ihrer Anteilnahme. In drei Bibliotheken (Apotheker Hagger, Kloster Bergwinkeln, Antiquariat Frommberg) findet er die Anregungen zur Lektüre und zum eigenen Schaffen. Drei Begegnungen im Bereich spirituell-religiöser Erfahrungen (Prophezeiung der «Hexe» Margritli, Lektüre Jung-Stillings, Gespräche mit der Matrone Veronika) bestimmen die schriftstellerische Produktivität.

Die meisten Figuren haben, wie der nachfolgende Lebenslauf zeigt, reale Vorbilder, andere, wie die heiratswillige Jungfer Bäbeli, Pater Benedikt, die Pietistin Veronika, dürften Jakob Senns Phantasie entsprungen sein. Die tatsächlichen Begebenheiten der Jahre 1850 bis 1856 hat Jakob Senn zunehmend fiktionalisiert und auf einen Zeitraum von zwei Jahren verknappt. Die am Ende des Romans geschilderten Ereignisse – die Wiederbegegnung mit der einstigen Jugendgespielin Susanna und die aufkeimende Liebe zu ihrer Tochter Anna – stellen sich als reine Dichtung heraus. Mit dem letzten Satz kennzeichnet Jakob Senn sein Werk noch einmal unmissverständlich als eine literarische Angelegenheit: *Das Buch, der Traum meines Lebens, ist mein Sommernachtstraum geworden, den ich zwischen Maiblumen und Eisblumen geträumt habe.*

Kindheit und Schulzeit

Jakob Senns tatsächlicher Lebenslauf kommt prosaischer daher. Heinrich Senn, der die geistigen Interessen seines älteren Bruders teilte und sich von 1850 bis 1885 in einem ausführlichen Tagebuch als getreuer Chronist seiner Zeit betätigte, hat ihn akribisch dokumentiert. In seinen Aufzeichnungen ist Jakob über weite Strecken die Hauptfigur.

Zur Welt gekommen war Jakob Senn am 20. März 1824 im Fischenthaler Weiler Enner-Lenzen. Die Familie wohnte in einem für die Gegend typischen vierteiligen Flarzhaus. Den damaligen Familienbesitz umschreibt Heinrich Senn in seinem Tagebuch mit den Worten: *eine Wohnung, Stube, Kammer, Küche, Keller, Schopf u. eine Heudiele usw.; ca. eine Juchart Feld mit Bäumen darin; ca. eine Juchart (stark) schönes Holz; ein kleines Gärtchen.* Jakob Senn wuchs in enge, karge Verhältnisse hinein, in denen die Arbeit in der Landwirtschaft und am Webstuhl einen höheren Stellenwert einnahm als schulische Bildung.

Die Lehrkräfte auf dem Land waren größtenteils unfähig. Daran änderte sich auch nicht viel, als der liberale Umschwung in der Politik zu Anfang der 1830er Jahre Verbesserungen im Schulwesen bewirkte. Jakob Senn, unter dem ersten Lenzer Lehrer Hans Jakob Weber eingeschult und ab 1833 von dessen Sohn Felix Weber unterrichtet, war aufgrund seiner Begabung der Schule schnell entwachsen. Felix Weber hatte zwar einen Kurs im neugegründeten Seminar in Küsnacht besucht, Heinrich Senn schreibt jedoch über ihn: *Er war ein nicht sehr mit Talenten ausgestatteter, aber ein äußerst fleißiger u. eifriger Schulmeister. Von der heutigen Lehrerbildung besaß er nicht die Hälfte, vielleicht nicht den Dritttheil.*

Nach fünf Jahren wurde Jakob Senn aus der Schule entlassen. Bereits neben dem Unterricht hatte er zu Hause für die Mutter Garn spulen müssen, nun wurde er ganztags ans Spulrad gewiesen und wenig später ins Weben eingeführt. Dann starb am 5. März 1837 unerwartet die Mutter an einer Lungenentzündung. Die Stiefmutter, die wenige Monate später ins Haus kam, erwärmte Jakob Senns Herz nur wenig. Deren Charakterisierung im Roman wird von seinem Bruder bestätigt: *Ich könnte mich in Wahrheit nicht entsinnen, sie, so lange ich sie als Mutter kenne, ohne Noth eine Viertelstunde an Werktagen müßig stehen od. si[t]zen gesehen zu haben, welches sonst der gewöhnliche Takt der Weiber ist, wo sie dann ihre geschwätzige Zunge üben. – Gesagtes ist auch der Hauptgrund, warum der Vater sie 1837, in welchem Jahre auch meine Mutter selig starb, – zur Frau nahm.*

Mit dem Besuch der Repetierschule schloss Jakob Senn seine schulische Ausbildung ab. Die Hoffnung, die 1838 in Fischenthal eröffnete Sekundarschule besuchen zu dürfen, erfüllte sich nicht. Pfarrer Salomon Schinz, der von 1799 bis 1849 in der Gemeinde wirkte, als städtischer Aristokrat seine Vorurteile gegenüber der Landbevölkerung aber wohl nie ganz ablegen konnte, dürfte dabei die unrühmliche Rolle gespielt haben, die ihm Jakob Senn in seinem Roman zugewiesen hat. Heinrich Senn stellt ihm, der Präsident der Sekundarschulpflege war, das Zeugnis aus: *Pfarrer Schinz war ein träger Herr u. kein Freund von Wissenschaften.*

Jakob Senn musste seinen Hang zum Lesen und zur geistigen Weiterbildung neben der täglichen Arbeit am Webstuhl und im kleinbäuerlichen Betrieb der Eltern befriedigen. Die Frage, wie er zu Lesestoff gelangen könne, musste ihn stark umgetrieben haben. *Er bezeugte oft, wenn ihm auch das niederste Erdenloos zufiele, das ihn in den dunkelsten Wohnpla[t]z der Menschen verschlösse, er wollte glücklich den Webstuhl verlassen, nur eines sich vorbehaltend, zu keiner Zeit der Bücher entbehren zu müssen*, berichtet Heinrich Senn.

Wie sehr Jakob Senn unter der Heimweberei gelitten hat, kommt in Heinrich Senns Tagebüchern immer wieder zum Ausdruck. *Heute gab Jakob seinen Unmuth wieder einmal kund, daß er immer an so verfluchte Werchli gesetzt sei, wie das Weben eines sey, u. besonders das Schlichten.* Dabei dringt immer wieder das Bewusstsein durch, für etwas Höheres als reine Handarbeit geboren zu sein.

Ab 1840 versuchte Jakob Senn wiederholt, in einem anderen Beruf ein Unterkommen zu finden. *Mit We[h]muth erinnere ich mich noch, wie es damals so düster um uns, besonders um Jakob herwogte, im Meere der ungewissen Zukunft, Jakob hatte sich damals schon lange um einen andern Lebensberuf umgesehen, um deswillen schon viele Schritte gethan, doch er wurde immer zurü[c]kgeschlagen, nie war es zur rechten Zeit, nie der rechte Pla[t]z, wo er hinkam, immer wieder mußte er heimkehren zu seiner Qual, zu dem langgefürchteten Webstuhl*, erinnert sich Heinrich Senn.

Förderung durch Apotheker Jucker

Nahrung für die Lieblingsneigung seines Herzens fand Jakob Senn durch die Bekanntschaft mit dem Fischenthaler Apotheker Heinrich Jucker, der ihn ab 1840 mit Büchern versah. *Ich war, damals noch im Knaben- u[nd] ang[ehenden] Jünglingsalter, häufig bei ihm, las seine chemisch-pharmazeutischen Bücher, und fühlte nicht geringe Neigung für sein Geschäft*, erinnert sich Jakob Senn in einem von Heinrich Senn in sein Tagebuch kopierten Brief an Ulrich Rebsamen, der von 1851 bis 1854 als Pfarrer in Fischenthal wirkte. *Bemühte mich desnahen auch eine Zeit lang nicht wenig um die Erlernung der lateinischen Sprache und hatte erst vor, ein Apotheker zu werden.*

An der Kirchweih 1843 kaufte Jakob Senn mit Hilfe seines Bruders Rudolf erstmals ein Buch von Jucker. Es handelte sich um das Kräuterbuch von Hieronimus Bock aus dem Jahr 1580. Ansonsten war Juckers Bücherauswahl bereits nicht mehr nach Jakob Senns Geschmack. Es waren *meist nur Bruchstücke aus chemischen Werken, abgerissene Romane u. Reisebeschreibungen*, wie Heinrich Senn berichtet. Die wenigen Bücher, die Jakob noch gefielen, *vorzugsweise neue deutsche Kalender*, schlug Jucker zu hoch an und wich um kein Haar davon ab, auch wenn er sie bald darauf zu Tüten zertrennte.

Deshalb wurde Jakob Senn in dieser Zeit, von 1843 bis 1844, erstmals Abonnent einer Leihbibliothek, und zwar jener von Locher in Zürich. *Dies verhinderte ihn gleichwo[h]l nicht, an Sonntagabenden mit seinen Kumpanen, die ihn meist im Hause abholten, das Weite zu suchen, denn etwa zwei solcher Bücher in 14 Tagen durchzuschnappern, war für ihn wenig*, erinnert sich Heinrich Senn.

Am 28. März 1842 war Jakob Senn konfirmiert worden. Von diesem Tag an zählte er zu den Erwachsenen und wurde der Kameradschaft älterer Burschen gewürdigt. Heinrich Senn berichtet: *Von 1842, seinem Confirmationsjahre bis 1845 waren es Gassenbubenjahre für Jakob; er gieng mit, wo Andere hingiengen, weil er leider keinen Führer hatte, der ihn auf etwas Edleres hingewiesen hätte. Die Schillinge, die er hatte erwerben können, hatten keine Ruhe im Beutel, sondern mußten hin, wo sie am bäldesten waren, meistens beim Wirth.* (...) *Indes glimmte doch zu jener Zeit schon der Funken eines edlern Strebens, der ihn eigentlich nie verlassen hatte, in seinem Herzen fort und dieser Funken wurde lebendig.* Und zwar zu jenem Zeitpunkt, da ihm Heinrich Jucker *einige Bände von Stillings Lebensgeschichte zu kaufen* gab.

Unter dem Eindruck dieser Lektüre entstanden die ersten dichterischen Versuche. Anlass dazu bot der Tod der Stiefgroßmutter Regula Kägi am Neujahrsmorgen 1844. Ihr Sohn Hans Heinrich stiftete eine *Grabschrift*, mit deren Ausführung Jakob Senn beauftragt wurde. *Stillings Schriften fachten den Dichtungsfunken in Jakobs Seele an*, schreibt Heinrich Senn. *Da wars, daß er den Ankergrund gefunden, den er lange Jahre vergeblich suchte.*

Umzug in den Leiacher

Mit dem Heranwachsen der Kinder waren die Raumverhältnisse im Enner-Lenzen immer enger geworden. Als im Frühjahr 1844 Anna Senn-Kägi Nachwuchs erwartete, drängte sich eine Veränderung der Wohn- und Arbeitsverhältnisse auf. Am 21. Juni 1844 kaufte der Vater den Einzelhof Leiacher ob Steg am Weg zum Hörnli. Er erhoffte sich höhere Arbeitserträge aus Wald und Weide und überhaupt ein besseres Leben. Im Herbst 1844 fand der Umzug statt. Das Heimwesen im Enner-Lenzen blieb im Besitz der Familie und wurde vermietet. Die Familie Senn bewohnte nun *ein doppeltes Wohnhaus* mit zwei Stuben und einer Küche im Erdgeschoss und zwei Kammern im obern Stock. Die rückseitig angebaute Scheune vereinigte Stall, Tenne und Heudiele. Anders als im Enner-Lenzen nahm nun auf dem Leiacher die Landwirtschaft einen höheren Stellenwert ein als die Heimarbeit.

Es ist bewundernswert, wie sich die Brüder Jakob und Heinrich

Senn neben der täglichen Arbeit um ihre literarische Bildung bemühten. Jakob Senn dichtete unablässig weiter und konnte bereits im Frühling 1845 eine Sammlung von Gedichten vorweisen. Heinrich Senn erinnert sich: *Mit diesen meinte er nun, sei es hohe Zeit, daß sie dem Dru[c]ke übergeben werden; aber zu seiner heißesten Prüfung mißlang dieser erste Versuch und noch mancher nachfolgende.*

Im Frühling 1845 entsagte Jakob Senn dem Nachtbubenleben ganz. Sie seien *des Geldes bedürftig geworden*, erinnert sich Heinrich Senn. *Es war die Zeit meiner Confirmation, und seit damals gieng keiner von uns noch auf nächtlichen Besuch. Von dieser Zeit an existiert auch unser beidseitiges ununterbrochenes Zusammenhalten, das durch die Noth der nachfolgenden Jahre immer geschlossener wurde.*

Dass der ältere Bruder Rudolf im Dezember 1845 zwei Monate nach seiner Verheiratung aufgrund von Missstimmigkeiten zwischen seiner Frau und der Stiefmutter von zu Hause aus- und auf das schwiegerelterliche Heimwesen auf dem Tanzplatz südlich des Hörnli-Gipfels zog, warf unerwartete Probleme auf. Jakob und Heinrich mussten die entstandene Lücke füllen und manche landwirtschaftliche Verrichtung erst erlernen.

Bekanntschaft mit Jakob Stutz

Als Heinrich Jucker 1846 das Fischenthal verließ und in die Luppmen nach Hittnau zog, sandte ihm Jakob *fast Tränen nach, im Gedanken an all das Gute, das durch das mittelbare Dasein dieses Mannes für ihn erblüht war*, wie Heinrich Senn schreibt.

Ein Jahr später schloss sich die Lücke wieder. Heinrich Senn berichtet: *Vom künftigen Herbst 1847 dati[e]rt sich unsere Bekanntschaft u. die daraus erblühte Freundschaft mit Stutz u. Furrer im Sternenberg.* Gemeint sind der Volksdichter Jakob Stutz, der sich 1841 in Sternenberg niedergelassen hatte, sowie dessen Lieblingsschüler Johann Ulrich Furrer.

Stutz nahm im Leben des lesehungrigen und dichterisch ambitionierten Jakob Senn schnell die Rolle des Mentors ein. Auch wenn Jakob Senn die charakterlichen und schöpferischen Schwächen von Stutz nicht lange verborgen blieben, so schloss er sich anfänglich doch sehr eng dem Jünglingskreis an, den Stutz in Sternenberg um sich scharte. Zu ihm und Furrer stießen 1850 noch der Poet Konrad Meyer aus Winkel bei Bülach und 1851 der spätere Pfahlbauforscher Jakob Messikommer aus Stegen bei Wetzikon hinzu. So wuchs sich der Kreis zu einer Art Zürcher Oberländer Dichterschule aus, deren Vertretern Stutz ab 1850 mit der Monatsschrift «Bilder aus dem Leben unsers Volkes» eine Plattform zur Verfügung stellte.

Bei aller berechtigten Kritik, die Jakob Senn nicht nur in seinem Roman, sondern auch in seinem wirklichen Leben an Stutz übte, besteht doch kein Zweifel darüber, dass er ohne die Förderung durch Stutz seinen Lebensroman wahrscheinlich nie geschrieben hätte. Stutz war es, der ihn beriet, sich doch zuerst in Prosa zu versuchen, bevor er sich den Versen zuwende. Er regte ihn zur Führung eines Tagebuchs und zur *Schilderung von Selbsterlebtem* an. Und er forderte ihn immer wieder auf, Beiträge für die von 1850 bis 1852 sowie von 1854 bis 1855 in fünf Jahrgängen erscheinende Monatsschrift zu liefern.

Die gewählten Stoffe und die verwendeten Formen – Gedichte, Elegien, Balladen, Fabeln, Sagen, Erzählungen, Abhandlungen und Dialoge – zeigen, wie schnell Jakob Senn das anfänglich enge Spektrum seiner schriftstellerischen Arbeit unter Stutz' Einfluss auszuweiten vermochte, und bezeugen damit seine beachtliche dichterische Potenz.

Stellenvermittlung nach Zürich

Interessanterweise tut Jakob Senn in seinem Lebensroman der Hungerjahre von 1845/47 mit keinem Wort Erwähnung. Offenbar eigneten sie sich, anders als der «Brand von Uster» von 1832 und der «Straußenhandel» von 1839, nicht dazu, Stufen seiner inneren Entwicklung zu verdeutlichen. Den endgültigen Sieg des Liberalismus, der sich mit der Errichtung des Staates Schweiz im Jahre 1848 vollzog, verzeichnet er hingegen wieder, weil nun auch im Fischenthal Gesang- und Lesevereine ins Leben gerufen wurden, und er, als einige Beamtenstellen neu zu besetzen waren, zum Schulpfleger bestellt wurde.

In der Folge gewann Jakob Senn den Pfarrverweser Johann Heinrich Müller, der 1854 für drei Jahre nach Fischenthal kam und später von 1862 bis 1868 dort Pfarrer war, zum Freund. Und endlich wurden nun auch seine Bemühungen, sich unermüdlich autodidaktisch weiterzubilden, belohnt. Müller vermittelte ihm eine Anstellung im Antiquariat von Johann Jakob Siegfried in Zürich, aus dem Jakob und Heinrich Senn seit 1845 regelmäßig Bücher bestellt hatten. Heinrich Senn schreibt: *Zehn Jahre lang stand er [Jakob] in mittelbarer Verbindung mit Siegfried und bezog manchen Catalog und kaufte viele Bücher von ihm und mußte stets zufrieden sein mit Siegfrieds unverrücklicher Gewissenhaftigkeit und äußerster Billigkeit und konnte immer weit zu wenig mit ihm verkehren, nach seinem Triebe dazu; jetzt soll er ganz in sein Element kommen, recht aus dem Trockenen ins Meer.*

«Bilder und Asichte vo Züri»

Voller Hoffnung übersiedelte Jakob Senn Ende Januar 1856 in die Stadt. Sechs Jahre lang arbeitete er in der Buchhandlung, die bald vom Vater Johann Jakob an den Sohn Hans Albert Otto Siegfried überging. Die Erwartungen seiner Arbeitgeber scheint er vollkommen erfüllt zu haben, kam doch 1858 in deren Verlag Jakob Senns erstes Buch, der Gedichtband «Bilder und Asichte vo Züri», heraus.

Wie der Titel andeutet, besingt Jakob Senn in seinen Mundartgedichten einerseits Zürcher Örtlichkeiten wie die Quaibrücke («Z'Züri uf der obere Brugg»), die Parkanlage am Platzspitz («Im Platz»), den See («Uf em See»), den Aussichtspunkt «Chatz» («Uf der Chatz») und die Hohe Promenade («Uf de höche Promenade»). Andererseits hat er sie Menschen wie den Gemüsefrauen («D'Gmüeswyber»), einem Wasserträger («De Wasserträger») oder einer Modistin («D'Modiste») gewidmet. Weitere Gedichte («Räthsel», «Im Verbygah», «Strenge Polizei») bieten launige Momentaufnahmen von Alltagsszenen oder schildern Vergnügungen wie Tanz, Marktbesuch und unbeschwertes Promenieren («Gmüethlis», «Vom Schlyßmärt», «E Stück Müeßiggängerlebe»).

Die vierzehn heiteren Gedichte offenbaren unzählige literarische Bezüge, die weniger Jakob Senns Belesenheit zur Schau stellen, als seine Texte in eine lange lyrische Tradition einbetten. Das letzte Gedicht «Uf de höche Promenade» ist zugleich das persönlichste der Sammlung.

1861 gab Jakob Senn gemeinsam mit dem Publizisten Robert Weber die Zeitschrift «Grüne Wälder» heraus. Jakob Senn fühlte sich in seinem Element. Er sei nicht mehr gern bei Siegfried, teilte er der Familie mit. Als es 1862 mit dem offenbar sehr unzuverlässig arbeitenden Robert Weber zum Zerwürfnis kam, führte Jakob Senn die Zeitschrift alleine weiter. Auch sonst war Jakob Senn verlegerisch aktiv. Im Frühjahr 1862 arbeitete er an der Vervollständigung eines «Adressbuches der Schweiz über den Handels- und Handwerksstand». Außerdem brachte er in diesem Jahr ein «Kleines Ortslexikon der Schweiz» heraus. Offenbar verdiente er mit seiner literarischen und verlegerischen Tätigkeit genug, sodass er es sich leisten konnte, Ende März 1862 aus seiner Stellung bei Siegfried auszutreten.

Arbeit an «Hans Grünauer»

Seit 1861 stand Jakob Senn in Beziehung zur Kellnerin Anna Brandenberger, Jahrgang 1843. Sie gebar am 12. März 1862 den unehelichen Sohn August, der bei ihrem Bruder aufwachsen und den Jakob Senn bis 1868 vor der Familie geheimhalten sollte. Zur gleichen Zeit pflegte er ein Verhältnis mit einer andern jungen Frau namens Elise Schulthess, die er seinen Eltern vorstellte. Sie war etwa achtzehn Jahre jünger als er, *hübsch und ziemlich bemittelt,* wie Heinrich Senn schreibt. Im Oktober 1862 löste sich jedoch dieses Verhältnis wieder.

Danach widmete sich Jakob Senn ganz seiner literarischen Arbeit. Über den Winter 1862/63 arbeitete er an seinem Lebensroman. Dem Bruder Heinrich teilte er Ende März 1863 mit, *daß er viel Arbeit und wenig Zerstreuung und gleichwo[h]l den glücklichsten Winter in seinem Leben verlebt habe. Bis im Mai gedenke er ein Werk fertig zu schreiben, dann wolle er heimkommen.* Anfang Mai schloss er die Arbeit ab, der er in Anlehnung an Gottfried Kellers Roman «Der Grüne Heinrich» den Titel «Hans Grünauer» gab.

Noch im Mai 1863 schickte Jakob Senn einen Teil des Manuskripts Gottfried Keller zur Begutachtung, in der Hoffnung, dass dieser es an einen Verleger vermitteln könne. Jakob Senn dürfte im Zusammenhang mit dem 1861 erfolgten Nachdruck der Erzählung «Romeo und Julia auf dem Dorfe» in der Zeitschrift «Grüne Wälder» mit Keller Bekanntschaft geschlossen haben. Einen Beleg dafür gibt es allerdings nicht. Spätestens aber bei der Übergabe des Manuskripts im Mai 1863 war es zu einer persönlichen Begegnung zwischen den beiden Männern gekommen, wie aus dem Brief hervorgeht, in dem Jakob Senn am 28. Juli bei Keller wegen des Manuskripts nachfragte. Eine Antwort Gottfried Kellers ist nicht bekannt. Der Roman «Hans Grünauer» blieb ungedruckt.

«Chelläländer-Schtückli»

Dafür gelangte Ende 1863 eine andere schriftstellerische Arbeit Jakob Senns zum Druck, die auf Anregung der Antiquarischen Gesellschaft Zürich entstanden war: «Chelläländer-Schtückli, vo verschiedene Sorte, bschnittä und usbütschget vos Häiri Häichä Häiggels Häier», eine Sammlung von Kurzprosa in Mundart. Er bezeichnete sie als *schnelle Arbeit*, als er Mitte Dezember der Familie ein Exemplar schickte.

Heinrich Senn bemerkt dazu: *Dieses Büchlein enthält eine Menge Schwänke, Erzählungen, Ausdrücke in Dialekt und aus der Mitte des hiesigen Bergvölkleins und bietet somit eine unterhaltende, erheiternde Lektüre. Dieses ist aber nur Nebenzweck des Verfassers und besteht der Hauptzweck darin, einen Beitrag zu liefern zum deutschen alten Sprachschatz. Es ist in diesem Büchlein hauptsächlich auf alte, bald veraltete und der Vergessenheit verfallene Wörter Bedacht genommen, und eben diese alten, vielleicht nur selten oder wenigen Ortes bekannten Wörter sollen hiermit dem Untergang entrissen und der Nachwelt aufbewahrt werden.*

Wirt in St. Gallen

Um neben der letztlich doch wenig einträglichen literarischen Tätigkeit seinen Lebensunterhalt verdienen zu können, betrieb Jakob Senn seit Ende 1863 eine eigene Buchhandlung in der Industriehalle an der Seefeldstraße. Das Geschäft warf jedoch nicht den gewünschten Ertrag ab. Da kam ihm seine frühere Geliebte Anna Brandenberger zu Hilfe.

Sie arbeitete inzwischen im Gasthaus «Hinter Mauern» in St. Gallen und hatte dort den Stiftsarchivar Wilhelm Eugen von Gonzenbach kennengelernt. Nachdem sie ihn darüber in Kenntnis gesetzt hatte, dass sie einen literarisch gebildeten Verlobten besitze, war er nach Zürich gereist, um Jakob Senn kennen zu lernen.

Danach hatte er sich bereitwillig anerboten, ihnen zu einer eigenen Existenz zu verhelfen. Im Oktober 1864 übersiedelte Jakob Senn nach St. Gallen. Am 8. November heirateten er und Anna Brandenberger in Rorschach. Am 12. November übernahmen sie mit Gonzenbachs Hilfe das Gasthaus «Hinter Mauern» von Annas Herrschaft und führten es bis 1867 unter dem Namen «Zum Zeughaus» als Bierlokal weiter. Jakob Senn widmete sich seiner schriftstellerischen Arbeit und betätigte sich daneben im Stiftsarchiv.

Die Zeit in St. Gallen dürfte nicht die unglücklichste seines Lebens gewesen sein. 1865 erschienen drei umfangreiche Werke, Biographien über den Zürcher Bürgermeister Hans Waldmann und den hingerichteten Pfarrer Johann Heinrich Waser und – der Zeit weit voraus – «Kriminalgeschichten», eine auf sechshundert Seiten ausgebreitete Sammlung von einundvierzig haarsträubenden Fällen. «Ein Buch zur Unterhaltung, Warnung und Belehrung für Jung und Alt, nach den vorgelegenen Akten bearbeitet und herausgegeben von einem vieljährigen höhern Gerichtsbeamten», lautet der Untertitel.

Danach erschien nichts mehr. Jakob Senn begann zu spekulieren. Er nahm bauliche Veränderungen an seinem Haus vor. *Dies Ganze der Veränderung koste 2000 Fr. und gedenke er es nachher zu verkaufen,* berichtet Heinrich Senn. Tatsächlich veräußerte Jakob Senn die Wirtschaft «Zum Zeughaus» Mitte 1867 für 16 000 Franken und kaufte für 40 000 Franken die Liegenschaft «Vor Speisertor», die er wiederum als Wirtschaft ausstattete. Nach einem Besuch in St. Gallen notierte Heinrich: *Jakob hatte es anscheinend schön eingerichtet, eine Wirthschaft in Bier, Wein u. Kaffe[e], alle Lokale schön neu möbli[e]rt.* Finanzielle Schwierigkeiten folgten auf dem Fuß. Im November 1868 verließ Jakob Senn überstürzt St. Gallen und wanderte mit seiner Frau nach Uruguay aus.

Auswanderung nach Südamerika

Die Mittheilung dieses wichtigen Vorhabens machte er in so ruhigem, man könnte sagen: leichtsinnigem Tone, daß es mich kalt im Herzen schüttelte, berichtet Heinrich Senn. An gleicher Stelle urteilt er über den Bruder und seine Frau: *Er hatte Anlagen, ein berühmtes und nützliches Glied der menschlichen Gesellschaft zu werden, hatte aber auch Anlagen, sich von böser Gesellschaft hinreißen zu lassen. Er ist an Leib und Seele krank und dazu hat seinen großen Theil ein Wesen beigetragen, welches er sein – Weib nennt, das ihn als verlockende Sirene in den Abgrund gezogen hat.* Dazu muss gerechterweise jedoch angemerkt werden, dass vor allem sie es war, die den kommenden Schwierigkeiten gewachsen sein sollte.

Jakob Senn betätigte sich fortan in Montevideo und Umgebung als Buchhalter, Gärtner, Koch, Buchbinder, Plätter und Maler. *Punktum, ich habe das Zeug in mir, noch ein Maler zu werden, und diese Kunst freut mich unendlich mehr als früher mein Literatenthum,* schrieb er im August 1870 an den Bruder.

Schließlich verfiel Jakob Senn doch wieder aufs Dichten. Er studierte ein Handbuch über die moderne Poetik, las spanische, französische und englische Bücher. 1872 sandte er zwei Gedichte an Otto Sutermeister in Aarau, der sie illustriert in den «Schweizerischen Jugendblättern» und im «Berner Miniaturalmanach» erscheinen ließ und ihn zum Weiterschreiben ermunterte. Im Oktober 1875 übersandte ihm Jakob Senn ein Manuskript mit dem Titel «Vom Silberstrome – Poetisches Bilderbüchlein», das allerdings vorerst ungedruckt blieb.

Die umfangreiche Poesiesammlung mit insgesamt 73 Titeln enthält zahlreiche balladenartige Erzählgedichte, die einerseits indianische Märchen und Legenden nachempfinden, andererseits dramatische Geschehnisse der Gegenwart kolportieren. Des weiteren sorgen Sinngedichte, Nachdichtungen biblischer Stoffe, Fabeln,

Übersetzungen und Nachdichtungen spanisch-amerikanischer Gedichte sowie eine Sammlung von Sprichwörtern und Maximen für eine reiche Formenvielfalt. Doch fehlt den meisten Texten jener persönliche Ton, der eine klischierte Ausdrucksweise ausgeschlossen hätte.

Im November 1875 ließen die Eltern den Sohn August aus Europa nachkommen. Doch gereichte ihnen der Halbwüchsige in keiner Hinsicht zur Freude. Sein lethargisches Wesen bereitete ihnen großen Verdruss und gab ihnen Anlass zu steter Klage.

Tod in der Limmat

Im August 1878 kehrte Jakob Senn nach zehnjähriger Abwesenheit allein in die Schweiz zurück. Im Auftrag der Regierung von Uruguay sollte er in Zürich ein Auswanderungsbüro eröffnen. Doch Jakob Senn wartete vergebens auf die Auszahlung der versprochenen 1200 Franken. Dass im Oktober sein Buch «Vom Silberstrom», vordatiert auf das Jahr 1879, im Verlag Schiller in Zürich erschien, bot wenig Trost. Anna bat ihn dringend, nach Montevideo zurückzukehren. Nachdem er seine Hoffnungen auf eine Beamtung als uruguayischer Konsul endgültig begraben hatte, schloss er am 1. März 1879 mit einem Auswanderungsagenten einen Überfahrtsvertrag ab.

Bereits Ende Februar hatte Jakob Senn bei seinem Freund Rudolf Gassmann im Seefeld Unterschlupf gesucht. Er war verwirrt gewesen und hatte seine vormalige Logis- und Kostgeberin des Diebstahls bezichtigt. Als Gassmann mit ihm hinging, um die Sache zu klären, zeigte sich jedoch, dass Jakob sich geirrt hatte. Die ungerechterweise Verdächtigte beklagte sich ihrerseits, dass sie im Haus lange Zeit keine Ruhe mehr gehabt habe, weil Jakob die ganzen Nächte durchs Zimmer heftig hin- und hergelaufen sei und beständig laut gejammert und räsonniert habe.

So verhielt sich Jakob auch bei Gassmann, bis dessen Frau und die Magd sich genötigt sahen, ihn mitten in der Nacht zur Ruhe zu ermahnen. Jakob machte sich Selbstvorwürfe und beklagte, dass Anna in saurem Schweiß für ihn arbeiten müsse, während er, wie er sich ausdrückte, *in goldener Brille in Zürich herumlappe.* Dann wieder bemächtigte sich seiner die fixe Idee, sie lebe nicht mehr. In einem Anfall von Schwermut warf er viel bedrucktes und beschriebenes Papier ins Feuer.

Als Gassmann sah, dass all seine Zusprüche nichts halfen, sah er kein anderes Mittel mehr, als um die Aufnahme Jakobs ins Irrenhaus nachzusuchen. Am Sonntag, dem 2. März, riet er ihm, einen Zerstreuungsgang zu machen. Gegen fünf Uhr ging Jakob Senn los. Sein Versprechen, um sechs Uhr zurück zu sein, hielt er nicht ein. Als er am folgenden Morgen noch nicht zurück war, erstattete Gassmann, der nichts Gutes ahnte, Anzeige bei der Polizei. Am Mittwochmorgen, dem 5. März, wurde Jakob Senns Leiche unterhalb Wipkingens in der Limmat gefunden.

Seinem Tagebuch hatte er die vielsagenden Verse anvertraut: *Innere Zerrissenheit / Sonder Friede / Machte, ach! mich vor der Zeit / Müde, müde.*

Vollendeter Roman

Ende April 1880 kündigte eine telegrafische Depesche aus St. Gallen Heinrich Senn überraschend den Besuch von Jakobs Witwe Anna auf den kommenden Tag an. Ein Glückslos der uruguayanischen Staatslotterie hatte ihr erlaubt, die Reise nach Europa zu unternehmen.

Zwei Wochen später nahm Heinrich Senn die Einladung Annas zu einem Besuch in St. Gallen an. Anna, die Anfang Juni wieder abreiste, überreichte ihm beim Abschied als Andenken an Jakob dessen letztes, unausgeführtes Ölgemälde. *Unausgeführt!,* bemerkte Heinrich Senn dazu. *Alles von Jakob unvollendet, zerfahren, ein Traum!*

Es sollte noch ein paar Jahre dauern, bis 1888 Jakob Senns Roman «Hans Grünauer» unter dem Titel «Ein Kind des Volkes» erstmals gedruckt vorlag. Seither stimmt Heinrich Senns Einschätzung nicht mehr.

Jakob Senn hat mit «Hans Grünauer» einen vollendeten Roman geschrieben, der über 150 Jahre hinweg seine Gültigkeit bewahrt hat. Dass er in der vorliegenden gediegenen Ausgabe einer neuen Generation zugänglich gemacht wird, ist zu begrüßen. Zum Schluss bleibt nur zu wünschen, das Buch möge eine möglichst große Lesergemeinde finden.

Matthias Peter

Matthias Peter, geboren 1961, freier Publizist, Literaturkritiker und künstlerischer Leiter der Kellerbühne St. Gallen. Er veröffentlichte zahlreiche historische Beiträge im «Zürcher Taschenbuch». 2004 erschien der Band «Jakob und Heinrich Senn. Zeitbilder der Schweiz aus dem 19. Jahrhundert».